ARTHUR CONAN DOYLE

ARTHUR CONAN DOYLE

A VOLTA DE SHERLOCK HOLMES

• Tradução •
Natalie Gerhardt
Michele Gerhardt MacCulloch
Gabriela Peres Gomes

Principis

Esta é uma publicação Principis, selo exclusivo da Ciranda Cultural
© 2021 Ciranda Cultural Editora e Distribuidora Ltda.

Traduzido do original em inglês
The return of Sherlock Holmes

Texto
Arthur Conan Doyle

Tradução
Natalie Gerhardt
Michele Gerhardt MacCulloch
Gabriela Peres Gomes

Produção editorial e projeto gráfico
Ciranda Cultural

Revisão
Agnaldo Alves

Diagramação
Linea Editora

Imagens
Svitlana Varfolomieieva/shutterstock.com

Dados Internacionais de Catalogação na Publicação (CIP) de acordo com ISBD

D754v   Doyle, Arthur Conan

A volta de Sherlock Holmes / Arthur Conan Doyle ; traduzido por Natalie Gerhardt, Michele Gerhardt MacCulloch, Gabriela Peres Gomes. - Jandira : Principis, 2021.
352 p. ; 15,5cm x 22,6cm. - (Sherlock Holmes)

Tradução de: The return of Sherlock Holmes
ISBN: 978-65-5552-437-6

1. Literatura inglesa. 2. Contos. I. Gerhardt, Natalie. II. MacCulloch, Michele Gerhardt. III. Gomes, Gabriela Peres. IV. Título. V. Série.

2021-1198

CDD 823.91
CDU 821.111-3

Elaborado por Vagner Rodolfo da Silva - CRB-8/9410

Índice para catálogo sistemático:
1. Literatura inglesa : Contos 823.91
2. Literatura inglesa : Contos 821.111-3

1ª edição em 2021
www.cirandacultural.com.br
Todos os direitos reservados.
Nenhuma parte desta publicação pode ser reproduzida, arquivada em sistema de busca ou transmitida por qualquer meio, seja ele eletrônico, fotocópia, gravação ou outros, sem prévia autorização do detentor dos direitos, e não pode circular encadernada ou encapada de maneira distinta daquela em que foi publicada, ou sem que as mesmas condições sejam impostas aos compradores subsequentes.

Sumário

A aventura da casa vazia 7

A aventura do construtor de Norwood 33

A aventura dos bonecos dançarinos 61

A aventura da ciclista solitária 91

A aventura da Escola Priory 115

A aventura de Black Peter 151

A aventura de Charles Augustus Milverton 175

A aventura dos seis Napoleões 195

A aventura dos três estudantes 221

A aventura do pincenê de ouro 243

A aventura do jogador desaparecido 270

A aventura da granja da abadia 295

A aventura da segunda mancha 321

Capítulo 1

• A AVENTURA DA CASA VAZIA •

Tradução: Natalie Gerhardt

Foi na primavera de 1894 que o assassinato do ilustre Ronald Adair, em circunstâncias bastante incomuns e inexplicáveis, despertou o interesse de toda Londres e a consternação da alta sociedade. O público já conhecia as particularidades do crime que foram descobertas durante a investigação policial, mas grande parte dos detalhes não foi divulgada, uma vez que o caso da Promotoria era forte o suficiente, não sendo necessário apresentar todos os fatos. Só agora, quase dez anos depois, tenho a autorização para revelar os elos perdidos que formam essa extraordinária corrente. O crime era interessante em si, mas nada significou para mim em comparação com a sequência inconcebível, que provocou o maior choque e a maior surpresa da minha vida, diante de todas as aventuras que já vivi. Mesmo agora, depois desse longo tempo, ainda me sinto estimulado ao pensar nisso, sendo atingido pela onda repentina de alegria, assombro e incredulidade que afoga minha mente. Permitam-me dizer para aquele público, o qual demonstra algum interesse nos vislumbres ocasionais que lhe apresento acerca dos pensamentos e das ações de um homem deveras notável, que ele não deve me culpar por não ter compartilhado meu conhecimento, sendo que eu deveria considerar essa a minha principal obrigação, não tivesse sido eu impedido por uma proibição veemente proferida por ele mesmo, a qual só foi retirada no dia três do mês passado.

Pode-se imaginar que minha grande intimidade com Sherlock Holmes tenha despertado meu profundo interesse em crimes e que, depois de seu desaparecimento, eu nunca deixei de ler atentamente os diversos problemas que vinham a público. Cheguei até a tentar, mais de uma vez, e para satisfazer meu desejo particular, aplicar seus métodos na sua solução, mesmo que obtendo resultados medíocres. Não houve, porém, nenhum que tenha me atraído tanto quanto a tragédia sofrida por Ronald Adair. Enquanto eu lia provas de inquéritos que levavam a um veredicto de homicídio qualificado contra uma pessoa ou contra pessoas desconhecidas, sentia, de forma mais clara que nunca, a perda que a comunidade havia sofrido com a morte de Sherlock Holmes. Havia algumas questões estranhas que, tenho certeza, o teriam atraído, e os esforços da polícia seriam superados, ou mais provavelmente antecipados, pela observação treinada e a mente aguçada do primeiro detetive da Europa. Durante todo o dia, enquanto fazia minha ronda, eu repassava o caso na minha mente e não encontrava nenhuma explicação que me parecesse adequada. Correndo o risco de contar uma história já contada, vou recapitular os fatos que eram de conhecimento público na conclusão do inquérito.

O ilustre Ronald Adair era o segundo filho do conde de Maynooth, à época governador de uma das colônias australianas. A mãe de Adair havia voltado da Austrália para se submeter a uma cirurgia de catarata; ela, o filho Ronald e a filha Hilda moravam juntos na casa 427 da Park Lane. Os jovens logo entraram para a alta sociedade – e, até onde se sabia naquele momento, não tinham inimigos nem vícios particulares.

Ronald era noivo da senhorita Edith Woodley, de Carstairs, mas o noivado fora rompido por comum acordo e não havia nenhum sinal de que deixara algum tipo de ressentimento profundo para trás. No mais, a vida do homem seguia em um ciclo estreito e convencional, pois seus hábitos eram tranquilos e sua natureza não era nada emotiva. Ainda assim, foi sobre esse jovem e calmo aristocrata que a morte se abateu, da forma mais estranha e inesperada, entre 22h e 23h20 da noite de 30 de março de 1894.

Ronald Adair gostava de carteado – jogando de forma contínua, mas sem nunca deixar que as apostas o prejudicassem financeiramente. Era sócio dos clubes de carteado Baldwin, Cavendish e Bagatelle. Verificou-se que, depois do jantar do dia de sua morte, ele havia jogado uma partida de uíste neste último clube. Lá também jogara naquela tarde. As evidências daqueles que jogaram com ele – senhor Murray, Sir John Hardy e coronel Moran – mostraram que eles jogaram uíste e que as partidas foram bastante equilibradas. Adair talvez tenha perdido cinco libras, não mais que isso. Ele tinha uma fortuna considerável, e tal perda não o afetaria em nada. Jogava quase todos os dias naquele clube específico ou em algum outro, mas era um jogador cauteloso e geralmente parava quando estava ganhando. As evidências mostraram que, em parceria com o coronel Moran, ele, na verdade, ganhara 420 libras em uma rodada, algumas semanas antes, de Godfrey Milner e lord Balmoral. E foi essa a história que apareceu no inquérito.

Na noite do crime, ele voltou do clube exatamente às 22 horas. A mãe e a irmã tinham ido visitar um parente. A criada disse em seu depoimento que ouviu quando ele entrou na sala do segundo andar de frente para a rua, que geralmente era usada como sala de estar. Ela tinha acendido a lareira de lá e, como ficara enfumaçada, abrira a janela. Não se ouviu nenhum som na sala até as 23h20, quando Lady Maynooth e sua filha voltaram para casa. Desejando dar boa-noite, ela tentou entrar no quarto do filho. A porta estava trancada por dentro, e ela não obteve nenhuma resposta, mesmo depois de batidas e chamados insistentes. Ela conseguiu ajuda, e a porta foi arrombada. O jovem desafortunado foi encontrado caído perto da mesa. A cabeça fora terrivelmente mutilada por uma bala expansiva de revólver, mas não havia nenhum tipo de arma no quarto. Na mesa havia duas notas promissórias de dez libras cada e dezessete libras e dez centavos em prata e ouro; o dinheiro arrumado em pilhas de quantias variáveis. Havia também uma folha de papel com algumas quantias anotadas diante do nome de alguns amigos do clube, donde se conjecturou que, antes da morte, ele estava fazendo um relatório de perdas e ganhos no jogo.

Um exame minucioso das circunstâncias serviu apenas para tornar o caso ainda mais complexo. Para começar, não se conseguiu encontrar motivo para explicar por que o jovem trancara a porta por dentro. Levantaram a possibilidade de o assassino ter feito isso e, depois, fugido pela janela. A queda, porém, era de pelo menos seis metros de altura e havia um canteiro de *Crocus satiivus* em plena floração logo abaixo. Nem as flores nem a terra mostravam qualquer sinal de alteração, assim como não havia nenhum tipo de marca na estreita faixa de grama que separava a casa da rua. Desse modo, tudo indicava que tinha sido o próprio jovem quem trancara a porta. Mas como a morte o encontrou? Ninguém poderia ter escalado até a janela sem deixar vestígios. Imagine que um homem tenha disparado através da janela, mas ele teria de ser, na verdade, um exímio atirador para conseguir infligir um ferimento tão mortal. Novamente, Park Lane é um local bem movimentado; há um ponto de cabriolés a menos de cem metros da casa. Ninguém tinha ouvido um tiro. E, ainda assim, havia o morto e a bala do revólver, a qual se abrira em formato de um cogumelo, como acontece com as balas de ponta macia, causando um ferimento que deve ter provocado morte instantânea. Essas eram as circunstâncias do Mistério de Park Lane, as quais ficaram ainda mais complexas pela total ausência de motivo, uma vez que, como já disse, o jovem Adair não tinha inimigos conhecidos e que não houve nenhuma tentativa de tirar o dinheiro nem qualquer objeto de valor do quarto.

Durante todo o dia, revirei esses fatos na cabeça, em uma tentativa de chegar a uma teoria capaz de reconciliar todos eles e encontrar aquela linha de menor resistência que meu pobre amigo declarava ser o ponto inicial de toda investigação. Confesso que fiz pouco progresso. Ao fim da tarde, atravessei o parque e, por volta das dezoito horas, estava no fim da Oxford Street, no final da Park Lane. Um grupo de curiosos na calçada, todos olhando para uma janela específica, me levaram à casa que eu tinha ido ver. Um homem alto e magro com óculos escuros, que suspeitei ser um detetive à paisana, estava apresentando algum tipo de teoria, enquanto os outros o rodeavam para ouvir o que dizia. Aproximei-me o máximo possível, mas seus comentários pareceram ser tão absurdos que logo me afastei, um tanto enojado. Ao me retirar, acabei esbarrando em um idoso deformado, que estava atrás de mim, e derrubei vários dos livros que ele carregava. Lembro-me de que, ao pegá-los, observei que o título de um deles era *The Origin of Tree Worship*[1], e pensei que aquele senhor deveria ser algum bibliófilo pobre, que, por lucro ou por hobby, colecionava títulos obscuros. Tentei me desculpar pelo acidente, mas ficou bem claro que aqueles livros que infelizmente maltratei eram objetos muito preciosos aos olhos do dono. Com um resmungo de impaciência, ele deu meia-volta, e vi a corcunda curvada e a lateral do bigode branco desaparecer por entre a multidão de curiosos.

Minhas observações sobre a casa 427 da Park Lane não me ajudaram muito a resolver o problema que tanto me interessava. Havia um muro baixo e uma grade separando a casa da rua, com uma altura de não mais que um metro e meio. Era bastante fácil, portanto, para alguém entrar no jardim, mas a janela era totalmente inacessível, uma vez que não havia calha nem nada que pudesse ajudar o homem mais atlético a subir até lá. Mais intrigado que nunca, voltei para Kensington. Não estava nem

---

[1] A origem da adoração às árvores. (N.T.)

há cinco minutos no meu escritório, quando a criada entrou dizendo que havia uma pessoa que queria me ver. Para minha total surpresa, era ninguém menos que o estranho colecionador de livros, com seu rosto incisivo e pele enrugada emoldurada por cabelos brancos, que me observava enquanto segurava seus preciosos volumes, pelo menos uns dez, embaixo do braço direito.

– O senhor parece surpreso por me ver – declarou ele com voz estranha e rouca.

Admiti que estava.

– Bem, eu tenho consciência, senhor, e quando por acaso eu o vi entrar nesta casa quando vim à sua procura, pensei comigo mesmo que eu poderia entrar para conhecer o gentil cavalheiro e me desculpar por ter sido um pouco rude nas minhas maneiras, que não houve qualquer intenção negativa, e que eu me sinto na obrigação de agradecer-lhe por ter pego meus livros.

– O senhor se preocupa por muito pouco – respondi. – Posso perguntar como sabia quem eu era?

– Bem, se o senhor me permite a liberdade, sou seu vizinho, pois a minha pequena livraria fica na esquina da Church Street e, por certo, ficarei muito satisfeito de vê-lo lá. Talvez o senhor também seja um colecionador. Trouxe comigo os exemplares de *British Birds*, *Catullus* e *The Holy War*,[2] e todos por uma barganha. Com cinco volumes, o senhor poderia completar aquele espaço na segunda prateleira. O senhor não acha que ela parece um pouco desarrumada?

Olhei para trás para ver a estante. Quando me virei novamente, Sherlock Holmes estava diante da mesa do meu escritório, sorrindo para mim. Eu me levantei e fiquei olhando para ele, em total descrença, antes de, aparentemente, desmaiar pela primeira e última vez na minha vida. Por certo, uma névoa cinza girou diante dos meus olhos e, quando se dissipou, percebi que o colarinho estava aberto e senti o gosto de

---

[2] "Pássaros britânicos", "Catulo" e "A guerra santa". (N.T.)

conhaque nos lábios. Holmes estava inclinado sobre minha cadeira, segurando o frasco na mão.

– Meu caro Watson – disse a voz da qual eu me lembrava tão bem. – Devo-lhe mil desculpas. Não imaginava que minha presença provocaria tamanho efeito em você.

Eu o agarrei pelos braços.

– Holmes! – exclamei. – É você mesmo? Como é possível que esteja vivo? É possível que tenha conseguido sair daquele abismo terrível?

– Espere um pouco – pediu ele. – Tem certeza de que está se sentindo realmente bem para discutir tais assuntos? Eu provoquei um sério choque com meu retorno desnecessariamente dramático.

– Estou bem, mas, realmente, Holmes. Eu mal posso acreditar nos meus olhos. Minha nossa! Pensar que você, entre todos os homens, estaria aqui no meu escritório – novamente o peguei pelo braço e senti o braço magro e forte sob a manga. – Bem, você não é um espírito – comentei. – Meu caro amigo, muito me alegra vê-lo. Sente-se e conte-me como saiu vivo daquele terrível abismo.

Sentou-se diante de mim e acendeu um cigarro, da forma displicente de sempre. Usava a sobrecasaca decadente do vendedor de livros, mas o resto daquele indivíduo formava uma pilha de cabelos brancos e livros velhos sobre a mesa. Holmes parecia ainda mais magro e afiado do que antigamente, mas havia uma palidez mortal no rosto que me dizia que sua vida não fora muito saudável ultimamente.

– Fico feliz por poder me alongar – disse ele. – Não é nada fácil quando um homem alto precisa encolher trinta centímetros por várias horas seguidas. Agora, meu caro amigo, quanto às explicações que me pede, nós temos, se eu puder contar com sua cooperação, uma noite de trabalho árduo e perigoso diante de nós. Talvez seja melhor se eu lhe der uma explicação de toda situação quando terminarmos esse trabalho.

– Estou deveras curioso. Prefiro ouvir a história agora.

– Você virá comigo esta noite?

– Quando quiser e para onde quiser.

– Isso de fato é como antigamente. Teremos tempo para um jantar rápido antes de irmos. Bem, então, sobre aquele abismo. Eu não tive nenhuma dificuldade de sair de lá, pelo simples motivo de jamais ter estado lá.

– Você nunca entrou?

– Não, Watson, eu nunca entrei. Meu bilhete para você foi absolutamente sincero. Eu realmente não tinha muitas dúvidas de que minha carreira tinha chegado ao fim quando vi a sinistra figura do falecido professor Moriarty no caminho estreito que levava à segurança. Percebi um objetivo inexorável nos olhos cinzentos. Troquei algumas palavras com ele, conseguindo, assim, a gentil permissão de escrever um bilhete curto que você recebeu posteriormente. Eu o deixei junto de minha cigarreira e minha bengala e caminhei pela trilha com Moriarty me seguindo de perto. Quando cheguei ao final, fiquei parado. Ele não sacou nenhuma arma, mas se atirou contra mim e me agarrou com os braços compridos. Ele sabia que seu próprio jogo tinha chegado ao fim e estava ansioso para se vingar de mim. Cambaleamos juntos até a beirada. No entanto, eu tenho algum conhecimento de *baritsu*, o sistema japonês de luta, que já me foi útil mais de uma vez. Eu consegui me livrar dos braços dele, e ele, com um grito horrível, ficou chutando loucamente por alguns segundos, enquanto tentava agarrar o ar com as duas mãos. Apesar dos esforços, ele não conseguiu recobrar o equilíbrio e despencou. Pela beirada, testemunhei a longa queda, até que atingiu uma pedra, quicou e caiu nas águas.

Ouvi com assombro a explicação, a qual Holmes deu entre baforadas de fumaça do cigarro.

– Mas as pegadas! – exclamei. – Eu vi, com meus próprios olhos, que duas pessoas atravessaram a trilha e ninguém voltou.

– As coisas aconteceram desta forma. No instante que o professor desapareceu, percebi a extraordinária sorte que o Destino colocou nas minhas mãos. Eu sabia que Moriarty não era o único homem que havia jurado minha morte. Havia, pelo menos, outros três cujo desejo de vingança contra mim aumentaria como resultado da morte do líder deles. Eram todos homens perigosos. Um ou outro por certo poderia acabar comigo. Por outro lado, se todos se convencessem de que eu estava morto, aqueles homens tomariam certas liberdades, se mostrariam mais cedo ou mais tarde, e eu poderia destruí-los. Só então chegaria o momento de anunciar que eu ainda fazia parte do mundo dos vivos. Meu cérebro age tão rápido que creio que todo esse plano tenha surgido antes que o professor Moriarty tivesse atingido o fundo das Cataratas de Reichenbach.

"Levantei-me e examinei a parede rochosa atrás de mim. No seu pitoresco relato do caso, que li com grande interesse alguns meses depois, você afirma que ela era escarpada. Mas isso não era exatamente verdadeiro. Havia alguns apoios em que eu poderia colocar os pés e havia algumas indicações de saliências. O penhasco era tão alto que o escalar era uma impossibilidade óbvia, assim como era impossível voltar pela trilha molhada sem deixar algum vestígio. É verdade que eu poderia ter colocado as botas ao contrário, como fiz em ocasiões semelhantes, mas a visão de três conjuntos de pegadas certamente sugeriria algum engodo. Considerando tudo, então, era melhor se eu me arriscasse na escalada. Não foi uma coisa muito agradável, Watson. A catarata rugia abaixo de mim. Não sou uma pessoa dada a arroubos de imaginação, mas juro para você que eu parecia ouvir a voz de Moriarty gritando comigo do fundo do abismo. Um erro poderia ser fatal. Mais de uma vez, quando tufos de mato saíram na minha mão ou meu pé escorregou nas fendas molhadas das rochas, achei que ia morrer. Mas me esforcei para continuar subindo e, por fim, cheguei a uma saliência com vários centímetros de profundidade, coberta de limo macio e verde, na qual eu poderia me deitar sem ser visto e no mais perfeito conforto. E era lá que eu estava deitado quando você, meu caro Watson, e todos os policiais estavam investigando da forma mais solidária e ineficiente as circunstâncias da minha morte.

"Por fim, quando todos chegaram às inevitáveis e totalmente equivocadas conclusões, vocês partiram para o hotel e eu fiquei sozinho. Imaginei que tinha chegado ao fim das minhas aventuras, mas um acontecimento totalmente inesperado mostrou-me que ainda havia surpresas guardadas para mim. Uma enorme pedra caiu lá de cima, passou rolando por mim e atingiu a trilha, onde quicou e caiu no abismo. Por um instante, achei que fosse um acidente, mas, um instante depois, ao olhar para cima, vi a cabeça de um homem contra o céu que escurecia, e outra pedra atingiu a saliência na qual eu me encontrava, a poucos centímetros da minha cabeça. É claro que o significado disso era bem óbvio. Moriarty não estava sozinho. Um aliado ficara de guarda enquanto o professor me atacava. E bastou um rápido olhar para me dizer que tal aliado era um homem muito perigoso. A distância, sem ser visto por mim, ele havia testemunhado a morte do amigo e a minha fuga. Ficou à espreita, contornou o penhasco e tentou ter êxito no que seu companheiro fracassara.

"Não demorei muito para pensar nisso, Watson. Novamente, vi aquele rosto sombrio sobre o penhasco e soube que logo viria outra pedra. Eu desci novamente para a trilha. Acho que não teria conseguido fazer isso friamente. Era cem vezes mais difícil do que subir. Mas eu não tinha tempo para pensar no perigo, pois outra pedra logo passou rolando por mim, enquanto me segurava na beirada da rocha. No meio do caminho, escorreguei, mas, graças a Deus, caí na trilha, machucado e sangrando. Saí logo dali, corri mais de quinze quilômetros pelas montanhas na escuridão e, uma semana depois, eu estava em Florença, com a certeza de que ninguém no mundo sabia o que tinha acontecido comigo.

"Contei apenas com um confidente, meu irmão Mycroft. Devo-lhe muitos pedidos de desculpas, meu caro Watson, mas era imprescindível que pensassem que eu estava morto, e é quase certo que você não teria escrito de forma tão convincente o relato do meu triste fim, se você mesmo achasse que não era verdade. Várias vezes, durante os últimos três anos, eu peguei uma caneta para lhe escrever, mas sempre temi que seu afeto sincero por mim pudesse fazer com que cometesse alguma indiscrição que pudesse trair meu segredo. Por esse motivo, afastei-me de você quando derrubou meus livros, pois eu corria perigo na hora e qualquer demonstração de surpresa ou emoção da sua parte poderia ter chamado atenção para a minha identidade, levando a resultados deploráveis e irreparáveis. Quanto a Mycroft, fui obrigado a confiar nele para conseguir o dinheiro de que precisava. O curso dos eventos em Londres não foi tão bom quanto eu esperara, pois o julgamento da gangue de Moriarty deixou dois dos membros mais perigosos, meus inimigos mais vingativos, em liberdade. Assim, viajei por dois anos pelo Tibete, me diverti visitando Lassa e passei alguns dias com o chefe dos sacerdotes budistas. Você talvez tenha lido sobre as incríveis explorações de um norueguês chamado Sigerson, mas tenho certeza de que nunca lhe ocorreu que estivesse recebendo notícias do seu velho amigo. Então, passei um tempo viajando pela Pérsia, vi Meca e fiz uma breve mas interessante visita ao Califa em Cartum, cujos resultados tive de comunicar ao Ministério de Relações Exteriores. Ao voltar para França, dediquei alguns meses a pesquisas de derivados de alcatrão de carvão, as quais conduzi em um laboratório em Montpellier, no sul do país. Ao concluir isso de forma satisfatória, e ao descobrir que restava apenas um dos meus inimigos em Londres, eu estava prestes a voltar quando tive que acelerar meus planos por causa da notícia deste notável Mistério de Park Lane, o qual não me atraiu apenas pelos próprios méritos, mas que pareceu oferecer algumas oportunidades pessoais bem peculiares. Vim direto para Londres, apareci em carne e osso em Baker Street, provocando um forte ataque histórico na senhora Hudson, e descobri que Mycroft preservara todos os aposentos e documentos exatamente como sempre foram. Então, foi assim, meu caro Watson, que às 14 horas de hoje eu estava sentado na minha antiga poltrona do meu antigo aposento, apenas desejando que eu pudesse ver meu velho amigo Watson na outra cadeira que ele costuma ocupar."

Uma narrativa tão notável que ouvi naquele fim de tarde de abril – uma narrativa que teria sido completamente inacreditável para mim caso não tivesse sido confirmada pela visão do homem alto e magro e o rosto afilado e ávido, que jamais esperava ver novamente. De certa forma, ele soubera do meu luto triste e demonstrava sua compaixão nos gestos em vez de nas palavras.

– O trabalho é o melhor antídoto para a tristeza, meu caro Watson. E eu tenho um trabalho para nós dois esta noite, o qual, se conseguirmos concluir de forma satisfatória, irá, por si só, justificar a vida de um homem neste planeta – disse ele.

Em vão, pedi que me contasse mais.

– Você ouvirá e verá o suficiente antes de a manhã chegar – respondeu ele. – Temos três anos do passado para discutir. Deixemos que isso seja o suficiente até as 21h30, quando começaremos nossa notável aventura na casa vazia.

Foi realmente como antigamente, quando, àquela hora, vi-me sentado com ele em um cabriolé de aluguel, com meu revólver no bolso, tomado pela emoção da aventura. Holmes estava frio, sério e calado. Quando a luz dos postes iluminava os traços austeros, percebi que as sobrancelhas estavam franzidas e os lábios, comprimidos. Eu não sabia que tipo de monstro selvagem estávamos prestes a caçar na selva escura dos crimes de Londres, mas eu tinha certeza, pela postura do exímio caçador ao meu lado, que a aventura era séria – ao passo que o sorriso sardônico que às vezes aparecia na expressão sombria não era um bom prenúncio para o objeto de nossa busca.

Imaginei que estivéssemos a caminho de Baker Street, mas Holmes parou o cabriolé na esquina da praça Cavendish. Observei que, ao descer, lançou um longo olhar para a direita e para a esquerda e, a cada esquina, esforçava-se para se assegurar de que não estávamos sendo seguidos. Por certo que nossa rota era singular. O conhecimento de Holmes acerca dos atalhos de Londres era extraordinário, e nesta ocasião ele passou rapidamente, a passos largos e seguros, por uma rede de estábulos e cocheiras, cuja existência eu não tinha o menor conhecimento. Chegamos finalmente a uma rua estreita e curta com casas antigas e sombrias, que nos levaram até Manchester Street e, em seguida, para a Blandford Street. Neste ponto, entrou em uma passagem estreita por um portão de madeira que levava a um quintal deserto e abriu, com uma chave, a porta dos fundos de uma casa. Entramos juntos, e ele fechou a porta.

O lugar encontrava-se na mais completa escuridão, mas estava evidente para mim que aquela era uma casa vazia. Nossos passos faziam as tábuas do assoalho antigo rangerem e estalarem sob nossos pés, e minha mão esbarrou em tiras soltas de papel de parede. Os dedos frios e finos de Holmes se fecharam no meu pulso e ele me levou em direção a um longo corredor, até que vi vagamente uma luz turva passar pelo basculante de ventilação da porta. Naquele ponto, Holmes virou repentinamente para a direita e entramos em uma sala grande, quadrada e vazia, com pesadas sombras nos cantos, mas com uma iluminação fraca no centro que vinha da iluminação pública. Não havia nenhuma luz próxima, e o vidro da janela estava coberto por uma grossa camada de poeira, então tudo que conseguíamos distinguir era o contorno um do outro. Meu companheiro colocou a mão no meu ombro e aproximou os lábios para perto de meu ouvido.

– Você sabe onde estamos? – cochichou ele.

– Por certo que aquela é Baker Street – respondi, olhando pela janela mal iluminada.

– Exatamente. Estamos em Camden House, que fica bem em frente aos nossos antigos aposentos.

– Mas por que estamos aqui?

— Porque oferece uma visão excelente daquela construção pitoresca. Posso lhe pedir que chegue um pouco mais perto da janela, meu caro Watson, tomando todo cuidado para não ser visto e que, então, olhe para nossos antigos aposentos, o ponto inicial de tantos dos nossos pequenos contos de fadas? Vejamos se os três anos de ausência tiraram totalmente o meu poder de surpreendê-lo.

Dei um passo à frente e olhei para a janela conhecida. Meus olhos pousaram nela, arfei e soltei uma exclamação de surpresa. A cortina estava fechada e uma luz forte brilhava no aposento. A sombra de um homem sentado em uma poltrona estava bem delineada no tecido iluminado que cobria a janela. Não havia dúvida em relação à posição da cabeça, aos ângulos retos dos ombros e à agudeza dos traços. O rosto estava virado e o efeito era o de uma dessas silhuetas negras que nossos avós adoravam fazer. Tratava-se de uma reprodução perfeita de Holmes. Fiquei tão surpreso que estendi a mão para tocar no homem ao meu lado e me assegurar de que ele estava de fato ali. Estava rindo sem fazer barulho.

— O que achou? — perguntou ele.

— Meu Deus! Isso é maravilhoso — exclamei.

— Creio que a idade não debilitará nem envelhecerá meus infinitos talentos — declarou ele. E reconheci no tom de voz dele a alegria e o orgulho que um artista sente diante da própria criação. — Parece demais comigo, não é?

— Eu estaria pronto para jurar que era você.

— O crédito para a execução é do *monsieur* Oscar Meunier, de Grenoble, que passou alguns dias para tirar o molde. É um boneco de cera. O resto eu mesmo preparei durante a minha visita a Baker Street esta tarde.

— Mas por quê?

— Porque, meu caro Watson, eu tenho um fortíssimo motivo para desejar que certas pessoas acreditem que estou lá, quando, na verdade, estou em outro lugar.

— E você achou que a casa estava sendo vigiada?

– Eu *sabia* que estava sendo vigiada.

– Por quem?

– Pelos meus velhos inimigos, Watson. Pela sociedade charmosa cujo líder está no fundo da Catarata de Reichenbach. Você deve se lembrar de que eles, e somente eles, sabiam que eu ainda estava vivo. Eles acreditavam que, mais cedo ou mais tarde, eu voltaria para minha casa. Eles estavam sempre vigiando, e esta manhã me viram chegar.

– Como você sabe?

– Porque eu reconheci a sentinela deles quando olhei pela janela. É um sujeito bastante inofensivo, chamado Parker, um estrangulador de aluguel que sabe tocar muito bem o berimbau de boca. Eu não me preocupei com ele. Mas me preocupei muito com uma pessoa mais formidável que estava atrás dele, o amigo íntimo de Moriarty, o homem que jogou as pedras para me derrubar no abismo, o criminoso mais perigoso e esperto de Londres. É esse o homem que está atrás de mim esta noite, Watson, e esse é o homem que não faz ideia de que somos *nós* que estamos atrás *dele*.

Os planos do meu amigo estavam se revelando de forma gradual. Daquele retiro conveniente, os vigias estavam sendo vigiados e os perseguidores, perseguidos. Aquela sombra angular lá longe era a isca e nós éramos os caçadores. Ficamos juntos, em silêncio na escuridão, e observamos as figuras apressadas que passavam na nossa frente. Holmes estava em silêncio e sem se mexer; mas eu sabia que ele estava totalmente alerta e que seus olhos estavam fixos no fluxo de pedestres. Era uma noite fria e tempestuosa, e o vento assoviava ao longo da rua comprida. Muitas pessoas iam e vinham, a maioria protegida por casacos e lenços. Vez ou outra parecia que eu tinha visto a mesma pessoa, e notei especialmente dois homens que pareciam estar se protegendo do vento no vão da porta de uma casa mais acima na rua. Tentei chamar a atenção do meu companheiro, mas ele fez um gesto de impaciência, enquanto continuava observando a rua. Mais de uma vez, ele remexeu os pés e tamborilou os dedos na parede. Ficou evidente que estava ficando nervoso e que seus planos não estavam funcionando como esperava. Por fim, perto da meia-noite, quando a rua estava mais vazia, ele começou a andar de um lado para o outro em uma agitação incontrolável. Eu estava prestes a fazer um comentário, quando ergui os olhos para a janela iluminada e, novamente, fui surpreendido tanto quanto antes. Segurei o braço de Holmes e apontei lá para cima:

– A sombra se mexeu! – exclamei.

Na verdade, não víamos mais o perfil, mas as costas estavam viradas para nós.

Três anos certamente não acalmaram a rispidez do temperamento dele nem sua impaciência com uma inteligência menos ativa que a dele.

– É claro que se mexeu – disse ele. – Você acha que sou um amador desleixado, Watson, a ponto de colocar um manequim no meu lugar e esperar que isso seja o suficiente para enganar os homens mais inteligentes da Europa? Estamos nesta sala há duas horas, e a senhora Hudson já mudou o boneco de posição oito vezes, ou uma vez a cada quinze minutos. Ela fica na frente do boneco, desse modo sua sombra nunca é vista. Ah!

Ele respirou fundo, puxando o ar com uma inspiração aguda e agitada. Na penumbra, vi a cabeça inclinada para frente, toda sua postura rígida de antecipação. Lá fora, a rua estava completamente deserta. Aqueles dois homens talvez ainda estivessem agachados no vão da porta, mas eu não conseguia mais vê-los. Estava tudo quieto e escuro, a não ser pela tela amarelada brilhante diante de nós com a figura preta delineada no meio. Novamente, no mais absoluto silêncio, ouvi aquela nota baixa e sibilante que denotava uma intensa animação reprimida. Um minuto depois, ele me puxou para o canto mais escuro da sala e senti a mão dele cobrir a minha boca como aviso. Os dedos que me agarraram estavam trêmulos. Nunca vi meu amigo mais emocionado e, mesmo assim, a rua escura ainda se estendia, diante de nós, deserta e sem qualquer sinal de movimento.

Mas, de repente, senti o que ele, com seus sensos aguçados, já tinha percebido. Um som baixo e furtivo chegou aos meus ouvidos, não da direção de Baker Street, mas dos fundos da casa em que estávamos escondidos. Uma porta se abriu e se fechou. Um instante depois, passos soaram pela passagem – passos que tinham o intuito de serem silenciosos, mas que reverberaram duramente pela casa vazia. Holmes encostou-se na parede, e eu fiz o mesmo, enquanto levava a mão à coronha do meu revólver. Observando a penumbra, vi o contorno vago de um homem, um tom mais escuro do que o negrume da porta aberta. Ele ficou parado por um instante e, depois, avançou, curvado e ameaçador, entrando na sala. Estava a menos de três metros de nós, aquela figura sinistra, e eu me preparei para receber o ataque, antes de me dar conta de que ele não fazia ideia da nossa presença. Passou bem perto de nós, deu uma olhada na janela e, então, de forma suave e sem fazer barulho, abriu uma fresta de uns quinze centímetros. Quando se agachou para ficar no nível da abertura, a luz da rua, não mais esmaecida pelo vidro empoeirado, iluminou o rosto dele. O homem pareceu muito animado. Os olhos brilhavam como estrelas e várias expressões apareceram no rosto dele. Era um homem mais velho, com nariz fino e grande, testa ampla abaixo da careca e um enorme bigode grisalho. Uma cartola tinha sido puxada para trás na cabeça e uma camisa elegante de noite brilhava sob o sobretudo aberto. O rosto era magro e a pele, morena, marcada com rugas profundas e brutais. Carregava na mão o que parecia ser uma vara, mas, quando a colocou no chão, provocou um som metálico. Então, do bolso do sobretudo tirou um objeto robusto e se ocupou com alguma tarefa que terminou com um clique alto e agudo, como se tivesse encaixado uma mola ou um pino. Ainda ajoelhado no chão, ele inclinou o corpo para frente e colocou o peso e a força sobre algum tipo de alavanca, provocando um ruído longo, giratório e de trituração, terminando mais uma vez em um clique forte. Empertigou-se, e foi quando vi que ele segurava um tipo de arma com uma coronha curiosamente disforme.

Ele abriu a culatra, enfiou alguma coisa e a fechou. Então, agachou-se, apoiou a ponta do cano da arma no peitoril da janela aberta e vi o bigodão encostar na coronha e seu olho brilhar enquanto fazia a pontaria. Ouvi um suspiro baixo de satisfação quando apoiou a culatra no ombro; e vi que o incrível alvo, a sombra negra sobre o fundo amarelo, estava bem visível na mira da arma. Por um instante, ele ficou rígido e imóvel. Então, seu dedo apertou o gatilho. Seguiu-se um som estranho, alto e sibilante, e o tinido prateado de vidro quebrado. Naquele instante, Holmes saltou como um tigre nas costas do atirador e o jogou de cara no chão. O homem logo levantou-se e, com uma força convulsiva, agarrou Holmes pelo pescoço, mas eu acertei a cabeça dele com a coronha do meu revólver, e ele caiu novamente no chão. Atirei-me sobre ele e o mantive no chão, enquanto meu companheiro soprava um apito. Seguiu-se o barulho de vários passos apressados do assoalho e dois policiais uniformizados e um detetive à paisana entraram na sala pela porta da frente.

– É você, Lestrade? – perguntou Holmes.

– Sim, senhor Holmes. Eu assumi este trabalho. É muito bom vê-lo novamente em Londres.

– Acho que você quer uma ajuda não oficial. Três homicídios não solucionados em um ano não é nada bom, Lestrade. Mas você lidou com o Mistério Molesey abaixo do seu desempenho... Vamos dizer que você lidou bem com esse caso.

Todos nos levantamos, nosso prisioneiro com a respiração ofegante, com um policial forte de cada lado. Alguns curiosos já tinham começado a se reunir na rua. Holmes se aproximou da janela, fechou-a e baixou as persianas. Lestrade pegou duas velas e os policiais descobriram as lanternas. Por fim, consegui dar uma boa olhada no nosso prisioneiro.

O rosto era deveras viril, embora sinistro, e estava virado para nós. Com a tez de um filósofo e o maxilar de um sedutor, o homem deve ter começado com grande capacidade para o bem ou para o mal. Mas ninguém olharia para os olhos azuis cruéis, com as pálpebras cínicas caídas, ou para o nariz forte e agressivo e a tez enrugada, sem perceber os sinais mais claros de perigo que a natureza pode dar. Ele não deu atenção a nenhum de nós, mantendo o olhar fixo no rosto de Holmes com expressão de ódio e incredulidade em igual medida.

– Seu demônio! – repetia ele. – Seu demônio inteligente de uma figa!

– Ah, coronel – respondeu Holmes, arrumando o colarinho amassado. – "As viagens terminam com o encontro dos apaixonados", como diz a antiga peça teatral. Acho que não tive o prazer de vê-lo desde que me cobriu de atenções enquanto eu estava deitado na saliência rochosa acima das Cataratas de Reichenbach.

O coronel continuou encarando meu amigo como se estivesse em transe.

– Seu demônio astuto! Muito astuto! – era tudo que ele conseguia dizer.

– Ainda não fiz as apresentações – disse Holmes. – Cavalheiros, este é o coronel Sebastian Moran, outrora membro do exército indiano de sua majestade, o melhor caçador de animais de grande porte que nosso Império Oriental já produziu. Creio que estou certo ao dizer, coronel, que o seu recorde de tigres abatidos ainda não foi superado?

O homem velho e forte nada disse, mas fulminou meu companheiro com o olhar. Com os olhos selvagens e o bigode eriçado, era a própria e maravilhosa imagem do tigre.

– Pergunto-me como meu estratagema tão simples foi capaz de enganar um *shikari* tão velho – comentou Holmes. – Você deve conhecê-lo bem. Você nunca prendeu uma criança sob uma árvore e ficou deitado lá em cima com seu rifle, esperando que a isca trouxesse o seu tigre? Esta casa é a minha árvore, e você é o meu tigre. Você talvez tivesse outras armas de reserva para o caso de haver vários tigres ou para o caso improvável de errar a mira. Eles – disse Holmes apontando – são minhas outras armas. O paralelo é preciso.

O coronel Moran se atirou para frente, rosnando de fúria, mas os policiais o contiveram. Era terrível olhar para a expressão de raiva no rosto dele.

– Confesso que você me surpreendeu um pouco – continuou Holmes. – Não imaginei que viria pessoalmente a esta casa para aproveitar esta janela tão conveniente. Imaginei que você fosse fazer o serviço na rua, onde meu amigo Lestrade e seus homens o aguardavam. A não ser por isso, tudo saiu exatamente como imaginei.

O coronel Moran se virou para o detetive.

– Você pode ou não ter justa causa para me prender – declarou ele. – Mas não há motivo para que eu seja submetido ao escárnio dessa pessoa. Se estou nas mãos da lei, que seja de forma legal.

– Creio que seja um pedido razoável – respondeu Lestrade. – Há mais alguma coisa que queira dizer antes de irmos, senhor Holmes?

Holmes tinha pegado a poderosa espingarda de ar comprimido no chão e examinava os mecanismos.

– Uma espingarda admirável e única – comentou ele. – Silenciosa e extremamente potente. Eu conhecia Von Herder, o mecânico alemão cego que a construiu a pedido do falecido professor Moriarty. Há anos tenho conhecimento de sua existência, embora nunca tenha tido a oportunidade de vê-la. Recomendo que dedique uma atenção especial a ela, Lestrade, e também às balas usadas.

– Pode ter certeza de que faremos isso, senhor Holmes – assegurou Lestrade, enquanto o grupo se encaminhava para a porta. – Algo mais a acrescentar?

– Apenas perguntar que acusação pretende usar.

– Qual acusação, senhor? Ora, mas é claro que será tentativa de homicídio do senhor Sherlock Holmes.

– Não faça isso, Lestrade. Prefiro não aparecer neste caso. A você, e apenas a você, pertence o crédito da notável prisão que acabou de fazer. Sim, Lestrade, eu o parabenizo! Com seu usual e acertado misto de astúcia e audácia, você o prendeu.

– Prendi! Quem eu prendi, senhor Holmes?

– O homem que toda força policial está procurando em vão: o coronel Sebastian Moran, que assassinou o ilustre Ronald Adair com uma bala expansiva de uma espingarda de ar comprimido através da janela aberta do segundo andar da casa em frente ao número 427 da Park Lane, no dia trinta do mês passado. Essa é a acusação, Lestrade. E agora, Watson, se você estiver disposto a enfrentar a corrente de ar provocada por uma janela quebrada, acho que meia hora no meu escritório, fumando um charuto, talvez se prove uma feliz diversão.

Nossos antigos aposentos foram mantidos intocados por meio da supervisão de Mycroft Holmes e os cuidados diretos da senhora Hudson. Quando entrei, percebi um raro asseio, é bem verdade, mas os antigos objetos conhecidos estavam em seus devidos lugares. Lá estava o canto da química e a mesa com tampo de pinho manchado de ácido. Lá em cima, sobre uma prateleira, havia uma fileira de formidáveis cadernos de recortes e livros de referência que muitos concidadãos ficariam felizes em queimar. Os diagramas, o estojo do violino e o porta-cachimbos – até mesmo a pantufa persa que guardava o tabaco – vi tudo isso enquanto olhava em volta. Havia dois ocupantes no aposento: a senhora Hudson, que ficou radiante quando nos viu entrar, e o estranho boneco que desempenhou tão importante papel nas aventuras da noite. Era um modelo cor de cera do meu amigo, feito de forma tão admirável que parecia um fac-símile perfeito. Estava em uma pequena mesa pedestal usando uma roupa antiga de Holmes, de forma que a ilusão da rua era absolutamente perfeita.

– Espero que tenha seguido todas as precauções, senhora Hudson – disse Holmes.

– Fiquei ajoelhada como o senhor instruiu.

– Excelente. Você executou tudo muito bem. Você viu onde a bala entrou?

– Sim, senhor. Temo que tenha destruído o seu bonito busto, pois atravessou sua cabeça e bateu na parede. Eu a peguei no tapete. Aqui está!

Holmes a mostrou para mim.

– Uma bala expansiva de revólver, como pode ver, Watson. Há uma engenhosidade em tudo isso, pois quem imaginaria que uma coisa dessas sairia de uma espingarda de ar comprimido? Muito bem, senhora Hudson, agradeço por sua assistência. E agora, Watson, quero vê-lo no seu antigo assento uma vez mais, pois há vários pontos que gostaria de discutir com você.

Ele tinha tirado o sobretudo gasto e agora era o Holmes de antigamente com seu roupão cor de rato que tirou de sua efígie.

– Os nervos do velho *shikari* não perderam a firmeza; nem seus olhos, a precisão – declarou ele, com uma risada, enquanto inspecionava a testa do seu busto. – Acertou na parte de trás da cabeça para atravessar o cérebro. Ele era o melhor atirador da Índia, e creio que haja poucos melhores que ele em Londres. Você já tinha ouvido falar dele?

– Não, não tinha.

– Ora, ora, é assim a fama! Mas, veja, se não me falha a memória, você também nunca tinha ouvido falar no professor James Moriarty, dono de um dos maiores cérebros do século. Dê-me o índice de biografias da estante.

Ele virou as páginas devagar, recostando-se na poltrona, enquanto soprava grandes nuvens de fumaça do charuto.

– Minha coleção de Ms é muito boa – comentou ele. – O próprio Moriarty já é suficiente para tornar qualquer letra ilustre, e aqui está Morgan, o envenenador, e Merridew da memória abominável, e Matthews, que arrancou meu canino esquerdo na sala de espera em Charing Cross, e, finalmente, aqui está nosso amigo desta noite.

Ele me entregou o livro e eu li:

> Moran, Sebastian, coronel. *Desempregado. Pertenceu ao Primeiro Regimento dos Pioneiros de Bangalore. Nascido em Londres no ano de 1840. Filho de Sir Augustos Moran, C.B., ex-ministro*

britânico na Pérsia. Estudou em Eton e Oxford. Serviu nas campanhas Jowaki, Afegã, Charasiab (incursões), Shepur e Cabul. Autor de Heavy Game of the Western Himalayas[3] *(1881);* Three Months in the Jungle[4] *(1884). Endereço: Conduit Street. Clubes: Anglo-Indian, Tankerville e Bagatelle Card Club.*

Às margens, com a letra precisa de Holmes:

O segundo homem mais perigoso de Londres.

– Isso é incrível – disse eu, entregando o índice. – A carreira dele é a de um honrado soldado.

– Verdade – respondeu Holmes. – Até certo ponto ele foi correto. Sempre foi o homem de nervos de aço e até hoje ainda contam na Índia como ele se arrastou pelo esgoto atrás de um tigre ferido devorador de gente. Existem alguns tipos de árvore, Watson, que chegam a determinada altura e, de repente, desenvolvem algum tipo de excentricidade disforme. Você verá muito isso em seres humanos. Tenho uma teoria de que o indivíduo representa no seu desenvolvimento toda a progressão dos seus ancestrais e que uma virada tão repentina para o bem ou para o mal é resultado de alguma forte influência presente na linhagem do *pedigree* da pessoa, e ela acaba se tornando, como foi o caso, o epítome da história da própria família.

– Por certo, uma teoria deveras extravagante.

– Bem, não insisto nisso. Seja qual for a causa, o coronel Moran começou a sair do caminho. Sem nenhum tipo de escândalo público, ele se tornou um homem procurado na Índia. Ele se aposentou, veio para Londres e, novamente, ganhou fama negativa. Foi nessa época que o professor Moriarty o procurou e tornou o coronel seu homem de confiança

---

[3] "A caça de grande porte no ocidente do Himalaia". (N.T.)
[4] "Três meses na selva". (N.T.)

por um tempo. Moriarty lhe pagou muito bem e só o usou em um ou dois serviços altamente especializados que nenhum criminoso comum teria conseguido realizar. Você talvez se lembre da morte da senhora Stewart, de Lauder, em 1887. Não? Bem, estou certo de que Moran estava por trás disso, mas não foi possível provar. O coronel se escondeu tão bem que, mesmo quando a gangue de Moriarty foi desmantelada, não conseguimos incriminá-lo. Você se lembra de que, naquela época, quando fui até seus aposentos e coloquei persianas, por temer espingardas de ar comprimido? Sem dúvida, você me achou extravagante. Eu sabia exatamente o que estava fazendo, pois já tinha conhecimento da existência daquela notável espingarda e também que um dos melhores atiradores do mundo a manejaria. Quando estávamos na Suíça, ele nos seguiu com Moriarty, e foi sem dúvida ele que me deu aqueles horríveis cinco minutos na saliência rochosa das Cataratas de Reichenbach.

"Como bem pode imaginar, eu lia os jornais com atenção durante minha curta estadia na França, em busca de alguma pista para poder capturá-lo. Enquanto ele estivesse livre em Londres, minha vida não valeria ser vivida. Noite e dia a sombra estaria sobre mim e, mais cedo ou mais tarde, ele acabaria tendo uma oportunidade. O que eu poderia fazer? Eu não poderia simplesmente atirar nele à queima-roupa ou eu mesmo estaria no banco dos réus. De nada adiantaria apelar a um magistrado. Eles não poderiam interferir no que a eles pareceria uma suspeita infundada. Então, eu nada podia fazer. Mas eu acompanhava as notícias criminais, sabendo que, mais cedo ou mais tarde, eu o pegaria. Então, aconteceu o assassinato de Ronald Adair. Por fim, eu tinha minha chance. Sabendo de tudo que eu sabia, como eu não teria certeza de que o coronel Moran era o assassino? Ele jogara cartas com o rapaz, seguira-o do clube até a casa e atirara nele pela janela aberta. Não havia a menor dúvida quanto a isso. As balas por si só eram o suficiente para enviá-lo à forca. Voltei imediatamente. Fui visto pela sentinela, que, eu sabia, logo chamaria a atenção do coronel para a minha presença. Ele não deixaria de ligar meu retorno repentino com seu crime, e ficaria deveras alarmado. Eu estava certo de que ele faria uma tentativa para me tirar do caminho *de uma vez por todas* e que, para isso, traria sua arma mortífera. Deixei uma excelente isca para ele na janela e avisei a polícia de que eles talvez fossem necessários. Aliás, Watson, você notou a presença deles na porta com precisão certeira. Então, eu escolhi o lugar que parecia mais prudente para observação, sem jamais sonhar que ele escolheria o mesmo lugar para o seu ataque. Agora, meu caro Watson, resta-me algo mais para explicar?"

– Sim – respondi. – Você não deixou claro qual foi o motivo que levou o coronel Moran a assassinar o ilustre Ronald Adair.

– Ah, meu caro Watson, eis que chegamos ao reino das conjecturas, onde a mente mais lógica pode se perder. Cada um pode criar sua própria hipótese diante das provas, e a sua provavelmente será tão correta quanto a minha.

– Mas você já chegou a uma, então?

– Creio que não seja tão difícil de explicar os fatos. Uma das evidências descobertas foi que o coronel Moran e o jovem Adair tinham, entre eles, ganhado uma quantia considerável de dinheiro. Agora, Moran com certeza trapaceou, um fato de que estou ciente há muito tempo. Creio que, no dia do assassinato, Adair descobriu que Moran estava trapaceando no jogo. É bastante provável que o jovem tenha conversado com ele em particular e ameaçado revelar o roubo, a não ser que ele deixasse de ser sócio do clube por livre e espontânea vontade e prometesse não jogar mais cartas. É bastante improvável que um jovem como Adair fizesse imediatamente um terrível escândalo ao expor um homem conhecido tão mais velho que ele. Provavelmente ele agiu como sugeri aqui. A exclusão dos clubes significaria a ruína para Moran, que vivia dos proventos conseguidos com as trapaças no carteado. Desse modo, ele assassinou Adair, que, no momento da sua morte, estava dedicado ao trabalho de descobrir quanto dinheiro teria de devolver, uma vez que não poderia lucrar com a trapaça do parceiro de jogo. Ele trancou a porta para que as damas não o surpreendessem e insistissem em saber o que estava fazendo com aqueles nomes e aquelas moedas. Essa explicação passará?

– Não tenho dúvidas de que deve ser essa a verdade.

– Isso será provado ou refutado no julgamento. Nesse meio-tempo, aconteça o que acontecer, o coronel Moran não nos importunará mais. A famosa espingarda de ar comprimido de Von Herder ornamentará o Museu da Scotland Yard e, uma vez mais, o senhor Sherlock Holmes está livre para dedicar a vida a examinar aqueles probleminhas interessantes que a complexa vida londrina apresenta de forma tão abundante.

Capítulo 2

• A AVENTURA DO CONSTRUTOR DE NORWOOD •

TRADUÇÃO: NATALIE GERHARDT

– Do ponto de vista de um perito criminal – disse senhor Sherlock Holmes –, Londres se tornou uma cidade particularmente enfadonha desde a morte do saudoso professor Moriarty.

– Não consigo imaginar que encontre muitos cidadãos de bem que concordem com você – respondi.

– Pois muito bem, não devo ser egoísta – disse ele com um sorriso, enquanto afastava a cadeira da mesa do café da manhã. – A comunidade certamente ganhou, e ninguém perdeu nada, a não ser pelo especialista sem trabalho, cuja ocupação se foi. Com aquele homem no campo, o jornal matinal apresentava infinitas possibilidades. Em geral, bastava um pequeníssimo indício, Watson, uma indicação mínima, e era o suficiente para me dizer que aquele grande cérebro maligno estava envolvido, enquanto ligeiros tremores nas extremidades da teia lembravam à pessoa da existência de uma aranha asquerosa que aguarda no centro. Pequenos furtos, assaltos violentos, brigas sem sentido... tudo isso, para o homem que detinha a prova, podia se interligar para formar o todo. Para o estudante científico do mais alto mundo criminal, nenhuma outra capital europeia oferecia as vantagens que Londres tinha à época. Mas agora... – ele encolheu os ombros em uma autorreprovação engraçada do estado das coisas que ele mesmo fizera para conseguir.

Na época à qual me refiro, Holmes já estava de volta havia alguns meses, e eu, a seu pedido, vendi meu consultório e voltei a compartilhar nossos antigos aposentos em Baker Street. Um jovem médico, chamado Verner, comprara meu pequeno consultório em Kensington, e havia pagado, com surpreendentemente poucas objeções, o maior preço que me arrisquei a pedir – um incidente que só se explicou alguns anos depois, quando descobri que Verner era um parente distante de Holmes e fora meu amigo quem realmente custeara o preço.

Nossos meses de sociedade não foram tão monótonos quanto ele afirmou, pois descubro, olhando minhas anotações, que tal período inclui o caso dos documentos do ex-presidente Murillo, e também o caso chocante do barco a vapor holandês *Friesland*, que quase custou a nossa vida. Sua natureza fria e orgulhosa, porém, era sempre avessa a qualquer coisa na forma de aplausos públicos, obrigando-me, nos termos mais veementes, a não dizer mais nada sobre ele, seus métodos e seus sucessos – uma proibição que, como expliquei antes, só foi removida agora.

Senhor Sherlock Holmes estava recostado na sua cadeira depois do excêntrico protesto, e eu estava desdobrando o jornal matinal de forma relaxada, quando nossa atenção foi chamada por um toque alto da campainha, seguido imediatamente de um som surdo, como se alguém estivesse esmurrando nossa porta. Quando ela se abriu, ouvimos um som tumultuado no vestíbulo, seguido por passos apressados pela escada, e, um instante depois, um jovem agitado de olhos esbugalhados, pálido, desgrenhado e trêmulo, adentrou o aposento. Ele olhou de um para outro e, diante do nosso olhar inquisidor, percebeu que precisava se desculpar por uma entrada tão descortês.

– Queira me desculpar, senhor Holmes! – exclamou ele. – O senhor não deve me culpar. Estou praticamente louco, senhor Holmes. Eu sou o infeliz John Hector McFarlane.

Ele fez tal declaração como se seu nome fosse suficiente para explicar tanto sua visita quanto seus modos, mas consegui perceber, pela expressão indiferente do meu companheiro, que aquilo não significava mais para ele do que para mim.

– Aceita um cigarro, senhor McFarlane – disse ele, estendendo a cigarreira. – Por certo que, com seus sintomas, meu amigo doutor Watson aqui conosco prescreveria um sedativo. O clima está tão quente nesses últimos dias. Agora, se o senhor se sentir um pouco mais recomposto, ficaria satisfeito se aceitasse se sentar naquela cadeira e nos contar bem devagar e com muita calma quem é e o que deseja. O senhor mencionou o seu nome, como se eu devesse reconhecê-lo, mas asseguro que, além do óbvio fato que o senhor é solteiro, advogado, maçom e asmático, nada mais sei sobre o senhor.

Como eu já era familiar aos métodos do meu amigo, não foi difícil seguir suas deduções e observar as roupas desgrenhadas, o maço de documentos legais, o pingente do relógio e a respiração que as estimularam. Nosso cliente, porém, ficou olhando para ele com assombro.

– Sim, sou tudo isso, senhor Holmes. Além disso, sou o homem mais desafortunado de Londres no momento. Pelo amor de Deus, não me abandone, senhor Holmes! Se eles vierem me prender antes que eu termine de contar minha história, faça com que eles me deem tempo para que eu possa lhe contar toda a verdade. Eu iria para a cadeia feliz se soubesse que o senhor está trabalhando aqui fora por mim.

– Prender! – exclamou Holmes. – Isso é realmente deveras grati... deveras interessante. E qual é a acusação que resultará na sua prisão?

– A de assassinar o senhor Jonas Oldacre, de Lower Norwood.

O rosto expressivo do meu amigo mostrou uma simpatia que temo não ter sido totalmente isenta de satisfação.

— Minha nossa — disse ele. — Agora mesmo, durante o desjejum, eu estava justamente conversando com meu amigo, doutor Watson, que casos sensacionais tinham desaparecido dos nossos jornais.

Nosso visitante estendeu uma das mãos trêmulas e pegou o *Daily Telegraph*, que ainda estava no colo de Holmes.

— Se já tivesse lido, o senhor entenderia rapidamente o motivo de eu ter vindo aqui esta manhã. Sinto que meu nome e meu infortúnio devem estar na boca do povo. — Ele o abriu e mostrou a página central. — Aqui está, com sua permissão, lerei para o senhor. Ouça isto, senhor Holmes. As chamadas para a matéria são: "Caso Misterioso em Lower Norwood. Desaparecimento de um construtor conhecido. Suspeita de assassinato e incêndio criminoso. Uma pista para o criminoso". Essa é a pista que eles já estão seguindo, senhor Holmes, e eu sei que ela com certeza leva a mim. Eu estou sendo seguido desde a estação London Bridge, e tenho certeza de que só estão esperando o mandado de prisão para me prenderem. Isso vai partir o coração da minha mãe. Vai partir o coração dela! — Ele balançou as formas em um gesto agoniado de apreensão, e ficou balançando para a frente e para trás na cadeira.

Olhei com interesse para aquele homem, que foi acusado de ser o perpetrador de um crime de violência. Ele tinha o cabelo cor de palha e era bonito de um modo abatido e negativo, com olhos azuis assustados e um rosto bem barbeado, com uma boca fraca e sensível. Devia ter uns 27 anos, e suas roupas e modos eram os de um cavalheiro. Do bolso do sobretudo leve de verão, havia um maço de documentos endossados que indicavam sua profissão.

— Devemos usar o tempo que temos — disse Holmes. — Watson, você faria a gentileza de pegar o jornal e ler o parágrafo em questão?

Sob as manchetes fortes que nosso cliente citou, eu li a seguinte narrativa sugestiva:

Tarde da noite de ontem, ou bem no início da madrugada de hoje, ocorreu um incidente em Lower Norwood que indica, como se teme, um sério crime. O senhor Jonas Oldacre, um conhecido residente daquele subúrbio, onde gerenciava seu negócio como construtor por muitos anos. O senhor Oldacre é um homem solteiro de 52 anos de idade e mora na Deep Dene House, no terminal Sydenham na rua de mesmo nome. Tinha a reputação de ser um homem de hábitos excêntricos, secretos e reservados. Há alguns anos ele praticamente se retirou dos negócios, com os quais dizem que conseguiu juntar considerável riqueza. Ainda tem um pequeno depósito de madeira no fundo da casa, e ontem, por volta de meia-noite, deram o alarme de que uma das pilhas de madeira estava em chamas. Os bombeiros logo chegaram, mas a madeira seca queimou com grande fúria, sendo impossível controlar a conflagração até a pilha ter sido totalmente consumida. Até esse ponto, tudo indicava ser um incidente comum, mas novos indícios parecem apontar para um crime sério. Houve surpresa com a ausência do dono do estabelecimento na cena do incêndio e, depois de algumas perguntas, percebeu-se que ele havia desaparecido da casa. Uma análise do seu quarto mostrou que ninguém havia dormido na cama, que o cofre que lá ficava estava aberto; diversos importantes documentos estavam espalhados pelo quarto e, finalmente, havia sinais de uma luta mortal, com alguns vestígios de sangue espalhados pelo quarto e uma bengala de carvalho também com manchas de sangue no cabo. Sabe-se que o senhor Jonas Oldacre recebeu um visitante tarde da noite no seu quarto naquela noite, e a bengala encontrada foi identificada como sendo de propriedade dessa pessoa, que é um jovem advogado de Londres chamado John Hector McFarlane, um associado júnior do escritório Graham e McFarlane, no número 426 dos edifícios Gresham, E.C. A polícia acredita estar de posse de provas que fornecem um motivo muito convincente para o crime, e não há dúvidas de que se seguirão desenvolvimentos sensacionais.

POSTERIORMENTE: *Há rumores, enquanto o jornal está sendo impresso, de que o senhor John Hector McFarlane foi preso sob a acusação de assassinato do senhor Jonas Oldacre. Pelo menos é certo que um mandado foi emitido. Houve mais alguns desenvolvimentos sinistros na investigação em Norwood. Além dos sinais de luta no quarto do infeliz construtor, sabe-se agora que as janelas do quarto (que fica no térreo) estavam abertas, que havia marcas como se algum objeto pesado tivesse sido arrastado até a pilha de madeira e, finalmente, foram encontrados restos carbonizados entre as cinzas do incêndio. A teoria da polícia é a de que um crime dos mais impressionantes foi cometido, que a vítima foi surrada com porrete até a morte e o corpo arrastado até as pilhas de madeira, que foram incendiadas para ocultar todos os traços do crime. A investigação criminal está nas mãos experientes do inspetor Lestrade, da Scotland Yard, que está seguindo as pistas com sua energia e sagacidade costumeiras.*

Sherlock Holmes ouviu, de olhos fechados e com a ponta dos dedos das mãos unidas, esse relato notável.

– O caso realmente tem alguns pontos de interesse – disse ele, de forma lânguida. – Posso perguntar, em primeiro lugar, senhor McFarlane, como o senhor ainda está em liberdade, uma vez que parece haver provas suficientes para justificar sua prisão?

– Moro em Torrington Lodge, Blackheath, com meus pais, senhor Holmes, mas noite passada, depois de uma reunião tarde da noite com o senhor Jonas Oldacre, pernoitei em um hotel em Norwood e vim para o trabalho de lá. Eu não sabia de nada disso até estar no trem, quando li o que senhor acabou de ouvir. Logo vi o terrível perigo da minha posição e apressei-me a colocar o caso nas suas mãos. Não tenho a menor dúvida de que eu deveria ter sido preso no meu escritório na cidade ou na minha casa. Um homem me seguiu da estação London Bridge e eu não tenho dúvidas... Meu Deus! O que é isto?

Era a campainha, seguida instantaneamente por passos pesados na escada. Um segundo depois, nosso velho amigo Lestrade apareceu à porta. Por sobre o ombro, vi de relance um ou dois policiais uniformizados do lado de fora.

– Senhor John Hector McFarlane? – perguntou Lestrade.

Nosso desafortunado cliente se levantou com rosto pálido.

– O senhor está preso pelo homicídio qualificado do senhor Jonas Oldacre, de Lower Norwood.

McFarlane olhou para nós com um gesto de desespero e afundou na cadeira novamente, como alguém que tinha acabado de ser esmagado.

– Um momento, Lestrade – disse Holmes. – Meia hora a mais ou a menos não deve fazer diferença para você, e este cavalheiro estava prestes a nos contar o que sabe sobre este caso deveras interessante, o que pode nos ajudar a esclarecê-lo.

– Creio não haver dificuldade para esclarecê-lo – retrucou Lestrade, sombrio.

– Ainda assim, com a sua permissão, eu gostaria de ouvir o relato.

– Muito bem, senhor Holmes, é difícil lhe recusar qualquer pedido, pois o senhor já ajudou a polícia uma ou duas vezes no passado, e temos uma dívida com o senhor na Scotland Yard – disse Lestrade. – Ao mesmo tempo, devo permanecer com o prisioneiro e sou obrigado a alertá-lo de que tudo que ele disser aparecerá nas provas contra ele.

– Não desejo nada mais – respondeu nosso cliente. – Tudo que peço é que me ouçam e reconheçam a absoluta verdade.

Lestrade olhou para o relógio.

– Você tem meia hora – disse ele.

– A primeira coisa que devo explicar – começou McFarlane – é que eu nada sabia sobre o senhor Jonas Oldacre. O nome me era familiar, pois, há muitos anos, ele era conhecido dos meus pais, mas eles se afastaram. Fiquei muito surpreso, então, quando ontem, por volta das três horas da tarde, ele apareceu no meu escritório na cidade. Mas fiquei ainda mais surpreso quando ele me disse o motivo de sua visita. Ele tinha nas mãos várias folhas de um caderno, todas escritas... Aqui estão elas... e as colocou na mesa.

"'Este é o meu testamento', disse-me ele. 'Quero que você, senhor McFarlane, coloque-o em ordem, enquanto eu aguardo aqui.'

"Eu me ocupei em copiá-lo e você não pode imaginar minha surpresa quando descobri que, com algumas reservas, ele tinha deixado todos os seus bens para mim. Ele era um homenzinho estranho, parecia um furão, com cílios brancos e, quando olhei para ele, vi que ele me observava com olhos verdes penetrantes, com uma expressão divertida. Eu mal conseguia acreditar enquanto lia os termos do testamento; mas ele me explicou que ele era solteiro, sem quase nenhum parente vivo, que conhecera meus pais na juventude e sempre ouvira dizer que eu era um jovem muito batalhador, e que tinha certeza de que seu dinheiro estaria em boas mãos. É claro que só consegui gaguejar um agradecimento. O testamento foi finalizado, assinado e meu secretário serviu como testemunha. É isso que está no papel azul, e essas páginas, como expliquei, são o rascunho. O senhor Jonas Oldacre, então, me informou que havia diversos documentos, locações de edifícios, títulos de propriedade, hipotecas, títulos e assim por diante, e que eu precisava ver para entender. Disse-me que sua mente não sossegaria enquanto não resolvesse tudo e implorou-me que fosse com ele até sua casa em Norwood aquela noite, trazendo o testamento comigo para resolver as questões. 'Lembre-se, garoto, não diga nada para seus pais até tudo isso estar resolvido. Vamos fazer uma surpresa para eles'. Ele insistiu muito neste ponto e me fez jurar e dar minha palavra.

"Bem pode imaginar, senhor Holmes, que eu não estava disposto a recusar nada que ele pudesse pedir. Ele era meu benfeitor, e tudo que eu desejava era cumprir os desejos dele em todos os detalhes. Mandei um telegrama para casa, então, dizendo que eu tinha negócios importantes a tratar e que seria impossível dizer a que horas voltaria. O senhor

Oldacre me disse que gostaria que eu jantasse com ele às nove horas, uma vez que ele talvez não estivesse em casa antes deste horário. Eu tive dificuldade em encontrar a casa dele, mas cheguei lá com quase meia hora de atraso. Eu o encontrei..."

– Um momento! – pediu Holmes. – Quem abriu a porta.

– Uma mulher de meia-idade, que achei ser a governanta.

– E foi ela, presumo, que anunciou o seu nome?

– Exatamente – disse McFarlane.

– Continue, por favor.

McFarlane enxugou a testa suada e continuou a narrativa:

– A mulher me acompanhou até a sala de estar, onde um jantar leve tinha sido servido. Depois, senhor Jonas Oldacre me levou até o seu quarto, no qual havia um cofre pesado. Ele o abriu e pegou um pacote de documentos, os quais repassamos juntos. Entre onze e meia-noite, terminamos. Ele comentou que não deveríamos incomodar a governanta. E me acompanhou até a porta dupla do seu quarto, que estivera aberta o tempo todo.

– A veneziana estava abaixada?

– Não sei ao certo, mas creio que só até metade. Sim, eu me lembro agora, ele a levantou para poder abrir a porta. Não consegui encontrar minha bengala e ele disse 'Não se preocupe, garoto, eu vou vê-lo bastante agora, espero, e vou guardar sua bengala até que volte para pegá-la'. Eu o deixei lá, com o cofre aberto e os documentos organizados em cima da mesa. Era tarde e eu não conseguiria voltar para Blackheath, então, passei a noite em Anerley Arms, e não soube de mais nada até ler sobre este caso horrendo hoje de manhã.

– Mais alguma coisa que queira perguntar, senhor Holmes? – indagou Lestrade, que tinha levantado as sobrancelhas uma ou duas vezes durante aquela explicação notável.

– Não até ter ido a Blackheath.

– O senhor quer dizer Norwood – retrucou Lestrade.

– Ah, sim, sem dúvida, é isso que eu devia ter dito – comentou Holmes, com seu sorriso enigmático. Lestrade já aprendera por mais experiências do que gostaria de reconhecer que aquele cérebro afiado era capaz de compreender coisas que lhe eram impenetráveis. Vi quando ele lançou um olhar intrigado para meu amigo.

– Acho que gostaria de conversar com você agora, senhor Holmes – disse ele. – Agora, senhor McFarlane, dois policiais estão na porta e há uma carruagem esperando. – O pobre jovem se levantou e, com um último olhar suplicante, deixou o aposento. Os policiais o levaram até a carruagem, mas Lestrade ficou.

Holmes pegara as páginas que formavam o rascunho do testamento e olhava para elas com uma expressão de extremo interesse.

– Há algumas questões sobre este documento, Lestrade, não é? – perguntou ele, entregando os papéis

Lestrade pareceu surpreso.

– Consigo ler as primeiras linhas e essas aqui no meio da segunda página, e uma ou duas no final. Essas estão bastante legíveis – disse ele. – Mas a escrita entre elas está bem garranchada e há partes que simplesmente estão ilegíveis.

– E o que isso lhe diz? – perguntou Holmes.

– Bem, o que *lhe* diz?

– Que foi escrita em um trem. A letra legível representa as estações; a garranchada, o movimento do trem e a ilegível, os desvios. Um perito diria que foi escrito em uma linha suburbana, uma vez que não há nenhum lugar nas imediações de uma grande cidade com uma sucessão tão rápida de desvios. Imaginando que toda a viagem tenha sido dedicada a escrever o testamento, então era um trem expresso, parando apenas uma vez entre Norwood e London Bridge.

Lestrade começou a rir.

– O senhor é demais para mim quando começa com suas teorias, senhor Holmes – disse ele. – O que isso tem a ver com o caso?

– Bem, isso confirma a história do jovem sobre o testamento ter sido redigido por Jonas Oldacre na sua viagem de trem ontem. Mas é curioso, não é? Que aquele homem redigisse um documento tão importante de forma tão apressada. Isso sugere que ele não achava que isso teria muita importância prática. Se um homem escreveu um testamento que jamais pensou ter validade, ele talvez fizesse isso.

– Bem, ele redigiu a própria sentença de morte ao mesmo tempo – comentou Lestrade.

– Ah, é o que acha?

– E você não?

– Bem, é possível, mas o caso ainda não está claro para mim.

– Não está claro? Então, se isso não está claro, o que *poderia* elucidar melhor? Aqui está um jovem que descobre, de repente, que, se determinado idoso morrer, ele receberá uma fortuna. O que ele faz? Não conta para ninguém, mas cria algum pretexto para visitar seu cliente naquela noite. Espera até a única outra pessoa na casa ter ido dormir e, então, quando está a sós no quarto com o homem, ele o assassina, queima o corpo em uma pilha de madeira e parte para um hotel próximo. As manchas de sangue no quarto e também na bengala são muito leves. É provável que tenha imaginado que seu crime seria sem sangue e esperava que o corpo fosse totalmente consumido, ocultando completamente os vestígios do método da morte, vestígios estes que, por algum motivo, apontavam para ele. Isso não é óbvio?

– Isso me parece, meu bom Lestrade, que está óbvio demais – comentou Holmes. – Você não acrescenta imaginação às suas outras ótimas qualidades, mas se puder, por um momento, se colocar no lugar deste jovem, você escolheria a mesma noite depois que o testamento foi feito para cometer o seu crime? Não pareceria perigoso a você estabelecer uma relação tão próxima entre os dois incidentes? Novamente, você escolheria a ocasião quando sabiam que você estava na casa, quando uma criada o deixou entrar? E, por fim, você se esforçaria muito para esconder o corpo, mas deixaria para trás a sua própria bengala com sinais de que você é o criminoso? Admita, Lestrade, isso é bastante improvável.

– Em relação à bengala, senhor Holmes, você sabe tão bem quanto eu que um criminoso costuma estar agitado e comete esses erros, que um homem mais frio evitaria. Ele provavelmente ficou com medo de voltar para o quarto. Dê-me outra teoria que se encaixe nos fatos.

– Eu poderia facilmente dar meia dúzia delas – retrucou Holmes. – Por exemplo, aqui está uma bastante possível e até provável. Farei uma apresentação dela. O idoso está mostrando documentos que são de evidente valor, um mendigo passa por lá e os vê pela porta, a veneziana está baixada apenas até a metade. O advogado sai. O mendigo entra! Ele pega a bengala que vê lá, mata Oldacre e vai embora depois de queimar o corpo.

– Por que o mendigo queimaria o corpo?

– Na verdade, por que McFarlane o queimaria?

– Para destruir provas.

– Talvez o mendigo quisesse esconder qualquer assassinato.

– E por que o mendigo não roubou nada?

– Porque eram documentos que ele não poderia negociar.

Lestrade negou com a cabeça, embora parecesse a mim que seus modos indicassem que estava menos seguro de si do que antes.

– Bem, senhor Sherlock Holmes, você pode procurar pelo seu mendigo e, enquanto busca por ele, vamos manter nosso homem preso. O futuro mostrará o que está certo. Apenas lembre-se disto, senhor Holmes: até onde sabemos, nenhum dos documentos foi levado, e o prisioneiro é o único homem do mundo que não tinha motivos para levá-los, uma vez que era o herdeiro legal e os teria de qualquer modo.

Meu amigo pareceu surpreso com esse comentário.

– Minha intenção não é negar que as provas, de certo modo, são muito fortes a favor da sua teoria – disse ele. – Só quis apontar que existem outras teorias possíveis. Como você disse, o futuro mostrará. Tenha um bom dia! Atrevo-me a dizer que durante o dia eu vou até Norwood para ver como está indo.

Quando o detetive se retirou, meu amigo se levantou e fez os preparativos para o dia de trabalho com o ar alerta de um homem com uma missão agradável pela frente.

– Meu primeiro passo, Watson – disse ele, enquanto vestia a sobrecasaca –, deve ser, como eu disse, na direção de Blackheath.

– E por que não Norwood?

– Porque temos, neste caso, um incidente singular bem próximo de outro incidente singular. A polícia está cometendo um erro ao concentrar sua atenção no segundo, por ser este o que, na verdade, é o crime. Mas está evidente para mim que a abordagem lógica para o caso é começar a esclarecer o primeiro incidente, qual seja, o testamento curioso, feito de maneira tão repentina, e para um herdeiro tão inusitado. Isso talvez possa ser uma forma de simplificar o que aconteceu em seguida. Não, meu caro amigo, não acho que você possa me ajudar. Não há nenhuma previsão de perigo, do contrário nem sonharia em sair sem você. Creio que, quando eu o vir esta noite, terei condições de contar que fui capaz de fazer algo por este jovem desafortunado, que buscou minha proteção.

Já estava tarde quando meu amigo voltou, e percebi, só de olhar para o rosto ansioso e cansado, que a esperança que tinha ao sair não se cumprira. Por uma hora, ele tocou seu violino, em uma tentativa de acalmar o espírito agitado. Por fim, soltou o instrumento e começou um relato detalhado de sua desventura:

– Está tudo muito errado, Watson. O mais errado possível. Eu mantive uma expressão corajosa diante de Lestrade, mas, pela minha alma, acredito que dessa vez nosso amigo está no caminho certo, e nós, no errado. Todos os meus instintos seguem uma direção, ao passo que os fatos seguem na outra. E temo que os júris britânicos ainda não atingiram aquele nível de inteligência para darem preferência às minhas teorias em relação aos fatos de Lestrade.

— Você foi para Blackheath?

— Sim, Watson, fui até lá e logo descobri que o falecido Oldacre era um assaz patife. O pai de McFarlane estava em busca do filho. A mãe estava em casa, uma mulher pequena, rechonchuda, de olhos azuis, trêmula de medo e indignação. É claro que ela nem sequer admitiu a possibilidade da culpa do filho. Mas ela não conseguiu expressar surpresa nem tristeza diante do destino de Oldacre. Ao contrário, ela falou dele com tanta amargura, sem nem perceber que estava fortalecendo o caso da polícia, pois, é claro, se o filho a tivesse ouvido falar do homem daquela forma, é claro que isso o predisporia ao ódio e à violência. 'Ele estava mais para um primata maligno e astuto do que para um ser humano', disse-me ela, 'sempre foi assim, mesmo quando ainda era bem jovem'.

"'Você o conhecia na época?', perguntei.

"Ela respondeu: 'Sim, eu o conhecia muito bem; na verdade, ele foi uma antigo pretendente. Graças aos céus que tive o bom senso de recusar as atenções dele e me casar com um homem melhor, mesmo que mais pobre. Eu era noiva dele, senhor Holmes, quando ouvi a história chocante de como ele soltara um gato em um aviário, e eu fiquei tão horrorizada diante da crueldade brutal que não quis mais nada com ele'. Ela remexeu em uma escrivaninha e me mostrou a foto de uma mulher com o rosto vergonhosamente raspado e mutilado com uma faca. 'Esta é uma fotografia minha', disse ela. 'Ele a mandou para mim neste estado, com sua maldição, na manhã do meu casamento.'

"Eu retruquei: 'Pelo menos ele a perdoou agora, já que deixou todos os bens dele de herança para seu filho'.

"'Nem meu filho nem eu queremos qualquer coisa que venha de Jonas Oldacre, vivo ou morto!', exclamou ela, demonstrando coerência. 'Existe um Deus no céu, senhor Holmes, e esse mesmo Deus que puniu aquele homem cruel há de mostrar, ao Seu tempo, que meu filho não tem sangue nas mãos.'

"Tentei então mais duas pistas, mas não cheguei a nada que pudesse ajudar nossa hipótese, e vários pontos são contra ela. Eu finalmente desisti e segui para Norwood.

"O lugar, a Deep Dene House, é uma *villa* grande e moderna de tijolos aparentes no fundo do terreno, com um gramado cercado de arbustos de louro na frente. À direita e um pouco mais atrás da rua, havia o depósito de madeira que foi cenário do incêndio. Aqui está um esboço da planta em uma folha do meu caderno. Estas portas duplas à esquerda são as que se abrem para o quarto de Oldacre. Note que dá para vê-las da rua. Este é o meu único consolo do dia. Lestrade não estava lá, mas seu policial-chefe fez as honras. Eles tinham acabado de encontrar um grande tesouro. Passaram a manhã revirando as cinzas da pilha queimada de madeira e, ao lado dos restos humanos orgânicos, eles descobriram vários discos de metal descoloridos. Eu os examinei com cuidado e, sem dúvida, eram botões de uma calça. Cheguei a distinguir que um deles estava marcado com o nome 'Hyams', que era o alfaiate de Oldacres. Então, eu trabalhei no jardim com muito cuidado, em busca de sinais e vestígios, mas essa seca deixou o terreno duro como ferro. Não havia nada para ser visto, a não ser que um corpo ou um fardo foi arrastado pela cerca baixa de alfeneiro até a pilha de madeira. Tudo isso, é claro, está de acordo com a teoria oficial. Eu rastejei pelo jardim com o sol de agosto nas costas, mas me levantei depois de uma hora sem saber mais do que antes.

"Bem, depois desse fiasco, fui até o quarto e o examinei também. As manchas de sangue eram bem fracas, apenas marcas e descolorações, mas sem dúvida eram frescas. A bengala tinha sido removida, mas nela também as manchas eram superficiais. Não restam dúvidas de que a bengala pertence ao nosso cliente. Ele mesmo admite. Pegadas dos dois homens são visíveis no carpete, mas não há pegadas de uma terceira pessoa, o que novamente favorece o outro lado. Eles estão aumentando suas evidências, enquanto nós ainda não temos nada.

"Tive apenas um vislumbre de esperança, que, mesmo assim, não resultou em nada. Examinei o conteúdo do cofre, que estava todo do lado de fora em cima da mesa. Os documentos estavam em envelopes lacrados, um ou dois dos quais foram abertos pela polícia. Nenhum deles era, até onde pude ver, de grande valor, nem o livro bancário mostrou que o senhor Oldacre estivesse em uma circunstância financeira muito boa. Mas a mim me pareceu que nem todos os documentos estavam lá. Havia alusões a alguns negócios, possivelmente de maior valor, que eu não consegui encontrar. Isso, é claro, se pudéssemos provar esse ponto de forma irrefutável, faria com que o argumento de Lestrade voltasse contra ele, pois quem roubaria uma coisa se soubesse que logo a herdaria?

"Por fim, depois de vasculhar todos os livros e não farejar nada, tentei a sorte com a criada. senhora Lexington é o seu nome, uma pessoa pequena, de pele escura e silenciosa, com olhos desconfiados e atentos. Ela poderia nos contar alguma coisa se quisesse, estou certo disso. Mas ela estava hermética. Sim, ela deixara o senhor McFarlane entrar às 21h30. Desejava ter enxugado as mãos antes de fazer isso. Fora para cama às 22h30. Seu quarto ficava do outro lado da casa e não escutou nada do que aconteceu, senhor McFarlane deixara o chapéu e, até onde ela sabia, a bengala, no *hall*. Ela acordara pelo alarme de incêndio. Seu pobre e querido patrão certamente fora assassinado. Ele tinha inimigos? Bem, todo homem tem inimigos, mas o senhor Oldacre vivia bastante sozinho e só se encontrava com pessoas com quem tinha negócios. Ela vira os botões e tinha certeza de que eram das roupas que ele estava usando na noite passada. A pilha de madeira estava muito seca, uma vez que não chove há mais de um mês. Queimara como lenha e, quando ela chegou ao lugar, não conseguiu ver nada além de chamas. Ela e os bombeiros sentiram cheiro de carne queimada. Ela não sabia nada sobre os documentos, nem sobre os negócios particulares do senhor Oldacre.

"Dessa forma, meu caro Watson, este é o relatório de um fracasso. Ainda assim, ainda assim...", ele fechou as mãos finas em um gesto de convicção, "eu *sei* que está tudo errado. Tenho certeza absoluta. Existe alguma informação que ainda não surgiu e a criada sabe disso. Há um tipo de desafio ressentido em seu olhar, que só aparece nos olhos de quem sabe alguma coisa. No entanto, não adianta falar mais sobre isso, Watson. Mas, a não ser que nossa sorte mude, temo que o Caso do Desaparecimento de Norwood não fará parte das crônicas dos nossos sucessos que prevejo que um público paciente vá ler mais cedo ou mais tarde."

– Por certo que a aparência do homem ajudaria com o júri? – questionei eu.

– Este é um argumento perigoso, meu caro Watson. Você se lembra daquele terrível assassino, Bert Stevens, que queria que o pegássemos em 1887? Será que já existiu um jovem mais bem-educado e com aparência de aluno de catecismo?

– Deveras.

– A não ser que consigamos estabelecer uma teoria alternativa, este homem está perdido. Mal dá para encontrar uma falha no caso, que agora pode ser apresentado contra ele, e qualquer investigação adicional só serviu para fortalecê-lo. Aliás, há um ponto curioso sobre aqueles documentos que pode servir como um ponto inicial de investigação. Ao olhar o livro bancário, descobri que um baixo saldo da conta se devia principalmente a cheques de valores altos que foram emitidos durante o último ano para o senhor Cornelius. Confesso que eu deveria estar interessado em saber quem é esse senhor Cornelius com quem um construtor aposentado fez transações tão altas. É possível que ele tenha alguma coisa a ver com isso? Cornelius talvez seja um intermediário, mas não encontramos nenhum recibo que corresponda a esses pagamentos vultosos. Depois de fracassar em todas as outras indicações, minhas buscas agora vão tomar a direção de indagar no banco quem é o cavalheiro que descontou tais cheques. Temo, porém, meu caro amigo, que nosso caso termine de forma inglória com Lestrade enforcando nosso cliente, o que decerto será um triunfo para a Scotland Yard.

Não sei se Sherlock Holmes dormiu naquela noite, mas, quando desci para o desjejum, encontrei-o pálido e agitado, seus olhos brilhantes, ainda mais cintilantes, apesar das olheiras. Havia pontas de cigarro espalhadas pelo tapete próximo à sua cadeira, além das edições matinais dos jornais. Havia um telegrama aberto em cima da mesa.

– O que acha disto, Watson? – perguntou ele, empurrando o papel.

Vinha de Norwood e dizia:

Nova evidência importante em mãos. A culpa de McFarlane é inquestionável. Aconselho que abandone o caso. – LESTRADE.

– Parece sério – disse eu.

– É Lestrade cantando vitória – respondeu Holmes com sorriso amargo. – Ainda assim, talvez seja prematuro abandonar o caso. Afinal de contas, uma nova evidência importante é uma faca de dois gumes e talvez corte em uma direção muito diferente do que a que Lestrade espera. Tome seu desjejum, Watson, e vamos sair juntos para ver o que podemos fazer. Sinto que vou precisar da sua companhia e do seu apoio moral hoje.

Meu amigo não tomou café da manhã hoje, pois essa era uma das suas peculiaridades que, nos momentos mais intensos, ele não se permitia comer, e eu sabia que ele confiava na sua vontade de ferro até desmaiar de inanição. "No momento, não posso gastar energia e força para a digestão", diria ele em resposta às minhas admoestações de médico. Desse modo, não fiquei surpreso quando ele saiu, naquela manhã, deixando a refeição intocada para trás, e partiu comigo para Norwood. Um grupo de curiosos mórbidos ainda estava reunido em volta de Deep Dene House, que era apenas uma *villa* suburbana exatamente como havia imaginado. Assim que chegamos, Lestrade nos recebeu no portão, o rosto corado pela vitória e os modos grosseiramente triunfantes.

– Muito bem, senhor Holmes, o senhor já conseguiu provar que estamos errados? Encontrou o mendigo? – perguntou ele.

– Ainda não formei nenhuma conclusão – respondeu meu amigo.

– Mas nós formamos a nossa ontem e agora provamos que está correta. Então, o senhor deve reconhecer que ficamos um pouco mais adiantados do que você, senhor Holmes.

– Decerto que sua expressão demonstra que algo incomum aconteceu – comentou Holmes.

Lestrade gargalhou.

– Você não gosta de ser derrotado, assim como nós – disse ele. – Um homem não pode esperar estar sempre certo, não é, doutor Watson? Venham por aqui, cavalheiros, e acho que hei de convencê-los de uma vez por todas de que foi John McFarlance que cometeu este crime.

Ele nos levou por uma passagem e saímos em um *hall* escuro.

– Foi por aqui que o jovem McFarlane deve ter passado para pegar seu chapéu depois que cometeu o crime – explicou ele. – Agora vejam isto.

Com um gesto dramático e repentino, ele acendeu um fósforo e expôs uma mancha de sangue na parede branca. Quando ele aproximou o fósforo, vi que era mais que uma mancha. Era a digital bem delineada de um polegar.

– Olhe com sua lente de aumento, senhor Holmes.

– Sim, é o que estou fazendo.

– O senhor sabe que não existem duas impressões digitais iguais?

– Já ouvi falar sobre isso.

– Bem, então, o senhor pode comparar essa impressão com a impressão em cera do polegar direito do jovem McFarlane, que pedi para tirarem hoje cedo?

Quando ele colocou a impressão em cera ao lado da mancha de sangue, não precisou nem da lente de aumento para ver que as duas eram, sem dúvida, do mesmo polegar. Ficou evidente para mim que nosso infeliz cliente estava perdido.

– Isso é conclusivo – declarou Lestrade.

– Sim, é conclusivo – ecoei, de forma involuntária.

— É conclusivo — disse Holmes.

Algo no tom da sua voz chamou a minha atenção. Notei uma mudança extraordinária na sua expressão. O rosto estava contorcido de satisfação. Seus olhos brilhavam como estrelas. Parecia-me que ele estava fazendo um esforço desesperado para conter um ataque convulsivo de riso.

— Ora, ora! — exclamou ele por fim. — Quem poderia imaginar isso? E como as aparências podem enganar, isso é certo! Um jovem tão distinto! Isso é uma lição para que não confiemos na nossa própria opinião, não é, Lestrade?

— Sim, alguns de nós tendem a ser bem mais convencidos, senhor Holmes — disse Lestrade. A insolência do homem era enlouquecedora, mas não podíamos nos ressentir.

— Que sorte que este jovem tenha pressionado o polegar direito na parede ao tirar o chapéu do gancho! Uma ação tão natural também, se você parar para pensar. — Holmes demonstrava calma, mas o corpo inteiro dele parecia vibrar com uma excitação contida enquanto ele falava.

— Aliás, Lestrade, quem fez essa notável descoberta?

— Foi a governanta, a senhora Lexington, que mostrou para o policial noturno.

— E onde o policial estava?

— Ele ficou de guarda no quarto onde o crime foi cometido para se certificar de que ninguém tocaria em nada.

— Mas por que a polícia não viu esta marca ontem?

— Bem, nós não tínhamos nenhum motivo particular para fazer um exame cuidadoso no *hall*. Além disso, não é um lugar muito proeminente, como pode ver.

— Não, não. Claro que não. Suponho que não havia dúvidas de que a marca estava aqui ontem?

Lestrade olhou para Holmes como se achasse que meu amigo tinha perdido a cabeça. Confesso que eu mesmo estava surpreso com os modos debochados e aquele comentário irritado.

– Não sei se você acha que McFarlane saiu da cadeia na calada da noite para fortalecer as provas contra ele mesmo – disse Lestrade. – Deixo para qualquer perito do mundo dizer se esta marca é ou não do polegar dele.

– Não há dúvidas de que é a impressão do polegar dele.

– Pronto, isso é suficiente – disse Lestrade. – Sou um homem prático, senhor Holmes, e quando eu tenho todas as provas, chego às minhas conclusões. Se você tiver mais alguma coisa a dizer, poderá me encontrar escrevendo meu relatório na sala de estar.

Holmes recuperara a calma, embora eu ainda detectasse vislumbres de diversão na expressão dele.

– Minha nossa, este é um acontecimento muito triste, Watson, não é? – questionou ele. – Ainda assim existem alguns pontos singulares que deixam alguma esperança para nosso cliente.

– Pois eu adoraria ouvi-los – respondi de bom grado. – Eu temia que fosse o fim para ele.

– Pois eu não iria tão longe para dizer isso, meu caro Watson. O fato é que só existe uma falha realmente séria nesta pista à qual nosso amigo dá tanta importância.

– Realmente, Holmes! E qual é?

– Só isto: eu *sei* que esta marca não estava aí quando eu examinei o *hall* ontem. E agora, Watson, vamos caminhar um pouco ao sol.

Com pensamentos confusos, mas com o coração aquecido com a esperança que voltava, acompanhei meu amigo em uma volta no jardim. Holmes deu uma boa olhada em cada face da casa, examinando com grande interesse. Ele, então, entrou na casa e passou por toda a construção, do porão ao sótão. A maioria dos aposentos estava sem móveis, mas, mesmo assim, Holmes os inspecionou minuciosamente. Por fim, no alto do corredor externo de três dormitórios desocupados, ele novamente demonstrou um espasmo de alegria.

– Realmente há características deveras singulares neste caso, Watson – disse ele. – Creio que chegou o momento de chamarmos nosso amigo Lestrade para a conversa. Ele está com risinho à nossa custa e talvez possamos fazer o mesmo com ele, se minha interpretação do problema estiver certa. Sim, sim, acho que vejo agora como devemos abordar o assunto.

O inspetor da Scotland Yard ainda estava escrevendo na sala quando Holmes o interrompeu.

– Entendi que está escrevendo um relatório sobre este caso – disse ele.

– Exatamente.

– Você não acha que isso é um pouco prematuro? Não consigo deixar de pensar que suas pistas não estão completas.

Lestrade conhecia meu amigo bem demais para desconsiderar tais palavras. Ele baixou a caneta e lançou um olhar curioso para ele.

– O que quer dizer, senhor Holmes?

– Só que existe uma importante testemunha com quem você ainda não falou.

– E você pode trazê-la até aqui?

– Acho que sim.

– Então faça isso.

– Vou me esforçar. Quantos policiais você tem?

– Tenho três de plantão.

– Excelente! – exclamou Holmes. – Gostaria de perguntar-lhe se todos são grandes, fortes e com vozes potentes?

– Não tenho dúvidas de que são, embora eu não consiga entender o que a voz deles tem a ver com isso.

– Talvez eu consiga ajudá-lo a ver isso e uma ou duas outras coisas também – respondeu Holmes. – O senhor poderia chamar seus homens e, então, eu tentarei.

Cinco minutos depois, havia três policiais reunidos no *hall*.

– No barracão externo, vocês encontrarão uma quantidade considerável de palha – disse Holmes. – Vou pedir que carreguem dois fardos. Acho que isso será de grande ajuda para trazer a testemunha de que preciso. Eu lhes agradeço. Creio que você tem alguns fósforos no bolso, Watson. Agora, senhor Lestrade, peço-lhe que me acompanhei até o último andar.

Como eu disse, havia um amplo corredor ali, que levava a três dormitórios vazios. Em uma das extremidades do corredor, fomos todos organizados por Sherlock Holmes, os policiais sorrindo e Lestrade olhando para meu amigo com expressões de incredulidade, expectativa e escárnio se alternando no seu rosto. Holmes estava diante de nós com o ar de um mágico que está prestes a realizar um truque.

– Você pode pedir a um dos policiais buscar dois baldes de água? Coloquem os fardos de palha no chão aqui, longe das paredes dos dois lados. Agora eu acho que estamos prontos.

O rosto de Lestrade começou a ficar vermelho e zangado.

– Não sei se está brincando conosco, senhor Sherlock Holmes – disse ele. – Se sabe de alguma coisa, decerto pode dizer sem a necessidade de todo esse teatro.

– Asseguro-lhe, meu bom Lestrade, de que tenho um excelente motivo para fazer tudo que faço. Você talvez se lembre de ter debochado de mim há algumas horas, quando o sol parecia estar brilhando mais ao seu lado, então não deve me culpar por um pouco de pompa e cerimônia agora. Watson, você poderia fazer a gentileza de abrir a janela e acender um fósforo na ponta do fardo de palha.

Fiz o que me foi pedido e, impulsionada pela corrente de ar, a fumaça cinzenta desceu pelo corredor, enquanto a palha seca estalava e se acendia.

– Vamos ver se conseguimos encontrar sua testemunha, Lestrade. Posso pedir a todos para que se juntem a mim no grito de "Fogo!"? Agora, então. Um, dois, três...

– Fogo! – gritamos todos.

– Obrigado. Vamos repetir mais uma vez.

– Fogo!

– Só mais uma vez, cavalheiro, e todos juntos.

– Fogo! – O grito deve ter ecoado por toda Norwood.

Mal tinha cessado, quando uma coisa incrível aconteceu. Uma porta de repente se abriu no que antes parecia ser uma parede sólida no fim do corredor, e um homem baixo e mirrado saiu correndo, como um coelho saindo de sua toca.

– Rápido! – exclamou Holmes, calmamente. – Watson, um balde de água na palha será o suficiente! Lestrade, permita que eu lhe apresente sua principal testemunha desaparecida, o senhor Jonas Oldacre.

O detetive observou o recém-chegado com uma expressão de incredulidade desconcertada. O construtor estava piscando na luz forte do corredor e olhando para nós e para o fogo que ardia. Era um rosto odioso – astuto, cruel, maligno, com olhos cinzentos agitados e cílios brancos.

– Mas o que é isto? – perguntou Lestrade, por fim. – O que o senhor estava fazendo todo este tempo, hein?

Oldacre deu uma risada constrangida, encolhendo-se diante do rosto furioso e corado de raiva do detetive.

– Não fiz mal algum.

– Nenhum mal? Você se esforçou para fazer um inocente acabar na forca. Não fosse por este cavalheiro aqui, tenho certeza de que teria conseguido.

A criatura odiosa começou a choramingar.

– Tenho certeza, senhor, de que tudo não passou de uma brincadeira.

– Ah, uma brincadeira, não é? Mas você não vai achar muita graça agora, isso é certo. Levem-no lá para baixo e mantenham-no na sala de estar até eu voltar. Senhor Holmes – disse ele, depois que eles retiraram – eu não poderia falar na frente dos outros policiais, mas não me importo de fazer isso na presença do doutor Watson, que esta é a façanha mais incrível que o senhor já fez, embora, para mim, seja um mistério como conseguiu. O senhor salvou a vida de um inocente e evitou um grave escândalo, que teria arruinado a minha reputação no departamento de polícia.

Holmes sorriu e bateu no ombro de Lestrade.

– Em vez de arruinado, meu caro, o senhor verá que sua reputação foi deveras melhorada. Faça apenas algumas poucas alterações no relatório que estava escrevendo e eles verão como é difícil enganar o inspetor Lestrade.

– E o senhor não quer que seu nome apareça?

– Não mesmo. O trabalho é a minha própria recompensa. Talvez eu possa receber os créditos em algum dia distante, quando eu permitir que meu zeloso historiador coloque suas palavras no papel novamente. Hum, Watson? Bem, vejamos agora onde aquele rato estava se escondendo.

Uma área separada com gesso e madeira fora construída a cerca de dois metros do final, com uma porta engenhosamente escondida. Era iluminada por aberturas sob os beirais. Havia alguns móveis e suprimentos de comida e água, além de livros e documentos.

– Há uma vantagem em ser construtor – declarou Holmes, quando saímos. – Ele pôde construir seu próprio esconderijo, sem ajuda de ninguém, a não ser, é claro, daquela preciosa governanta, que eu não demoraria muito para acrescentar à sua lista, Lestrade.

– Pois seguirei seu conselho. Mas como descobriu este lugar, senhor Holmes?

– Eu estava certo de que o homem estava escondido na casa. Quando caminhei por este corredor, notei que ele era dois metros menor do que a área correspondente no andar de baixo, e isso deixou bem claro onde ele estava. Achei que ele não manteria a calma de ficar deitado em silêncio quando ouvisse o aviso de incêndio. Poderíamos, é claro, ter entrado e o prendido, mas foi divertido obrigá-lo a se revelar. Além disso, eu lhe devia uma emboscada, Lestrade, por causa do seu deboche desta manhã.

– Bem, decerto que o senhor e eu estamos quites em relação a isso. Mas como o senhor imaginou que ele estava na casa?

– A impressão digital, Lestrade. Você disse que era conclusiva; e realmente era, mas de uma forma bem diferente. Eu sabia que ela não estava ali ontem. Eu presto atenção em todos os detalhes, como já deve ter observado, e eu examinei aquele *hall* e tinha certeza de que não havia nada na parede. Logo, aquilo só poderia ter sido colocado à noite.

– Mas como?

– Muito simples. Quando aqueles envelopes foram lacrados, Jonas Oldacre pediu que McFarlane prendesse um dos lacres com o polegar na cera macia. Tudo foi feito de forma rápida e natural que, atrevo-me a dizer, o próprio jovem nem deve se lembrar. É provável que tenha acontecido dessa forma, e mesmo Oldacre não sabia como usaria aquilo. Ao pensar sobre o caso no esconderijo, ele de repente deduziu que a impressão digital seria a prova cabal contra McFarlane. Foi a coisa mais simples do mundo para ele tirar a impressão do lacre de cera, umedecendo-a com sangue, que conseguiria com um simples furo no dedo, e colocando a marca na parede durante a noite, com a mão dele ou com a da governanta. Se você examinar entre os documentos que ele levou consigo para o esconderijo, aposto que encontrará o lacre com a impressão digital.

– Maravilhoso! – exclamou Lestrade. – Maravilhoso! Está claro como o cristal, como o senhor diz. Mas onde está o objetivo desta grande enganação?

Era divertido notar como a postura irritadiça do detetive havia se transformado em uma que se assemelhava à de uma criança que enchia o professor de perguntas.

– Bem, não acho que seja muito difícil de explicar. O cavalheiro que se encontra lá embaixo é uma pessoa maliciosa e profundamente vingativa. Você sabia que ele foi dispensado pela mãe de McFarlane no passado? Você não sabia! Eu disse que deveria ir para Blackheath primeiro e depois para Norwood. Bem, essa ofensa, como ele a considera, amargurou sua mente maldosa e calculista e, durante toda a vida, ele alimentou um desejo de vingança, mas nunca houve uma oportunidade. No decorrer do último ano, ou dos últimos dois anos, as coisas começaram a dar errado para ele, especulação secreta, creio eu, e ele se viu em maus lençóis. Ele decide enganar os credores e, para isso, passa cheques altíssimos para um certo senhor Cornelius, que é, imagino, ele mesmo sob outro nome. Ainda não rastreei os cheques, mas não tenho dúvidas de que eles foram depositados em contas neste nome em alguma cidade provincial na qual Oldacre passa algum tempo vivendo uma vida dupla. A intenção dele era mudar de nome, sacar o dinheiro e desaparecer, começando uma nova vida em outro lugar.

– Bem, isso é bastante provável.

– Ele deve ter imaginado que, ao desaparecer, ele despistaria todos que estavam atrás dele e, ao mesmo tempo, teria tempo de se vingar e destruir sua antiga noiva, se ele pudesse dar a impressão de que havia sido assassinado pelo único filho dela. Foi uma obra-prima da vilania, e ele executou o plano como um verdadeiro mestre. A ideia do testamento, que serviria como motivo óbvio para o crime, a visita secreta sem o conhecimento dos pais do rapaz, a retenção da bengala, o sangue, os restos animais e os botões na pilha de madeira, tudo isso foi admirável. Foi uma teia da qual, até algumas horas atrás, achei não ser possível escapar. Mas ele não tinha aquele dom supremo do artista, a consciência de quando parar. Ele quis aprimorar o que já estava perfeito, apertar a corda em volta do pescoço da sua desafortunada vítima e, ao fazer isso, arruinou tudo. Vamos descer, Lestrade. Só me resta uma ou duas perguntas que gostaria de fazer a ele.

A criatura maligna estava sentada na própria sala, com um policial de cada lado.

– Foi só uma brincadeira, senhor. Nada mais que isso – repetia dele sem parar. – Asseguro ao senhor que eu me escondi simplesmente para ver que efeito teria se eu desaparecesse e tenho certeza de que vocês não acreditam que eu seja tão injusto a ponto de imaginar que eu permitiria que qualquer mal caísse sobre o pobre jovem McFarlane.

– Isso ficará nas mãos do júri para decidir – declarou Lestrade. – De qualquer forma, vamos acusá-lo de conspiração, senão tentativa de homicídio.

– E você provavelmente descobrirá que todos os seus credores irão sequestrar o saldo da conta do senhor Cornelius – declarou Holmes.

O homenzinho se assustou e se virou para olhar para meu amigo com olhos malignos.

– Preciso agradecer ao senhor por um bom negócio – disse ele. – Talvez eu pague minhas dívidas algum dia.

Holmes abriu um sorriso indulgente.

– Imagino que, por alguns anos, seu tempo será bem ocupado – disse ele. – Aliás, o que foi que você colocou na pilha de madeira ao lado da sua calça velha? Um cachorro morto, coelhos ou o quê? Não vai me contar? Minha nossa, como o senhor é cruel! Ora, ora! Atrevo-me a dizer que dois coelhos seriam suficientes para o sangue e para os restos queimados. Se um dia você escrever sobre este caso, Watson, creio que coelhos sirvam bem a esse propósito.

Capítulo 3

• A AVENTURA DOS BONECOS DANÇARINOS •

TRADUÇÃO: NATALIE GERHARDT

Holmes estava sentado havia horas em silêncio, com as costas magras curvadas sobre um frasco de substância química no qual misturava um produto particularmente malcheiroso. O queixo estava afundado no peito e, do meu ponto de vista, ele parecia um pássaro estranho e esguio, com plumagem cinzenta sem graça e um topete preto.

– Então, Watson – disse ele, de repente. – Você não tem a intenção de investir em ações sul-africanas?

Tive um sobressalto de surpresa. Acostumado como estava com as curiosas capacidades de Holmes, aquela invasão repentina nos meus pensamentos mais íntimos foi completamente inexplicável.

– Como diabos sabe disso? – perguntei.

Ele girou no banco, com um tubo de ensaio fumegante na mão e um brilho de diversão nos olhos profundos.

– Agora, Watson, confesse que está completamente surpreso – disse ele.

– Estou.

– Eu deveria pedir que assine um documento dizendo isso.

– Por quê?

– Porque daqui a cinco minutos você vai dizer que tudo foi tão absurdamente simples.

– Pois tenho certeza de que não direi nada do tipo.

– Veja, meu caro Watson... – ele colou o tubo de ensaio no suporte e começou um discurso com ar de professor se dirigindo à turma –, não é muito difícil construir uma série de interferências, cada qual dependente da anterior e cada qual bem simples. Se, após fazer isso, alguém simplesmente derrubar todas as interferências centrais e apresentar à audiência o ponto inicial e a conclusão, a pessoa pode produzir um efeito surpreendente, embora possivelmente falso. Veja, não foi muito difícil, a partir de uma inspeção da pele entre seu polegar e seu indicador esquerdos, ter certeza de que você *não* tem intenção de investir seu pequeno capital nas minas de ouro.

– Não vejo a ligação.

– Provavelmente não. Mas posso lhe mostrar a íntima ligação. Aqui estão os elos que faltam nesta simples corrente: 1. Havia giz entre seu indicador e polegar esquerdos quando voltou do clube ontem à noite. 2. O giz foi parar lá durante o jogo de sinuca para estabilizar o taco. 3. Você nunca joga sinuca, a não ser com Thurston. 4. Você me contou, há quatro semanas, que Thruston tinha a opção de compra de propriedades na África do Sul que expiraria em um mês, e ele desejava que você dividisse com ele. 5. Seu talão de cheques está trancado na minha gaveta, e você não pediu a chave. 6. Você não tem intenção de investir seu dinheiro dessa forma.

– Que absurdamente simples! – exclamei.

– Bastante! – disse ele, um pouco irritado. – Todas as questões se tornam muito básicas depois que são explicadas. Aqui está uma que ainda não foi. Veja o que pode fazer com isso, caro Watson. – Ele jogou uma folha de papel na mesa e se voltou novamente para a análise química.

Olhei com assombro para os hieróglifos absurdos no papel.

– Ora, Holmes, são desenhos de criança – comentei.

– Ah, é isso que pensa!

– O que mais poderia ser?

– É isso que o senhor Hilton Cubitt, da mansão Riding Thorpe, Norfolk, está muito ansioso para saber. Este pequeno enigma chegou na primeira entrega de correspondência e ele pegou o trem seguinte. Ouço a campainha, Watson. Não ficarei muito surpreso se for ele.

Passos pesados subiram a escada e, no instante seguinte, um cavalheiro alto, corado e bem barbeado, cujos olhos claros e cujas bochechas ruborizadas nos mostraram como era a vida longe dos nevoeiros de Baker Street. Parecia trazer um sopro de ar forte, fresco e saudável da Costa Leste quando entrou. Depois de apertos de mãos, ele estava prestes a se sentar, quando pousou os olhos no papel com os curiosos desenhos que eu acabara de examinar e deixara em cima da mesa.

– Bem, senhor Holmes, o que o senhor acha disso? – perguntou ele. – Disseram-me que o senhor gosta de mistérios estranhos e creio que não há de encontrar nada mais estranho do que isto. Enviei o papel antes, para que o senhor tivesse tempo de analisá-lo antes da minha chegada.

– Decerto que se trata de uma produção deveras curiosa – disse Holmes. – Em uma análise superficial, parece alguma brincadeira de criança. Consiste em um número absurdo de pessoinhas dançando pelo papel no qual foram desenhadas. Por que o senhor dá tanta importância a um objeto tão grotesco?

– Eu não deveria, senhor Holmes. Mas minha mulher dá. Isso a deixou morrendo de medo. Ela nada diz, mas consigo ver o terror no seu olhar. É por isso que quero deixar tudo em pratos limpos.

Holmes segurou o papel de modo que o sol o iluminou totalmente. Era uma folha arrancada de um caderno. Os desenhos foram feitos a lápis e eram assim:

𝍔𝍔𝍔𝍔𝍔𝍔𝍔𝍔𝍔𝍔𝍔𝍔𝍔𝍔𝍔

Holmes o examinou por um tempo e, então, dobrando-o cuidadosamente, colocou-o dentro da sua caderneta de bolso.

– Este promete ser um caso incomum – disse ele. – O senhor escreveu alguns detalhes na carta, senhor Hilton Cubitt, mas eu agradeceria se repassasse tudo, por obséquio, para benefício do meu amigo, doutor Watson.

– Não sou um bom contador de histórias – declarou nosso visitante, com nervosismo, enquanto cruzava e descruzava as mãos grandes e fortes. – O senhor pode me interromper a qualquer momento para perguntar alguma coisa que não deixei clara. Começarei contando sobre meu casamento no ano passado, mas, antes disso, gostaria de dizer que não sou um homem rico, minha família vive em Riding Thorpe há cinco séculos e não há família mais bem conhecida no condado de Norfolk. No ano passado, vim para Londres para o jubileu e passei em uma pensão na Russel Square, porque Parker, o vigário da nossa paróquia, estava hospedado lá. Havia lá uma jovem americana, seu sobrenome era Patrick, Elsie Patrick. Tornamo-nos amigos de certa forma, até que o meu mês aqui chegou ao fim e eu estava tão apaixonado quanto um homem pode ficar. Tivemos um casamento discreto no cartório de registros e voltamos para Norfolk casados. Pode achar que foi loucura, senhor Holmes, um homem de uma família antiga e tradicional se casar com uma mulher dessa forma, sem nada saber sobre seu passado, nem sobre sua família, mas, se a visse e a conhecesse, isso o ajudaria a entender.

"Elsie foi muito direta quanto a isso. Não posso dizer que ela não me deu todas as chances para sair disso caso eu quisesse. 'Tenho algumas relações muito desagradáveis na minha vida', disse-me ela. 'Gostaria de esquecê-las completamente. Gostaria de nunca falar sobre o passado, pois é um assunto muito doloroso para mim. Ao se casar comigo, Hilton, você se casará com uma mulher que não tem nada para se envergonhar pessoalmente, mas terá de aceitar a minha palavra quanto a isso e permitir o meu silêncio sobre tudo que se passou antes de eu me tornar sua. Se essas condições forem difíceis demais, então, é melhor que volte para Norfolk e deixe-me continuar na vida solitária na qual me encontrou'. Foi no dia do nosso casamento que ela disse essas palavras para mim. Eu disse a ela que eu estava feliz em tomá-la por esposa nos termos dela e cumpri minha palavra.

"Bem, estamos casados há um ano agora e somos muito felizes. Mas, há um mês, no fim de junho, vi os primeiros sinais de problemas. Um dia, minha mulher recebeu uma carta da América. Eu vi o selo americano. Ela ficou mortalmente pálida, leu a carta e a jogou no fogo. Não fez qualquer menção a ela depois, e eu também não fiz, pois uma promessa é uma promessa, mas ela nunca mais teve paz a partir daquele momento. Havia uma expressão constante de medo no seu rosto, um olhar de espera e expectativa. Seria melhor se tivesse confiado em mim. Descobriria que sou seu melhor amigo. Mas até que ela fale alguma coisa, não posso dizer nada. Veja bem, ela é uma mulher confiável, senhor Holmes, e seja lá os problemas que ela pode ter tido na sua vida pregressa, não foram culpa dela. Eu sou um simples proprietário de terras em Norfolk, mas não existe na Inglaterra um homem que valorize mais a honra de sua família do que eu. Ela sabia disso, e sabia muito bem antes de se casar comigo. Ela jamais traria uma mancha sobre a nossa honra, disso tenho certeza.

"Bem, agora chego à parte estranha da minha história. Há uma semana, foi na terça-feira da semana passada, eu encontrei no peitoril de uma das janelas o desenho de várias pessoinhas absurdas, como estas, dançando. Tinha sido feito de giz. Achei que devia ter sido o cavalariço que tinha feito, mas o rapaz jurou que não sabia nada sobre aquilo. De qualquer forma, o desenho tinha sido feito à noite. Mandei que limpassem e só mencionei o incidente para minha mulher mais tarde.

Para minha surpresa, ela levou o assunto muito a sério e me implorou que, se aparecesse mais algum, que eu permitisse que ela visse. Não houve desenho por uma semana e, então, ontem de manhã, encontrei este pedaço de papel no relógio de sol no jardim. Mostrei para Elsi e ela caiu dura, desmaiada. Desde então, ela parece uma mulher atormentada, presa a um sonho, com olhar aterrorizado. Foi, então, que lhe escrevi, senhor Holmes, e enviei o desenho. Não é um assunto que eu possa levar para a polícia, pois eles teriam rido de mim, mas o senhor me dirá o que fazer. Não sou um homem rico, mas, se houver algum perigo ameaçando minha mulher, eu gastaria até o meu último tostão para protegê-la."

Era uma criatura agradável, aquele homem de propriedades antigas – simples, direto e gentil, com olhos azuis grandes e bondosos e rosto largo e atraente. Seu amor pela esposa e sua confiança nela brilhavam no seu rosto. Holmes ouviu toda a história com a maior atenção e agora estava sentado em silêncio meditativo.

– Não acha, senhor Cubitt – disse Holmes por fim –, que o melhor plano seria fazer um apelo direto para sua mulher e pedir-lhe que divida o segredo como senhor?

Hilton Cubitt meneou a cabeça forte.

– Uma promessa é uma promessa, senhor Holmes. Se Elsie quisesse me contar, ela me contaria. Se não quer, não posso obrigá-la a confiar em mim. Mas posso tomar o assunto nas minhas mãos e é isso que vou fazer.

– Pois vou ajudá-lo com todo meu empenho. Para começar, o senhor ouviu falar da presença de estranhos na sua vizinhança?

– Não.

– Suponho que seja um lugar muito tranquilo. Qualquer rosto novo provocaria comentários?

– Na vizinhança mais próxima, sim. Mas temos diversos pequenos balneários não muito longe. E os fazendeiros aceitam hóspedes.

– Estes hieróglifos têm evidentemente um significado. Se for puramente um arbitrário, talvez seja impossível que resolvamos. Se, por outro lado, for sistemático, não tenho dúvida de que chegaremos ao fundo disso. Mas essa amostra é curta demais para que eu possa fazer qualquer coisa, e os fatos que me trouxe são tão indefinidos que ainda não temos uma base para a investigação. Sugiro que o senhor volte a Norfolk e fique bem atento, e que envie cópias exatas de qualquer boneco dançarino que possa aparecer. É uma pena que não tenhamos uma reprodução do desenho de giz no peitoril da janela. Faça perguntas discretas também sobre qualquer estranho na vizinhança. Quando tiver colhido pistas novas, procure-me novamente. Este é o melhor conselho que posso lhe dar, senhor Hilton Cubitt. Se houver qualquer desdobramento novo e urgente, eu estarei pronto para vê-lo na sua casa em Norfolk.

A entrevista deixou Sherlock Holmes muito pensativo, e várias vezes nos dias que se seguiram, eu o vi pegar aquela tira de papel da sua caderneta e olhar longa e atentamente para as pessoinhas curiosas desenhadas ali. Ele não fez nenhuma alusão ao caso, porém, até uma tarde, mais ou menos uns quinze dias depois. Eu estava de saída quando ele me chamou.

– Melhor ficar aqui, Watson.

– Por quê?

– Porque recebi um telegrama de Hilton Cubitt esta manhã. Você se lembra de Hilton Cubitt, dos bonecos dançarinos? Ele estava para chegar a Liverpool Street às 13h20. Deve estar aqui a qualquer momento. Pelo telegrama, imagino que lhe tenham ocorrido novos incidentes.

Não precisamos esperar muito, pois nosso proprietário de terras de Norfolk veio direto da estação, o mais rápido que o trole conseguiu trazê-lo. Estava com aparência preocupada e deprimida, com olhos cansados e linhas na testa.

– Este assunto está me deixando muito nervoso, senhor Holmes – disse ele ao se sentar, como um homem esgotado, na poltrona. – Já é ruim o suficiente sentir que está cercado por pessoas invisíveis e desconhecidas, que desejam algum tipo de mal para você, mas, além disso, você sabe que isso está matando sua mulher aos poucos, isso é demais para um homem de carne e osso aguentar. Isso a está consumindo. Está sendo consumida diante dos meus olhos.

– Ela já disse alguma coisa?

– Não, senhor Holmes, não disse. Ainda assim, houve momentos que a pobrezinha quis falar, mas não conseguiu ter coragem. Tentei ajudá-la, mas suponho que fui muito desajeitado e a assustei. Ela falou sobre minha família antiga, sobre a nossa reputação no país, nosso orgulho e nossa honra imaculada, e eu senti que isso estava levando a algum lugar, mas, de alguma forma, parou antes de chegarmos lá.

– Mas o senhor descobriu alguma coisa sozinho?

– Muita coisa, senhor Holmes. Eu tenho vários desenhos de pessoinhas dançando para o senhor examinar e, o que é mais importante, eu vi o homem.

– O homem que as desenha?

– Sim. Eu o vi no trabalho. Mas vou contar tudo em ordem. Quando eu voltei depois da visita que fiz ao senhor, a primeira coisa que vi na manhã seguinte foi uma nova leva de bonecos dançarinos. Foram desenhados com giz na porta de madeira preta do barracão de ferramentas, que fica ao lado do jardim e com visão direta das janelas frontais da casa. Fiz uma cópia exata dos desenhos. E aqui está.

Ele abriu o papel e o colocou em cima da mesa. Eis a cópia dos hieróglifos:

𖾓𖾓 𖾓𖾓 𖾓 𖾓𖾓 𖾓𖾓

– Excelente! – exclamou Holmes. – Excelente! Por favor, continue.

– Quando eu copiei os desenhos, apaguei as marcas, mas, duas manhãs depois, uma nova inscrição apareceu. Tenho a cópia aqui:

𖾓𖾓𖾓𖾓 𖾓𖾓𖾓𖾓

Holmes esfregou uma mão na outra e riu de prazer.

– Nosso material está crescendo rapidamente – disse ele.

– Três dias depois, deixaram uma mensagem em uma folha de papel colocada em um seixo sobre o relógio de sol. Aqui está ela. Os formatos são, como pode ver, exatamente os mesmos da última. Depois disso, decidi ficar à espera; então, peguei meu revólver e fiquei sentado no meu escritório, perto da janela que dá para o gramado e para o jardim. Por volta das duas horas da manhã, eu estava sentado perto da janela na escuridão, quebrada apenas pelo luar do lado de fora, quando ouvi passos atrás de mim. E lá estava minha mulher de camisola. Ela implorou que eu fosse para cama. Eu disse para ela com franqueza que eu desejava ver quem era a pessoa que estava fazendo aquele tipo de brincadeira absurda conosco. Ela respondeu que devia ser algum tipo de troça sem sentido e que eu não deveria dar atenção a nada daquilo.

"'Se isso o incomoda tanto, Hilton, talvez devêssemos viajar, você e eu, para evitar tal aborrecimento.'

"'E ser tirado da nossa própria casa por causa de um trocista qualquer?', retruquei. 'Ora, todos no condado ririam à nossa custa'.

"'Bem, venha para cama', rogou-me ela, 'e podemos discutir o assunto pela manhã.'

"De repente, enquanto ela falava, vi seu rosto branco empalidecer sob o luar, e suas mãos apertaram meus ombros. Algo estava se mexendo nas sombras da casa de ferramentas. Eu vi uma figura furtiva se esgueirando pelo canto e se agachando diante da porta. Peguei minha arma e estava saindo, quando minha mulher atirou seus braços ao meu redor e me segurou com muita força. Tentei afastá-la, mas ela estava agarrada a mim de forma quase desesperada. Por fim, eu consegui me soltar, mas quando abri a porta e cheguei ao barracão a criatura já tinha partido. No entanto, deixara uma marca da sua presença, pois lá, na porta, estava a mesma organização de bonecos dançarinos que já haviam aparecido duas vezes, a qual eu já tinha copiado naquele papel. Não havia nenhum outro sinal da pessoa, embora eu tenha corrido por todo o terreno. Ainda assim, o mais incrível é que ele deve ter ficado ali o tempo todo, pois, quando examinei a porta novamente pela manhã, ele tinha acrescentado mais alguns desenhos embaixo da linha que eu já tinha visto."

– Você trouxe os novos desenhos?

– Sim, são poucos, mas fiz uma cópia e aqui está ela.

Uma vez mais ele abriu uma folha de papel. Os bonecos dançarinos estavam deste jeito:

𑁔 𑁔 𐇲 𑁔 𑁔

– Diga-me – pediu Holmes, e vi nos olhos dele que ele estava deveras animado –, foi um mero acréscimo ao primeiro desenho ou parecia ser algo totalmente separado?

– Estava em um painel diferente da porta.

– Excelente! Esta é, de longe, a mais importante de todas para nosso objetivo. Isso me enche de esperanças. Agora, senhor Hilton Cubitt, queira continuar este relato deveras interessante.

– Nada mais tenho a dizer, senhor Holmes, a não ser que me zanguei com minha mulher por ter me segurado quando eu poderia ter pegado o patife covarde. Ela disse que temia que eu me ferisse. Por um instante, passou pela minha cabeça que o que realmente temia era que *ele* se ferisse, pois eu não tinha dúvidas de que ela sabia quem era aquele homem e o que ele queria dizer com esses estranhos sinais. Mas havia um tom na voz da minha mulher, senhor Holmes, e uma expressão nos seus olhos que não deixavam sombra de dúvidas, e tenho certeza de que era com a minha segurança que ela se preocupava. Eis o caso completo agora e preciso do seu conselho sobre como devo agir. Estou inclinado a colocar meia dúzia de trabalhadores da fazenda escondidos nos arbustos e, quando esse sujeito chegar novamente, dar-lhe um susto que o fará nos deixar em paz no futuro.

– Temo que este caso é profundo demais para uma solução tão simples – disse Holmes. – Por quanto tempo pode ficar em Londres?

– Preciso voltar hoje. Não gostaria de deixar minha mulher sozinha a noite toda por nada. Ela está muito nervosa e implorou-me que voltasse.

– Suponho que ela esteja certa. Se pudesse ficar, eu talvez pudesse voltar com o senhor daqui a um ou dois dias. Nesse meio-tempo, deixe esses papéis comigo, e creio ser bastante provável que eu possa visitá-lo em breve e lançar luz ao seu caso.

Sherlock Holmes manteve a calma profissional até nosso visitante nos deixar, embora eu, que o conhecia tão bem, tenha notado facilmente que ele estava animadíssimo. No instante que as costas largas de Hilton Cubitt desapareceram pela porta, meu amigo correu até a mesa e abriu todos os pedaços de papel com os desenhos de bonecos dançarinos diante dele e se lançou em um complexo e elaborado cálculo. Durante duas horas, observei enquanto ele cobria folhas e mais folhas de papel com números e letras, tão completamente absorto na atividade que ficou evidente que se esquecera da minha presença. Às vezes ele fazia algum progresso e assoviava e cantava durante o trabalho; em outros momentos, estava intrigado e se sentava por longos períodos com a testa franzida e olhar vazio. Por fim, ele se levantou da cadeira com uma exclamação de satisfação e caminhou de um lado para o outro pelo aposento, esfregando as mãos. Então, escreveu um longo telegrama no formulário de envio.

– Se a minha resposta para isto for a que espero, você terá mais um belo caso para acrescentar à sua coleção, Watson – disse ele. – Espero que amanhã consigamos ir para Norfolk e levar algumas notícias muito definidas em relação ao segredo que tanto o preocupa.

Confesso que estava curiosíssimo, mas sabia muito bem que Holmes gostava de dar suas conclusões no seu próprio tempo e a seu próprio modo, então esperei que ele escolhesse o momento de compartilhar comigo as informações.

Mas houve uma demora na resposta do telegrama e seguiram-se dois dias de impaciência, durante os quais Holmes levantava a cabeça a cada vez que a campainha tocava. No segundo dia à noite, chegou uma carta de Hilton Cubitt. Estava tudo tranquilo com ele, a não ser por uma inscrição que aparecera naquela manhã no pedestal do relógio de sol. Ele anexou uma cópia dos desenhos, aqui reproduzida:

Holmes se inclinou sobre o friso grotesco por alguns minutos e, então, de repente, levantou-se com uma exclamação de surpresa e consternação. O rosto dele estava contraído de ansiedade.

– Deixamos este caso ir longe demais – declarou. – Tem algum trem para North Walsham esta noite?

Consultei os horários. O último tinha acabado de partir.

– Então, tomaremos o desjejum mais cedo e logo sairemos – disse Holmes. – Necessitam de nossa presença com urgência. Ah, aqui está nosso telegrama. Um momento, senhora Hudson, talvez haja uma resposta. Não, é exatamente como eu esperava. Essa mensagem torna ainda mais essencial que não percamos uma hora para avisar Hilton Cubitt como estão as questões, pois trata-se de uma teia singular e perigosa na qual nosso simples proprietário de terras de Norfolk se meteu.

Era realmente assim e, à medida que chego à sombria conclusão de uma história que me parecera simplesmente infantil e bizarra, sinto novamente o temor e o horror com o qual fui tomado. Desejava ter um final mais leve para contar aos meus leitores, mas estas são as crônicas de fatos reais, e devo seguir a crise sombria da estranha corrente de eventos que, por alguns dias, tornou Riding Thorpe Manor um nome conhecido em toda a Inglaterra.

Nós mal tínhamos chegado a North Walsham e mencionado o nome do nosso destino, quando o chefe da estação se apressou em nossa direção.

– Suponho que sejam os detetives de Londres? – perguntou ele.
Uma expressão de desagrado apareceu no rosto de Holmes.

– O que o faz supor isto?

– Porque o inspetor Martin de Norwich acabou de passar. Mas talvez vocês sejam os médicos. Ela não está morta. Pelo menos não desde a última vez que recebi notícias. Talvez ainda tenham tempo de salvá-la. Mesmo que seja para ir para a forca.

Holmes demonstrou uma ansiedade sombria no olhar.

– Estamos a caminho de Riding Thorpe Manor – disse ele –, mas não sabemos de nada que está se passando lá.

– Um negócio tenebroso – declarou o chefe da estação. – Eles levaram um tiro, tanto o senhor Hilton Cubitt quanto sua mulher. Ela atirou nele e, depois, nela mesma. Pelo menos é o que os criados estão dizendo. Ele está morto e a vida dela está por um fio. Minha nossa, uma das famílias mais antigas do condado de Norfolk, e uma das mais honradas.

Sem dizer uma única palavra, Holmes se apressou em direção à carruagem e, durante os longos onze quilômetros de viagem, não abriu a boca. Raramente o vi tão completamente deprimido. Ele estivera agitado durante toda a viagem da cidade para cá, e eu notara que ele revirara o jornal daquela manhã com atenção e ansiedade, mas, agora, a concretização dos seus piores temores o deixara em uma melancolia vazia. Ele se recostou no assento, perdido em especulações sombrias. Ainda assim, havia muita coisa à nossa volta para despertar nosso interesse, pois estávamos atravessando uma zona rural, tão singular como qualquer outra na Inglaterra, nas quais há casas espalhadas de um lado, representando a população atual, ao passo que, do outro lado, havia igrejas com torres grandes se elevando da paisagem verde, contando sobre a glória e a prosperidade de East Anglia de antigamente. Por fim, o brilho violeta do mar do Norte apareceu por sobre a costa verdejante de Norfolk, e o condutor apontou o chicote para duas antigas construções de madeira que se projetavam por entre uma alameda de árvores.

– Ali está Riding Thorpe Manor – disse ele.

Enquanto seguíamos até o pórtico da ponta da frente, observei a frente da mansão, ao lado de uma quadra de tênis, o barracão preto de ferramentas e o relógio de sol com os quais tínhamos uma ligação tão estranha. Um homenzinho agitado, com modos rápidos e alertas e um bigode encerado, tinha acabado de descer de uma carruagem. Apresentou-se como inspetor Martin, da polícia de Norfolk, e ele ficou deveras surpreso ao ouvir o nome do meu amigo.

– Ora, senhor Holmes, o crime foi cometido às três horas da manhã. Como o senhor ficou sabendo disso em Londres a tempo de chegar aqui ao mesmo tempo que eu?

– Eu antecipei o que aconteceria aqui. Vim na esperança de impedir o crime.

– Pois o senhor deve ter pistas importantes, das quais nada sabemos, pois diziam que eles eram um casal muito unido.

– Tenho apenas as pistas dos bonecos dançarinos – declarou Holmes. – Explicarei a questão para o senhor depois. Nesse meio-tempo, uma vez que é tarde demais para evitar esta tragédia, estou ansioso para usar o conhecimento que tenho para assegurar que a justiça seja feita. O senhor prefere me incluir na sua investigação ou prefere que eu trabalhe de forma independente?

– Eu ficaria honrado de saber que estamos trabalhamos juntos, senhor Holmes – declarou o inspetor com sinceridade.

– Nesse caso, gostaria de ouvir as pistas e examinar as premissas sem perder mais delongas desnecessárias.

O inspetor Martin teve o bom senso de dar permissão a meu amigo para fazer as coisas a seu próprio modo, e contentou-se com a anotação cuidadosa dos resultados. O cirurgião local, um idoso de cabelo branco, tinha acabado de sair do quarto da senhora Hilton Cubitt e relatou que os ferimentos dela eram sérios, mas não necessariamente fatais. A bala atravessara a parte frontal do cérebro e, por isso, demoraria um pouco para recobrar a consciência. Preferiu não arriscar uma opinião definida para responder à pergunta se ela tinha levado um tiro ou atirado em si mesma. Decerto que o tiro tinha sido disparado à queima-roupa. Havia apenas uma única pistola no quarto, com dois cartuchos vazios. senhor Hilton Cubitt fora atingido no coração. Era igualmente cabível que ele tivesse atirado nela e, depois, em si mesmo; ou que fosse ela a criminosa, pois a arma encontrava-se no chão, bem no meio dos dois.

– Ele foi movido? – perguntou Holmes.

– Não mexemos em nada, a não ser na dama. Não podíamos deixá-la sangrando no chão.

– Há quanto tempo está aqui, doutor?

– Desde as quatro horas da manhã.

– Mais alguém?

– Sim, o policial da região.

– E o senhor não tocou em nada?

– Nada.

– O senhor agiu com grande ponderação. Quem mandou chamá-lo?

– A criada, Saunders.

– Foi ela que avisou sobre o crime?

– Ela e a senhora King, a cozinheira.

– E onde elas estão?

– Acredito que na cozinha.

– Então, é melhor ouvirmos o relato delas imediatamente.

O antigo saguão, com painéis de carvalho e janelas amplas, foi transformado em uma corte de investigações. Holmes estava sentado em uma cadeira grande e antiquada, seus olhos inexoráveis brilhando no rosto emaciado. Consegui ver neles o firme propósito de dedicar a própria vida àquela busca, até que o cliente, o qual não conseguira salvar, pudesse, enfim, ser vingado. O elegante inspetor Martin, o médico idoso e grisalho do condado, eu e um policial impassível da vila formávamos o resto daquela estranha companhia.

As duas mulheres contaram sua história de forma clara o suficiente. Despertaram do sono por causa do som de uma explosão, que foi seguida um minuto depois por outra. Elas dormiam em quartos contíguos, e a senhora King correra para o quarto de Saunders. Desceram juntas a escada. A porta do escritório estava aberta e havia uma vela acesa na mesa. O senhor da casa estava caído no meio do aposento. Morto. Perto da janela, sua mulher estava agachada com a cabeça encostada na parede. Tinha sido horrivelmente ferida, e a lateral do rosto estava coberta de sangue. Ela respirava com dificuldade, mas nada conseguia dizer. O corredor, assim como o escritório, estava cheio de fumaça e tomado pelo cheiro de pólvora. A janela com certeza estava fechada e trancada por dentro, estavam certas disso. Mandaram chamar o médico e a polícia de imediato. Então, com a ajuda de um criado e do cavalariço, levaram a senhora ferida para o quarto. Tanto ela quanto o marido tinham se deitado na cama. Ela estava de camisola – ele de roupão por cima do pijama. Nada tinha sido tirado do escritório. Até onde sabiam, nunca houve briga entre marido e mulher. Eles sempre pareceram ser um casal muito unido.

Esses foram os principais pontos do depoimento das criadas. Em resposta à indagação do inspetor Martin, elas deixaram claro que todas as portas estavam trancadas por dentro e que ninguém teria conseguido fugir da casa. Em resposta à pergunta de Holmes, ambas estavam bem conscientes do cheiro de pólvora a partir do instante que saíram correndo dos respectivos quartos no andar de cima.

– Recomendo atenção criteriosa a este fato – disse Holmes para seu colega de profissão. – E agora creio que possamos fazer um exame completo do aposento.

O escritório era um cômodo pequeno, com três paredes cobertas de livros e uma mesa de trabalho voltada para uma janela normal, com vista para o jardim. Nossa atenção se concentrou primeiro no corpo do desafortunado proprietário de terras, cuja estrutura robusta estava esparramada no chão. O roupão mal vestido mostrava que havia sido tirado da cama às pressas. A bala o atingiu pela frente e continuava alojada no seu corpo, depois de ter perfurado o coração. Sua morte com certeza foi instantânea e indolor. Não havia marcas de pólvora no roupão nem nas mãos dele. De acordo com o cirurgião do condado, a dama apresentava manchas no rosto, mas nenhuma nas mãos.

– A ausência disso não significa nada, embora sua presença possa significar tudo – disse Holmes. – A não ser que a pólvora de um cartucho mal encaixado espirre para trás, uma pessoa pode disparar vários tiros sem deixar rastro. Sugiro que o corpo do senhor Cubitt seja retirado agora. Suponho, doutor, que o senhor não recuperou a bala que feriu a dama?

– Será necessário realizar uma cirurgia delicada antes que isso possa ser feito. Mas ainda há quatro cartuchos na pistola. Dois foram disparados e temos dois ferimentos à bala, então foi possível rastrear todas as balas.

– É o que parece – respondeu Holmes. – Talvez o senhor queira explicar também a bala que se alojou na beira da janela?

Ele se virara de repente, de forma que seu dedo comprido e magro estava apontando para um buraco no caixilho da janela, pouco mais de dois centímetros acima da base.

– Minha nossa! – exclamou o inspetor. – Como foi que o senhor viu isso?

– Porque era o que eu estava procurando.

– Maravilhoso! – exclamou o médico. – O senhor com certeza está certo. Portanto, houve um terceiro tiro e, dessa forma, é provável que uma terceira pessoa estivesse presente. Mas quem poderia ser e como foi que conseguiu escapar?

– Eis a questão que agora temos que solucionar – disse Sherlock Holmes. – O senhor se lembra, inspetor Martin, de quando as criadas disseram que, ao saírem do quarto, sentiram na hora o cheiro de pólvora e de que avisei que este era um ponto de suma importância?

– Decerto que sim, mas confesso que não sei aonde você quer chegar.

– Isso sugere que, na hora dos disparos, tanto a janela quanto a porta para o aposento estavam abertas. Caso contrário, não seria possível que a fumaça da pólvora se espalhasse tão rapidamente pela casa. Foi necessária uma corrente de ar para isso. Entretanto, a janela e a porta ficaram abertas por muito pouco tempo.

– Como o senhor pode provar isso?

– Porque a vela não pingou.

– Excelente! – exclamou o inspetor. – Excelente!

– Sabendo com certeza que a janela estava aberta na hora da tragédia, imagino que talvez houvesse uma terceira pessoa no caso, que estava do lado de fora desta abertura e atirou através dela. Qualquer tiro contra essa pessoa poderia muito bem atingir o caixilho. Eu procurei e lá estava a marca do tiro.

– Mas como a janela foi fechada e trancada?

– O primeiro impulso de uma mulher seria fechar e trancar a janela. Mas, espere! O que é isto?

Era a bolsa de uma dama em cima da mesa do escritório – uma elegante bolsa de couro de crocodilo e prata. Holmes abriu e despejou o conteúdo. Havia notas de vinte e cinco libras do Banco da Inglaterra, presos por um elástico de borracha da Índia – e nada mais.

– Isso deve ser preservado, pois servirá como prova no julgamento – disse Holmes, enquanto entregava a bolsa e seu conteúdo ao inspetor. – Agora precisamos lançar luz sobre esta terceira bala, a qual foi claramente, com base no buraco na madeira, disparada de dentro deste cômodo. Gostaria de ver a senhora King, a cozinheira, novamente. Você disse, senhora King, que foi acordada por uma explosão *alta*. Quando disse isso, a senhora quis dizer que lhe pareceu mais alta do que a segunda?

– Bem, senhor, ela me despertou no meio do sono, então é difícil saber. Mas pareceu bem alta.

– Você não acha que talvez tenham sido dois tiros disparados quase no mesmo instante?

– Por certo não sei responder, senhor.

– Creio que sem dúvida foi isso que aconteceu. Creio, inspetor Martin, que já exaurimos todas as pistas que este cômodo poderia nos dar. Se o senhor puder me acompanhar até lá fora, veremos que pistas o jardim tem a oferecer.

Um canteiro de flores se estendia até a janela do escritório, e todos soltamos exclamações quando nos aproximamos do local. As flores estavam pisoteadas e o solo macio, repleto de pegadas de sapatos masculinos e grandes com bico peculiarmente comprido e fino. Holmes perscrutou entre as plantas e folhas como um cão farejador em busca de um pássaro ferido. Então, com um grito de satisfação, inclinou-se e pegou um pequeno cilindro metálico.

– Foi o que pensei – disse ele. – A pistola tinha um ejetor, e aqui está o terceiro cartucho. Realmente acredito que nosso caso esteja praticamente completo.

A expressão no rosto do inspetor da região demonstrou sua intensa surpresa ao progresso rápido e magistral de Holmes. No início, ele mostrara disposição para afirmar sua posição, mas agora estava tomado de admiração e pronto para seguir, sem questionar, os passos de Holmes, para onde quer que o levassem.

– De quem suspeita? – perguntou ele.

– Falarei sobre isso mais tarde. Há diversos pontos deste problema que ainda não tenho como explicar para vocês. Agora que cheguei a esse ponto, é melhor proceder nas minhas próprias linhas e, então, resolver este caso de uma vez por todas.

– Como queira, senhor Holmes, desde que capturemos o culpado.

– Não é meu desejo criar mistérios, mas é impossível, no momento de ação, entrar em explicações longas e complexas. Tenho os fios deste caso nas mãos. Mesmo se esta dama jamais recobrar a consciência, ainda assim seremos capazes de reconstruir os eventos da noite passada e assegurar que a justiça seja feita. Primeiro de tudo, desejo saber se há alguma pensão nas redondezas chamada "Elrige's"?

Os criados foram questionados novamente, mas ninguém ouvira falar deste lugar. O cavalariço lançou luz à questão ao se lembrar de que um fazendeiro com aquele sobrenome morava a alguns quilômetros dali na direção de East Ruston.

– É uma fazenda isolada?

– Bastante isolada, senhor.

– Talvez não tenham ouvido falar no que aconteceu aqui noite passada.

– Talvez não, senhor.

Holmes pensou um pouco e, então, um sorriso peculiar apareceu em seu rosto.

– Sele um cavalo, meu rapaz – disse ele. – Desejo que leve um bilhete até a fazenda de Elrige.

Ele pegou no bolso os vários pedaços de papel dos bonecos dançarinos. Com eles à sua frente, trabalhou por um tempo à escrivaninha do escritório. Por fim, entregou o bilhete para o rapaz, com instruções para entregar nas mãos da pessoa a quem se destinava e principalmente para não responder a nenhuma pergunta que possam fazer a ele. Vi o verso do bilhete, endereçado em caracteres irregulares e espaçados, bem diferente da letra precisa e usual de Holmes. O destinatário era o senhor Abe Slaney, Fazenda Elriges, East Ruston, Norfolk.

– Creio, inspetor – comentou Holmes – que o senhor deve enviar um telegrama solicitando uma escolta, pois, se meus cálculos estiverem certos, o senhor terá em mãos um prisioneiro perigosíssimo para levar até a prisão do condado. O rapaz que leva este bilhete poderia, por certo, enviar o seu telegrama. Se houver algum trem esta tarde para a cidade, Watson, creio que nós devamos pegar, pois tenho uma análise química interessante para terminar e essa investigação se aproxima rapidamente do fim.

Quando o jovem foi enviado com o bilhete, Sherlock Holmes deu instruções para os criados. Se qualquer visitante aparecesse perguntando sobre a senhora Hilton Cubitt, nenhuma informação deveria ser dada em relação à sua condição de saúde, mas a pessoa deveria ser levada imediatamente à sala de estar. Apresentou esses pontos para eles em tom deveras sério. Por fim, entrou na sala de estar, com o comentário de que a questão agora não estava mais nas nossas mãos e que devíamos aproveitar o tempo da melhor forma enquanto aguardávamos o que nos esperava. O médico voltara para seus pacientes, e restavam apenas eu e o inspetor.

– Creio que posso ajudá-los a passar uma hora de forma interessante e lucrativa – disse Holmes, puxando a cadeira para a mesa e abrindo diante de si diversos papéis nos quais registrou a farsa dos bonecos dançarinos. – Quanto a você, caro Watson, devo-lhe uma compensação por ter controlado a vontade de saciar sua curiosidade natural. Quanto ao senhor, inspetor, todo o incidente pode lhe proporcionar um notável estudo profissional. Devo esclarecer, em primeiro lugar, as interessantes circunstâncias que estão ligadas às consultas prévias do senhor Hilton Cubitt em Baker Street. – Ele, então, recapitulou os fatos que já foram relatados. – Tenho diante de mim essas interessantes produções, que talvez provoquem o riso de alguém, não tivessem elas mostrado ser precursoras de tão terrível tragédia. Sou deveras familiarizado com todas as formas de escrita secreta, sendo, eu mesmo, autor de uma monografia superficial sobre o assunto, na qual analiso 160 cifras diferentes, mas confesso que esta é inteiramente nova para mim. Parece que o objetivo das pessoas que inventaram o sistema foi esconder que tais caracteres formam uma mensagem e passar a ideia de que são meros desenhos infantis aleatórios.

"Ao reconhecer, porém, que os símbolos representavam letras, e tendo aplicado as regras que nos guiam por todas as formas de escrita secreta, a solução foi fácil. A primeira mensagem submetida à minha análise era breve demais e foi impossível para eu descobrir, com alguma certeza, que o símbolo 𐆎 representa a letra E. Como devem saber, o "E" é a letra mais comum no alfabeto inglês, predominando a ponto de se sobressair mesmo em uma frase curta em que se espera encontrá-la com certa frequência. Entre quinze símbolos da primeira mensagem, quatro eram o mesmo, então foi razoável definir tal símbolo como a letra E. É bem verdade que, em alguns casos, o boneco estava segurando uma bandeira e em outros não, mas era provável, pelo modo como as bandeiras estavam distribuídas, que elas fossem usadas para quebrar a frase em palavras. Aceitei isso como hipótese e anotei que o E era representado por

"Mas agora chegou a parte realmente difícil da investigação. A ordem das letras depois do E não é, de forma alguma, bem marcada, e qualquer preponderância que porventura apareça em uma página impressa pode ser invertida em uma única frase curta. *Grosso modo*, T, A, O, I, N, S, H, R, D e L são a ordem numérica nas quais as letras ocorrem, mas T, A, O e I aparecem com uma frequência muito semelhante uma da outra, e seria uma tarefa infindável tentar cada uma das combinações até chegar a um significado. Desse modo, esperei a chegada de mais material. No meu segundo encontro com senhor Hilton Cubitt, ele me entregou mais duas frases curtas e uma mensagem que parecia, pela ausência de bandeiras, formar uma única palavra. Aqui estão os símbolos. Pois bem, na palavra única, encontrei dois Es aparecendo na segunda e na quarta palavra de cinco letras. Poderia ser '*sever*' ou '*lever*' ou '*never*'[5]. Não há dúvida de que essa última como uma resposta a um apelo é bem mais provável, e as circunstâncias mostravam que se tratava de uma resposta escrita pela dama. Aceitando que a hipótese estivesse correta, podemos dizer que os símbolos são respectivamente N, V e R.

---

[5] Separar, alavanca ou nunca, respectivamente. (N.T.)

𝄞 𝄫 𝄪

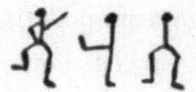

"Mesmo nesse momento eu enfrentava grande dificuldade, mas um feliz pensamento fez com que descobrisse os símbolos para diversas outras letras. Ocorreu-me que, se tais apelos tivessem sido escritos, como eu esperava, por alguém que conhecera a dama quando era mais jovem, uma combinação que contivesse dois Es com três letras no meio talvez indicasse o nome 'ELSIE'. Ao examinar as mensagens, descobri que tal combinação formava o fim da mensagem que foi repetida três vezes. Era, por certo, algum apelo para 'Elsie'. Desse modo, descobri L, S e I. Mas que apelo poderia ser? Havia apenas quatro letras na palavra que precedia 'Elsie' e ela terminava com um E. Certamente a palavra devia ser 'COME'[6]. Tentei outras quatro palavras terminadas em E, mas não encontrei nenhuma que se encaixasse no caso. Então, agora, eu conhecia o C, o O e o M, e pude voltar à primeira mensagem novamente, dividindo-a em palavras e colocando pontos em cada símbolo que ainda me era desconhecido. Fiz isso e este foi o resultado:"

.M.ERE..E SL.NE.

– Agora, a única letra *possível* é o 'A', o que foi uma descoberta bastante boa, uma vez que ela ocorre três vezes nesta pequena frase, e o 'H' também está aparente na segunda palavra. Agora temos:

AM HERE A.E SLANE.

– Ou, preenchendo as lacunas óbvias do nome:

AM HERE ABE SLANEY.[7]

---

[6] Venha. (N.T.)
[7] Estou aqui. (N.T.)

– Eu tinha tantas letras agora que poderia proceder com considerável confiança à segunda mensagem com a qual trabalhei do mesmo modo e cheguei ao seguinte resultado:

A. ELRI. ES.

– Aqui, só consegui significado ao colocar um 'T' e um 'G' nas lacunas, e supus que se tratasse do nome de alguma casa ou pensão na qual o remetente estivesse hospedado.

Inspetor Martin e eu ouvimos tudo com o maior interesse ao relato completo e, claro, de como meu amigo chegara aos resultados que o levaram a superar completamente nossas dificuldades.

– O que o senhor fez então? – perguntou o inspetor.

– Eu tinha todos os motivos para supor que este Abe Slaney era dos Estados Unidos, uma vez que Abe é uma contração estadunidense, e uma vez também que uma carta dos Estados Unidos tinha sido o início de toda a questão. Eu também tinha motivos para acreditar que havia algum segredo criminoso envolvido. As alusões da dama ao seu passado e sua recusa a confiar ao marido tal assunto me levaram nessa direção. Desse modo, enviei um telegrama para um amigo, Wilson Hargreave, do Departamento de Polícia de Nova Iorque, que, mais de uma vez, usou de meus conhecimentos sobre crimes londrinos. Perguntei a ele se conhecia o nome Abe Slaney. Eis a resposta dele: 'O criminoso mais perigoso de Chicago'. Na mesma noite que recebi a resposta, Hilton Cubitt me mandou a última mensagem que recebera de Slaney. Usando as letras conhecidas, obtive este resultado

ELSIE.RE.ARE TO MEET THY GO.[8]

– O acréscimo do 'P' e do 'D' completaram a mensagem que me mostrou que o patife estava saindo do campo da persuasão e seguindo

---

[8] Elsie, prepare-se para encontrar seu Deus. (N.T.)

para ameaças, e meus conhecimentos dos criminosos de Chicago me mostraram que ele talvez estivesse pronto para entrar em ação. Vim imediatamente para Norfolk com meu amigo e colega, doutor Watson, mas, infelizmente, a tempo apenas de descobrir que o pior tinha acontecido.

– Foi um privilégio me a associar ao senhor para resolver este caso – disse o inspetor, caloroso. – O senhor terá de me desculpar, porém, por ser franco. O senhor só precisa prestar contas ao senhor mesmo, mas eu preciso prestar contas a meus superiores. Se este Abe Slaney, que está morando em Elrige's é realmente o assassino, e se ele fugir enquanto estou sentado aqui, eu certamente enfrentaria sérios problemas.

– Pois não precisa se preocupar. Ele não vai tentar fugir.

– Como sabe?

– Fugir seria uma confissão de culpa.

– Então vamos prendê-lo.

– Imagino que ele deva estar a caminho daqui neste instante.

– Mas por que ele viria?

– Por que lhe escrevi e pedi que viesse.

– Mas isso é inacreditável, senhor Holmes! Ele viria porque o senhor pediu? Não é mais provável que tal pedido o faça fugir?

– Acho que sei como redigir uma carta – retorquiu Sherlock Holmes. – Na verdade, se não estou enganado, é justamente o cavalheiro que está chegando pela alameda de entrada.

Havia um homem caminhando em direção à porta. Era moreno, alto e bonito. Usava um terno de flanela cinza, chapéu panamá, barba preta impecável e um nariz grande, curvado e agressivo, além de uma bengala elegante enquanto caminhava. Movimentava-se como se o lugar dele fosse e ouvimos o som alto e confiante da campainha.

– Creio, cavalheiros – disse Holmes, em tom baixo –, que é melhor nos escondermos atrás da porta. É necessário tomarmos todas as precauções ao lidar com um homem como este. O senhor vai precisar das algemas, inspetor. Mas pode deixar a conversa comigo.

Esperamos em silêncio por um minuto – um daqueles minutos do qual nunca nos esquecemos. A porta se abriu e o homem entrou. No mesmo instante, Holmes apontou a arma para a cabeça dele e Martin prendeu os pulsos com as algemas. Tudo foi feito de forma tão rápida e hábil que o homem ficou indefeso antes de saber o que o tinha atacado. Ele olhou de um para outro de nós com olhos negros cintilantes. Então, deu uma risada amarga.

– Bem, cavalheiros, os senhores me pegaram. Parece que bati em algo duro. Mas vim aqui em resposta a uma carta da senhora Hilton Cubitt. Não me diga que ela está nisto? Não me diga que ela os ajudou a montar uma armadilha para mim?

– A senhora Hilton Cubitt foi gravemente ferida e está à beira da morte.

O homem deu um grito rouco de tristeza que ecoou pela casa.

– Pois estão loucos! – exclamou ele, com firmeza. – Foi ele que foi ferido, não ela. Quem teria ferido a pequena Elsie? Eu talvez a tenha ameaçado, que Deus me perdoe por isso, mas eu jamais tocaria num fio sequer do cabelo dela. Diga que é mentira! Diga que ela não está ferida!

– Ela foi encontrada gravemente ferida ao lado do marido morto.

Ele afundou no sofá com um gemido e enterrou a cabeça nas mãos algemadas. Ficou em silêncio por cinco minutos. Então, levantou a cabeça novamente e falou com a fria compostura do sofrimento.

– Não tenho nada a esconder dos senhores, cavalheiros – declarou ele. – Se atirei no homem, ele atirou em mim, e isso não é assassinato. Mas, se os senhores acreditam que eu machucaria aquela mulher, então vocês não conhecem a mim, nem a ela. Pois eu digo a vocês que nunca existiu no mundo um homem que amasse mais uma mulher do que eu a amava! Eu tinha direito a ela. Ela foi prometida a mim alguns anos atrás. Quem era este inglês que entrou entre nós? Eu afirmo que fui o primeiro a ter direito sobre ela e eu só estava reivindicando o que era meu.

– Ela se livrou da sua influência quando descobriu que tipo de homem o senhor é – declarou Holmes, com seriedade. – Ela fugiu dos Estados Unidos para se afastar do senhor e se casou com um honrado cavalheiro inglês. Você descobriu e a seguiu e transformou a vida dela em sofrimento para que ela abandonasse o marido a quem amava e respeitava para fugir com você, a quem ela temia e odiava. Você terminou causando a morte de um nobre e levando a mulher dele a cometer suicídio. Esta é a sua responsabilidade em tudo isso, senhor Abe Slaney, e o senhor há de responder por isso perante a lei.

– Se a Elsie morrer, não me importo com o que venha a acontecer comigo – disse o estadunidense. Ele abriu uma das mãos e olhou para o bilhete amassado. – Vejam bem, senhores! – exclamou ele, com um brilho de desconfiança nos olhos. – Vocês não estão tentando me assustar com tudo isso, não é? Se a dama está tão ferida quanto dizem, quem escreveu este bilhete? – Ele jogou o papel em cima da mesa.

– Fui eu que o escrevi para atraí-lo até aqui.

– O senhor escreveu? Não existe ninguém na face da Terra fora da Junta que conheça o segredo dos bonecos dançarinos. Como é possível que o senhor tenha escrito?

– O que um homem consegue inventar, outro pode descobrir – retrucou Holmes. Um cabriolé está chegando para levá-lo para Norwich, senhor Slaney. Enquanto aguardamos, talvez haja tempo de o senhor fazer a reparação de um dano que trouxe. O senhor sabia que a senhora Hilton Cubitt é suspeita de ter assassinado o marido e foi apenas minha presença aqui e o conhecimento que eu, por acaso, detinha que a salvou de tal acusação? O mínimo que o senhor deve a ela é esclarecer para o mundo todo que ela não teve nenhuma responsabilidade, direta ou indiretamente, com o fim trágico desta história.

– Não peço mais nada – disse o estadunidense. – Creio que o melhor que eu tenho a fazer é contar a verdade nua e crua.

– É o meu dever avisar que tudo que disser será usado contra o senhor – declarou o inspetor com uma exibição perfeita da lei criminal britânica.

Slaney encolheu os ombros.

– Pois vou me arriscar – respondeu ele. – Em primeiro lugar, quero que os senhores saibam que eu conheço a dama desde que ela era criança. A nossa gangue em Chicago contava com sete homens, e o pai de Elsie era o chefe da Junta. Era um homem inteligente, o velho Patrick. Foi ele que inventou o código, que passaria por um desenho infantil, a não ser que tivesse a chave para decifrar. Bem, Elsie descobriu algumas coisas sobre o que fazíamos, mas não suportava os negócios. Então, ela ganhou um pouco de dinheiro honesto, enganou a todos e fugiu para Londres. Ela era minha noiva na época e creio que teria se casado comigo se eu tivesse outra profissão, ela não queria ter nada a ver com aquilo. Foi só depois que se casou com este inglês que consegui descobrir onde ela estava. Eu escrevi para ela, mas não obtive resposta. Depois disso, vim para cá e, quando as cartas de nada adiantaram, eu deixei mensagens em lugares que ela pudesse ler.

"Bem, estou aqui há um mês. Morei naquela fazenda, onde eu tinha um quarto no porão e conseguia entrar e sair todas as noites sem ninguém perceber. Tentei de tudo para convencer Elsie a me encontrar. Eu sabia que ela tinha lido as mensagens, pois uma vez ela escreveu uma resposta sob uma delas. Então, meu temperamento levou a melhor e comecei a ameaçá-la. Foi então que ela me mandou uma carta, implorando que eu fosse embora, que partiria seu coração se qualquer tipo de escândalo caísse sobre seu marido. Ela disse que desceria quando o marido estivesse dormindo às três da manhã e falaria comigo pela janela se, depois disso, eu fosse embora e a deixasse em paz. Ela desceu e trouxe dinheiro com ela, tentando me pagar para ir embora. Isso despertou a minha fúria e agarrei o braço dela e tentei puxá-la para fora pela janela. Naquele instante, o marido chegou sorrateiramente com arma em punho. Elsie tinha se agachado no chão e ficamos cara a cara. Eu também estava armado e saquei o minha pistola para assustá-lo, para que eu pudesse fugir. Ele atirou em mim, mas não acertou. Eu atirei quase no mesmo instante e ele caiu. Enquanto cruzava o jardim, ouvi uma janela sendo fechada. Essa é a mais pura verdade, cavalheiros, cada palavra que contei. Não soube de mais nada, até que aquele rapaz chegou com o bilhete que me fez andar até aqui, como um tolo, e cair nas suas mãos."

O cabriolé chegou enquanto o estadunidense falava. Havia dois policiais uniformizados. O inspetor Martin se levantou e tocou no ombro do prisioneiro.

– É hora de irmos.

– Posso vê-la primeiro?

– Não. Ela não está consciente. Senhor Sherlock Holmes, espero que, se um dia, por acaso, eu tiver um caso importante nas mãos, eu tenha a boa sorte de tê-lo ao meu lado.

Ficamos parados perto da janela olhando enquanto o cabriolé se afastava. Quando me virei, meu olhar foi atraído pelo bilhete que o prisioneiro jogara na mesa. Era o bilhete que Holmes tinha escrito para ele.

– Veja se consegue lê-lo, Watson – disse ele, com um sorriso no rosto.

Não havia nenhuma palavra, apenas bonecos dançarinos:

𐄂𐄂𐄂𐄂 𐄂𐄂𐄂𐄂 𐄂𐄂 𐄂𐄂𐄂𐄂

– Se usar o código que expliquei – disse Holmes –, descobrirá que diz simplesmente 'Venha imediatamente'. Eu estava convencido de que aquele era um convite que ele não recusaria, uma vez que não desconfiaria vir de ninguém mais se não da dama. Então, meu caro Watson, acabamos por transformar os bonecos dançarinos em uma coisa boa quando eles antes eram agentes do mal. Acho que cumpri minha promessa de lhe dar alguma coisa pouco comum para seu caderno. Nosso trem parte às 15h40 e creio que estaremos em Baker Street para o jantar.

Apenas algumas palavras como epílogo: o estadunidense, Abe Stanley, foi condenado à morte pelo tribunal de Norwich, mas a pena foi alterada para serviços forçados por causa de atenuantes e a certeza de que Hilton Cubitt atirara primeiro. Quanto à senhora Cubitt, soube apenas que teve uma recuperação plena e que ainda continua viúva, devotando a vida para cuidar dos pobres e administrar os bens do marido.

Capítulo 4

• A AVENTURA DA CICLISTA SOLITÁRIA •

Tradução: Natalie Gerhardt

Entre os anos de 1894 e 1901, o senhor Sherlock Holmes esteve muito ocupado. É seguro dizer que não havia caso público de qualquer nível de dificuldade em que não se envolveu como consultor durante aqueles oito anos, e havia centenas de casos particulares, alguns dos quais com características complexas e extraordinárias, nos quais desempenhou proeminente papel. Muitos sucessos estrondosos e alguns fracassos inevitáveis foram resultado desse período de trabalho contínuo. Como preservei anotações bem completas de todos os casos e eu mesmo me envolvi pessoalmente em muitos deles, poder-se-ia imaginar que não é nada fácil saber qual eu deveria escolher para trazer a público. Devo, porém, preservar minha regra anterior e dar preferência aos casos cujo interesse provenha não tanto da brutalidade do crime, mas sim da engenhosidade e qualidade dramática da solução. Por esse motivo, apresentarei agora para o leitor os fatos ligados à senhorita Violet Smith, a ciclista solitária de Charlington, e a sequência curiosa da nossa investigação, a qual culminou com inesperada tragédia. É verdade que as circunstâncias não admitiram nenhum exemplo notável dos poderes pelos quais meu amigo era famoso, mas houve alguns pontos sobre o caso que o fizeram se sobressair nos meus enormes registros criminais dos quais colhi material para essas pequenas narrativas.

Ao consultar meu caderno do ano de 1895, descubro que foi em um sábado, no dia 23 de abril, que ouvi falar pela primeira vez da senhorita Violet Smith. Sua visita foi considerada, bem me lembro, extremamente indesejada por Holmes, pois naquele momento estava interessado em um problema muito obscuro e complexo sobre a condenação peculiar à qual John Vincent Harden, o famigerado milionário do tabaco, tinha sofrido. Meu amigo, que acima de tudo amava a precisão e a concentração de pensamento, se ressentia de qualquer coisa que distraísse sua atenção do problema em mãos. Ainda assim, sem qualquer rispidez, que era estranha à sua natureza, foi impossível se recusar a ouvir a história da jovem e bela mulher, alta, graciosa e majestosa, que se apresentou em Baker Street tarde da noite, implorando sua ajuda e seus conselhos. Foi em vão dizer que seu tempo já estava totalmente ocupado, pois a jovem chegara determinada a contar sua história, e ficou evidente que nada além da força faria com que saísse do aposento até ter cumprido seu desejo. Com um ar de resignação e um sorriso ligeiramente cansado, Holmes indicou que a jovem invasora deveria se sentar e nos contar o que a incomodava.

– Pelo menos não é questão de saúde – comentou ele, enquanto seus olhos perspicazes a avaliavam. – Uma ciclista tão disposta deve ser cheia de vitalidade.

Ela olhou para os pés, surpresa, e observei o ligeiro desgaste na lateral da sola provocado pela fricção com o pedal.

– Sim, eu pedalo bastante, senhor Holmes, e isso tem a ver com minha visita de hoje.

Meu amigo pegou a mão sem luvas da jovem e a examinou com grande atenção e pouco sentimento, como um cientista faria com um espécime.

– Peço desculpas por isso. Faz parte do meu trabalho – disse ele ao soltá-la. – Quase caí no erro de supor que a senhoria era datilógrafa. Mas está claro que a senhorita dedica-se à música. Você nota como a ponta dos dedos estão marcadas, Watson, que é uma característica comum em ambas as profissões? Existe uma espiritualidade no rosto dela, porém...
– Ela o virou delicadamente para a luz – ... que uma datilógrafa não exibe. Esta dama é uma musicista.

– Sim, senhor Holmes. Dou aulas de música.

– No interior, presumo pela sua compleição.

– Sim, senhor, perto de Farnham, na divisa de Surrey.

– Um lugar bonito e repleto de interessantíssimas associações. Você se lembra, Watson, de que foi perto de lá que capturamos Archie Stamford, o falsificador? Agora, senhorita Violet, o que lhe aconteceu próximo a Farnham, na divisa com Surrey?

A jovem dama, com grande clareza e compostura, deu a seguinte declaração:

– Meu pai está morto, senhor Holmes. Era James Smith, regente da orquestra no antigo Teatro Imperial. Minha mãe e eu fomos deixadas sem nenhum parente no mundo, a não ser por um tio, Ralph Smith, que foi à África há 25 anos e nunca mais recebemos notícias dele desde então. Quando meu pai morreu, fomos deixadas na penúria, mas, um dia, soubemos que havia um anúncio no *The Times* perguntando sobre nosso paradeiro. O senhor bem pode imaginar o quanto ficamos animadas, pois achamos que alguém talvez tivesse nos deixado uma fortuna. Procuramos imediatamente o advogado cujo nome foi informado no jornal. Lá, nós conhecemos dois cavalheiros, o senhor Carruthers e o senhor Woodley, que estavam visitando o país natal antes de voltarem para a África do Sul. Disseram que meu tio era amigo deles, que tinha morrido alguns meses antes em grande pobreza em Joanesburgo e que usara seu último suspiro para pedir-lhes que procurassem seus parentes e verificassem se estavam necessitados. Pareceu-nos estranho que tio Ralph, que nunca tomara conhecimento de nós quando estava vivo, tivesse tanto cuidado a nos procurar quando estava morto, mas o senhor Carruthers nos explicou que meu tio acabara de receber a notícia da morte do irmão, então ele se sentia responsável pelo nosso destino.

– Desculpe interromper – disse Holmes. – Quando se deu tal encontro?

– Dezembro último. Quatro meses atrás.

– Continue, por favor.

– O senhor Woodley pareceu-me uma pessoa odiosa. Ficava sempre olhando para mim, um jovem grosseiro de rosto inchado, bigode vermelho e cabelo colado em cada um dos lados da testa. Eu o achei desprezível, e tive certeza de que Cyril não desejaria que eu conhecesse tal pessoal.

– Ah, Cryril é o nome dele! – disse Holmes, sorrindo.

A jovem corou e riu.

– Sim, senhor Holmes, Cyril Morton, engenheiro elétrico, e esperamos nos casar no fim do verão. Minha nossa, como *foi* que comecei a falar sobre ele? O que eu queria dizer é que o senhor Woodley era perfeitamente desprezível, mas o senhor Carruthers, um homem bem mais velho, era mais agradável. Era uma pessoa sombria e silenciosa, pálida e bem-barbeada, mas tinha modos educados e um sorriso agradável. Ele perguntou como estávamos financeiramente e, ao descobrir que éramos muito pobres, sugeriu que eu fosse à casa dele para dar aula de música para sua única filha, que tem dez anos de idade. Eu disse a ele que não me sentia bem de deixar a minha mãe, e ele disse que eu deveria ir para casa aos fins de semana e me ofereceu cem libras por ano, o que, de certo, era um ótimo pagamento. Então, tudo acabou comigo aceitando e fui para à Granja Chiltern, a quase dez quilômetros de Farnham. O senhor

Carruthers era viúvo, mas tinha contratado uma governanta, uma idosa bastante respeitável, chamada senhora Dixon, para cuidar da sua casa. A menina era uma querida e tudo prometia sair às mil maravilhas. O senhor Carruthers era muito gentil e muito musical e desfrutamos de noites agradabilíssimas na companhia um do outro. Todo fim de semana eu voltava para casa, na cidade, para visitar minha mãe.

"A primeira rachadura na minha felicidade foi a chegada do senhor Woodley com seu bigode ruivo. Ele viera para uma visita de uma semana e... ah! A mim pareceram três meses. Ele era uma pessoa odiosa, um valentão com todos, mas, para mim, era algo muito pior. Ele se apaixonou por mim, falava sobre sua riqueza, dizia que, se eu me casasse com ele, teria os melhores diamantes de Londres e, finalmente, quando eu disse que não queria nada com ele, ele me agarrou um dia depois do jantar, ele era horrivelmente forte, e jurou que não me soltaria até que eu o beijasse. O senhor Carruthers entrou e o afastou de mim, e foi quando ele se voltou contra o próprio anfitrião, derrubando-o e cortando o rosto do homem. Aquele foi o fim da visita, como bem pode imaginar. O senhor Carruthers se desculpou comigo no dia seguinte e assegurou-me de que eu jamais seria exposta àquele tipo de insulto novamente. Eu nunca mais vi o senhor Woodley.

"E agora, senhor Holmes, chego finalmente ao último detalhe especial que me fez vir pedir seu conselho hoje. Devo contar que todo sábado à tarde eu vou de bicicleta até a Estação de Farnham, para pegar o trem das 12h22 para a cidade. A estrada para a Granja Chiltern é deserta, principalmente em um trecho que se estende por mais de um quilômetro entre Charlington Heath de um lado e o bosque de Charlington Hall do outro. Não existe um trecho de estrada mais solitário em nenhum outro lugar, e é muito raro encontrar uma carroça ou um andarilho até chegar à estrada principal perto de Crooksbury Hill. Há duas semanas, eu estava passando por lá quando, por acaso, olhei por sobre o ombro e, a uns duzentos metros atrás de mim, vi um homem também de bicicleta.

Parecia ser um homem de meia-idade, com barba curta e escura. Olhei de novo antes de chegar a Farnham, mas o homem tinha desaparecido e não pensei mais sobre isso. Mas o senhor pode imaginar minha surpresa, senhor Holmes, quando, ao retornar na segunda-feira, vi o mesmo homem no mesmo trecho da estrada. Minha surpresa aumentou mais ainda quando o incidente se repetiu, exatamente como antes, no sábado e na segunda-feira seguintes. Ele sempre manteve a distância e não tentou me abordar de forma alguma, mas isso decerto foi muito estranho. Mencionei isso para o senhor Carruthers, que pareceu interessado no meu relato e contou que tinha encomendado um cavalo e uma carruagem para que eu não tivesse mais que passar, desacompanhada, pela estrada solitária.

"A encomenda do cavalo e da carruagem deveria ter chegado esta semana, mas, por algum motivo, não foram entregues e, uma vez mais, precisei ir de bicicleta até a estação. Isso aconteceu esta manhã. Como bem pode imaginar, fiquei atenta ao passar por Charlington Heath, e lá, com certeza, estava o homem, exatamente como nas duas semanas anteriores. Ele sempre se mantinha tão distante que não dava para ver seu rosto direito, mas certamente não se trata de alguém que eu conheça. Ele vestia terno escuro com boina de tecido. A única coisa em seu rosto que eu conseguia ver era a barba escura. Hoje, ao contrário, não fiquei assustada, mas cheia de curiosidade e determinação para descobrir quem ele era e o que queria. Então, parei completamente, mas ele parou também. Então, eu preparei uma armadilha. Há uma curva acentuada na estrada, eu a contornei bem rápido e, então, parei e esperei. Esperei que ele virasse a curva e passasse por mim antes de conseguir parar. Mas ele não apareceu. Então, voltei para a curva de onde dava para ver um quilômetro de estrada, mas ele não estava mais lá. Para tornar tudo ainda mais extraordinário, não há nenhuma estrada secundária neste ponto que ele possa ter usado."

Holmes riu e esfregou as mãos.

– Este caso decerto apresenta algumas características peculiares – disse ele. – Quanto tempo se passou entre você virar a curva e a descoberta de que a estrada estava livre.

– Dois ou três minutos.

– Então, não existe a possibilidade de ele ter voltado na estrada. E você disse que não há estradas secundárias?

– Nenhuma.

– Então, decerto que ele pegou uma trilha de um lado ou de outro da estrada.

– Não poderia ter sido para o lado da mata, pois eu o teria visto.

– Então, por exclusão, chegamos ao fato de que ele seguiu caminho na direção da Charlington Hall, que, pelo que entendi, fica no próprio terreno em um dos lados da estrada. Mais alguma coisa?

– Nada, senhor Holmes. A não ser que fiquei tão perplexa que senti que não me daria por satisfeita até encontrar o senhor e pedir um conselho.

Holmes ficou em silêncio por um tempo.

– Onde está seu noivo? – perguntou Holmes por fim

– Está na Companhia Elétrica Midland, em Coventry.

– Ele não faria uma visita surpresa?

– Ah, senhor Holmes! Como se eu não fosse reconhecê-lo!

– A senhorita teve algum outro admirador?

– Vários antes de conhecer Cyril.

– E desde então?

– Houve aquele homem desprezível, Woodley, se é que se pode chamá-lo de admirador.

– Ninguém mais?

Nossa bela cliente pareceu confusa.

– Quem era ele? – perguntou Holmes.

– Ah, talvez seja apenas bobagem minha, mas parece que, às vezes, meu patrão, o senhor Carruthers, se interessa demais por mim. Nós nos encontramos com bastante frequência. Eu lhe faço companhia à noite. Ele nunca disse nada. É um perfeito cavalheiro. Mas uma garota sempre sabe.

– Ah! – Holmes estava com expressão séria. – Qual é o trabalho dele?

– Ele é rico.

– Sem carruagens nem cavalos?

– Bem, pelo menos ele tem uma vida boa. Mas ele vai para a cidade duas ou três vezes por semana. Ele tem profundo interesse em ações de ouro da África do Sul.

– Informe-me de qualquer outro novo desdobramento, senhorita Smith. Estou deveras ocupado no momento, mas encontrarei tempo para fazer algumas perguntas sobre seu caso. Nesse meio-tempo, não faça nada sem me informar. Até logo. Creio que teremos boas notícias para a senhorita.

– Faz parte da ordem natural das coisas que uma garota como ela tenha admiradores – comentou Holmes pegando seu cachimbo meditativo. – Mas é melhor que não sejam seguidores em bicicletas em estradas desertas do interior. Algum apaixonado secreto, sem sombra de dúvidas. Mas há alguns detalhes curiosos e sugestivos neste caso, Watson.

– Que ele só apareça naquele ponto da estrada?

– Exatamente. Nosso primeiro esforço deve ser descobrir quem são os arrendatários de Charlington Hall. Em seguida, que tal descobrirmos a ligação entre Carruthers e Woodley, já que parecem ser homens tão diferentes? Como é possível que *ambos* estivessem tão interessados em procurar as parentes de Ralph Smith? Mais uma questão. Que tipo de casa é esta que paga o dobro do preço de mercado para uma governanta, mas não tem um cavalo, mesmo morando a dez quilômetros da estação? Estranho, Watson, muito estranho!

– Nós vamos até lá?

– Não, meu caro amigo, *você* vai até lá. Esta talvez seja uma intriga sem importância, e eu não posso parar a minha outra pesquisa importante em prol deste caso. Na segunda-feira, você chegará cedo em Farnham, e vai se esconder perto de Charlington Heath. Observe os fatos por você mesmo e aja de acordo com que achar adequado. Depois de interrogar os moradores da casa, você voltará para casa para relatar seus feitos E agora, Watson, nenhuma outra palavra sobre a questão até eu ter alguns fatos concretos que possam nos ajudar a encontrar a solução.

A senhorita nos assegurou que viajava de volta na segunda-feira no trem que saía de Waterloo às 9h50. Então, parti mais cedo e peguei o das 9h13. Na estação de Farnham, não tive dificuldade em me dirigir para Charlington Heath. Era impossível confundir o cenário da aventura da jovem, pois a estrada seguia entre um campo aberto de um lado e um antigo bosque de teixos do outro, circundando um parque adornado com árvores magníficas. Havia um portão principal de pedras cobertas de musgo, cada coluna lateral encimada por emblemas heráldicos em ruínas, mas, além dessa entrada central para carruagens, observei vários pontos nos quais havia aberturas na cerca viva e trilhas que passavam por elas. Não dava para ver a casa da estrada, mas as cercanias indicavam melancolia e decadência.

O matagal estava coberto com arbustos dourados de tojo em flor, brilhando de forma magnífica sob os raios fortes do sol primaveril. Posicionei-me atrás de um deles, para ter uma visão tanto dos portões da casa quanto de um longo trecho dos dois lados da estrada. Deserta desde a hora que a deixei, agora eu via um ciclista vindo da direção oposta da qual eu viera. Usava um terno escuro e percebi que tinha barba preta. Ao chegar às cercanias do terreno de Charlington, ele desceu da bicicleta e a levou até uma abertura, desaparecendo do meu campo de visão.

Passaram-se quinze minutos até a segunda ciclista aparecer. Dessa vez, era a jovem vindo da estação. Vi enquanto ela olhava em volta à medida que se aproximava de Charlington. Um instante depois, o homem saiu do esconderijo, subiu na bicicleta e a seguiu. Em toda a ampla paisagem, aquelas eram as únicas pessoas em movimento: a garota graciosa sentada ereta na bicicleta e o homem, atrás dela, inclinado sob o guidão com uma sugestão curiosamente furtiva a cada movimento. Ela olhou para trás e o viu e diminuiu a velocidade. Ele também diminuiu. Ela parou. Ele parou na hora também, mantendo a distância de uns duzentos metros entre eles. Ela, então, fez algo tão inesperado quanto corajoso. De repente, ela virou a bicicleta e partiu na direção dele. Ele era tão rápido quanto, porém, e partiu em uma fuga desesperada. Em seguida, ela voltou ao seu caminho, com a cabeça erguida, não concedendo mais nenhuma atenção ao seu silencioso acompanhante. Ele também virara a bicicleta e continuou mantendo a distância, até a curva na estrada os tirasse do meu campo de visão.

Continuei no meu esconderijo, e foi uma boa escolha, pois o homem apareceu logo em seguida, voltando devagar. Ele entrou pelos portões da casa e desceu da bicicleta. Consegui vê-lo por alguns minutos por entre as árvores. As mãos erguidas como se estivesse ajeitando a gravata. Então, ele montou novamente e saiu pedalando em direção à casa. Corri pelo matagal e espiei por entre as árvores. Ao longe, consegui ver a construção cinzenta antiga, com suas chaminés Tudor, mas a alameda de entrada era cercada por arbustos densos e não vi mais nenhum sinal do homem.

No entanto, pareceu-me que fiz um excelente trabalho naquela manhã e caminhei de volta, sentindo-me bem, até Farnham. O agente imobiliário local não soube me dar informações sobre Charlington Hall e me direcionou a uma firma conhecida em Pall Mall. Parei lá a caminho de casa e tive um encontro cortês com seu representante. Não, eu não poderia alugar Charlington Hall no verão. Eu tinha chegado tarde demais. Havia sido alugada cerca de um mês antes. Senhor Williamson era o nome do inquilino. Era um cavalheiro idoso e respeitável. O educado agente temia não poder dar mais informações, pois os assuntos dos seus clientes não eram questões que podiam ser discutidas.

Senhor Sherlock Holmes ouviu com atenção o longo relato que consegui apresentar naquela noite, mas ele não expressou nenhuma palavra de elogio que eu esperara receber e que acreditava merecer. Ao contrário, o rosto austero estava ainda mais sério do que o usual, quando fez comentários sobre o que fiz e o que deixei de fazer:

– O seu esconderijo, caro Watson, foi deveras falho. Você deveria ter se colocado atrás da cerca viva, de onde poderia ver mais de perto a pessoa de nosso interesse. Do jeito que fez, você ficou a algumas centenas de metros e me contou ainda menos que a senhorita Smith. Ela acha que não conhece o homem, mas estou convencido do contrário. De outro modo, por que ele ficaria tão desesperado e ansioso para não permitir que ela se aproximasse dele e visse seu rosto? Você disse que ele estava inclinado sobre o guidão. Isso foi mais uma tentativa de esconder o rosto. Você realmente se saiu muito mal. Ele volta para casa e você quer descobrir quem ele é. E então você vem para Londres para falar com um agente!

– E o que eu deveria ter feito? – perguntei, um pouco exaltado.

– Você deveria ter ido à taverna mais próxima, pois é o centro da fofoca local. Eles lhe teriam contado o nome de todos, desde o mestre até o da ajudante de cozinha. Williamson? Isso não me diz absolutamente nada. Se ele é idoso, não é o ativo ciclista que foge da perseguição atlética da jovem dama. O que ganhamos com a sua viagem? A confirmação de que a história da moça é verídica? Eu nunca duvidei disso. Que existe uma ligação entre o ciclista e Charlington Hall? Também nunca duvidei disso. Que a propriedade foi arrendada por alguém chamado Williamson. E de que adianta saber disso? Ora, ora, meu caro Watson, não fique deprimido. Poderemos fazer mais descobertas até o próximo sábado e, nesse meio-tempo, talvez eu faça algumas investigações também.

Na manhã seguinte, recebemos um bilhete da senhorita Smith, relatando de forma breve e precisa o incidente que eu mesmo presenciara, mas ao fim da carta havia uma observação:

> *Tenho certeza de que vai respeitar minha confidência, senhor Holmes, quando lhe digo que minha permanência aqui se tornou muito complicada, devido ao fato de que meu empregador me pediu*

em casamento. Estou convencida de que os sentimentos dele são os mais profundos e honrados. Mas já sou comprometida. Ele aceitou minha recusa com seriedade, mas também gentileza. Entretanto, o senhor há de imaginar que a situação aqui ficou um pouco tensa.

– Nossa jovem amiga parece estar entrando em águas profundas – comentou Holmes, pensativo, enquanto terminava de ler. – O caso certamente apresenta mais pontos de interesse e mais possibilidades de desdobramentos que eu antecipara originalmente. Acho que nada seria melhor do que um dia calmo e tranquilo no campo, e sinto-me inclinado a ir até lá esta tarde para testar uma ou duas teorias que formei.

O dia calmo no campo de Holmes teve uma conclusão peculiar, pois retornou a Baker Street, tarde naquela noite, com um lábio cortado e um calombo na testa, além de um ar geral de dispersão, o qual tornaria ele mesmo um objeto adequado de investigação da Scotland Yard. Divertiu-se bastante com as próprias aventuras e riu muito ao relatá-las.

– Eu me exercito tão pouco que isso é sempre um prazer – disse ele. – Como bem sabe, tenho habilidades no bom e velho boxe. Às vezes, isso vem a calhar. Como hoje, por exemplo, em que eu teria sofrido um triste revés sem isso.

Implorei que me contasse o ocorrido.

– Encontrei aquela taverna que já havia recomendado a você. E lá fiz algumas perguntas discretas. Eu estava no bar e um proprietário de terras tagarela estava me dando todas as informações que eu queria. Williamson é um homem de barba branca e mora sozinho com um número reduzido de criados na propriedade. Há rumores de que ele é ou foi um clérigo, mas um ou dois incidentes na sua curta temporada como residente na casa não me pareceram nada eclesiásticas. Eu já tinha feito algumas perguntas em uma agência clerical e eles me disseram que *existiu* um homem na ordem com aquele nome, cuja carreira fora curta e sombria. O proprietário ainda me disse que ele costuma receber visitantes no fim de semana, "muitas visitas", principalmente de um cavalheiro de bigode ruivo, chamado senhor Woodley, que estava sempre lá. Chegamos até esse ponto, quando entra no bar o próprio cavalheiro em questão, o qual estivera tomando cerveja no salão ao lado e ouvira toda a conversa. Quem eu era? O que eu queria? Qual era minha intenção com todas aquelas perguntas? Ele seguiu com um fluxo de falas interessante e seus adjetivos eram bastante vigorosos. Ele terminou os xingamentos com um golpe de que eu fracassei completamente em desviar. Os minutos seguintes foram deliciosos. Foi um soco de esquerda contra um valentão agressivo. Saí da briga como estou. O senhor Woodley voltou para a casa de cabriolé. E foi assim que chegou ao fim minha viagem ao campo, mas devo confessar que, embora meu dia na fronteira de Surrey tenha sido deveras agradável, não foi mais lucrativo do que o seu.

Na quinta-feira, recebemos outra carta de nossa cliente:

Não há de ser surpresa, senhor Holmes, quando souber que estou deixando o emprego na casa do senhor Carruthers. Nem mesmo o alto salário é capaz de acalmar o desconforto da minha situação. No sábado, virei à cidade sem intenção de voltar. O senhor Carruthers recebeu a carruagem, então os perigos da estrada deserta não me preocupam mais. Em relação ao motivo da minha partida, não se trata apenas da situação constrangedora com o senhor Carruthers, mas o ressurgimento daquele homem desprezível, o senhor Woodley. Ele sempre foi horrível, mas parece ainda mais terrível agora, pois parece-me que ele sofreu um acidente que o deixou deveras desfigurado. Eu o vi pela janela, mas sinto-me feliz de dizer que não precisei encontrá-lo. Ele teve uma longa conversa com senhor Carruthers, que pareceu bastante animado depois. Woodley deve estar hospedado nas redondezas, pois não passou a noite aqui, embora o tenha visto de relance novamente esta manhã, esgueirando-se pelos arbustos. Eu preferia ver um animal selvagem correndo, solto, pelas terras. Eu o odeio e o temo mais do que consigo expressar. Como o senhor Carruthers consegue aturar uma criatura como aquela por um instante sequer? No entanto, meus problemas chegarão ao fim no sábado.

– Assim espero, Watson, assim espero – declarou Holmes, em tom grave. – Há uma profunda intriga acontecendo em torno daquela jovem e é nosso dever protegê-la para que nenhum mal lhe aconteça em sua última viagem. Creio, Watson, que devemos ir juntos, no sábado de manhã, até lá para nos certificarmos de que essa investigação curiosa e inclusiva não tenha um fim desagradável.

Confesso que, até aquele momento, não havia levado o caso muito a sério, o qual, para mim, parecia mais grotesco e bizarro do que perigoso. Não é novidade nenhuma que um homem fique à espreita para seguir uma mulher deveras bonita e, se ele tem tão pouca audácia que não se atreve a se dirigir a ela, chegando a fugir da aproximação dela, não era um criminoso tão temível. O valentão Woodley era bem diferente, mas, a não ser por uma ocasião, não tentara molestar nossa cliente e agora visitava a casa dos Carruthers sem impor sua presença a ela. O homem na bicicleta sem dúvida era membro de um daqueles grupos de fim de semana em Charlington Hall, sobre o qual o taberneiro comentara, mas quem era e o que queria eram coisas que estavam mais obscuras do que nunca. Foram os modos graves de Holmes e o fato de ele ter colocado um revólver no bolso antes de partirmos dos nossos aposentos que me deram a impressão de que a tragédia poderia estar atrás dessa curiosa cadeia de eventos.

Uma noite chuvosa fora seguida por uma manhã gloriosa, e a região rural, com seus matagais e arbustos floridos de tojo, parecia ainda mais bonita para os olhos cansados do cenário sempre cinzento de Londres. Holmes e eu caminhamos pela ampla estrada de terra respirando o ar puro da manhã e nos alegrando com o canto dos pássaros e o cheiro fresco da primavera. Em um ponto mais elevado da estrada, perto Crooksbury Hill, dava para ver a sombria mansão erguendo-se por entre carvalhos antigos, os quais, por mais velhos que fossem, eram mais novos do que a construção que cercavam. Holmes apontou para um longo trecho da estrada que serpenteava, era uma faixa amarelo-avermelhada, em um tom entre o marrom do matagal e o verde da floresta. Ao longe, vimos um ponto preto, um veículo vindo em nossa direção. Holmes soltou uma exclamação de impaciência.

– Dei a margem de meia hora – disse ele. – Se aquela é a charrete dela, ela deve estar a caminho para pegar um trem mais cedo. Temo, Watson, que ela passará por Charlington antes que tenhamos a chance de encontrá-la.

No instante que passamos da elevação, não conseguíamos mais ver o veículo, mas nos apressamos em passos tão apressados que minha vida sedentária começou a pesar sobre mim, e acabei ficando para trás. Holmes, porém, estava sempre em forma, pois tinha um estoque inesgotável de energia. Não diminuiu o ritmo até, de repente, quando estava a uns cem metros à minha frente. Então ele parou e o vi erguer as mãos em um gesto de tristeza e sofrimento. Ao mesmo tempo, um cabriolé vazio, puxado por um cavalo a meio galope, com rédeas soltas, fez a curva da estrada, vindo na nossa direção.

– Tarde demais, Watson, tarde demais! – exclamou Holmes, enquanto eu chegava, ofegante, ao seu lado. – Que tolo fui de não pegar o trem mais cedo! Trata-se de um sequestro, Watson. Um sequestro! Assassinato! Ou sabe-se lá o quê! Bloqueie a estrada! Segure o cavalo! Isso mesmo. Agora, salte aí dentro e vejamos se consigo reparar as consequências do meu próprio erro.

Tínhamos saltado para dentro do cabriolé, e Holmes, depois de virar o cavalo, deu um estalo agudo com chicote e voltamos rapidamente para a estrada. Quando viramos a curva, toda a estrada entre a casa e o campo estava vazia. Agarrei o braço do meu amigo.

– Aquele é o homem! – ofeguei.

Um ciclista solitário vinha em nossa direção. A cabeça estava baixa e os ombros, caídos, enquanto colocava todas as energias que tinha nos pedais. Pedalava como se estivesse em uma corrida. De repente, ele ergueu o rosto barbado e viu que estávamos próximos. Então, parou e desceu da bicicleta. A barba negra conferia um contraste singular com a palidez do rosto, e os olhos cintilavam como se estivesse febril. Olhou para nós e para o cabriolé. Então, seu rosto foi tomado por uma expressão de incredulidade.

– Ei, vocês! Parem! – gritou ele, bloqueando o caminho com a bicicleta. – Onde vocês pegaram este cabriolé? Parem! – berrou ele, sacando um revólver do bolso lateral. – Parem, estou mandando, ou hei de atirar no cavalo.

Holmes jogou as rédeas no meu colo e saltou do cabriolé.

– Você é o homem que queríamos ver. Onde está a senhorita Violet Smith? – perguntou, do seu modo rápido e claro.

– É o que estou perguntando a vocês. Vocês estão no cabriolé dela. Devem saber onde ela está.

– Encontramos o cabriolé na estrada. Não havia ninguém por perto. Nós estamos voltando para ajudar a jovem.

– Meu Deus! Meu Deus! O que farei? – exclamou o estranho, tomado de desespero. – Eles a pegaram, aquele cão do inferno do Woodley e aquele pastor do mal. Vamos, homem, se você realmente é amigo dela, temos de ir. Venha comigo e nós conseguiremos salvá-la, mesmo que tenha de deixar minha carcaça na floresta de Charlington.

Ele correu, distraidamente, com o revólver na mão, em direção à abertura na cerca. Holmes o seguiu, e eu, deixando o cavalo pastando ao lado da estrada, os segui.

– Eles vieram por aqui – disse ele, apontando diversas pegadas no caminho lamacento. – Ei! Esperem um pouco! Quem é aquele nos arbustos?

Era um jovem de aproximadamente dezessete anos, vestido com roupas de cavalariço, com calça e perneiras de couro. Estava deitado no chão, com os joelhos encolhidos e um corte horrível na cabeça. Desacordado, mas vivo. Uma olhada no ferimento me disse que não tinha perfurado o osso.

– Aquele é Peter, o cavalariço – esclareceu o estranho. – Ele estava dirigindo o cabriolé. Os bandidos o derrubaram e lhe deram uma paulada. Vamos deixá-lo deitado, não temos o que fazer por ele agora, mas temos que salvá-la do pior destino que pode cair sobre uma mulher.

Corremos freneticamente pela trilha que serpenteava por entre as árvores. Tínhamos chegado ao bosque que cercava a casa, quando Holmes parou.

– Eles não foram para casa. Aqui estão as pegadas deles para a esquerda... Aqui, ao lado dos loureiros. Ah! Exatamente como eu disse.

Assim que falou, um grito agudo de mulher – um grito que vibrava com notas de terror – cortou o ar vindo de arbustos fechados e espessos à nossa frente, terminando, repentinamente, em uma nota alta com um engasgo e um gargarejar.

– Por aqui! Por aqui! Eles estão no campo de boliche – avisou o estranho, correndo na direção dos arbustos. – Ah, os cães covardes! Venham comigo, cavalheiros! Tarde demais! Tarde demais! Por Deus!

Chegamos, de repente, a uma adorável clareira gramada, cercada por árvores antigas. Em um dos lados, sob a sombra de um carvalho majestoso, havia um grupo singelo de três pessoas. Uma mulher, nossa cliente, curvada e abatida, com um lenço tapando a boca. Do outro lado, havia um jovem de rosto forte e brutal, bigode ruivo, com as pernas abertas e uma das mãos na cintura e a outra bradando um chicote, toda sua postura indicando uma coragem triunfante. Entre eles, um senhor de barba grisalha, usando uma sobrepeliz curta sobre um terno de *tweed*, tinha evidentemente acabado de realizar uma cerimônia de casamento, pois guardou o livro de orações assim que aparecemos e bateu no noivo sinistro em uma parabenização jovial.

– Eles se casaram! – ofeguei.

– Venham! – gritou nosso guia. – Venham logo!

Ele correu pela clareira, Holmes seguindo-o de perto. Quando nos aproximamos, a dama cambaleou e se apoiou no tronco de uma árvore. Williamson, o ex-clérigo, fez um aceno com a cabeça para nós, em um gesto de educação debochada, e o valentão, Woodley, avançou com um riso alto brutal e exultante.

– Pode tirar a barba, Bob – disse ele. – Eu o conheço muito bem. Você e seus amigos chegaram bem na hora para que eu lhes apresente a senhora Woodley.

A resposta do nosso guia foi bastante singular. Ele arrancou a barba que usava como disfarce e a atirou no chão, revelando um rosto comprido, amarelado e barbeado. Então, levantou o revólver e apontou para o brigão que vinha em sua direção girando seu perigoso chicote no ar.

– Sim – disse nosso aliado. – Eu *sou* Bob Carruthers, e eu vou defender esta mulher, mesmo que tenha de lutar. Eu bem que avisei o que lhe aconteceria se a assediasse. E por Deus! Eu sou um homem que mantenho a minha palavra.

– Você chegou tarde demais. Ela é minha mulher agora.

– Não. Ela é a sua viúva.

Ele atirou e vi o sangue escorrer pelo colete de Woodley, que se virou e, com um grito, caiu de costas, o rosto horrível e vermelho tomado, de repente, por uma terrível palidez. O homem mais velho, ainda usando a sobrepeliz, começou a praguejar de uma forma que eu jamais tinha visto e puxou, ele mesmo, um revólver. Porém, antes que tivesse a chance de apontar, ele se viu diante do cano da arma de Holmes.

– Já basta – disse meu amigo com frieza. – Solte sua arma! Watson, pegue-a! Aponte para a cabeça dele. Obrigado. Quanto a você, Carruthers, dê-me o revólver. Não precisamos de mais violência. Vamos, entregue logo!

– E quem é você?

– Meu nome é Sherlock Holmes.

– Meu Deus!

– Vejo que já ouviu falar de mim. Representarei a polícia oficial até a sua chegada. Venha cá, rapaz! – gritou ele para o cavalariço assustado que apareceu na beirada da clareira. – Venha até aqui. Leve este bilhete o mais rápido possível até Farnham. – Ele escreveu algumas palavras em uma página do seu caderno. – Entregue este bilhete ao superintendente de polícia. Até a chegada dele, serei obrigado a deter todos sob minha custódia pessoal.

A personalidade forte e imperiosa de Holmes dominava a cena trágica, e todos nós éramos fantoches nas suas mãos. Williamson e Carruthers foram obrigados a carregar o Woodley ferido, até a casa, e eu ofereci o meu braço para a garota assustada. O homem ferido foi colocado na própria cama e, a pedido de Holmes, examinei-o. Fiz o meu relato no local onde ele se encontrava, na sala de jantar, decorada com tapeçarias antigas, com os dois prisioneiros diante deles.

– Ele vai sobreviver – declarei.

– O quê?! – perguntou Carruthers, levantando-se da cadeira. – Pois eu vou lá em cima acabar com ele. Você está me dizendo que aquele anjo ficará presa ao maldito Jack Woodley para sempre?

– Você não precisa se preocupar com isso – declarou Holmes. – Existem dois bons motivos por que ela não é, de forma alguma, mulher dele. Em primeiro lugar, podemos muito bem questionar o direito do senhor Williamson de oficializar um casamento.

– Saiba que fui ordenado – respondeu o pulha.

– E destituído também.

– Uma vez clérigo, sempre clérigo.

– Acho que não. E quanto à licença?

— Nós tínhamos uma licença. Está aqui, no meu bolso!

— Que o senhor conseguiu de forma enganosa. Mas, de qualquer forma, um casamento forçado não é um casamento, mas sim um crime muito sério, como logo descobrirá. Você terá tempo de pensar nisso tudo pelos próximos dez anos, mais ou menos, a não ser que eu esteja enganado. Assim como você, Carruthers, teria sido melhor ter mantido o revólver no bolso.

— Começo a perceber que está certo, senhor Holmes, mas quando pensei em todas as precauções que tomei para proteger esta garota... Pois eu a amo, senhor Holmes, e essa foi a única vez que soube o que era amor. Eu quase fiquei louco de pensar que ela estava nas mãos do maior valentão brutal de toda a África do Sul, um homem cujo nome desperta medo de Kimberley a Joanesburgo. Pois acredite, senhor Holmes, que, desde que essa garota começou a trabalhar comigo, eu nunca a deixei ir além das cercanias da casa, pois eu sabia que os bandidos estavam rondando. E eu a segui na minha bicicleta, só para que chegasse em segurança. Eu mantinha a distância e usava uma barba como disfarce para que ela não me reconhecesse, pois é uma jovem boa e alegre, e não teria continuado a trabalhar para mim se soubesse que eu a seguia pelas estradas do campo.

— E por que você não lhe contou sobre o perigo que ela sofria?

— Porque ela teria me deixado, e eu não conseguiria suportar isso. Mesmo que ela não fosse capaz de me amar, era importante para mim vê-la em toda sua formosura pela casa e ouvir o som da voz dela.

— Bem — disse eu —, você chama isso de amor, senhor Carruthers, mas eu chamo de egoísmo.

— Talvez essas duas coisas caminhem juntas. De qualquer forma, eu não conseguia deixá-la partir. Além disso, com esses homens à solta, era melhor que tivesse alguém para cuidar dela. Então, quando recebi o telegrama, eu sabia que eles tentariam alguma coisa.

— Que telegrama?

Carruthers pegou um telegrama no bolso.
– Este aqui – disse ele.
A mensagem era curta e concisa.

O velho está morto.

– Hum! – exclamou Holmes. – Creio que vejo como as coisas aconteceram, e posso entender como tal mensagem, como você diz, obrigou-os a agir. Mas, enquanto espera, pode muito bem me contar tudo que sabe.
O velho perverso, com sua sobrepeliz, começou a praguejar e proferir muitos xingamentos.
– Por Deus! – exclamou ele. – Se você nos denunciar, Bob Carruthers, eu vou fazer com você o que fez com Jack Woodley. Você pode derramar seu coração para a garota, pois isso é um assunto seu, mas se você denunciar seus colegas a esse detetive à paisana, este será o pior dia da sua vida.
– Vossa reverência não precisa ficar tão alterado – interveio Holmes, acendendo um cigarro. – O caso é claro o suficiente contra você, e tudo que quero saber são alguns detalhes para satisfazer a minha curiosidade. No entanto, se houver quaisquer dificuldades para me contar, eu mesmo posso falar e, então, você verá o quanto eu já sei sobre seus segredos. Em primeiro lugar, vocês três vieram da África do Sul com esse plano: você, Williamson, você, Carruthers, e Woodley.
– Esta é primeira mentira – disse o homem mais velho. – Eu nunca tinha visto nenhum dos dois até dois meses atrás. E eu nunca nem pisei na África, então, se você comeu essa carne, agora vai ter que roer o osso, senhor Bisbilhoteiro Holmes.
– Ele está dizendo a verdade – confirmou Carruthers.
– Pois bem, vocês dois vieram para cá. Sua reverência foi uma peça local que vocês envolveram. Vocês conheceram Ralph Smith na África do Sul. Vocês tinham motivo para acreditar que ele não viveria muito

mais. Vocês descobriram que a sobrinha dele herdaria a fortuna. Como estou me saindo, hein?

Carruthers assentiu e Williamson praguejou.

– Ela era a parente mais próxima, sem dúvida, e vocês sabiam que o velho não deixaria um testamento.

– Não sabia ler nem escrever – revelou Carruthers.

– Então, vocês dois vieram para cá e procuraram a jovem. A ideia era que um se casasse com ela, e o outro teria uma parte do golpe. Por algum motivo, Woodley foi escolhido como marido. Por que vocês decidiram isso?

– Nós a apostamos em um jogo de cartas durante a viagem. Ele ganhou.

– Entendo. Você contratou a jovem para trabalhar com você, e Woodley era o hóspede que faria a corte. Ela percebeu que ele era um brutamontes bêbado e não quis nada com ele. Nesse meio-tempo, o plano de vocês foi por água abaixo porque você se apaixonou pela jovem e não conseguia suportar a ideia daquele brutamontes ficar com ela.

– Céus! Eu realmente não conseguia suportar!

– Vocês dois tiveram uma briga. Ele o deixou com raiva e começou a fazer planos independentes de você.

– Parece, Williamson, que não temos muito o que contar para este cavalheiro – comentou Carruthers com uma risada amarga. – Sim, nós brigamos, e ele me socou. E eu revidei de alguma forma. Então, eu o perdi de vista. Foi quando ele procurou este padre excomungado. Descobri que eles tinham conseguido uma casa que ficava no caminho onde ela passava para ir para a estação. Comecei a ficar de olho nele depois disso, pois eu sabia que eles estavam planejando algum mal. Eu os via de vez em quando, pois estava ansioso em relação ao que planejavam. Dois dias atrás, Woodley veio à minha casa com este telegrama, informando que Ralph Smith tinha morrido. Ele me perguntou se o negócio ainda estava de pé. Eu disse que não. Ele me perguntou se eu não me casaria com a garota e lhe daria uma parte. Eu disse que estaria disposto a fazer isso, mas que ela não me queria, foi quando ele disse: 'Vamos obrigá-la a casar primeiro e, depois de uma ou duas semanas, ela talvez veja as coisas de outra forma'. Eu disse que eu não queria nenhuma violência. Ele começou a xingar e praguejar como o boca-suja maldito que é, e que ele ficaria com ela. Ela estava de partida para o fim de semana e consegui um cabriolé para levá-la à estação, mas eu estava tão preocupado que decidi segui-la de bicicleta. Mas ela tinha saído antes de mim e, antes que conseguisse alcançá-la, o mal estava feito. Foi o primeiro pensamento que me passou pela cabeça quando vi vocês dois dirigindo o cabriolé de volta.

Holmes se levantou e jogou a ponta do cigarro na lareira.

– Eu fui muito obtuso, Watson – disse ele. – Quando, no seu relatório, você disse que tinha visto o ciclista ajeitando a gravata no meio dos arbustos, essa informação deveria ter sido suficiente. No entanto, podemos nos parabenizar em relação a este caso curioso e único, em alguns aspectos. Vejo que três policiais do condado se aproximam e fico satisfeito de ver que o cavalariço conseguiu acompanhá-los; então é bastante provável que nem ele nem o interessante noivo fiquem com sequelas permanentes das aventuras desta manhã. Creio, Watson, que, na sua capacidade de médico, você deva aguardar a senhorita Smith e dizer a ela que, se estiver se sentindo bem, ficaremos felizes em acompanhá-la até a casa de sua mãe. Se ela ainda não estiver bem o suficiente, você verá que, se der a entender que estávamos prestes a enviar um telegrama para o jovem engenheiro em Midlands, isso será o suficiente para completar a cura. Quanto a você, senhor Carruthers, creio que tenha feito o possível para se redimir deste plano terrível. Aqui está meu cartão, senhor. Se as minhas provas puderem ajudá-lo no seu julgamento, estarei a seu dispor.

No turbilhão da nossa incessante atividade, costuma ser difícil para mim, como o leitor provavelmente já deve ter notado, concluir minhas narrativas e dar os detalhes que os curiosos talvez esperem. Cada caso foi um prelúdio para o seguinte e, quando a crise acaba, os personagens deixam para sempre nossas vidas ocupadas. Encontrei, porém, uma breve observação, no fim do meu manuscrito sobre o caso, no qual registro que a senhorita Violet Smith realmente herdou uma grande fortuna e que ela se casou com Cyril Morton, o sócio sênior da Morton & Kennedy, os famosos eletricistas de Westminster. Williamson e Woodley foram julgados por sequestro e agressão, o primeiro sendo condenado a sete anos de prisão e o segundo, a dez. Não registrei nada em relação a Carruthers, mas tenho certeza de que as ações dele não foram consideradas graves pelo tribunal, uma vez que Woodley tinha a reputação de ser um malfeitor perigoso, e creio que alguns meses tenham sido o suficiente para satisfazer as demandas da justiça.

Capítulo 5

• A AVENTURA DA ESCOLA PRIORY •

TRADUÇÃO: NATALIE GERHARDT

Tivemos algumas entradas e saídas dramáticas no nosso pequeno cenário em Baker Street, mas não consigo me lembrar de uma mais repentina e surpreendente do que a primeira visita de Thorneycroft Huxtable, M.A., PhD., etc. O cartão dele, que parecia pequeno demais para carregar o peso de todos os seus feitos acadêmicos, o precedeu por alguns segundos e, então, ele mesmo entrou – tão grandioso, pomposo e digno, como se fora a personificação do autocontrole e da solidez. Ainda assim, a primeira coisa que fez quando a porta se fechou após sua entrada foi cambalear contra a mesa e escorregar até o chão, sua figura imponente e inconsciente caída no nosso tapete de pele de urso diante da lareira.

Levantamo-nos e, por alguns instantes, apenas olhamos em silêncio incrédulo para aquele grande destroço, que nos contava sobre uma tempestade repentina e fatal bem ao longe no oceano da vida. Sherlock Holmes se apressou e colocou uma almofada sob a cabeça dele, e eu levei um copo de conhaque para os lábios. O rosto branco e pesado trazia marcas de preocupação, as olheiras sob os olhos fechados tinham uma cor acinzentada, os cantos da boca frouxa estavam caídos e o queixo roliço, com a barba por fazer. A camisa e o colarinho estavam sujos por causa da longa viagem, e o cabelo pendia, bagunçado, na cabeça bem feita. Tratava-se de um homem dolorosamente abatido, caído diante de nós.

– O que ele tem, Watson? – perguntou Holmes.

– Exaustão extrema, possivelmente fome e fadiga – respondi com meu dedo sobre o pulso fino, onde o fluxo da vida batia fraco e lento.

– Uma passagem de retorno de Mackleton, no norte da Inglaterra – disse Holmes, tirando-a do bolso do relógio. – Não é nem meio-dia ainda. Ele certamente começou cedo.

As pálpebras finas começaram a tremer e agora um par de olhos vagos e cinzentos olhavam para nós. Um instante depois, levantou-se e seu rosto ficou rubro de constrangimento.

– Peço que perdoe minha fraqueza, senhor Holmes. Ando um pouco sobrecarregado. Muito obrigado. Se pudesse tomar um copo de leite e um biscoito, tenho certeza de que ficarei bem. Eu temia que nenhum telegrama seria suficiente para convencê-lo da absoluta urgência deste caso.

– Quando o senhor tiver se restabelecido

– Eu me sinto bem. Não consigo imaginar como fui tomado de tamanha fraqueza. Gostaria, senhor Holmes, que viesse para Mackleton comigo no próximo trem.

Meu amigo meneou a cabeça.

– Meu colega, doutor Watson, pode lhe dizer que estamos deveras ocupados no momento. Estou envolvido neste caso dos Documentos Ferrers. Ademais, o julgamento do assassinato de Abergavernny se aproxima. Apenas um assunto muito importante me faria sair de Londres no momento.

– Importantíssimo! – Nosso visitante ergueu as duas mãos. – O senhor não ouviu nada a respeito do sequestro do único filho do duque de Holdernesse?

— O quê? O ex-ministro do gabinete?

— Exatamente. Tentamos manter isso longe dos jornais, mas rumores chegaram ao *Globe* ontem à noite. Achei que talvez já tivessem chegado aos seus ouvidos.

Holmes estendeu o braço comprido e magro e pegou o volume referente à letra H da sua enciclopédia de referências.

— 'Holdernesse, Sexto duque, K.G., P.C.' (meio alfabeto!) 'barão de Beverley, conde de Carston', minha nossa, é uma lista e tanto! 'Governador de Hallamshire desde 1900. Casado com Edith, filha de Sir Charles Appledore, 1888. Herdeiro e filho único de Lorde Saltire. Proprietário de cerca de duzentos e cinquenta mil acres. Minerais em Lancashire e Gales. Endereço: Carlton House Terrace, Holdernesse Hall, Hallamshire; Castelo de Carston, Bangor, Gales. Lorde do Almirantado, 1872; Secretário-Chefe de Estado por...' Ora, ora, este homem certamente é um dos maiores servos da Coroa!

— O maior e talvez o mais rico. Estou ciente, senhor Holmes, de que o senhor segue um alto nível em assuntos profissionais, e que o senhor está preparado para trabalhar apenas em nome do trabalho. Se me permite dizer, porém, Sua Alteza já estimou que pagará cinco mil libras para a pessoa que puder lhe dizer onde o filho dele se encontra e mais mil libras para quem disser o nome do homem, ou homens, que o sequestrou.

— Trata-se de uma oferta generosa — respondeu Holmes. — Watson, creio que devemos acompanhar o doutor Huxtable de volta ao norte da Inglaterra. E, agora, doutor Huxtable, depois que tomar o leite que pediu, gostaria que me contasse o que aconteceu, quando aconteceu e como aconteceu e, por fim, o que o doutor Thorneycroft Huxtable, da Escola Priory, próxima a Mackleton, tem a ver com a questão e por que ele vem três dias depois de um fato... A barba por fazer me indicou a data... em busca dos meus humildes serviços.

Nosso visitante tinha consumido o leite e os biscoitos. Os olhos estavam mais brilhantes e o rosto mais corado, enquanto ele se empertigou, com bastante vigor e lucidez, para explicar toda a situação.

— Devo começar, cavalheiros, dizendo que a Priory é a escola preparatória da qual sou fundador e diretor. O *Huxtable's Sidelights on Horace* talvez traga meu nome às suas lembranças. A Priory é, sem exceção, a melhor e mais seleta escola preparatória da Inglaterra. Lorde Leverstoke, o conde de Blackwater, Sir Cathcart Soames... todos eles confiaram os filhos a mim. Mas creio que minha escola chegou à plenitude quando, duas semanas atrás, o duque de Holdernesse enviou o senhor James Wilder, seu secretário, com a intimação de que o jovem Lorde Saltire, dez anos de idade, seu único filho e herdeiro, estava prestes a ser entregue nas minhas mãos. Mal sabia eu que este seria o prelúdio do mais esmagador infortúnio da minha vida.

"O garoto chegou no dia primeiro de maio, no início do semestre letivo. Era um jovem charmoso e logo entrou no ritmo da escola. Talvez eu possa dizer, e creio que não estou sendo indiscreto, pois meias-verdades me parecem absurdas em um caso como este, que o jovem não era muito feliz em casa. Não é segredo que o casamento do duque não era pacífica, e que a questão foi resolvida com uma separação consensual, com a duquesa morando no sul da França. A separação se deu pouco antes, e todos sabem que o garoto preferia ficar com a mãe. Ele ficou triste quando ela deixou Holdernesse Hall, e foi esse o motivo de o duque desejar enviar o filho para a minha escola. Em uma questão de duas semanas, o garoto já se sentia em casa conosco e parecia bastante feliz.

"Ele foi visto pela última vez na noite do dia 13 de maio – ou seja, na noite da última segunda-feira. O quarto dele ficava no segundo andar e só podia ser acessado por outro quarto grande, no qual havia dois garotos dormindo. Estes garotos não viram nem ouviram nada, então é por certo que o jovem Saltire não passou por ali. A janela estava aberta e há uma hera resistente que vai até o chão. Não encontramos vestígios de pegadas, mas decerto que aquela era a única saída.

"Sua ausência foi descoberta às sete horas da manhã de terça-feira. Ele tinha dormido na cama. E tinha se vestido antes de sair, usando o uniforme da escola, o casaco preto de Eton e a calça cinza-escura. Não havia nenhum sinal de que alguém havia entrado no quarto e, por certo, não havia nada que indicasse gritos ou luta, que teriam sido ouvidos, uma vez que Caunter, o garoto mais velho do quarto interno, tem um sono bem leve.

"Quando o desaparecimento do Lorde Saltire foi descoberto, eu imediatamente fiz uma chamada para confirmar a presença de todos – garotos, mestres e funcionários. Foi quando percebemos que Lorde Saltire não estava sozinho na sua fuga. Heidegger, o mestre de alemão, também havia desaparecido. O quarto dele era no segundo andar, na parte mais afastada da construção, mas para o mesmo lado do quarto de Lorde Saltire. A cama também estava desfeita, mas parece que partiu sem ter se vestido completamente, já que a camisa e as meias estavam no chão. Ele certamente tinha descido pela hera, pois vimos as marcas dos pés dele onde pisou no jardim. Ele guardava uma bicicleta em um pequeno barracão ao lado do jardim, que também desapareceu.

"Ele já trabalha para mim há dois anos e veio com as melhores cartas de recomendação, mas era um homem silencioso e taciturno, não muito popular nem com os professores, nem com os alunos. Não encontramos vestígios dos fugitivos e agora, na quinta-feira de manhã, estamos exatamente na mesma situação em que estávamos na terça-feira. É claro que o procuramos imediatamente em Holdernesse Hall, que fica apenas a alguns quilômetros de distância, imaginando que, por um ataque repentino de saudade, o menino tivesse voltado para o pai, mas eles não o tinham visto. O duque ficou muito agitado e, quanto a mim, os senhores puderam ver com os próprios olhos o estado de prostração nervosa ao qual o peso do suspense e da responsabilidade me reduziu. Senhor Holmes, se o senhor alguma vez já usou totalmente a força do seu poder, eu imploro que o faça agora, pois nunca na sua vida o senhor deve ter tido um caso que é mais merecedor disso."

Sherlock Holmes ouviu com a maior concentração o depoimento do infeliz diretor da escola. Ele franziu as sobrancelhas, e o profundo vinco entre elas mostrava que não precisava ser persuadido a dedicar toda sua atenção ao problema, que, além do tremendo interesse envolvido, devia atrair diretamente seu amor pelo complexo e incomum. Ele pegou seu caderno e fez uma ou duas anotações.

– O senhor foi muito negligente por não ter me procurado de imediato – disse ele em tom grave. – Começo agora minha investigação com um sério problema. É inconcebível que nessa hera e nesse jardim não tivessem nenhuma pista para um observador especializado.

– Não há de ser eu o culpado, senhor Holmes. Sua Alteza desejava evitar ao máximo um escândalo. Temia que a infelicidade da família fosse trazida aos olhos do mundo. Ele tem profundo horror a qualquer coisa do gênero.

– Mas houve algum tipo de investigação oficial?

– Sim, senhor, e ela se provou uma total decepção. Uma suposta pista foi obtida, quando houve um relato de que um garoto e um jovem foram vistos saindo no trem matinal de uma estação próxima. Só que, ontem à noite, recebemos a notícia de que a dupla que tinha seguido para Liverpool não tinha nenhuma ligação com o caso. Foi então que, levado pelo desespero e pela decepção, depois de uma noite insone, eu vim diretamente para cá no primeiro trem da manhã.

– Suponho que a investigação local tenha relaxado enquanto seguiam essa pista falsa?

– Foi totalmente deixada de lado.

– Três dias inteiros desperdiçados. O caso foi tratado da forma mais deplorável possível.

– Admito e sinto o mesmo.

– Ainda assim, o problema deveria ter uma solução definitiva. Ficarei feliz em investigar. Você conseguiu encontrar alguma ligação entre o garoto desaparecido e o professor de Alemão?

– Nenhuma.

– O garoto era aluno dele?

– Não, eles nunca trocaram uma palavra, até onde sei.

– Isso certamente é bastante peculiar. O garoto tinha uma bicicleta?

– Não.

– Mais alguma bicicleta foi dada como desaparecida?

– Não.

– Tem certeza?

– Bastante.

– Ora, o senhor não está sugerindo seriamente que este alemão fugiu em uma bicicleta, na calada da noite, levando um garoto nos braços?

– Certamente que não.

– Então, que teoria o senhor tem em mente?

– A bicicleta talvez tenha sido uma pista falsa. Pode estar escondida em algum lugar e a dupla fugiu a pé.

– É uma possibilidade, mas parece uma pista falsa um tanto absurda, não é? Havia outras bicicletas no barracão?

– Várias.

– Ele não teria escondido *duas,* caso o seu desejo fosse passar a ideia de que tinham fugido por este meio?

– Imagino que sim.

– É claro que sim. A teoria da pista falsa não funciona. Mas o incidente é um ponto de partida admirável para uma investigação. Afinal, não é nada fácil esconder ou destruir uma bicicleta. Uma outra pergunta: alguém apareceu para ver o garoto na véspera do desaparecimento?

– Não.

– Ele recebeu alguma carta?

– Sim, uma.

– De quem?

– Do pai.

– Você abre as correspondências que os garotos recebem?

– Não.

– Como sabe que era do pai?

– O brasão estava no envelope, preenchido com a caligrafia rígida e peculiar do duque. Além disso, o próprio duque se lembra de tê-la escrito.

– Ele recebeu alguma carta antes disso?

– Não por muitos dias.

– Ele recebeu alguma carta da França?

– Não, nunca.

– Decerto que percebe o objetivo das minhas perguntas. Ou o garoto foi levado à força ou saiu por livre e espontânea vontade. Neste último caso, seria esperado que ele recebesse algum estímulo externo para fazer um jovem sair dessa forma. Se ele não recebeu nenhuma visita, esse estímulo deve ter chegado em cartas, motivo pelo qual estou tentando descobrir quem são os correspondentes.

– Temo que não possa ser de muita ajuda. Ele só se correspondeu, até onde sei, com o próprio pai.

– Quem escreveu para ele no dia do desaparecimento? As relações entre pai e filho eram amigáveis?

– Sua Alteza não é amigável com ninguém. Ele é completamente absorvido em questões de grande interesse público e é bastante inacessível em relação a todas as emoções comuns. Mas, ao seu próprio modo, ele sempre foi bom para o garoto.

– Mas o garoto preferia a mãe?

– Sim.

– Ele disse isso?

– Não.

– O duque disse?

– Céus, não!

– Então como você sabe?

– Tive algumas conversas confidenciais com o senhor James Wilder, o secretário do duque. Foi ele que me deu as informações sobre os sentimentos de Lorde Satire.

– Entendo. A propósito, a última carta do duque... Ela foi encontrada no quarto do garoto depois que ele desapareceu?

– Não, ele a levou. Creio, senhor Holmes, que esteja na hora de irmos para Euston.

– Vou chamar uma carruagem. Em quinze minutos estaremos a seu dispor. Se for enviar um telegrama para casa, senhor Huxtable, seria bom avisar as pessoas da região que as investigações continuam em Liverpool, ou em qualquer outro lugar que possa imaginar. Nesse meio-tempo, farei um trabalho discreto na sua propriedade. Talvez as pistas não estejam tão frias que dois velhos farejadores como Watson e eu não consigam seguir.

Quando a noite caiu, já estávamos na atmosfera fria da região de Peak, onde se localizava a famosa escola do doutor Huxtable. Já estava escuro quando lá chegamos. Havia um cartão na mesa do vestíbulo e o mordomo cochichou algo no ouvido do seu patrão, que olhou para nós com uma expressão de agitação pesando no rosto.

– O duque está aqui – disse ele. – O duque e o senhor Wilder estão no escritório. Venham, cavalheiros, vou apresentá-los.

Obviamente eu já estava familiarizado com fotos do famoso estadista, mas o homem em si era bem diferente de sua representação. Era alto e majestoso, vestido de forma meticulosa, com um rosto fino e retraído e um nariz grande e curvado de forma grotesca. O rosto estava tomado de uma palidez mortal, o que contrastava de forma deveras surpreendente com a barba comprida, afilada e ruiva que descia até o colete branco, com sua corrente do relógio brilhando. Aquela era a presença majestosa que lançou um olhar pétreo para nós do meio do tapete do doutor Huxtable. Ao lado, estava um homem deveras jovem, que imaginei ser Wilder, o secretário particular. Ele era baixo, agitado e alerta, com olhos azul-claros inteligentes e rosto expressivo. Foi ele que começou a conversa de forma incisiva e positiva:

– Eu vim esta manhã, doutor Huxtable, tarde demais para impedi-lo de ir para Londres. Descobri que sua intenção era convidar o senhor Sherlock Holmes a assumir este caso. Sua Alteza está surpreso, senhor Huxtable, de que tenha tomado tal decisão sem consultá-lo.

– Quando descobri que a polícia havia fracassado...

– Sua Alteza não está convencido de que a polícia fracassou.

– Mas, por certo, senhor Wilder...

– O senhor bem sabe, doutor Huxtable, que Sua Alteza deseja evitar qualquer tipo de escândalo público. Ele prefere confiar este caso a poucas pessoas.

– O problema é de fácil solução – disse o doutor, com expressão cansada. – O senhor Sherlock Holmes pode voltar a Londres no trem matinal.

– Dificilmente, caro doutor, dificilmente – disse Holmes com a voz mais afável. – O ar do Norte é revigorante e agradável, então proponho ficar alguns dias por aqui, na região, e ocupar a minha mente da melhor forma possível. É claro que cabe ao senhor decidir se fico aqui como hóspede ou se preciso procurar uma hospedaria na vila.

Percebi que o infeliz doutor estava tomado pela indecisão, da qual foi salvo pela voz profunda e potente do duque de barba ruiva que ressoou como um gongo.

– Concordo com o senhor Wilder, doutor Huxtable, de que seria melhor se tivesse me consultado. No entanto, como já confiou ao senhor Holmes as informações, seria deveras absurdo que não usássemos seus serviços. Em relação à sua hospedagem, senhor Holmes, eu ficaria honrado se o senhor fosse comigo para Holdernesse Hall.

Eu agradeço, Vossa Alteza. Para os objetivos da minha investigação, creio que seja melhor que eu permaneça na cena do mistério.

– Como queira, senhor Holmes. Qualquer informação que o senhor Wilder ou eu possamos dar, ficamos à sua disposição.

— É provável que eu precise vê-los na casa – declarou Holmes. – Mas gostaria de perguntar agora, *sir*, se o senhor já formou alguma opinião sobre o desaparecimento misterioso do seu filho?

— Não, senhor, eu não pensei em nada.

— Peço perdão por aludir a algo tão doloroso, mas não tenho escolha. vossa alteza acredita que a duquesa esteja envolvida de alguma forma com o caso?

O grande ministro hesitou de forma perceptível.

— Creio que não – respondeu por fim.

— A outra explicação óbvia é que o garoto tenha sido sequestrado para ser trocado pelo pagamento de um resgate. O senhor recebeu algum tipo de comunicação a esse respeito?

— Não.

— Mais uma pergunta, vossa alteza. Entendo que o senhor escreveu uma carta para seu filho no dia em que ele desapareceu.

— Não, eu escrevi no dia anterior.

— Exatamente. Mas ele recebeu naquele dia?

— Sim.

— Havia alguma coisa na sua carta que talvez pudesse tê-lo desestabilizado ou o estimulado a fazer tal coisa?

— Não, senhor, decerto que não.

— O senhor mesmo postou a carta?

A resposta do nobre foi interrompida pelo secretário, que falou de forma acalorada:

— Sua Alteza não tem por hábito postar as próprias cartas. Esta carta foi colocada, junto com as outras, na mesa do escritório, e fui eu que as coloquei no saco do correio.

— Tem certeza de que a carta estava entre as outras?

— Sim, eu vi.

— Quantas cartas Sua Alteza escreveu naquele dia?

— Umas vinte ou trinta. Eu tenho uma grande correspondência. Mas decerto que isso é uma coisa irrelevante.

– Não exatamente – disse Holmes.

– Quanto a mim – continuou o duque –, eu já aconselhei a polícia a voltar a atenção para o sul da França. Eu já disse que não creio que a duquesa tenha encorajado um ato tão monstruoso, mas o garoto tem opiniões fortes e erradas, e é possível que ele possa ter fugido para encontrá-la, com a ajuda deste alemão. Creio, doutor Huxtable, que devamos voltar agora para casa.

Percebi que havia outras perguntas que Holmes gostaria de fazer, mas as atitudes abruptas do nobre mostraram que a conversa estava encerrada. Ficou evidente que, para sua natureza altamente aristocrática, aquele tipo de discussão sobre assuntos íntimos de sua família com um estranho era algo abominável e ele temia que cada nova pergunta lançasse luz aos pontos escuros e discretos da história do ducado.

Quando o nobre e seu secretário partiram, meu amigo se atirou imediatamente à investigação com a intensidade que lhe era peculiar.

O quarto do garoto foi examinado de forma cuidadosa e não trouxe nenhuma outra informação, a não ser a convicção de que ele só poderia ter saído pela janela. O quarto do professor de Alemão também não forneceu mais pistas. No caso dele, um pedaço de hera tinha cedido sob seu peso e vimos com o lampião a marca no gramado onde ele aterrissara. Aquela pequena marca no gramado verde bem aparado foi a única testemunha material de uma fuga noturna inexplicável.

Sherlock Holmes saiu da casa sozinho e só voltou depois das onze horas. Tinha conseguido um grande mapa topográfico da região e o levou ao meu quarto, onde o abriu na cama e, tendo equilibrado o lampião ao meio, começou a fumar enquanto o observava, apontando, ocasionalmente, pontos de interesse, e apontando com a parte fumegante e âmbar do cachimbo.

– Este caso muito me interessa, Watson – disse ele. – Decerto que existem alguns pontos interessantes ligados a ele. Nesse estágio inicial, quero que você perceba bem as características geográficas que podem nos ajudar na nossa investigação.

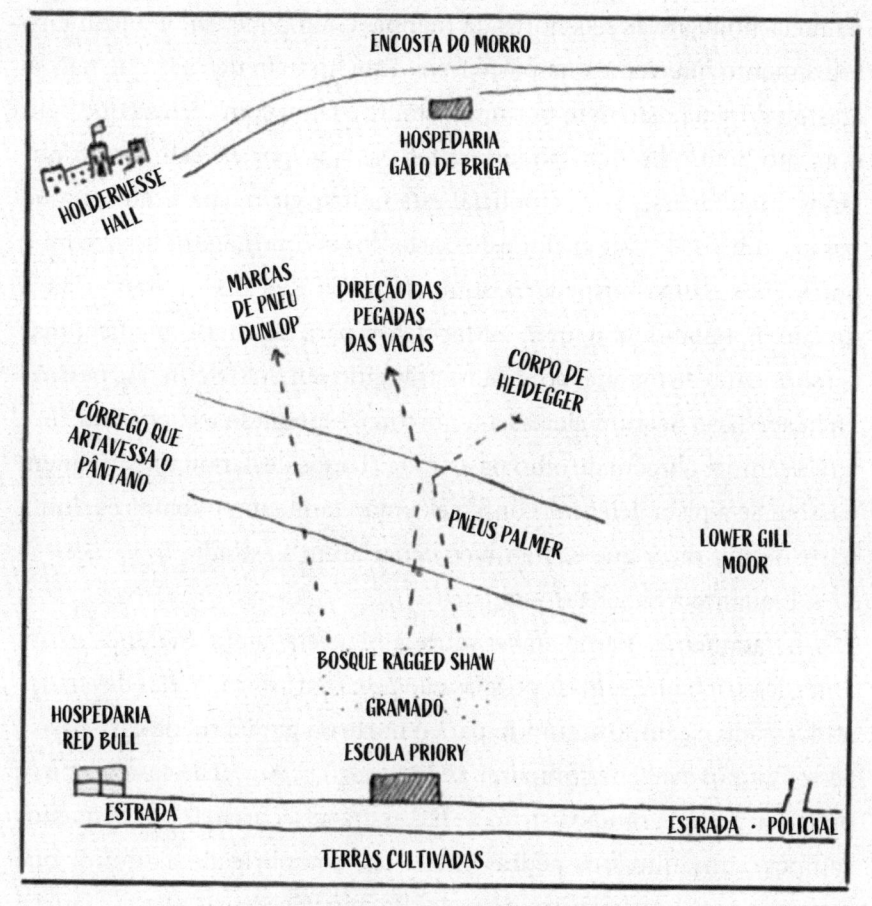

Mapa de Holmes das cercanias da escola.

– Olhe para este mapa. Este quadrado escuro é a Escola Priory. Vou colocar um alfinete aqui. Agora, esta linha aqui é a estrada principal. Veja que ela vai de leste a oeste, passando pela escola por um quilômetro e meio para cada lado. Se os dois usaram uma estrada, foi *esta*.

– Exatamente.

– Por um acaso peculiar e feliz, conseguimos, até certo modo, verificar o que passou por esta estrada durante a noite em questão. Até este ponto, onde meu cachimbo está, um policial do condado estava de plantão da meia-noite até as seis horas da manhã. Com pode ver, é o primeiro cruzamento que vemos na parte leste. Este homem declara que não se afastou do seu posto nem por um instante e falou com certeza que nem o garoto nem o homem poderiam ter passado por ele sem serem notados. Eu conversei com o policial esta noite e ele me pareceu ser uma pessoa confiável. Isso exclui esta parte. Precisamos agora lidar com a outra. Existe uma hospedaria aqui, chamada Red Bull, a dona estava doente. Ela mandou alguém a Mackleton para chamar o médico, mas ele só chegou de manhã, pois estava tratando outro paciente. As pessoas na hospedaria ficaram alertas a noite toda, esperando a chegada dele, e havia sempre alguém de olho na estrada. Todos declaram que ninguém passou. Se a pista deles for confiável, então também podemos excluir a parte oeste e dizer que os fugitivos *não* usaram a estrada.

– E quanto à bicicleta? – objetei.

– Exatamente. Vamos falar sobre a bicicleta agora. Sigamos nossa linha de raciocínio: se essas pessoas não pegaram a estrada, elas devem ter atravessado o campo seguindo para o norte ou para o sul da casa. Isso é certo. Vamos avaliar e comparar as duas opções. Ao sul da casa, como se pode ver, há um grande distrito de terras aráveis, cortadas por pequenos campos, com muros de pedras entre eles. Sou obrigado a admitir que seguir de bicicleta seria impossível. Podemos desconsiderar essa ideia. Voltemos nossa atenção para o Norte. Aqui, temos um bosque chamado 'Ragged Shaw', e na extremidade mais afastada abre-se uma charneca chamada Lower Gill Moor, que se estende por dezesseis quilômetros, elevando-se levemente. Aqui, em um lado dessa área isolada, fica Holdernesse Hall, dezesseis quilômetros pela estrada, mas apenas dez pela charneca. É uma planície peculiarmente desolada. Alguns fazendeiros têm pequenos terrenos onde criam ovelhas e gado. A não ser por isso, tarambolas e maçaricos são os únicos habitantes até que chegue à estrada de Chesterfield. Há uma igreja lá, como pode ver, algumas casas e uma hospedaria. Além disso, as montanhas ficam mais íngremes. Decerto que é aqui que devemos concentrar nossas buscas.

– Mas e a bicicleta? – insisti.

– Ora, ora! – exclamou Holmes com impaciência. – Um bom ciclista não precisa de uma estrada para pedalar. A charneca tem várias trilhas e a lua estava cheia. Nossa! O que foi isto?

Ouvimos uma batida agitada à porta e, instantes depois, doutor Huxtable estava no quarto. Na mão, trazia um boné de críquete azul com uma divisa branca.

– Por fim, temos uma pista! – exclamou ele. – Graças aos céus! Finalmente, estamos na trilha para encontrar o garoto! Este boné é dele.

– Onde foi encontrado?

– Em uma carroça de ciganos acampados na charneca. Eles partiram na terça-feira. Hoje a polícia os localizou, revistou a caravana e encontrou isto.

– E o que disseram eles?

– Ficaram agitados e mentiram. Disseram que encontraram no pântano na manhã de terça-feira. Sabem onde o garoto está, os bandidos! Graças a Deus estão presos. Ou o medo da lei ou do dinheiro do duque farão com que eles contem tudo que sabem.

– Até agora tudo certo – disse Holmes assim que o doutor deixou o quarto. – Isso pelo menos comprova a teoria de que é nas proximidades da charneca que devemos encontrar resultados. A polícia não fez absolutamente nada em termos locais, a não ser pela prisão desses ciganos. Olhe aqui, Watson! Há um córrego que corta a charneca. Dá para ver bem aqui, no mapa. Em algumas partes ele se abre e forma um brejo. Isso acontece principalmente na região entre Holdernesse Hall e a escola. É inútil procurar em qualquer outro lugar por pistas neste clima seco, mas, *naquele* ponto ali, certamente existe uma chance de haver alguma. Acordarei você bem cedo amanhã e vamos tentar lançar um pouco de luz sobre esse mistério.

O dia estava amanhecendo quando acordei e me deparei com o corpo magro e alto de Holmes à minha cabeceira. Ele já estava vestido e pronto para sair.

— Já investiguei o jardim e o barracão das bicicletas – disse ele. – Também dei uma volta em Ragged Shaw. Agora, Watson, tem chocolate quente pronto no aposento ao lado. Devo implorar que se apresse, pois temos um grande dia pela frente.

Os olhos dele brilhavam e o rosto estava corado com a animação de um mestre que vê o trabalho pronto diante dos olhos. Um Holmes muito diferente, tão ativo e alerta, em comparação ao sonhador introspectivo e pálido de Baker Street. Senti, quando olhei para aquela figura flexível, cheio de energia nervosa, que um dia deveras vigoroso nos aguardava pela frente.

Mesmo assim, começou com decepção. Com grandes esperanças, avançamos pela charneca turfosa e avermelhada, pontilhada por mil trilhas de ovelhas, até chegarmos ao amplo cinturão verde-claro que marcava o brejo entre nós e Holdernesse. Certamente, se o garoto tivesse voltado para casa, devia ter passado por ali e não poderia fazer isso sem deixar vestígio. Mas não encontramos nenhum sinal dele nem do alemão. Com expressão sombria, meu amigo seguiu pela margem, observando atentamente cada mancha de lama na superfície musgosa. Havia muitas pegadas de ovelhas e, em um ponto, alguns quilômetros abaixo, vacas tinham deixado suas marcas. Nada mais.

— Verificação número um – disse Holmes, parecendo sombrio sobre a imensidão da charneca. – Há um brejo um pouco mais adiante, e um estreitamento entre eles. Ora, ora! O que temos aqui?

Havíamos chegado a uma trilha negra e estreita. Bem no meio, havia claramente, na terra molhada, marcas de uma bicicleta.

— Nossa! – exclamei. – Descobrimos.

Mas Holmes estava balançando a cabeça em negativa; o rosto com expressão intrigada e ansiosa em vez de feliz.

— De certo uma bicicleta, mas não *a* bicicleta – retrucou ele. – Conheço 42 tipos diferentes de impressões deixadas por pneus de bicicleta. Isso, como você vê, é um Dunlop, com um remendo na parte externa. O pneu da bicicleta de Heidegger era Palmer, que deixa listras longitudinais. Aveling, o professor de Matemática, demonstrou certeza quanto a isso. Dessa forma, não deve ser as marcas de Heidegger.

— Do garoto, talvez?

— Possivelmente, se pudermos provar que ele estava de bicicleta. Mas não conseguimos fazer isso. Esta marca, como pode ver, foi feita por um ciclista que estava vindo da direção da escola.

— Ou indo para a escola?

— Não, não, meu caro Watson. As impressões mais fundas são, é claro, do pneu traseiro, onde fica o maior peso. Você percebe vários pontos onde ela se cruzou e deixou uma marca mais rasa na frente. De certo que estava se afastando da escola. Isso pode ou não ter ligação com a nossa investigação, mas vamos seguir os rastros até o seu começo antes de avançarmos.

Foi o que fizemos e, no fim de algumas centenas de metros, perdemos o rastro quando emergimos em uma parte mais pantanosa da charneca. Seguindo a trilha até o seu início, descobrimos outro ponto, pelo qual um córrego passava. Ali, novamente, havia a marca da bicicleta, embora quase oculta pelas pegadas do gado. Depois disso, não havia mais sinal, mas a trilha seguia diretamente para Ragged Shaw, o bosque que ficava nos fundos da escola. A bicicleta devia ter partido daquele bosque. Holmes se sentou em um tronco e apoiou o queixo nas mãos. Fumei dois cigarros antes que ele se mexesse.

— Pois bem — disse ele, por fim. — Existe também a possibilidade de que um homem sagaz tenha trocado os pneus para deixar marcas diferentes. Um criminoso capaz de fazer isso seria um homem com quem eu teria orgulho de trabalhar. Vamos deixar essa questão por decidir e voltemos ao nosso brejo novamente, pois ainda temos muito a explorar.

Continuamos nossa análise sistemática daquela parte da charneca e logo nossa perseverança foi recompensada. Bem no meio da parte inferior do brejo, havia uma trilha lamacenta. Holmes soltou uma exclamação de prazer quando se aproximou dela. Havia marcas como um monte de cabos de telégrafos no meio. Marcas de pneus Palmer.

– Aqui está, *Herr* Heidegger, por certo! – exclamou Holmes, exultante. – Meu raciocínio foi bastante certeiro, Watson.

– Meus parabéns.

– Mas ainda temos um longo caminho pela frente. Agora, vamos seguir o rastro. Temo que não vá nos levar muito longe.

Descobrimos, porém, conforme avançávamos, que aquela parte da charneca apresenta algumas partes mais macias e, embora perdêssemos o rastro algumas vezes, nós sempre conseguimos encontrá-lo novamente.

– Você percebe que o ciclista está sem dúvida seguindo em ritmo acelerado? – perguntou Holmes. – Não há dúvida disso. Olhe para esta impressão, na qual se vê claramente a marca dos dois pneus. A primeira é tão profunda quanto a outra. Isso só pode significar que ele está colocando o peso no guidão, como um homem faz quando está apressado. Minha nossa! Ele sofreu uma queda.

Havia uma mancha ampla e irregular cobrindo alguns metros da trilha. Então, pegadas e a impressão dos pneus desapareceu novamente.

– Uma derrapada – sugeri.

Holmes pegou um galho esmagado de tojo florido. Para meu horror, percebi que os botões amarelos estavam manchados de carmim. Na trilha também, entre as urzes havia marcas escuras de sangue coagulado.

– Isso não é nada bom – disse Holmes. – Nada bom! Afaste-se, Watson! Não dê nenhum passo desnecessário! O que eu vejo aqui? Ele caiu e se machucou. Ele pegou a bicicleta e continuou. Mas não há mais rastros. Gado deste lado da trilha. Talvez tenha sido ferido por um touro? Impossível! Mas não vejo vestígios de mais ninguém. Precisamos continuar, Watson. Decerto que essas manchas, assim como o rastro, vão nos guiar. Ele não poderá escapar.

Nossa busca não é muito duradoura. Os rastros do pneu começam a se curvar acentuadamente em uma trilha úmida e brilhante. De repente, quando olho para a frente, um brilho de metal atrai meu olhar para o meio de arbustos espessos de tojo. Puxamos a bicicleta de lá, com pneus Palmer, um pedal amassado e toda a frente dela totalmente suja e manchada de sangue. Do outro lado dos arbustos, vimos um sapato. Corremos até lá e encontramos o infeliz ciclista. Era um homem alto, barbado, de óculos, a lente de um lado estava quebrada. A causa da morte foi um terrível golpe na cabeça, que abriu parte do crânio. O fato de ter continuado depois de sofrer tal ferimento diz muita coisa sobre a vitalidade e a coragem daquele homem. Estava de sapato, mas sem meias, e o casaco aberto mostrava uma camisa de pijama por baixo. Aquele era, sem dúvida, o professor alemão.

Holmes virou o corpo com respeito e o examinou com grande atenção. Ele se sentou e mergulhou em pensamentos por um tempo e, pelo franzir das sobrancelhas, percebi que aquela descoberta sombria não tinha feito nossa investigação avançar muito.

– É um pouco difícil descobrir o que fazer, Watson – disse meu amigo por fim. – Minha inclinação é continuar as investigações, pois já perdemos muito tempo e não podemos perder mais nenhuma hora sequer. Por outro lado, temos que informar a polícia sobre a nossa descoberta e providenciar que cuidem do corpo deste pobre infeliz.

– Posso levar um bilhete.

– Mas eu preciso da sua companhia e assistência. Espere um pouco! Tem um homem passando por ali! Traga-o aqui e ele poderá chamar a polícia.

Levei o homem até ali e Holmes pediu ao homem assustado que entregasse um bilhete para o doutor Huxtable.

– Agora, Watson, conseguimos duas pistas esta manhã – disse Holmes. – Uma foi a bicicleta com pneu Palmer e vimos aonde ela nos levava. A outra foi a bicicleta com pneu Dunlop. Antes de começarmos a investigar isso, permita-nos tentar refletir sobre o que sabemos *de fato*, para que possamos tirar o máximo de proveito disso e separar o que é essencial do que é acidental.

"Primeiro de tudo, gostaria de dizer que o garoto certamente deixou a escola por livre e espontânea vontade. Ele desceu pela janela e partiu, sozinho ou acompanhado por alguém. Estou certo disso."

Assenti.

– Agora, vamos voltar nossa atenção para esse infeliz professor alemão. O garoto estava totalmente vestido quando fugiu. Desse modo, ele planejou o que estava prestes a fazer. Mas o alemão saiu sem meias. De certo que agiu de forma repentina.

– Sem dúvida.

– Por que ele fez isso? Porque, da janela do quarto, viu a fuga do garoto, porque queria capturá-lo e trazê-lo de volta. Ele pegou a bicicleta e perseguiu o garoto e, ao fazer isso, encontrou a própria morte.

– É o que parece.

– Chego agora à parte essencial do meu argumento. A ação natural de um homem perseguindo um garoto seria correr atrás dele. Devia saber que conseguiria alcançá-lo. Mas não é isso que o alemão faz. Ele pega a bicicleta. Disseram que ele era um excelente ciclista. Ele não faria isso se não tivesse visto que o garoto tinha outro meio de fuga.

– A outra bicicleta.

– Continuemos nossa reconstrução. Ele encontra a morte a oito quilômetros da escola. Não por tiro, veja bem, que até mesmo um garoto poderia disparar, mas por um golpe selvagem dado por um braço forte. O garoto, então, *tinha* um companheiro de fuga. E a fuga foi rápida, uma vez que foram necessários oito quilômetros para um ciclista experiente alcançá-los. Nós observamos bem o terreno próximo à tragédia. E o que encontramos? Algumas marcas de pegadas de gado e nada mais. Eu dei uma boa olhada em volta e não há nenhuma trilha em cinquenta metros. O outro ciclista talvez nada tenha a ver com o assassinato e não há mais nenhuma pegada humana.

– Holmes! – exclamei. – Isso é impossível.

– Admirável – disse ele. – Um comentário deveras esclarecedor. É impossível enquanto eu declaro isso e, dessa forma, devo ter errado em relação a alguma coisa. Ainda assim, você viu com seus próprios olhos. Você consegue sugerir algum erro?

– Ele poderia ter fraturado o crânio na queda?

– Em um brejo, Watson?

– Estou cansado.

– Vamos lá, nós resolvemos alguns problemas bem piores. Pelo menos temos bastante material se pudermos usá-lo. Venha, então, já exaurimos o rastro dos pneus Palmer, vamos ver o que os rastros Dunlop têm a dizer.

Encontramos o rastro e o seguimos por alguma distância, mas logo a charneca se ergueu em uma curva longa e com arbustos de urze e deixamos o córrego para trás. Não havia mais a ajuda do rastro. O ponto em que vimos a última marca do pneu Dunlop podia muito bem levar para Holdernesse Hall, as torres majestosas que se erguiam a alguns quilômetros à esquerda, ou para uma vila pequena e cinzenta, que se abria diante de nós e marcava a posição da estrada principal de Chesterfield.

Quando nos aproximamos da hospedaria esquálida e sombria, com um símbolo de galo de briga acima da porta, Holmes soltou um gemido repentino e se segurou no meu ombro para não cair. Tinha sofrido uma torção de tornozelo, do tipo que deixava a pessoa impotente. Com dificuldade, foi mancando até a porta, onde havia um idoso magro e de pele escura agachado fumando um cachimbo preto de barro.

– Como vai, senhor Reuben Hayes? – disse Holmes.

– Quem é você e como sabe meu nome? – retrucou o camponês, com um brilho de desconfiança nos olhos sagazes.

– Bem, está pintado na placa acima da sua cabeça. É fácil reconhecer o senhor de uma casa. Imagino que o senhor não tenha uma carruagem nos estábulos?

– Não, não tenho.

– Eu mal consigo encostar o pé no chão.

– Então não encoste.

– Mas eu não posso andar.

— Então pule de um pé só.

Os modos do senhor Reuben Hayes estavam bem longe de serem gentis, mas Holmes levou tudo com admirável bom humor.

— Veja bem, senhor – disse ele. – Esta é uma situação bem constrangedora para mim. Eu não me importo como vou continuar.

— Muito menos eu – respondeu o proprietário rabugento.

— Trata-se de uma questão muito importante. Eu poderia oferecer uma moeda de ouro pelo uso de uma bicicleta.

O proprietário demonstrou interesse.

— E para onde deseja ir?

— Para Holdernesse Hall.

— Amigos do duque, suponho? – comentou o proprietário, analisando nossas roupas sujas de lama com olhar irônico.

Holmes soltou uma risada amigável.

— Ele ficará bem satisfeito por nos ver.

— Por quê?

— Porque temos notícias sobre o filho desaparecido.

O proprietário se sobressaltou visivelmente.

— O quê? O senhor tem alguma pista dele?

— Ele foi visto em Liverpool. Esperam poder encontrá-lo a qualquer momento.

Novamente, passou-se uma mudança sutil no rosto pesado e barbado. Os modos se tornaram cordiais de repente.

— Eu tenho poucos motivos para desejar o bem do duque – declarou ele –, pois já fui cocheiro-chefe, e ele me tratou mal e de forma cruel. Foi ele que me despediu sem explicações com base em mentiras de um mercador de milho. Mas fico feliz de saber que ouviram dizer que o jovem lorde se encontra em Liverpool e vou ajudá-los a levar a notícia para casa.

— Eu agradeço – disse Holmes. – Vamos comer primeiro. Então, o senhor pode trazer a bicicleta.

— Eu não tenho bicicleta.

Holmes lhe deu uma moeda de ouro.

– Eu lhe disse, homem, que não tenho bicicleta. Deixarei que usem dois cavalos para irem até Holdernesse Hall.

– Pois muito bem – disse Holmes. – Vamos conversar sobre o assunto quando tivermos comido algo.

Quando fomos deixados a sós na cozinha com lajes de pedra, foi surpreendente ver a velocidade com que o tornozelo torcido se curou. Já era quase noite, e não tínhamos comido nada desde aquela manhã, então passamos algum tempo comendo. Holmes estava perdido em pensamentos e, uma ou duas vezes, foi até a janela e ficou olhando para fora. Ela dava para um quintal esquálido. Em um dos cantos havia uma oficina, onde um rapaz sujo trabalhava. Do outro lado, estavam os estábulos. Holmes se sentara novamente depois de uma dessa excursões, quando, de repente, se levantou com uma exclamação animada.

– Céus, Watson! Creio que já entendi! – exclamou ele. – Sim, sim, deve ser isso. Watson, você se lembra de ter visto pegadas de gado hoje?

– Sim, várias.

– Onde?

– Bem, por todos os lados. Na charneca, novamente na trilha e novamente no local onde o pobre Heidegger encontrou a morte.

– Exatamente. Bem, Watson, quantas vacas você viu na charneca?

– Não me lembro de ter visto nenhuma.

– Estranho, Watson, que nós tenhamos visto pegadas por toda a trilha, mas não vimos nenhuma vaca enquanto estávamos na charneca. Muito estranho. Não acha, Watson?

– Sim, muito estranho.

– Agora, Watson, faça um esforço e tente se lembrar do que mais vimos. Você consegue se lembrar das marcas na trilha?

– Sim, consigo.

– Você se lembra de que as marcas às vezes eram assim, Watson.
– Ele arrumou algumas migalhas de pão desta forma – : : : : : – E outras

vezes desta outra forma. – : . : . : . : . – E ocasionalmente assim: • • • •.
– Consegue se lembrar disso?

– Não consigo.

– Mas eu consigo. Poderia jurar. No entanto, vamos voltar lá para verificar. Que cego fui por não ter tirado a minha conclusão.

– E qual é a sua conclusão?

– Apenas que se trata de uma vaca notável, que anda, trota e galopa. Céus, Watson! Não foi a mente de um taverneiro camponês que pensou em algo assim. A barra parece estar limpa, a não ser pelo ferreiro. Vamos sair para verificar o que podemos descobrir.

Havia dois cavalos peludos e descuidados no estábulo em ruínas. Holmes levantou o casco traseiro de um deles e deu risada.

– Ferraduras velhas, recém-colocadas. Ferraduras velhas, mas pregos novos. Este caso merece ser um clássico. Vamos até o ferreiro.

O rapaz continuou o trabalho sem nos dar atenção. Eu vi os olhos de Holmes olhando para a direita e para a esquerda entre os resíduos de ferro e de madeira espalhados pelo chão. De repente, porém, ouvimos um passo atrás de nós, e lá estava o proprietário, com as sobrancelhas pesadas franzidas sobre os olhos zangados, o rosto moreno retraído de forma passional. Segurava uma vara curta cuja extremidade era metálica, e avançou de forma tão ameaçadora que fiquei feliz ao sentir o peso do revólver no meu bolso.

– Seus espiões dos infernos! – exclamou o homem. – O que estão fazendo aqui?

– Ora, senhor Reuben Hayes – disse Holmes com calma. – Alguém poderia achar que o senhor teme que descubramos alguma coisa.

O homem se controlou com esforço violento e a boca contraída se soltou em uma risada falsa, que parecia mais ameaçadora do que o cenho franzido.

– Pois os senhores podem olhar o quanto quiserem aqui na oficina – disse ele. – Mas veja bem, senhor, não gosto de gente bisbilhotando minhas coisas sem minha permissão, então é melhor pagar pela refeição e sair logo daqui.

– Está bem, senhor Hayes, não temos nenhuma intenção prejudicial – disse Holmes. – Nós só fomos olhar os cavalos, mas creio que vou caminhar. Não é tão longe.

– Pouco mais de três quilômetros à esquerda.

Ele observou com olhos atentos enquanto deixávamos a propriedade. Não tínhamos avançado muito na estrada, pois Holmes parou assim que uma curva nos escondeu dos olhos do proprietário.

– Estávamos ficando quente, como as crianças dizem. Lá na hospedaria – disse ele. – E parece que as pistas esfriam a cada passo que dou para longe dela. Não, não, não posso continuar.

– Estou convencido – disse eu –, de que Reuben Hayes sabe tudo sobre o que aconteceu. Nunca vi um vilão mais evidente.

– Ah, mas ele o impressionou tanto assim, não é? Há os cavalos, há o ferreiro. Sim, é um lugar interessante, este Galo de Briga. Acho que devemos dar outra olhada de forma discreta.

Uma colina íngreme e longa, salpicada com pedras calcárias cinzentas, estendia-se atrás de nós. Saímos da estrada e começamos a subir a colina quando, olhando na direção de Holdernesse Hall, vi um ciclista na estrada.

– Abaixe-se, Watson! – exclamou Holmes, com a mão pesada no meu ombro.

Nós mal tínhamos nos escondido quando o homem passou por nós na estrada. Entre a nuvem de poeira que levantou, vislumbrei um rosto pálido e agitado – um semblante aterrorizado, com a boca aberta e os olhos cintilantes fixos à frente. Era como uma estranha caricatura do elegante James Wilder, que tínhamos conhecido na noite anterior.

– O secretário do duque! – exclamou Holmes. – Venha, Watson, vamos ver o que ele faz.

Fomos passando de pedra em pedra até, momentos depois, chegarmos a um ponto do qual conseguíamos ver a porta de entrada da hospedaria.

A bicicleta de Wilder estava apoiada na parede lateral. Não havia movimento na casa, nem conseguíamos ver nenhum rosto pelas janelas. Fomos descendo devagar, enquanto o sol se punha atrás das altas torres de Holdernesse Hall. Então, na penumbra, vimos dois lampiões acesos na lateral de uma carruagem no pátio da hospedaria e, logo depois, o som de cascos, enquanto a puxavam para a estrada e partiam a toda velocidade em direção a Chesterfield.

– O que acha disto, Watson? – sussurrou Holmes.

– Parece uma fuga.

– Havia apenas um homem naquela carruagem, até onde consegui ver. Bem, certamente não era o senhor James Wilder, pois ele está parado na porta.

Um quadrado vermelho de luz quebrava a escuridão. No meio dele estava a figura sombria do secretário, o pescoço esticado, espiando a noite. Ficou evidente que esperava alguém. Então, por fim, o som de passos na estrada e uma segunda pessoa ficou visível contra a luz, a porta se fechou e tudo ficou escuro novamente. Cinco minutos depois, acenderam um lampião no aposento do primeiro andar.

– O Galo de Briga parece atender a uma curiosa freguesia – comentou Holmes.

– O bar é do outro lado.

– Exatamente. Estes são o que se pode chamar de hóspedes particulares. Agora, o que o senhor James Wilder pode estar fazendo naquele antro a essa hora da noite e quem veio encontrá-lo aqui? Venha, Watson, devemos correr esse risco para tentar investigar isso mais de perto.

Juntos, descemos até a estrada e nos esgueiramos pela porta da hospedaria. A bicicleta ainda estava encostada na parede. Holmes riscou um fósforo e o aproximou do pneu traseiro. Eu o ouvi estalar a língua quando viu o padrão do pneu Dunlop. Bem acima, estava a janela iluminada.

– Eu preciso espiar pela janela, Watson. Se você se abaixar, apoiando-se na parede, acho que consigo.

Um instante depois, os pés dele estavam nos meus ombros, mas ele mal tinha se levantado quando se abaixou de novo.

– Venha, amigo – disse ele –, nosso dia de trabalho já foi longo o suficiente. Acho que já conseguimos todas as informações que podíamos. É uma longa caminhada até a escola; quanto mais cedo chegarmos, melhor.

Ele mal abriu a boca durante a caminhada de volta pela charneca. Também não entrou na escola quando lá chegamos, seguindo para Mackleton Station para enviar alguns telegramas. Mais tarde naquela noite, eu o ouvi consolando o doutor Huxtable, prostrado pela tragédia da morte do seu professor e, ainda mais tarde, entrou no meu quarto, tão alerta e vigoroso como quando começara a manhã.

– Tudo está muito bem, meu caro – disse ele. – Prometo que, antes da noite de amanhã, teremos chegado à solução deste mistério.

Às onze horas da manhã seguinte, meu amigo e eu caminhamos pela famosa alameda de entrada de Holdernesse Hall. Fomos recebidos na magnífica porta elisabetana e levados ao escritório de Sua Alteza. Lá, encontramos James Wilder, elegante e cortês, mas com vestígios daquele terror louco da noite anterior ainda nos olhos furtivos e com expressão tensa.

– Vieram ver Sua Alteza? Sinto muito, mas o fato é que o duque não está nada bem. Ele ficou muito abalado com a trágica notícia. Recebemos um telegrama do doutor Huxtable ontem à tarde, informando-nos da sua descoberta.

– Eu tenho que ver o duque, senhor Wilder.

– Mas ele está nos aposentos dele.

– Então eu devo ir até lá.

– Creio que ele está deitado.

– Eu o verei mesmo assim.

Os modos frios e inexoráveis de Holmes mostraram ao secretário que seria inútil discutir.

– Muito bem, senhor Holmes. Eu direi que está aqui.

Depois de uma hora, o grande nobre apareceu. O rosto estava mais cadavérico que nunca; os ombros, caídos, e ele parecia ser um homem muito mais velho do que na manhã anterior. Ele nos cumprimentou com cortesia e se sentou à sua mesa, a barba vermelha chegando à beirada da mesa.

– Pois bem, senhor Holmes? – indagou ele.

Mas os olhos do meu amigo estavam fixos no secretário, que se encontrava ao lado da cadeira do seu chefe.

– Creio, Vossa Alteza, que eu poderia falar mais livremente sem a presença do senhor Wilder.

O homem empalideceu ainda mais e lançou um olhar maligno para Holmes.

– Se Vossa Alteza deseja...

– Sim, sim, é melhor que saia. Agora, senhor Holmes, o que tem a dizer?

– O fato, Vossa Alteza – começou ele –, é que o doutor Huxtable assegurou ao meu colega, doutor Watson, e a mim, que haveria uma recompensa neste caso. Gostaria que o senhor mesmo confirmasse essa informação.

– Decerto, senhor Holmes.

– Se as informações que recebi estão corretas, o valor é de cinco mil libras para a pessoa que lhe disser onde seu filho está?

– Exatamente.

– E mais mil para o homem que disser o nome da pessoa ou das pessoas que o mantiveram em cárcere?

– Você está correto.

– Nesse último caso, isso inclui, sem dúvida, não apenas os homens que pegaram seu filho, mas também aqueles que conspiraram para isso?

– Sim, sim – confirmou o duque com impaciência. – Se o senhor fizer um bom trabalho, senhor Sherlock Holmes, não terá motivos para reclamar do tratamento.

Meu amigo esfregou as mãos magras, demonstrando avidez, o que foi uma surpresa para mim, que conhecia bem seu gosto frugal.

– Pois gostaria de ver seu talão de cheques na mesa – disse ele. – E gostaria que fizesse um cheque de seis mil libras em meu nome. Talvez seja bom cruzá-lo. Meu banco é o Capital and Counties, da agência da Oxford Street.

Sua Alteza estava empertigado na cadeira e lançou um olhar pétreo para meu amigo.

– Isso é uma piada, senhor Holmes? De certo que este assunto não é nada agradável.

– Não, Vossa Alteza. Eu nunca falei mais sério na minha vida.

– O que quer dizer então?

– Quero dizer que ganhei a recompensa. Sei onde seu filho está, e sei de pelo menos algumas pessoas que estão com ele.

A barba ruiva do duque parecia ainda mais vermelha em contraste com o rosto extremamente pálido.

– Onde ele está? – ofegou o duque.

– Ele está, ou estava ontem à noite, na hospedaria Galo de Briga, a uns três quilômetros dos portões da sua casa.

O duque se recostou na cadeira.

– E quem o senhor acusa?

A resposta de Sherlock Holmes foi surpreendente. Ele deu um passo para a frente e tocou o ombro do duque.

– Eu acuso *você* – disse ele. – E agora, Vossa Alteza, eu lhe peço o cheque.

Jamais hei de esquecer a expressão do duque ao se levantar em um salto, erguendo os braços como alguém despencando em um abismo. Então, com extraordinário esforço de autocontrole aristocrático, sentou-se e cobriu o rosto com as mãos. Demorou um minuto até falar.

– Quanto você sabe? – perguntou ele, por fim, sem levantar a cabeça.

– Eu vi vocês juntos ontem à noite.

– Alguém mais além do seu amigo sabe?

– Não falei com ninguém.

O duque pegou a caneta com os dedos trêmulos e abriu o talão de cheques.

– Eu cumprirei minha palavra, senhor Holmes. Estou prestes a preencher o cheque, apesar de essa informação que conseguiu seja deveras indesejada. Quando fiz a oferta, não pensei muito nas reviravoltas que os eventos poderiam ter. Mas posso contar com a sua discrição e a do seu amigo?

– Não entendo, Vossa Alteza.

– Vou dizer claramente, senhor Holmes. Se apenas vocês dois sabem sobre o incidente, não há necessidade de que o assunto saia desta sala. Creio que devo ao senhor doze mil libras, correto?

Mas Holmes sorriu e balançou a cabeça.

– Temo, Vossa Alteza, que a questão não pode ser resolvida tão rapidamente. Há a morte do professor a ser considerada.

– Mas James nada sabia sobre o assunto. Não pode responsabilizá-lo por isso. Foi trabalho do brutamontes cruel que ele teve o azar de contratar.

– Devo chamar a atenção, Vossa Alteza, de que quando um homem embarca em um crime, ele é moralmente culpado por qualquer outro que possa advir deste.

– Moralmente, senhor Holmes. Sem dúvida, está certo. Mas decerto que não aos olhos da lei. Um homem não pode ser condenado por assassinato se não estava presente, um fato que ele odeia e abomina exatamente como o senhor. No instante que soube, ele fez uma confissão completa para mim, cheia de horror e remorso. Ele não levou nem uma hora para falar com o assassino. Ah, senhor Holmes, o senhor deve salvá-lo. Deve salvá-lo. Eu ordeno que o salve!

O duque desistiu da última tentativa de autocontrole e estava andando de um lado para o outro no aposento, com rosto contraído e punhos cerrados cortando o ar. Por fim, controlou-se e voltou a sentar-se à mesa.

– Aprecio o fato de ter vindo aqui antes de falar com qualquer pessoa. Pelo menos assim posso consultar o que podemos fazer para minimizar o escândalo – disse ele.

– Exatamente – disse Holmes. – Creio, Vossa Alteza, que isso só possa ser feito se houve total franqueza entre nós. Estou disposto a ajudá-lo, mas, para fazer isso, preciso entender todos os detalhes da questão. Percebo que o senhor se refere ao senhor James Wilder e que ele não é o assassino.

– Não, o assassino fugiu.

Sherlock Holmes sorriu com modéstia.

– Vossa Alteza talvez não conheça minha reputação, ou o senhor não imaginaria que seria fácil escapar de mim. O senhor Reuben Hayes foi preso em Chesterfield, com base nas informações que forneci ontem às onze horas da noite. Recebi um telegrama do chefe de polícia antes de deixar a escola esta manhã.

O duque se recostou na cadeira e ficou olhando, maravilhado, para meu amigo.

– O senhor parece ter poderes que dificilmente são humanos – disse ele. – Então, Reuben Hayes está preso? Estou feliz em saber, se isso não recair no destino de James.

– O seu secretário?

– Não, senhor. O meu filho.

Foi a vez de Holmes parecer surpreso.

– Confesso que isso é novidade para mim, Vossa Alteza. Devo implorar que seja mais explícito.

– Não esconderei nada do senhor. Concordo que minha inteira franqueza, por mais dolorosa que seja para mim, é a melhor política nesta situação desesperadora que o ciúme e a estupidez de James nos colocou. Quando eu era muito jovem, senhor Holmes, eu tive um grande amor, desses que só acontecem uma vez na vida. Eu pedi a dama em casamento, mas ela se recusou, dizendo que nosso casamento seria uma mácula na minha carreira. Se ela tivesse sobrevivido, eu certamente nunca teria me casado com ninguém mais. Ela morreu e deixou um filho, de quem, por ela, eu cuidei e estimulei. Não poderia assumir a paternidade para o mundo, mas dei a ele a melhor educação e, quando chegou à vida adulta, eu o mantive perto de mim. Ele descobriu o meu segredo e assumiu, desde então, que tem algum poder sobre mim, pois poderia causar um escândalo que seria abominável para mim. A presença dele provocou infelicidade no meu casamento. Acima de tudo, ele odiava meu jovem e legítimo herdeiro desde o início. O senhor bem pode me perguntar, sob essas circunstâncias, por que ainda mantive James sob o meu teto. A minha resposta é que eu consigo ver o rosto da mãe quando olho para ele e que, por ela, eu não colocaria fim ao meu sofrimento. Ah, e os modos dela também. Não havia nenhum que ele não conseguisse usar para despertar minhas lembranças. Eu *não conseguia* mandá-lo embora. Mas temia o que ele pudesse fazer com Arthur, o Lorde Saltire, então eu o enviei para a segurança dos cuidados da escola do doutor Huxtable.

"James entrou em contato com este tal de Hayes, porque o homem era um arrendatário meu e James agia como agente. O sujeito era um pulha desde o início, mas, de alguma forma extraordinária, James ficou íntimo dele. Sempre gostou de más companhias. Quando James decidiu sequestrar Lorde Saltire, foram os serviços desse homem que ele contratou. Você se lembra de que escrevi para Arthur naquele último dia. Bem, James abriu a carta e inseriu um bilhete pedindo a Arthur que o encontrasse em um pequeno bosque chamado Ragged Shaw, que fica perto da escola. Ele usou o nome da duquesa de forma que o garoto fosse ao encontro. Naquela noite, James foi de bicicleta até lá – meu relato é exatamente como a confissão que me fez – e disse para Arthur, com quem ele se encontrou no bosque, que a mãe queria muito vê-lo e estava esperando por ele na charneca e que, se ele voltasse ao bosque à meia-noite, encontraria um homem a cavalo que o levaria para vê-la. O pobre Arthur caiu na armadilha. Ele foi ao encontro e acompanhou

Hayes, que tinha outro cavalo. Arthur montou e eles partiram juntos. Ao que parece – James só soube disso ontem –, eles foram seguidos e Hayes acertou o perseguidor com uma vara, e o homem faleceu por causa dos ferimentos. Hayes levou Arthur para a hospedaria Galo de Briga, onde ele ficou preso em um quarto no andar superior, sob os cuidados da senhora Hayes, que é uma mulher bondosa, mas totalmente dominada pelo marido brutal.

"Bem, senhor Holmes, aquela era a situação quando eu o vi pela primeira vez há dois dias. Eu não sabia qual era a verdade. O senhor pode me perguntar por que James fez isso. Minha resposta é que existe muita coisa ilógica e fanática no ódio que ele sente por meu herdeiro. Na opinião de James, ele é que deveria ser o herdeiro de todas as minhas propriedades, e ele se ressente profundamente das leis sociais que tornam isso impossível. Ao mesmo tempo, ele também teve um motivo específico. Queria que eu rompesse o legado, acreditando que eu tinha o poder de fazer isso. Ele queria negociar comigo – devolver-me Arthur se eu rompesse o legado e deixasse toda minha herança para ele. Ele sabia muito bem que eu jamais envolveria de bom grado a polícia contra ele. Creio que ele teria proposto essa troca comigo, mas não chegou a fazê-lo porque os eventos tiveram um desenvolvimento tão rápido, que ele não teve tempo de colocar os planos em ação.

"O que acabou com este plano foi sua descoberta do cadáver deste professor Heidegger. James ficou horrorizado com a notícia. Nós a recebemos juntos, enquanto estávamos no meu escritório. O doutor Huxtable enviou um telegrama. James foi tomado de tamanha tristeza e agitação que levantou minhas suspeitas, as quais nunca estiveram totalmente ausentes, e elas se transformaram em certeza e eu o pressionei. Ele fez uma confissão voluntária e completa. E, depois, implorou que eu mantivesse o segredo por mais três dias para que ele desse uma chance para que seu cúmplice salvasse a própria vida. Eu cedi, como sempre fiz, aos pedidos dele, e James foi às pressas para o Galo de Briga alertar Hayes e lhe dar meios de fuga. Eu não poderia ir até lá durante o dia sem provocar rumores, mas, assim que a noite caiu, fui ver meu querido Arthur. Eu o encontrei em segurança e bem, mas horrorizado além de qualquer descrição pelo ato odioso que testemunhara. Em respeito à minha promessa e contra minha vontade, eu permiti a ele que ficasse lá por mais três dias, sob os cuidados da senhora Hayes, uma vez que seria impossível informar a polícia onde ele estava sem contar também quem era o assassino, e eu não consegui ver de que forma o assassino seria punido sem arruinar meu pobre James. O senhor pediu franqueza, senhor Holmes, e foi o que fiz, pois agora lhe contei tudo, sem nenhuma tentativa de circunlóquio ou omissão. Agora é a sua vez de ser franco comigo.

– E eu serei – respondeu Holmes. – Em primeiro lugar, Vossa Alteza, sou obrigado a dizer que se colocou em uma posição muito séria aos olhos da lei. O senhor perdoou um criminoso e ajudou na fuga de um assassino, pois não tenho dúvida de que o dinheiro que James Wilder levou para ajudar seu cúmplice a fugir veio da carteira de Vossa Alteza.

O duque assentiu.

– Isso realmente é um assunto deveras sério. Ainda mais condenável, na minha opinião, Vossa Alteza, do que sua atitude em relação ao seu filho mais novo. O senhor o largou naquele antro por três dias.

– Sob promessas solenes de...

– O que são promessas para pessoas como essas? Vossa Alteza não tem garantias de que ele não fará isso de novo. Para proteger seu filho mais velho e culpado, o senhor expôs seu filho mais jovem a um perigo desnecessário e iminente. Esta foi uma ação irresponsável.

O orgulhoso lorde de Holdernesse não estava acostumado a ser ofendido dentro do próprio ducado. O sangue subiu seu rosto, mas sua consciência o manteve quieto.

– Eu vou ajudá-lo, mas sob uma condição. Que você chame o criado e me deixe dar as ordens que eu desejar.

Sem palavras, o duque tocou a campainha elétrica. Um servo entrou.

– Você ficará feliz de saber – disse Holmes – que o jovem lorde foi encontrado. O duque deseja que uma carruagem vá até a hospedaria Galo de Briga e traga o Lorde Saltire para casa.

Quando o jovem lacaio desapareceu, Holmes continuou:

– Agora, tendo protegido o futuro, podemos ser mais lenientes com o passado. Não estou aqui em uma posição oficial, e não há motivo algum, desde que a justiça seja feita, para eu revelar tudo que sei. Quanto a Hayes, eu não tenho nada a dizer. A forca o espera e eu não faria nada para salvá-lo. O que ele há de contar, não tenho como saber, mas não tenho dúvidas de que Vossa Alteza poderia fazê-lo entender que seria do interesse dele nada dizer. Do ponto de vista policial, ele sequestrou o garoto porque iria pedir um resgate, e não vejo motivo para que eles levem a investigação além. Eu aviso, porém, Vossa Alteza, que a presença do senhor James Wilder na sua casa só pode provocar mais tragédias.

– Entendo isso, senhor Holmes, e já está tudo arranjado para que ele me deixe para sempre e vá buscar suas riquezas na Austrália.

– Nesse caso, Vossa Alteza, uma vez que o senhor mesmo declarou que a infelicidade no seu casamento foi causada pela presença dele, sugiro que se reconcilie com a duquesa e tente reassumir as relações que infelizmente foram rompidas.

– Isso também já foi providenciado, senhor Holmes. Eu escrevi para a duquesa esta manhã.

– Neste caso – disse Holmes levantando-se –, creio que meu amigo e eu podemos nos felicitar pelos resultados mais satisfatórios da nossa visita ao Norte. Há outro ponto que eu gostaria de entender. Hayes usou ferraduras nos cavalos que imitam pegadas de vacas. Foi o senhor Wilder que lhe deu um dispositivo tão extraordinário?

O duque se levantou e ficou pensando por um tempo, com expressão de intensa surpresa no rosto. Então, abriu a porta e nos levou para uma sala maior, que mais parecia um museu. Ele nos levou até uma vitrine em um canto e apontou para a inscrição que dizia:

"Estas ferraduras foram encontradas no fosso de Holdernesse Hall. Foram feitas para cavalos, mas elas foram modeladas com patas fendidas de ferro com o propósito de despistar perseguidores. Supõe-se que tenham pertencido a algum dos barões saqueadores de Holdernesse na Idade Média."

Holmes abriu a vitrine e, umedecendo o dedo, o passou ao longo da ferradura. Uma fina camada de lama recente ficou na sua pele.

– Obrigado – agradeceu, enquanto colocava o objeto de volta ao lugar. – Este é o segundo objeto mais interessante que já vi aqui no Norte.

– E o primeiro?

Holmes dobrou o cheque e o colocou cuidadosamente na caderneta.

– Sou um homem pobre – disse ele, batendo carinhosamente na capa, antes de enfiá-la no fundo do bolso interno.

Capítulo 6

• A aventura de Black Peter •

Tradução: Natalie Gerhardt

Nunca vi meu amigo em melhor forma, tanto mental quanto fisicamente, do que no ano de 1895. Sua crescente fama trouxe consigo uma imensa prática, e eu deveria me sentir culpado se desse uma pista sequer acerca da identidade de alguns dos ilustres clientes que cruzaram nosso humilde limiar em Baker Street. Holmes, porém, assim como todo grande artista, vivia para sua arte e, a não ser pelo caso do duque de Holdernesse, eu raramente o via pedindo qualquer grande recompensa pelos seus inestimáveis serviços. Ele era tão abnegado – ou tão excêntrico – que frequentemente se recusava a ajudar os ricos e poderosos quando o problema não lhe despertava o interesse, enquanto dedicava semanas da mais intensa atenção ao caso de algum cliente humilde cujo caso apresentasse aquelas qualidades estranhas e dramáticas que tanto atraíam sua imaginação e desafiavam sua engenhosidade.

Ao longo deste memorável ano de 1895, uma sucessão curiosa e incongruente de casos chamou sua atenção, desde sua famosa investigação da morte repentina do Cardeal Tosca – uma investigação que Holmes liderou de acordo com o desejo expresso pela Sua Santidade, o Papa – até a prisão que fez de Wilson, o treinador de canários, que acabou com um local afetado pela peste no extremo leste de Londres. Bem próximo a esses dois casos famosos aconteceu a tragédia de Woodman's Lee, e as circunstâncias deveras obscuras que cercaram a morte do capitão Peter Carey. Nenhum registro dos feitos do senhor Sherlock Holmes seria completo se não incluísse um relato deste caso tão incomum.

Durante a primeira semana de julho, meu amigo ficou ausente com tanta frequência e por tanto tempo da nossa moradia que eu sabia que estava trabalhando em algo. O fato de que vários homens de aparência bruta apareceram naquela época perguntando sobre capitão Basil me fez compreender que Holmes estava trabalhando em algum lugar usando um dos seus numerosos disfarces e nomes que escondiam sua formidável identidade. Ele tinha pelo menos cinco pequenos refúgios em diferentes partes de Londres, nos quais conseguia mudar de personalidade. Nunca me disse nada disso, e eu também não tinha por hábito forçar alguma confidência. O primeiro sinal positivo que me deu em relação à direção que sua investigação estava tomando foi extraordinário. Ele saíra para o desjejum e eu tinha me sentado para tomar o meu quando ele entrou na sala, com o chapéu na cabeça e uma grande lança pontuda embaixo do braço, como se fosse um guarda-chuva.

– Minha nossa, Holmes! – exclamei. – Não vá me dizer que esteve andando por Londres carregando essa coisa?

– Fui até o açougueiro e voltei.

– O açougueiro?

– E voltei cheio de apetite. Não deve haver dúvida, meu caro Watson, do valor da prática de exercícios antes do desjejum. Mas estou disposto a apostar que você não vai adivinhar como pratiquei exercício.

– Não vou nem tentar.

Ele riu enquanto se servia de café.

— Se você pudesse ver os fundos da loja de Allardyce, você teria visto um porco morto, pendurado em um gancho preso ao teto, e um homem com as mangas arregaçadas golpeando-o com esta arma. E era eu tal pessoa enérgica e me satisfiz ao saber que minha força não foi suficiente para atravessar o porco com um único golpe. Talvez você queira tentar?

— Nem pensar. Mas por que está fazendo isso?

— Porque parecia haver uma ligação indireta com o mistério de Woodman's Lee. Ah, Hopkins, eu recebi seu telegrama ontem à noite, e eu estava mesmo à sua espera. Venha se juntar a nós.

Nosso visitante era um homem deveras alerta, trinta anos de idade, vestido em um terno discreto de *tweed*, mas retendo a postura ereta de alguém que está acostumado a usar um uniforme oficial. Eu o reconheci na hora como Stanley Hopkins, um jovem inspetor de polícia que Holmes acreditava ter um futuro brilhante pela frente, enquanto ele, por sua vez, demonstrava a admiração e o respeito de um pupilo pelos métodos científicos do famoso amador. Hopkins estava com a testa franzida e se sentou com um ar de profundo desânimo.

— Não, obrigado, senhor. Já tomei meu desjejum antes de vir para cá. Passei a noite na cidade, pois vim ontem entregar meu relatório.

— E o que tinha a relatar?

— Fracasso, senhor, o mais absoluto fracasso.

— Não fez nenhum progresso?

— Nenhum.

— Minha nossa! Preciso olhar a questão.

— Pois esse é o meu maior desejo, senhor Holmes. É a minha primeira grande chance, e eu já fiz tudo que estava ao meu alcance. Por favor, venha comigo para me dar uma ajuda.

— Pois muito bem, acontece que já li atentamente todas as pistas disponíveis, incluindo o relatório da investigação. Aliás, o que achou da tabaqueira encontrada na cena do crime? Não havia pistas ali?

Hopkins ficou surpreso.

– Era a tabaqueira da própria vítima, senhor. As iniciais estavam do lado interno. E era feita de pele de foca. A vítima era um velho caçador de focas.

– Mas não havia cachimbo.

– Não, senhor, não encontramos o cachimbo. Na verdade, ele não fumava muito, mas há a hipótese de que talvez carregasse tabaco para oferecer aos amigos.

– Sem dúvida. Só menciono isso porque, se eu estivesse responsável pelo caso, estaria inclinado a tornar este o ponto de partida da minha investigação. No entanto, meu amigo, doutor Watson, nada sabe sobre o caso e eu mesmo poderia me beneficiar ao ouvir a sequência dos eventos uma vez mais. Faça um resumo dos detalhes essenciais.

Stanley Hopkins tirou um papel do bolso.

– Tenho algumas datas aqui sobre a carreira da vítima, o capitão Peter Carey. Nascido em 1845, tinha cinquenta anos. Era o mais corajoso e bem-sucedido caçador de focas e baleias. Em 1883 comandava o navio a vapor de caça de foca, o *Sea Unicorn*, de Dundee. Fez, então, várias viagens sucessivas e, no ano seguinte, 1884, aposentou-se. Depois disso, viajou por alguns anos e finalmente comprou uma casinha chamada Woodman's Lee, próxima de Forest Row, em Sussex, onde morou por seis anos e onde morreu há uma semana.

"Há algumas peculiaridades bastante singulares em relação ao homem. Era um puritano austero – um camarada soturno. Na casa, moravam a mulher, a filha de vinte anos e duas criadas. Estava sempre trocando de criadas, pois a situação nunca era muito feliz e às vezes ficava insuportável. O homem era um beberrão intermitente e, quando ficava nervoso, era o próprio diabo. Conhecido por expulsar a mulher e a filha de casa no meio da noite e açoitá-las no parque até que toda a vila saísse para ver o que provocava tantos gritos.

"Foi preso uma vez por um ataque violento contra um velho vigário, que o admoestara pela sua conduta. Em suma, senhor Holmes, você teria de ir para muito longe para encontrar um homem mais perigoso que Peter Carey. Era conhecido no comércio como Black Peter, alcunha que lhe foi dada não apenas por conta da tez escura e a cor da sua imensa barba, mas por causa do temperamento que despertava o terror de todos. Nem preciso dizer que era odiado e que todos os vizinhos evitavam ter contato com ele. Não ouvi uma única palavra de pesar em relação ao seu terrível fim.

"Você deve ter lido o relatório da investigação sobre a cabana do homem, senhor Holmes, mas talvez seu amigo aqui não tenha ouvido falar sobre. Ele mesmo construíra uma casa de madeira no seu terreno – a qual chamava de 'cabana' –, a alguns metros da casa principal, e era onde dormia todas as noites. Era uma casa de um aposento, cinco por três metros. Guardava a chave no bolso, arrumava a própria cama e ele mesmo cuidava da limpeza, pois não permitia que ninguém mais entrasse lá. Havia pequenas janelas nas laterais, que eram cobertas por cortinas, as quais nunca eram abertas. Uma daquelas janelas era voltada à estrada principal e, quando as luzes brilhavam à noite, as pessoas costumavam apontar e se perguntar o que Black Peter estaria fazendo ali. Foi aquela a janela, senhor Holmes, que nos deu uma das poucas boas pistas acerca do caso.

"Você se lembra de que um pedreiro chamado Slater, passeando por Forest Row por volta de uma hora da madrugada – dois dias antes do assassinato – parou ao passar pelo terreno e olhou diretamente para a luz que ainda brilhava por entre as árvores. Ele jurou que a sombra da cabeça de um homem de perfil era claramente visível atrás das cortinas e que aquela sombra certamente não era a de Black Peter, a quem conhecia bem. Era a de um homem barbado, mas a barba era curta e aparada de um jeito muito diferente da do capitão. É o que ele diz, mas tinha passado duas horas no bar, e a distância entre a estrada e a janela é grande. Além disso, o fato se refere à segunda-feira e o crime foi cometido na quarta-feira.

"Na terça-feira, Peter Carey estava de péssimo humor, rubro por causa da bebida e apresentando o comportamento de uma fera selvagem e perigosa. Ele seguiu para a casa, e as mulheres fugiram ao ouvir que ele se aproximava. Mas, tarde naquela noite, ele seguiu para a própria cabana. Por volta de duas horas da madrugada, a filha, que dormia com a janela aberta, ouviu o grito mais pavoroso vindo daquela direção, mas não era tão incomum que ele gritasse e berrasse quando bebia, então ela não deu muita atenção. Ao se levantar às sete da manhã, uma das criadas notou que a porta da cabana estava aberta, mas tamanho era o terror que o homem provocava que só por volta do meio-dia alguém se aventurou até lá para ver o que tinha acontecido. Espiando pela porta aberta, elas tiveram uma visão que as fizeram correr, pálidas, até a vila. Em questão de uma hora, eu estava no local, assumindo o caso.

"Bem, meus nervos são firmes, como bem sabe, senhor Holmes, mas eu lhe dou minha palavra que estremeci quando entrei naquela casinha. Estava zunindo como uma harmônica de moscas comuns e varejeiras, e o chão e as paredes pareciam ser de um matadouro. Ele chamava o lugar de cabana, e decerto que era uma cabana, mas dava para imaginar que estava em um navio. Havia um beliche em um canto, mapas e gráficos, um retrato do *Sea Unicorn*, uma fileira de livros de registro em uma prateleira, tudo exatamente como se vê na cabine de um capitão. E lá, no meio de tudo, estava o homem – o rosto retorcido como se tivesse perdido a alma em tormento, e sua grande barba grossa virada para cima na sua agonia. No meio do peito amplo, havia um arpão de aço atravessado e fincado na madeira da parede. Estava preso ali como um besouro em um cartão. Estava obviamente morto e assim permanecera desde o instante que dera o último grito de agonia.

"Conheço seus métodos, senhor Holmes, e os apliquei na cena do crime. Antes de permitir que qualquer objeto fosse retirado, examinei com o máximo de cuidado o terreno externo e também o piso da casa. Não havia pegadas."

– Você quer dizer que não viu nenhuma?

– Asseguro que não havia nenhuma, senhor Holmes.

– Meu bom Hopkins, eu já investiguei muitos crimes, mas nunca vi nenhum cometido por um ser voador. Desde que o criminoso tenha duas pernas, deve haver alguma marca, alguma abrasão, algum deslocamento insignificante que pode ser detectado por um pesquisador científico. É incrível que nesse aposento banhado de sangue não houvesse algum traço que pudesse nos ajudar. Eu entendo, porém, pelo inquérito, que havia alguns objetos que você não analisou?

O jovem inspetor fez uma careta ao ouvir os comentários irônicos do meu amigo.

– Fui tolo ao não o chamar na hora, senhor Holmes. No entanto, não adianta chorar sobre o leite derramado. Sim, havia vários objetos no aposento que precisavam de atenção especial. O primeiro era o arpão com o qual o crime foi cometido. Fora tirado de uma prateleira na parede. Havia outros dois lá e havia o lugar vazio do terceiro. No material estava gravado 'SS. *Sea Unicorn*, Dundee'. Isso parecia indicar que o crime fora cometido em um momento de fúria, que o assassino pegara a primeira arma que vira pela frente. O fato de o crime ter sido cometido às duas da manhã, e mesmo assim Peter Carey estar totalmente vestido, sugere que ele tinha um encontro com o assassino, o que foi confirmado pela garrafa de rum e os dois copos sujos na mesa.

– Sim – disse Holmes. – Creio que as duas interpretações são permissíveis. Havia algum outro tipo de bebida além de rum?

– Sim, havia uísque e conhaque na arca. Mas isso não tem importância para nós, já que os cântaros estavam cheios e não foram usados.

– Considerando tudo, a presença tem algum significado – disse Holmes. – No entanto, vamos ouvir mais sobre os objetos que foram considerados no caso.

– Havia uma tabaqueira na mesa.

– Em que parte da mesa?

– Bem no meio. Era de couro de foca, liso e grosso, com um cadarço para amarrar. Dentro havia as iniciais P.C. Havia 28 gramas de tabaco forte de navio.

– Excelente! E o que mais?

Stanley Hopkins tirou do bolso uma caderneta de anotações com capa parda. A parte externa era áspera e desgastada, com folhas desbotadas. Na primeira página havia as iniciais 'J.H.N.' e a da data '1883'. Holmes a colocou em cima da mesa e a examinou do seu modo detalhado, enquanto Hopkins e eu observávamos por sobre os ombros dele. Na segunda página estavam escritas as letras 'C.P.R.', seguidas por várias páginas de números. Outro título era 'Argentina'; outro, 'Costa Rica', e outro, 'San Paulo', cada uma das páginas cobertas de sinais e números.

– O que acha disso? – perguntou Holmes.

– Parecem ser listas de ações da bolsa de valores. Achei que 'J.H.N.' fossem as iniciais do corretor e que 'C.P.R.' talvez fossem as iniciais do cliente.

– Pois tente Canadian Pacific Railway – disse Holmes.

Stanley Hopkins praguejou baixinho e socou a própria coxa.

– Mas que tolo eu fui! – exclamou. – É claro, é como você diz. Então, 'J.H.N.' são as únicas iniciais que precisamos desvendar. Já examinei as listas antigas da bolsa de valores e não descobri ninguém em 1883, nem na casa nem entre os corretores externos, cujas iniciais correspondam a estas. Mesmo assim, sinto que esta é a pista mais importante que tenho em mãos. Você há de admitir, senhor Holmes, que existe a possibilidade de que essas iniciais sejam da segunda pessoa que estava presente... Em outras palavras, o assassino. Também insisto que a presença de ações de grande valor nos dá, pela primeira vez, alguma indicação do motivo deste crime.

A expressão de Sherlock Holmes mostrava que estava deveras surpreso por aquele desdobramento.

– Sou obrigado a admitir os dois pontos que você fizera – disse ele.

– Confesso que esta caderneta, que não apareceu no inquérito, modifica qualquer visão que eu talvez tenha formado. Eu tinha chegado a uma teoria do crime na qual não consigo encontrar lugar para isto. Você conseguiu localizar algumas das ações mencionadas?

– Os policiais estão investigando, mas temo que o registro completo de acionistas sul-americanos esteja na América do Sul, e vai levar algumas semanas até conseguirmos localizar as ações.

Holmes estava examinando a capa da caderneta com a ajuda de lentes de aumento.

– Decerto que há uma descoloração aqui – disse ele.

– Sim, senhor, é uma mancha de sangue. Eu lhe disse que peguei a caderneta do chão.

– A mancha estava acima ou abaixo?

– Na lateral, perto das tábuas.

– O que mostra, é claro, que a caderneta caiu depois que o crime foi cometido.

– Exatamente, senhor Holmes. Eu aprecio a observação, e conjecturo que tenha sido o assassino que a deixou cair na pressa de fugir. Ela estava perto da porta.

– Suponho que nenhuma dessas ações tenha sido encontrada entre os pertences da vítima?

– Não, senhor.

– Você tem motivos para desconfiar de roubo?

– Não, senhor. Nada parece ter sido tocado.

– Minha nossa, decerto que se trata de um caso muito interessante. Havia uma faca também, não?

– Uma faca ainda na bainha. Estava aos pés da vítima. A senhora Carey a identificou como do marido.

Holmes mergulhou em pensamentos por um tempo.

– Muito bem – disse ele, por fim –, creio que eu deva ir até lá e dar uma olhada.

Stanley Hopkins soltou uma exclamação de alegria.

– Muito obrigado, senhor Holmes. Isso certamente fará com que eu durma mais tranquilo.

Holmes apontou para o inspetor.

– Decerto que seria uma tarefa bem mais fácil há uma semana – disse ele. – Mesmo assim, minha visita agora talvez não se prove totalmente infrutífera. Watson, se você tiver tempo, eu ficaria muito satisfeito em ter sua companhia. Se o senhor chamar a carruagem, Hopkins, estaremos prontos para começar a viagem até Forest Row em um quarto de hora.

Chegando à pequena estação na beira da estrada, seguimos por alguns quilômetros pelo que restava do bosque, que outrora fizera parte daquela grande floresta que, por tanto tempo, mantivera os invasores saxões sob controle – a "floresta" impenetrável, a fortaleza da Bretanha por sessenta anos. Vastas seções foram abertas, pois aquele era o local dos primeiros trabalhos de fundição de ferro do país e as árvores foram derrubadas para derreter o metal. Agora, os campos mais ricos do Norte absorveram o comércio e nada além desses bosques devastados e grandes cicatrizes na terra para mostrar o trabalho do passado. Aqui, em uma clareira sobre uma encosta verdejante de uma montanha, havia uma casa comprida e baixa feita de pedra, à qual se chegava por uma entrada que cortava os campos. Mais perto da estrada, e cercada por arbustos por três lados, havia uma pequena construção externa, uma janela e a porta voltadas para o lado oposto. Era a cena do assassinato.

Stanley Hopkins nos levou primeiro até a casa, onde nos apresentou a uma mulher grisalha e cansada, a viúva da vítima, cujas linhas e rugas no rosto e o olhar furtivo de terror no fundo dos olhos vermelhos eram prova de anos de vida dura e maus-tratos. Com ela, estava a filha, uma garota pálida de cabelo claro, que nos olhava com ar desafiador, deixando que soubéssemos que estava feliz com a morte do pai e que abençoava a mão que tirara a vida dele. Black Peter Carey fizera um lar terrível para si, e foi com alívio que saímos para a luz do dia e caminhamos pela trilha que a vítima cruzara tantas vezes.

A cabana era uma casa bem simples, feita de madeira e com telhado de telha, havia uma janela ao lado da porta e outra do outro lado. Stanley Hopkins tirou a chave do bolso e foi destrancar a porta, quando fez uma pausa com uma expressão de atenção e surpresa no rosto.

– Alguém mexeu aqui – disse ele.

Não restavam dúvidas quanto ao fato. A madeira estava marcada e havia arranhões brancos na pintura, como se tivessem sido feitos naquele instante. Holmes estava examinando a janela.

– Alguém também tentou forçar a entrada. Seja lá quem foi,. não conseguiu entrar. Deve ter sido um ladrão muito incompetente.

– Isso é uma coisa extraordinária – declarou o inspetor. – Eu poderia jurar que essas marcas não estavam aqui ontem à noite.

– Algum curioso da vila, talvez? – sugeri.

– Muito improvável. Poucos homens se atreveriam a pisar nestas terras, quanto mais forçar a entrada na cabana. O que você acha, senhor Holmes?

– Acho que a sorte está do nosso lado.

– Você quer dizer que acha que a pessoa vai voltar?

– É bastante provável. Ele veio esperando encontrar a porta aberta. Tentou entrar com a lâmina de um canivete bem pequeno. Não conseguiu. O que ele faria?

– Voltaria novamente na noite seguinte com uma ferramenta mais útil.

– Exatamente o que eu acho. Será nossa culpa se não estivermos aqui para recebê-lo. Nesse meio-tempo, deixe-me ver o interior da cabana.

Todos os vestígios da tragédia foram removidos, mas os móveis dentro do pequeno aposento ainda estavam como foram encontrados na noite do crime. Por duas horas, com a mais intensa concentração, Holmes examinou cada objeto por vez, mas seu rosto demonstrou que sua busca não tinha sido bem-sucedida. Fez apenas uma pausa na paciente investigação.

– Você tirou alguma coisa desta prateleira, Hopkins?

– Não, eu não mexi em nada.

– Alguma coisa foi removida. Há menos poeira neste canto da prateleira do que nos outros lugares. Talvez fosse um livro deitado. Ou uma caixa. Muito bem, nada mais posso fazer. Vamos caminhar por este lindo bosque, Watson, e dedicar algumas horas aos pássaros e às flores. Nós nos encontraremos com você aqui mais tarde, Hopkins, e então veremos se vamos pode conversar com o cavalheiro que fez essa visita noturna.

Passava das onze horas da noite quando preparamos nossa pequena emboscada. Hopkins queria deixar a porta da cabana aberta, mas Holmes achava que isso poderia levantar suspeitas no desconhecido. A tranca era bem simples e só precisava de uma faca mais robusta para empurrá-la. Holmes também sugeriu que deveríamos esperar não dentro da cabana, mas do lado de fora, escondidos nos arbustos que cresciam em volta da janela. Dessa forma, teríamos como observar o homem caso ele acendesse alguma luz e ver qual era o objetivo da sua furtiva visita noturna.

Foi uma vigília longa e melancólica, embora tenha despertado a excitação que um caçador sente ao se deitar perto de um rio à espera da presa sedenta. Que criatura selvagem era aquela que queria cometer um roubo no meio da noite? Seria um tigre forte do crime, o qual só poderia ser contido com uma luta difícil de unhas e dentes, ou seria apenas um chacal esquivo, perigoso apenas para os fracos e despreparados?

Ficamos agachados no mais absoluto silêncio no meio dos arbustos, aguardando. Primeiro, os passos de alguns moradores da vila ou o som de vozes facilitaram nossa vigília, mas, logo que essas interrupções acabaram, fomos cercados pelo mais absoluto silêncio, quebrado apenas pelo sino da igreja distante, que nos indicava o passar do tempo, e o farfalhar e o sussurro de uma chuva fina caindo por entre as folhas que nos abrigavam.

Quando o sino indicou que eram duas e meia, e era aquela a hora mais escura que precede a aurora, todos nos sobressaltamos ao ouvir um estalo baixo, mas firme, da direção do portão. Alguém tinha entrado no terreno. Seguiu-se um longo silêncio, e comecei a temer que se tratasse de um falso alarme, quando ouvimos um passo furtivo do outro lado da cabana e, um instante depois, um arranhado metálico e um tilintar. O homem estava tentando forçar a fechadura. Dessa vez com mais habilidade ou com uma ferramenta melhor, pois ouvimos um estalo repentino e o ranger das dobradiças. Então, ouvimos um fósforo sendo riscado e, no instante seguinte, a luz de uma vela iluminava o interior da cabana. Através da cortina, nossos olhos acompanharam a cena dentro da casa.

O visitante noturno era um jovem, frágil e magricela, com um bigode preto que intensificava a palidez mortal do seu rosto. Não devia ter muito mais que vinte anos. Nunca vi nenhum ser humano que parecesse tão aterrorizado, pois estava visivelmente batendo os dentes e trêmulo dos pés à cabeça. Estava vestido como um cavalheiro, com uma casaca de Norfolk, calção folgado e chapéu de pano na cabeça. Observamos enquanto ele olhava tudo com olhos assustados. Então, colocou a vela sobre a mesa e sumiu de vista em um dos cantos. Voltou com um dos livros de registros alinhados na prateleira. Debruçando-se na mesa, passou rapidamente as páginas até chegar ao registro que procurava. Então, com um gesto zangado com o punho cerrado, fechou o livro e o colocou no canto, apagou a vela. Mal tinha se virado para deixar a cabana quando Hopkins segurou o colarinho do camarada, e ouvi um alto arfar de terror quando entendeu que tinha sido emboscado. A vela foi acendida novamente e lá estava nosso prisioneiro, tremendo e se encolhendo nas mãos do detetive. Ele afundou na arca, olhando com ar impotente de um para o outro de nós.

– Agora, meu camarada – disse Stanley Hopkins. – Quem é você e o que quer aqui?

O homem se recompôs e olhou para nós, fazendo um esforço para manter a compostura.

– Suponho que sejam detetives? – disse ele. – Estão imaginando que eu tenha alguma ligação com a morte do capitão Peter Carey. Asseguro-lhes que sou inocente.

— Veremos quanto a isso — retrucou Hopkins. — Vamos começar com o seu nome.

— Eu me chamo John Hopley Neligan.

Vi Holmes e Hopkins trocarem um rápido olhar.

— E o que está fazendo aqui?

— Posso falar em confidência?

— Não, é claro que não.

— E por que devo dizer algo a vocês?

— Se não responder, as coisas podem sair muito erradas para você no julgamento.

O jovem fez uma careta.

— Bem, vou contar para vocês — disse ele. — Por que não contaria? Ainda assim, detesto pensar nesse antigo escândalo ganhando vida nova. Vocês já ouviram falar em Dawson e Neligan?

Percebi, pela expressão de Hopkins, que ele nunca tinha ouvido, mas Holmes parecia deveras interessado.

— Você quer dizer os banqueiros de West Country — disse ele. — Eles faliram, ficaram devendo um milhão, arruinaram metade das famílias da Cornualha e Neligan desapareceu.

— Exatamente. Neligan era meu pai.

Por fim, estávamos chegando a alguma coisa positiva. Ainda assim, parecia uma longa distância entre a fuga de um banqueiro fugitivo e o capitão Peter Carey preso com o próprio arpão na parede. Todos nós ouvimos atentamente as palavras do jovem.

— Foi meu pai quem realmente ficou preocupado. Dawson tinha se aposentado. Eu só tinha dez anos de idade na época, mas tinha idade suficiente para sentir vergonha e medo de tudo aquilo. Sempre disseram que meu pai roubara as ações e fugira. Isso não é verdade. Ele acreditava que, se tivesse tido tempo para liquidá-las, tudo ficaria bem e todos os credores receberiam o pagamento completo. Ele tinha partido para Noruega no seu pequeno iate pouco antes do seu mandado de prisão. Eu ainda me lembro da última noite, quando ele se despediu da minha mãe. Ele nos deixou uma lista das ações que estava levando e jurou que voltaria para limpar sua honra, e que ninguém que confiara nele sofreria. Bem, não tivemos mais notícias dele. Tanto o iate quanto ele desapareceram completamente. Minha mãe e eu acreditávamos que ele, o iate e todas as ações que levou tinham acabado no fundo do mar. Nós tínhamos um amigo leal, porém, que é negociante, e foi ele que descobriu há um tempo que alguns dos títulos que meu pai levara com ele tinham ressurgido no mercado de Londres. Vocês bem podem imaginar nossa surpresa. Passei meses tentando rastreá-los e, por fim, depois de muitas dúvidas e dificuldades, descobri que o vendedor original tinha sido o capitão Peter Carey, o dono desta cabana.

"Naturalmente fiz algumas perguntas sobre o homem. Descobri que ele estava no comando de um baleeiro que estava retornando do Mar Ártico bem na época que meu pai estava seguindo para a Noruega. O outono daquele ano fora tempestuoso, e houve uma longa sucessão de tempestades meridionais. O iate do meu pai pode muito bem ter sido levado para o Norte, onde encontrou o navio do capitão Peter Carey. Se esse fosse o caso, o que teria acontecido com meu pai? De qualquer modo, se eu pudesse provar com o testemunho de Peter Carey que tais ações entraram no mercado, isso provaria que meu pai não as tinha vendido para obter lucro pessoal.

"Eu vim para Sussex com a intenção de me encontrar com o capitão, mas foi exatamente neste momento que sua terrível morte aconteceu. Li no inquérito a descrição desta cabana, na qual declararam haver antigos diários de bordo do *Sea Unicorn*. Pensei que, se eu pudesse vir o que ocorreu no mês de agosto de 1883, a bordo do navio, eu talvez pudesse resolver o mistério do destino do meu pai. Tentei na noite passada ver esses diários, mas não consegui abrir a porta. Esta noite tentei novamente e consegui, mas descobri que as páginas referentes àquele mês foram arrancadas. Foi nesse ponto da história que me vi prisioneiro de vocês.

– Isso é tudo? – perguntou Hopkins.
– Sim, isso é tudo. – Ele desviou o olhar ao dizer isso.
– Você não tem nada mais para nos contar?
Ele hesitou.
– Não, não há mais nada.
– Você não esteve aqui antes da noite de ontem?
– Não.
– Então, como explica *aquilo*? – perguntou Hopkins, enquanto mostrava a caderneta incriminadora com as iniciais do nosso prisioneiro na primeira página e a mancha de sangue na capa.

O pobre homem entrou em colapso. Mergulhou o rosto nas mãos e começou a tremer.

– Onde conseguiram isso? – gemeu ele. – Eu não sabia. Achei que a tivesse perdido no hotel.

– Isso é o suficiente – disse Hopkins. – Seja lá o que tenha a dizer, pode dizer no tribunal. Você vai comigo agora até a delegacia. Bem, senhor Holmes, sou muito grato por você e seu amigo terem vindo me ajudar. Acontece que a presença de vocês foi desnecessária, e eu teria concluído o caso de forma bem-sucedida sozinho. Ainda assim, sou grato. Há uma reserva para vocês no Brambletye Hotel, então podemos seguir juntos para a vila.

– Bem, Watson, o que acha? – perguntou Holmes, enquanto voltávamos para casa na manhã seguinte.

– Percebo que não está satisfeito.

– Ah, sim, caro Watson, estou perfeitamente satisfeito. Ao mesmo tempo, os métodos de Stanley Hopkins não são muito louváveis para mim. Estou decepcionado. Esperava coisas melhores para ele. Sempre devemos buscar uma possível alternativa e encontrar provas contra ela. É a primeira regra da investigação criminal.

– E qual seria essa outra alternativa?

– A linha de investigação que venho desenvolvendo. Talvez não dê em nada. Não dá para saber. Mas pelo menos eu a seguirei até o fim.

Havia diversas cartas esperando por Holmes em Baker Street. Ele pegou uma delas, abriu-a e deu uma risada triunfante.

– Excelente, Watson! A alternativa segue seu curso. Você tem formulários de telegrama? Escreva algumas mensagens para mim: 'Verão, Agente de Transporte da Marinha, Ratcliff Highway. Envie três homens, chegada às dez da manhã de amanhã. –Basil.' Este é o meu nome naquelas partes. A outra mensagem é: 'Inspetor Stanley Hopkins, Lord Street, 46, Brixton. Venha tomar o desjejum amanhã às nove e meia. Importante. Avise se não puder. – Sherlock Holmes.' Pronto, Watson, este caso infernal me assombra há dez dias. Pois agora eu o tiro completamente da cabeça. Creio que amanhã poderemos ouvir falar dele pela última vez.

Pontualmente na hora marcada, o Inspetor Stanley Hopkins aparece e nos sentamos para tomar o excelente desjejum preparado pela senhora Hudson. O jovem detetive estava animado com o seu sucesso.

– Você realmente acha que a sua solução é a correta? – perguntou Holmes.

– Não consigo imaginar um caso mais bem amarrado.

– Não me pareceu muito conclusivo.

– Você me surpreende, senhor Holmes. O que mais poderia querer?

– A sua explicação cobre todas as questões?

– Sem dúvida. Descobri que Neligan chegou ao Brambletye Hotel no mesmo dia em que o crime foi cometido. Usou o pretexto de jogar golfe. O quarto dele ficava no térreo e ele poderia entrar e sair a seu bel-prazer. Naquela mesma noite, ele foi até Woodman's Lee, viu Peter Carey na cabana, tiveram uma discussão e ele o matou com o arpão. Então, horrorizado com o que tinha feito, fugiu da cabana, deixando para trás a caderneta que trouxera consigo para questionar Peter Carey acerca das diferentes ações. Talvez tenha notado que alguns estavam assinalados e outros, a maioria, na verdade, não. Os assinalados foram rastreados no mercado de Londres, mas os outros provavelmente ainda estavam nas mãos de Carey, e o jovem Neligan, de acordo com o próprio relato, estava ansioso para redescobri-los para agir corretamente com os credores do pai. Depois da fuga, ele não se atreveu a se aproximar da cabana de novo por um tempo, mas, por fim, obrigou-se a isso para obter as informações de que precisava. Decerto que é tudo muito simples e óbvio?

Holmes sorriu e meneou a cabeça.

– A mim me parece que você tem apenas um problema, Hopkins. E o problema é que isso é intrinsecamente impossível. Você já tentou atravessar um corpo com um arpão? Não? *Tsc-tsc*, meu caro senhor, você deve prestar atenção a esses detalhes. Meu amigo Watson pode lhe dizer que passei uma manhã inteira tentando fazer isso. E não é nada fácil, exige um braço forte e bem treinado. Mas o golpe que levou o capitão à morte foi desferido com tamanha violência que a ponta da arma afundou na parede. Você consegue imaginar que aquele jovem anêmico seria capaz de um ataque com tanta força? Era ele o homem que tomou rum e água com Black Peter na calada da noite? Foi o perfil dele que foi visto através da cortina duas noites antes? Não, não, Hopkins, foi uma outra pessoa mais formidável e nós temos que procurá-la.

A expressão no rosto do detetive foi ficando cada vez mais desanimada enquanto ouvia as palavras de Holmes. Sua esperança e suas ambições ruíam diante dos seus olhos. Mas ele não abandonaria sua posição sem lutar.

– Você não pode negar que Neligan estava presente naquela noite, senhor Holmes. A caderneta prova isso. Creio que eu tenha provas o suficiente para satisfazer um júri, mesmo que você tenha como colocar um furo na narrativa. Além disso, senhor Holmes, eu já prendi o *meu* suspeito. E quanto a essa pessoa terrível a quem se refere, onde ela está?

– Creio que esteja na escada – retrucou Holmes com serenidade. – Acho, Watson, que você poderia muito bem deixar seu revólver onde possa alcançá-lo. – Ele se levantou e colocou um papel na mesa de apoio.

– Agora estamos prontos – disse ele.

Ouviram algumas vozes rudes conversando do lado de fora e, agora, a senhora Hudson abria a porta para dizer que havia três homens perguntando pelo capitão Basil.

– Deixe que eles entrem, um por vez – orientou Holmes.

O primeiro a entrar era um homem baixo, com rosto em forma de maçã, com bochechas vermelhas e um bigode branco. Holmes tirou uma carta do bolso.

– Qual o seu nome? – perguntou.

– James Lancaster.

– Sinto muito, Lancaster, mas a vaga foi preenchida. Tome aqui meio soberano por ter vindo. Vá para a outra sala e espere por alguns minutos.

O segundo homem era uma criatura alta e seca, com cabelo liso e bochechas amareladas. Chamava-se Hugh Pattins. Ele também foi dispensado com meio soberano e foi solicitado que aguardasse também.

O terceiro candidato era um homem de aparência notável. Um rosto forte de buldogue emoldurado por cabelo e barba. Dois olhos escuros e corajosos brilhavam sob a cobertura de sobrancelhas grossas e peludas. Ele cumprimentou e se colocou como um marinheiro, girando o chapéu nas mãos.

– Como se chama? – perguntou Holmes.

– Patrick Cairns.

– Lançador de arpões?

– Sim, senhor. Vinte e seis viagens.

– Dundee, suponho?

– Sim, senhor.

– E pronto para começar a trabalhar em um navio de exploração?

– Sim, senhor.

– Qual salário?

– Oito libras por mês.

– Pode começar imediatamente?

– Assim que eu pegar o meu kit.

– Você trouxe seus documentos?

– Sim, senhor.

Ele tirou um maço de formulários velhos e sujos do bolso. Holmes os olhou e os devolveu.

– Você é exatamente o homem que eu quero – disse ele. – Aqui está o contrato na mesa de apoio. Se o senhor o assinar, estará tudo resolvido.

O marujo atravessou a sala e pegou a caneta.

– É para assinar aqui? – perguntou ele, curvando-se sobre a mesa.

Holmes se inclinou por cima do ombro dele e o pegou pelo pescoço com as duas mãos.

– Isso está bom – disse ele.

Ouvi um clique de metal e um grito como o de um touro enfurecido. No instante seguinte, Holmes e o marujo estavam rolando no chão. Era um homem de força gigantesca, que, mesmo preso pelas algemas que Holmes tinha colocado com destreza no pulso dele, teria derrotado meu amigo, não tivéssemos Hopkins e eu corrido em seu auxílio. Apenas quando pressionei o cano frio do meu revólver na têmpora dele foi que percebeu que resistir era em vão. Amarramos uma corda aos tornozelos dele e nos levantamos, ofegantes pela luta.

– Devo me desculpar, Hopkins – disse Sherlock Holmes. – Temo que os ovos tenham esfriado. No entanto, você apreciará o resto do desjejum ainda mais ao pensar que concluiu o seu caso com grande triunfo.

Stanley Hopkins estava sem fala de tão surpreso.

– Nem sei o que dizer, senhor Holmes – disse, por fim, com o rosto bastante enrubescido. – Parece que fiz papel de bobo desde o início. Entendo agora que nunca devo me esquecer de que sou um pupilo e você, o mestre. Mesmo agora, consigo ver o que fez, mas não sei como o fez, nem o que isso significa.

– Ora, ora – disse Holmes de bom humor. – Todos nós aprendemos com a experiência, e a sua lição dessa vez é que nunca se deve perder de vista a alternativa. Você estava tão absorvido na culpa do jovem Neligan que não parou para pensar em Patrick Cairns, o verdadeiro assassino de Peter Carey.

A voz rouca do marujo interrompeu a conversa:

– Veja bem, senhor, não reclamo de ser tratado desta forma, mas eu acho que deve chamar as coisas de maneira correta. Você diz que eu assassinei Peter Carey, mas lhe digo que eu *matei* Peter Carey, e existe uma grande diferença. Talvez não acredite no que digo. Talvez ache que estou mentindo.

– De forma alguma – disse Holmes. – Vamos ouvir o que tem a dizer.

– Melhor contar logo e juro por Deus que é a mais pura verdade. Eu conhecia Black Peter e, quando ele puxou a faca, eu o acertei com o arpão com força, pois eu sabia que era ele ou eu. Foi assim que ele morreu. Você pode chamar de assassinato. De qualquer forma, eu logo vou morrer com a corda no pescoço ou com a faca de Black Peter no meu coração.

– Como chegaram a esse ponto? – perguntou Holmes.

– Vou contar do princípio. Só me deixe sentar um pouco para eu ficar mais confortável. Foi em 1883 que aconteceu, no mês de agosto. Peter Carey era o capitão do *Sea Unicorn*, e eu era o lançador de arpões reserva. Estávamos saindo da área gelada, a caminho de casa, com ventos meridionais, quando nos deparamos com uma pequena embarcação que tinha sido levada para o Norte. Havia apenas um homem a bordo, um homem que não era marujo. A tripulação achara que o navio ia afundar e seguiram para Noruega em um barco a remo. Acho que todos se afogaram. Bem, nós o chamamos para a nossa embarcação e ele e o capitão tiveram longas conversas na cabine. Toda a bagagem dele estava em uma caixa de latão. Até onde eu sabia, o nome do homem nunca tinha sido mencionado e, na segunda noite, ele desapareceu, como se nunca tivesse estado ali. Disseram que ou ele se atirou ou caiu no mar por causa das águas turbulentas que atravessávamos. Apenas um homem sabia o que realmente tinha acontecido com ele, e esse homem era eu, pois eu vi, com meus próprios olhos, o capitão amarrar os tornozelos dele e empurrá-lo pelo parapeito no meio da vigília em uma noite escura, dois dias antes de avistarmos o farol de Shetland. Guardei para mim o que sabia e esperei para ver o que ia acontecer. Quando voltamos para a Escócia, o caso foi facilmente esquecido e ninguém fez perguntas. Um estranho morreu por acidente e não era da conta de ninguém saber os detalhes. Logo depois disso, Peter Carey desistiu do mar e demorei muitos anos para descobrir onde ele estava. Imaginei que tivesse feito aquilo para ficar com o que havia na caixa de latão e que ele poderia muito bem me pagar por ter ficado com a boca calada. Descobri onde ele estava por meio de um marujo que o tinha visto em Londres e lá fui eu para pressioná-lo. Na primeira noite, ele foi bastante razoável e estava pronto para me dar a quantia necessária para me tirar da vida no mar. Íamos resolver tudo duas noites depois. No dia marcado, cheguei lá e o encontrei bêbado e de péssimo humor. Nós nos sentamos e conversamos sobre os velhos tempos, mas, quanto mais ele bebia, menos eu gostava da expressão no rosto dele. Vi aquele arpão na parede e imaginei que talvez precisasse dele antes do fim da noite. Então, por fim, ele partiu para cima de mim, gritando e praguejando, com um brilho assassino nos olhos e uma grande faca nas mãos. Ele não teve tempo de desembainhá-la antes de eu atravessá-lo com o arpão. Céus! O berro que ele deu! E o rosto dele me impede de dormir agora. Eu fiquei lá, com o sangue dele jorrando à minha volta, e resolvi esperar um pouco, mas estava tudo bem quieto, então tomei coragem e olhei em volta e lá estava a caixa de latão, na prateleira. Eu tinha tanto direito àquilo quanto Peter Carey, então a levei comigo quando saí da cabana. Como um tolo, deixei minha tabaqueira na mesa.

"Agora chego à parte mais estranha da história. Eu mal tinha saído da cabana, quando ouvi alguém entrando e me escondi no meio dos arbustos. Um homem veio caminhando, entrou na cabana, eu ouvi um grito como se tivesse visto um fantasma, e então o homem saiu correndo o mais rápido que podia, sumindo de vista. Não sei quem era nem o que queria. De minha parte, eu andei por mais de quinze quilômetros, peguei um trem em Tunbridge Wells, voltei para Londres e nada mais soube do caso.

"Bem, quando fui examinar a caixa, descobri que não havia dinheiro ali, apenas alguns documentos que eu não me atreveria a vender. Eu tinha perdido minha vantagem sobre Black Peter e estava de volta a Londres sem um tostão furado. Só havia meu ofício. Vi esses anúncios sobre arpoadores e altos pagamentos, então fui aos agentes de navegação e eles me mandaram para cá. Isso é tudo que sei, e repito: se matei Black Peter, a lei deveria me agradecer, pois fiz com que economizassem o preço da corda.

– Um depoimento muito esclarecedor – disse Holmes, levantando-se e acendendo o cachimbo. – Creio, Hopkins, que você não deveria perder tempo em libertar o seu prisioneiro e levá-lo para um lugar seguro. Esta sala não é uma cela muito boa, e o senhor Patrick Cairns ocupa uma parte muito grande do nosso tapete.

– Senhor Holmes – disse Hopkins. – Nem sei como expressar minha gratidão. Mesmo agora não entendo como chegou a esse resultado.

– Simplesmente por ter tido a boa sorte de conseguir a pista certa desde o início. É bem possível que, se eu soubesse da existência da caderneta, isso teria me afastado dos meus pensamentos, exatamente como aconteceu com você. Mas tudo que ouvi apontava para uma direção. A força incrível, a habilidade no uso do arpão, o rum e a água, a tabaqueira de pele de foca com fumo não refinado. Todas as pistas apontavam para um marujo, e mais, um que tivesse trabalhado em um baleeiro. Eu estava convencido de que as iniciais P.C. na tabaqueira eram uma coincidência e que o objeto não era de Peter Carey, uma vez que raramente fumava e nenhum cachimbo fora encontrado na cabana. Você se lembra de que eu lhe perguntei se havia uísque e conhaque na cabana? Você respondeu em afirmativa. Quantos homens que não são marinheiros iam preferir tomar rum se pudessem tomar outro tipo de bebida? Sim, eu tinha certeza de que era um marujo.

– E como o encontrou?

– Meu caro senhor, o problema ficou bastante simples. Se tivesse sido um marujo, só poderia ser um que tivesse trabalhado na tripulação do *Sea Unicorn*. Até onde eu sei, ele não tinha navegado em nenhum outro navio. Passei três dias trocando telegramas com Dundee e, no fim desse tempo, recebi o nome de todos da tripulação do *Sea Unicorn* em 1883. Quando descobri Patrick Cairns entre os arpoadores, minha busca estava chegando ao fim. Eu argumentei que o homem deveria estar em Londres e em busca de uma oportunidade de deixar a cidade por um tempo. Desse modo, passei alguns dias em East End organizando uma expedição para o Ártico, criei termos tentadores para arpoadores que trabalhariam para o capitão Basil, e este foi o resultado!

– Maravilhoso! – exclamou Hopkins. – Maravilhoso.

– Você deve soltar o jovem Neligan o mais rápido possível – disse Holmes. – Devo dizer que acho que você lhe deve um pedido de desculpas. A caixa de latão deve ser devolvida a ele, mas, é claro, as ações que Peter Carey vendeu estão perdidas para sempre. Lá está o cabriolé, Hopkins, e você pode levar o seu homem. Se quiser meu testemunho no julgamento, meu endereço e o de Watson será em algum lugar da Noruega. Entrarei em contato fornecendo os detalhes depois.

Capítulo 7

• A aventura de Charles Augustus Milverton •

Tradução: Natalie Gerhardt

Já se passaram muitos anos desde que aconteceram os incidentes que aqui relato, e ainda assim hesito em me referir a eles. Por muito tempo, mesmo com o máximo de discrição e reticência, teria sido impossível trazer os fatos a público, mas agora o principal envolvido na história está fora do alcance das leis humanas e, com algumas supressões, a história pode ser contada de tal modo a não prejudicar ninguém. Ela registra uma experiência deveras singular tanto na carreira de Sherlock Holmes quanto na minha. O leitor terá de me desculpar por não revelar a data nem qualquer outro fato que possa levar à verdadeira ocorrência.

Havíamos saído, Holmes e eu, para um dos nossos passeios de fim de tarde e voltamos por volta das seis horas de uma tarde gelada de inverno. Quando Holmes se virou para acender a lamparina, a luz iluminou um cartão em cima da mesa. Ele olhou e, então, com uma exclamação de nojo, jogou-o no chão. Eu o peguei e li:

CHARLES AUGUSTUS MILVERTON,
Appledore Towers,
Hampstead.
Agente.

– Quem é? – perguntei.

– O pior homem de Londres – respondeu Holmes, enquanto se sentava e esticava as pernas em direção à lareira. – Há alguma coisa no verso do cartão?

Eu o virei.

– Visita às 6h30, C.A.M. – li.

– Hum! Ele está prestes a chegar. Você sente uma sensação de arrepio e aperto no estômago, Watson, quando está diante das serpentes no zoológico e vê as criaturas venenosas, escorregadias e rastejantes, com seus olhos mortais e cara chata e maligna? Bem, é essa a impressão que tenho de Milverton. Já tive de lidar com cinquenta assassinatos na minha carreira, mas o pior deles nunca me causou a repulsa que sinto com esse camarada. Ainda assim, não posso deixar de fazer negócios com ele. Na verdade, fui eu que o convidei.

– Mas quem ele é?

– E eu lhe digo, Watson. Ele é o rei da chantagem. Que Deus ajude o homem, e ainda mais a mulher, cujo segredo e reputação cair nas garras de Milverton! Com expressão sorridente e coração frio como mármore, ele vai apertar e apertar até deixar a pessoa seca. O camarada é um gênio à sua própria maneira e teria deixado uma marca se escolhesse um ofício mais notável. Seu método é o seguinte: ele deixa claro que está preparado para pagar uma alta quantia por cartas que comprometam pessoas ricas. Ele recebe essas mensagens de criados e servos traiçoeiros, mas também é bem frequente que as receba de rufiões da sociedade que conquistaram a confiança e a afeição de mulheres crédulas. Ele não é avarento. Soube que ele já pagou setecentas libras para um lacaio por um bilhete de duas linhas, que levou uma família nobre à ruína. Tudo que há nesse mercado cai nas mãos de Milverton, e há centenas de pessoas nesta grande cidade que empalidecem ao ouvir o nome dele. Ninguém sabe onde suas garras vão cair, pois ele é riquíssimo e deveras perspicaz para agir sem pensar. Ele mantém uma carta por anos para usá-la no momento quando os ganhos são os melhores. Eu disse que ele é o pior homem de Londres, e eu lhe perguntaria como alguém pode comparar um rufião, que, no calor do momento, ataca seu colega, com este homem, que tortura de forma metódica e ao seu bel-prazer a alma e os nervos de outrem para engordar ainda mais suas bolsas de dinheiro?

Era raro ouvir meu amigo expressar os sentimentos de forma tão intensa.

– Mas decerto que este homem terá de responder na justiça, não? – perguntei.

– Em termos técnicos, sem dúvida, mas, na prática, dificilmente. Que bem faria para uma mulher, por exemplo, colocá-lo atrás das grades por alguns meses, se isso resultará na própria ruína? Suas vítimas não se atrevem a revidar. Se ele um dia chantageasse uma pessoa inocente, então nós o pegaríamos, mas ele é tão mais perspicaz que o próprio diabo. Não, não, temos que encontrar outras formas de lutar contra ele.

– E por que ele virá aqui?

– Porque uma ilustre cliente colocou seus negócios nas minhas mãos. Foi Lady Eva Blackwell, a mais linda debutante da última temporada. Ela se casará em duas semanas com o conde de Dovercourt. Esse demônio tem várias cartas imprudentes... imprudentes, Watson, nada mais que isso... que foram escritas para um nobre fazendeiro do interior. Elas seriam suficientes para acabar com o casamento. Milverton enviará as cartas para o conde, a não ser que receba uma grande soma de dinheiro. Eu fui escolhido para me encontrar com ele e tentar negociar os melhores termos que eu conseguir.

Naquele instante ouvimos uma agitação na rua. Olhando pela janela, vi uma carruagem majestosa e um par de lamparinas brilhantes iluminando os grossos troncos das nogueiras. Um lacaio abriu a porta e um homenzinho troncudo usando um sobretudo de lã saiu. Um minuto depois, ele estava na nossa sala.

Charles Augustus Milverton era um homem de cinquenta anos, com cabeça grande e intelectual, rosto robusto e sem pelos, um sorriso congelado constante e olhos aguçados e cinzentos, que brilhavam atrás das lentes grossas de uma armação dourada. Havia um ar de benevolência na sua aparência, como a do personagem senhor Pickwick, maculado apenas pela falsidade do sorriso fixo e pelo brilho implacável dos olhos penetrantes e agitados. A voz era macia e suave como à sua contraparte ficcional, enquanto avançava estendendo a mão robusta, murmurando as desculpas por não os ter encontrado em casa na primeira visita. Holmes ignorou a mão estendida e olhou para ele com expressão dura. Milverton abriu mais o sorriso, mexeu os ombros e tirou o sobretudo, dobrando-o com grande cuidado nas costas de uma cadeira, na qual se sentou.

– E este cavalheiro? – perguntou ele, fazendo um gesto na minha direção. – Ele é discreto? Tudo bem ele estar aqui?

– Doutor Watson é meu amigo e meu parceiro.

– Pois bem, senhor Holmes. É apenas em nome do interesse da sua cliente que eu protestei. A questão é deveras delicada...

– Doutor Watson já está a par de tudo.

– Então podemos começar a negociação. Você alega estar agindo em nome de Lady Eva. Ela lhe deu poderes para aceitar os meus termos?

– Quais são seus termos?

– Sete mil libras.

– E a alternativa?

– Meu caro senhor, é muito desagradável ter de discutir isso, mas, se o valor não for pago até o dia 14, decerto que não haverá casamento no dia 18. – O sorriso detestável era mais complacente que nunca.

Holmes pensou um pouco.

– A impressão que tenho – disse meu amigo por fim – é que você está levando o desfecho com muito mais certeza do que eu. E é claro que estou ciente do conteúdo das cartas. Minha cliente certamente fará o que eu lhe aconselhar. E eu direi a ela para contar para o futuro marido toda a história e confiar na generosidade dele.

Milverton riu.

– Você certamente não conhece o conde – retrucou o homem.

Pela expressão confusa no rosto de Holmes, percebi claramente que ele conhecia o conde.

– Que mal há em tais cartas? – perguntou.

– Elas são deveras... vívidas. Sim, vívidas – respondeu Milverton. – A jovem dama era uma correspondente bastante charmosa. Mas posso lhe assegurar que o conde de Dovercourt não apreciaria isso. No entanto, já que você pensa o contrário, vamos deixar as coisas como estão. É apenas uma questão de negócios. Se você acha que a melhor solução para sua cliente é que as cartas cheguem às mãos do conde, então você seria bastante tolo de pagar uma quantia tão alta para recuperá-las.

O homem se levantou e pegou o casaco de astracã.

Holmes ficou cinza de raiva e constrangimento.

– Espere um pouco – pediu. – Você está indo rápido demais. Decerto que devemos evitar um escândalo envolvendo uma questão tão delicada.

Milverton se sentou novamente.

– Eu tinha certeza de que você logo perceberia isso – disse ele.

– No entanto – continuou Holmes –, Lady Eva não é uma mulher rica. Asseguro-lhe que duas mil libras já seriam um peso nos recursos dela e a soma que pede está muito além das posses que tem. Imploro, portanto, que você modere suas exigências e que devolva as cartas diante do preço que propus, o qual, asseguro, é o máximo que tem como receber.

Milverton abriu ainda mais o sorriso, enquanto os olhos brilhavam, divertidos.

– Estou ciente de que o que diz sobre os recursos da dama é verdade – disse ele. – No entanto, você deve admitir que a ocasião do casamento de uma dama é um momento bastante apropriado para os amigos e parentes fazerem um pouco de esforço em seu nome. Eles talvez hesitem em relação a um presente adequado de casamento. Pois eu lhe asseguro que um pacote de cartas provocará mais alegria do que todos os candelabros ou louças de Londres.

– É impossível – retrucou Holmes.

– Que pena! Que pena! Tamanha infelicidade! – exclamou Milverton, tirando uma caderneta grossa do bolso. – Não posso deixar de pensar que as damas são tão imprudentes a ponto de nem tentarem se esforçar. Veja isto! – Ele pegou um bilhete com um brasão no envelope. – Isso pertence a... Bem, talvez não seja adequado mencionar o nome até amanhã, quando o marido da dama já terá isso em mãos. E tudo isso porque ela não conseguiu vender os diamantes para me pagar. É uma *verdadeira* lástima! Agora, talvez se lembre do rompimento repentino do noivado da honorável senhorita Miles com o coronel Dorking? Apenas dois dias antes do casamento, saiu uma nota no *Morning Post* dizendo que o casamento tinha sido cancelado. E por quê? É quase inacreditável, mas a quantia absurda de doze mil libras poderia ter resolvido toda a questão. Não é uma lástima? E aqui está você, um homem de bom senso, chocado com os termos, quando o futuro e a honra da sua cliente estão em jogo. Você me surpreende, senhor Holmes.

– Mas eu digo a verdade – retrucou Holmes. – Ela não conseguiu juntar a quantia. Decerto que é melhor para você aceitar a quantia substancial que ofereço do que arruinar a vida desta mulher, o que você ganhar com isso?

– É aí que você se engana, senhor Holmes. Uma exposição me beneficia de forma deveras considerável. Tenho oito ou dez casos semelhantes em andamento. Se os outros souberem que fiz de Lady Eva um exemplo cruel, eles estarão mais abertos à razão. Percebe?

Holmes se levantou da cadeira.

– Atrás dele, Watson! Não o deixe sair! Agora, senhor, deixe-nos ver o conteúdo desta caderneta.

Milverton escapuliu rapidamente para o canto da sala, encostando-se em uma parede.

– Senhor Holmes, senhor Holmes – disse ele, virando a ponta do paletó para exibir a coronha de um revólver, que saía de dentro do bolso interno. – Imaginei que fosse fazer algo original. Isso já foi feito tantas vezes, e o que de bom aconteceu? Asseguro-lhe que estou armado até os dentes e preparado para usar as minhas armas, sabendo que a lei estará do meu lado. Além do mais, sua suposição de que traria as cartas comigo em uma caderneta é totalmente equivocada. Eu não seria tolo a tal ponto. E agora, cavalheiros, tenho mais alguns encontros esta noite e uma longa viagem até Hampstead.

Ele deu um passo para a frente, pegou seu casaco, apoiou a mão no revólver e se virou para a porta. Peguei uma cadeira, mas Holmes meneou a cabeça e eu a coloquei no lugar. Com um aceno, um sorriso e um brilho no olhar, Milverton saiu da sala e, alguns instantes depois, o ouvimos fechar a porta da carruagem e o som das rodas quando se afastou.

Holmes ficou sentado, imóvel, perto do fogo, as mãos enfiadas no fundo dos bolsos, com o queixo afundado no peito e os olhos fixos nas brasas brilhantes. Por meia hora ele ficou em silêncio e sem se mover. Então, com o gesto de um homem que tomou uma decisão, levantou-se e foi para o próprio quarto. Um pouco mais tarde, um jovem trabalhador, com um cavanhaque e um caminhar afetado, acendeu seu cachimbo antes de descer a rua.

– Voltarei em algum momento, Watson – disse ele, desaparecendo na noite.

Entendi que ele abrira sua campanha contra Charles Augustus Milverton, mas eu nem podia sonhar com a forma que tal campanha estava destinada a tomar.

Durante alguns dias, Holmes entrou e saiu nas mais estranhas horas, usando aquela roupa, mas, além de um comentário sobre o passar o tempo em Hampstead, e que aquele tempo não havia sido desperdiçado, eu nada sabia o que estava fazendo. Por fim, porém, em uma noite tempestuosa e agitada, quando o vento zunia e fustigava as janelas, ele voltou da última expedição e, depois de tirar o disfarce, sentou-se diante da lareira e começou a rir do seu jeito silencioso e retraído.

– Você me considera um homem casadouro, Watson?

– Na verdade, não.

– Pois talvez lhe interesse saber que fiquei noivo.

– Caro amigo! Meus parab...

– Com a criada de Milverton.

– Meu Deus, Holmes!

– Eu queria informações, Watson.

– Decerto que levou as coisas longe demais?

– Foi um passo muito necessário. Sou um encanador com negócios em ascensão, Escott é o nome. Passeei com ela todos os dias e conversamos. Meu Deus, aquelas conversas! No entanto, eu consegui o que queria, eu conheço a casa de Milverton como a palma da minha mão.

– Mas e quanto à garota, Holmes?

Ele deu de ombros.

– Não tinha como eu fazer diferente, meu caro Watson. É necessário jogar as cartas da melhor forma que puder quando há tanto em jogo. No entanto, fico feliz em dizer que tenho um rival odioso que certamente vai se aproveitar no instante em que eu virar as costas. Que noite esplêndida, não?

– Gosta deste tempo?

– Atende aos meus propósitos. Watson, eu pretendo assaltar a casa de Milverton esta noite.

Minha respiração falhou e gelei ao ouvir as palavras de meu amigo, que por certo foram ditas em tom decisivo e resoluto. Um relâmpago cortou a noite e mostrou o instante em todos os detalhes de uma paisagem selvagem, então, com um olhar, pareceu-me ver todos os resultados possíveis de tal ação – detecção, captura, a carreira honrada acabando em fracasso irreparável e desgraça, meu amigo ficando à mercê do odioso Milverton.

– Pelo amor de Deus, Holmes, pense no que está prestes a fazer – pedi.

– Meu caro Watson, eu pensei muito sobre o assunto. Nunca ajo de forma precipitada nem adoto um curso radical, e, realmente, tão perigoso, quando há outra opção possível. Vamos olhar para a situação de forma clara e justa. Suponho que você admite que seja uma ação moralmente justificada, embora tecnicamente criminosa. Assaltar a casa dele nada mais é do que pegar à força aquela caderneta, uma ação com a qual você mesmo estava preparado para me ajudar.

Avaliei aquilo.

– Sim – respondi. – É moralmente justificável, desde que nosso objetivo seja não levar qualquer artigo que não seja usado com um objetivo ilegal.

– Exatamente. Uma vez que é moralmente justificável, só precisei levar em conta o risco pessoal. Decerto que um cavalheiro não deve se concentrar demais nessa questão quando uma dama precisa desesperadamente de sua ajuda?

– Você se colocará em uma posição complicada.

– Bem, isso faz parte do risco. Não há outra forma possível de recuperar aquelas cartas. A infeliz dama não tem o dinheiro e não confia em ninguém da família para pedir ajuda. Amanhã é o último dia para resolver a questão e, a não ser que consigamos recuperar as cartas esta noite, este vilão cumprirá sua palavra e arruinará a jovem. Portanto, ou eu devo abandonar minha cliente à própria sorte, ou devo jogar essa última cartada. Cá entre nós, Watson, trata-se de um duelo entre mim e Milverton. Ele, como você viu, se saiu melhor no nosso primeiro encontro, mas meu respeito próprio e minha reputação estão em jogo e preciso ir até o fim.

– Bem, eu não gosto nada disso, mas imagino que assim deve ser – respondi. – Quando começamos?

– Você não vai participar.

– Então você também não vai – retruquei. – Dou-lhe minha palavra de honra, a qual nunca quebrei na vida, que eu vou pegar um cabriolé direto para a delegacia para denunciá-lo, a não ser que compartilhe suas aventuras comigo.

– Você não pode me ajudar.

– Como sabe disso? Você não tem como saber o que pode acontecer. De qualquer forma, minha decisão está tomada. Outras pessoas além de você têm respeito próprio e até mesmo reputações a zelar.

Holmes pareceu irritado, mas a expressão ficou serena. Ele bateu no meu ombro.

– Pois bem, meu caro amigo, que assim seja. Já compartilhamos esses aposentos há alguns anos, e seria no mínimo engraçado se terminássemos compartilhando a mesma cela. Sabe, Watson? Eu não me importo de confessar para você que sempre tive uma ideia de que eu seria um criminoso altamente eficiente. Esta é a chance da minha vida nessa direção. Veja aqui! – Ele tirou um estojo pequeno e arrumado de couro, abriu, revelando diversos instrumentos brilhantes. – Este é um conjunto moderno e de primeira classe para roubos, com pé de cabra niquelado, cortador de vidro com ponta de diamante, chaves adaptáveis e todo equipamento moderno que a marcha da civilização exige. Aqui também está minha lanterna. Tudo está em ordem. Você tem um par de sapatos silenciosos?

– Tenho um par de tênis com solado emborrachado.

– Excelente. E uma máscara?

– Posso fazer duas de seda preta.

– Consigo perceber que você leva jeito para esse tipo de coisa. Pois bem, você confecciona as máscaras. Vamos fazer uma refeição leve antes de partirmos. São nove e meia agora. Às onze da noite, vamos seguir até Church Row. É uma caminhada de quinze minutos de lá até Appledore Towers. Devemos começar o trabalho antes da meia-noite. Milverton tem sono pesado e se recolhe pontualmente às dez e meia. Com sorte estaremos de volta até as duas da manhã, com as cartas de Lady Eva no bolso.

Holmes e eu nos vestimos com roupas de noite para passar a ideia de que estávamos voltando do teatro. Em Oxford Street pegamos um trole e fomos até um endereço em Hampstead. Ali, pagamos o condutor e, com o sobretudo abotoado, pois estava um frio de lascar e o vento parecia atravessar-nos, caminhamos lado a lado até a beira da estrada.

– Trata-se de uma questão que precisa de tratamento delicado – disse Holmes. – Esses documentos estão guardados no cofre do escritório do camarada, e o escritório fica na antessala do quarto dele. Por outro lado, assim como outros homens baixos e troncudos que se dão bem na vida, ele tem o sono pesado. Agatha, minha noiva, diz que isso virou piada nos aposentos dos criados, como é impossível acordar o patrão. Ele tem uma secretária que cuida dos seus interesses e nunca se afasta do escritório durante o dia. É por isso que estamos indo à noite. Além disso, ele tem um cão feroz que guarda os jardins. Eu me encontrei tarde com Agatha nas duas últimas noites, e ela prendeu o cachorro para que eu pudesse entrar. Esta é a casa. Vamos atacar o grande criminoso no seu próprio terreno. Pelo porto, à direita, perto dos louros. Melhor colocarmos a máscara aqui. Veja, não há luz em nenhuma janela e tudo está saindo esplendidamente.

Com o rosto coberto com as máscaras de seda, nós nos tornamos as pessoas mais truculentas de Londres, enquanto nos esgueirávamos pela casa silenciosa e escura. Um tipo de varanda ladrilhada se estendia diante de várias janelas e duas portas.

– Ali está o quarto – cochichou Holmes. – Esta porta leva direto para o escritório. Seria melhor entrar por aqui, mas está trancada com chave e ferrolho e faríamos muito barulho para entrar. Venha por aqui. Há uma estufa que dá para a sala de estar.

O lugar estava trancado, mas Holmes removeu o círculo de vidro e virou a chave pelo lado de dentro. Um instante depois, fechou a porta atrás de nós e nos tornamos criminosos perante a justiça. O ar quente e pesado da estufa e a fragrância rica e sufocante de plantas exóticas nos atingiram. Ele pegou minha mão no escuro e me guiou tranquilamente por entre as plantas que roçavam nosso rosto. Holmes tinha poderes notáveis, cultivados com cuidado, de enxergar no escuro. Ainda segurando minha mão, abriu uma porta e tive a vaga consciência de que tínhamos entrado em um aposento maior, com cheiro de charuto que alguém fumara há pouco. Ele tateou o caminho entre os móveis, abriu outra porta e a fechou atrás de nós. Estendo a mão, senti que havia casacos pendurados na parede e percebi que estávamos em um corredor de passagem. Nós o atravessamos, e Holmes abriu uma porta, do lado direito, bem devagar. Algo passou por nós e meu coração quase saiu pela boca, mas eu poderia ter rido quando percebi que era um gato. A lareira estava acesa naquele novo aposento e, novamente, o ar estava pesado com fumaça de tabaco. Holmes entrou na ponta dos pés e esperou que eu o seguisse, fechando muito delicadamente a porta. Estávamos no escritório de Milverton e uma *portière* do outro lado mostrava a entrada para o quarto dele.

O fogo da lareira estava vivo, iluminando o aposento. Perto da porta, vi o brilho de um interruptor elétrico, mas aquilo era desnecessário, mesmo se fosse seguro acendê-lo. Em um dos lados da lareira, havia uma cortina pesada que cobria a janela que tínhamos visto do lado de fora. Do outro lado do cômodo, havia a porta que se comunicava com a varanda. Havia uma mesa bem no centro e uma cadeira giratória de couro vermelho. E, oposto a este lado, havia uma estante grande de livros, na qual ficava um busto de mármore de Atenas no alto. No canto, entre a estante e a parede, vimos um cofre grande e verde, a lareira refletindo nos puxadores de metal polido na porta. Holmes atravessou o aposento, olhando-o. Esgueirou-se, então, até a porta, inclinou a cabeça e ficou ouvindo atentamente. Nada ouvimos. Nesse meio-tempo, ocorreu-me que seria previdente assegurar nossa fuga pela porta externa. Então eu a examinei. Para minha completa surpresa, não estava trancada com chave nem com o ferrolho. Toquei o braço do meu amigo e ele virou o rosto mascarado na direção que indiquei. Vi seu sobressalto, pois ficou evidentemente tão surpreso quanto eu.

– Não gosto nada disso – sussurrou ele com os lábios encostando no meu ouvido. – Não consigo entender. De qualquer forma, não temos tempo a perder.

– Tem alguma coisa que eu possa fazer?

– Sim, fique perto da porta. Se ouvir algum barulho, volte para dentro e podemos sair por onde entramos. Se eles vierem pelo outro lado, saímos pela porta se já tivermos terminado o trabalho, ou nos escondemos atrás das cortinas. Entendeu?

Assenti e coloquei-me perto da porta. Minha primeira sensação de medo tinha passado, e fui tomado por um entusiasmo mais forte do que jamais havia desfrutado quando trabalhamos como defensores da lei, em vez de seus desafiadores. O objetivo nobre da missão e a consciência de que se tratava de um gesto altruísta e cavalheiresco, o caráter vilanesco do nosso oponente, tudo isso alimentava o interesse esportivo da aventura. Longe de me sentir culpado, eu me regozijava e exultava diante dos perigos. Com um brilho de admiração, observei enquanto Holmes desenrolava o estojo de instrumentos, escolhendo a ferramenta com calma e precisão científica de um cirurgião prestes a executar uma delicada operação. Sabia que abrir cofres era um dos hobbys peculiares do meu amigo, e entendia a alegria que lhe era ser confrontado por aquele monstro verde e dourado que abrigava no seu seio a reputação de muitas belas damas. Arregaçando as mangas do paletó – ele tinha colocado o sobretudo em uma cadeira –, Holmes pegou duas furadeiras, um pé de cabra e várias chaves-mestras. Fiquei perto da porta, com olhos atentos às outras duas, pronto para qualquer emergência, embora, na verdade, meus planos fossem vagos em relação ao que faríamos caso fôssemos interrompidos. Por meia hora, Holmes trabalhou com energia concentrada, guardando uma ferramenta e pegando outra, lidando com cada uma delas com a força e a delicadeza de um mecânico treinado. Por fim, ouvi um clique, a grande porta verde se abriu e, lá dentro, vi diversos maços de documentos, cada qual amarrado, lacrado e inscrito. Holmes pegou um, mas era difícil de ler com a luz da lareira, então puxou a lanterna pequena, pois era muito perigoso acender a luz com Milverton bem no cômodo ao lado. De repente, eu o vi parar e ouvir atentamente e, então, em segundos, fechou a porta do cofre, pegou o sobretudo, enfiou as ferramentas lá dentro e se escondeu atrás das cortinas, fazendo um gesto para que eu fizesse o mesmo.

Foi só quando me juntei a ele que ouvi o que alarmara seus sentidos mais aguçados. Um barulho vindo de algum lugar na casa. Uma porta batendo a distância. Então, um murmurinho confuso que se transformou em passadas pesadas que se aproximavam rapidamente. A porta se abriu. E soou o estalo agudo quando a luz elétrica foi acesa. A porta se fechou novamente e um cheiro pungente de charuto forte atingiu nossas narinas. Então, os passos continuaram para um lado e para o outro a alguns metros de onde estávamos. Finalmente, ouvimos a cadeira ranger e os passos pararam. Então, uma chave em uma fechadura e o farfalhar de papéis.

Até aquele momento, eu não me atrevera a olhar, mas, agora, abri devagar a divisão entre as cortinas e espiei. Pela pressão do ombro de Holmes contra o meu, eu sabia que compartilhava minhas observações. Bem à nossa frente, e quase ao nosso alcance, estavam as costas largas e fortes de Milverton. Ficou evidente que estávamos totalmente enganados em relação aos seus movimentos, que ele nunca se recolhera ao quarto, mas que estivera sentado em algum salão de fumo ou sinuca na outra ala da casa, cujas janelas não vimos. A cabeça larga e grisalha, com pontos brilhantes de uma careca em desenvolvimento, estava bem no nosso campo de visão. Ele estava recostado na cadeira de couro vermelha, com as pernas esticadas e um longo charuto preto na boca. Vestia um paletó vinho, de corte semimilitar, e colarinho de veludo preto. Segurava um documento que lia de forma indolente enquanto soprava anéis de fumaça. Não havia sinal de uma saída rápida na sua postura nem da atitude confortável.

Senti a mão de Holmes apertar a minha de forma reconfortante, como se dissesse que a situação estava sob controle e que ele mesmo estava tranquilo. Eu não sabia se ele tinha visto o que parecia óbvio apenas para alguém na minha posição, que a porta do cofre não tinha sido fechada totalmente e que Milverton poderia, a qualquer momento, perceber aquilo. Na minha mente, eu tinha determinado que, se eu tivesse certeza, pela rigidez do seu olhar, que ele tinha percebido, rapidamente jogaria o meu casaco sobre a cabeça dele, prendendo-o, e deixaria o resto com Holmes. Mas Milverton não levantou o olhar, demonstrando um lânguido interesse pelos documentos que lia. E ele foi virando as páginas enquanto seguia os argumentos do advogado. Pelo menos, pensei, quando terminasse de ler o documento e fumar o charuto, iria para o quarto, mas antes que chegasse à metade de qualquer um dos dois ocorreu algo surpreendente, que levou meus pensamentos para outro caminho.

Várias vezes eu observara Milverton olhar o relógio e, uma vez, levantara-se e sentara-se de novo, em um gesto claro de impaciência. A ideia, porém, de que tivesse um encontro em um horário tão estranho nunca tinha passado pela minha cabeça, até eu ouvir um som na varanda do lado de fora. Milverton largou os documentos e se empertigou na cadeira. O som se repetiu e ouvimos uma leve batida à porta. Milverton se levantou e a abriu.

– Bem – disse ele, impaciente. – Você está meia hora atrasada.

Então, aquela era a explicação da porta destrancada e da vigília noturna de Milverton. Ouvimos o farfalhar discreto do vestido de uma mulher. Eu tinha fechado a fresta entre as cortinas bem na hora que Milverton se virara na nossa direção, mas, agora, eu me aventurei novamente a abri-la uma vez mais. Ele tinha voltado ao seu lugar, com o charuto ainda se projetando de forma insolente na boca. Diante dele, sob a luz elétrica intensa, estava uma mulher alta, magra e sombria com o rosto escondido por um véu e um manto enrolado no pescoço. A respiração estava ofegante e cada fibra da mulher esguia tremia de emoção.

– Pois bem – disse Milverton –, você me fez perder uma boa noite de descanso, minha cara. Espero que tenha valido a pena. Você não poderia ter vindo em outro horário?

A mulher meneou a cabeça.

– Bem, se não podia, não podia. Se a condessa é uma senhora difícil, você tem sua chance de acertar as contas com ela. Minha cara menina, por que está tremendo tanto? Está tudo bem. Controle-se. Agora vamos aos negócios. – Ele tirou uma caderneta na gaveta da escrivaninha. – Vejamos bem. Você disse que tem cinco cartas comprometedoras da condessa d'Albert. Você quer vendê-las e eu quero comprá-las. Até agora estamos de acordo. Tudo que nos resta fazer é fechar o preço. Gostaria de inspecionar as cartas, é claro. Se elas realmente são tão boas quanto... Meu Deus, é você?

A mulher, sem nada dizer, levantara o véu e deixara o manto cair e confrontava Milverton. Era bonita, com traços finos – um rosto com nariz curvado, sobrancelhas escuras, olhos brilhantes e lábios finos esticados em um sorriso perigoso.

– Eu mesma – respondeu ela. – A mulher que você arruinou.

Milverton riu, mas o medo vibrou na sua voz:

– Você era tão obstinada – disse ele. – Por que teve de ir tão longe? Asseguro-lhe que eu jamais machucaria uma mosca por vontade própria, mas um homem precisa cuidar dos negócios. O que eu poderia fazer? Coloquei um preço dentro das suas capacidades de pagamento. Mas você não pagou.

– Então, você enviou as cartas para o meu marido, e ele, o cavalheiro mais nobre que já viveu, um homem que eu jamais mereceria em toda a minha vida, ele ficou com o coração partido e morreu. Você se lembra de que, naquela última noite, quando passei pela porta, implorei e pedi que tivesse misericórdia e você riu da minha cara, assim como está tentando rir agora, só que seu coração covarde não consegue controlar seus lábios. Sim, você achou que nunca mais me veria de novo, mas foi aquela noite que me mostrou como eu poderia conseguir me encontrar com você, cara a cara e a sós. Bem, Charles Milverton, o que tem a dizer?

– Não pense que você pode me intimidar – disse ele, levantando-se. – Basta eu gritar, chamando por meus criados, e fazer com que seja presa. Mas vou dar um desconto por causa da sua raiva natural. Deixe este escritório agora mesmo e não falaremos mais sobre o assunto.

A mulher se levantou e mergulhou a mão no decote, com o mesmo sorriso mortal nos lábios.

– Você não vai arruinar a vida de mais ninguém como fez com a minha. Você não vai partir mais nenhum coração como fez com o meu. Eu vou livrar o mundo dessa erva venenosa. Tome isso, seu canalha... e mais isso... e isso... e mais outro!

Ela tirou um revólver pequeno e brilhante dali e disparou vários tiros no corpo de Milverton, o cano da arma a poucos centímetros da camisa dele. Ele se encolheu e caiu em cima da mesa, tossindo furiosamente e tentando pegar alguma coisa entre os documentos. Então, cambaleou novamente, levou outro tiro e caiu no chão.

– Você acabou comigo – disse ele, e parou de se mexer.

A mulher lançou um olhar intenso para ele e fincou-lhe o salto no rosto. Olhou de novo, mas não havia nenhum som nem movimento. Ouvi um farfalhar alto e o ar noturno adentrou o aposento aquecido, a vingadora tinha partido.

Nenhuma interferência de nossa parte poderia ter salvo o homem do próprio destino. No entanto, enquanto a mulher esvaziava a arma, com um tiro depois do outro, no corpo encolhido de Milverton, eu estava pronto para fugir, quando senti a mão fria de Holmes no meu pulso.

Entendi todo o argumento daquela mão que me segurava com firmeza e restringia meus movimentos – não tínhamos nada a ver com aquilo, a justiça tinha sido feita contra o vilão e tínhamos nossos próprios deveres e objetivos, que não devíamos perder de vista. Mas, assim que a mulher fugiu do escritório, Holmes com passos firmes e silenciosos estava na outra porta. Ele a trancou. No mesmo instante ouvimos vozes na casa e o som de passos apressados. Os tiros tinham acordado os criados da casa. Com frieza perfeita, Holmes voltou ao cofre, pegou os maços de cartas amarradas e as jogou na lareira. Fez isso repetidas vezes até esvaziar completamente o cofre. Alguém tentava entrar, forçando a maçaneta do outro lado da porta. A carta que fora a mensageira da morte de Milverton, toda manchada de sangue, estava na mesa. Holmes a atirou também na lareira. Então, ele pegou a chave da porta externa, passou por mim e a trancou por fora.

– Por aqui, Watson – disse ele. – Podemos escalar o muro do jardim se seguirmos nesta direção.

Não conseguia acreditar que o alarme tinha se espalhado tão rapidamente. Olhando para trás, vi a casa toda iluminada. A porta da frente se abriu e pessoas saíam para a entrada. Todo o jardim estava repleto de pessoas, e um homem gritou quando saímos da varanda e nos perseguiu de perto. Holmes parecia conhecer perfeitamente bem o terreno e seguiu o caminho de forma direta pela plantação de árvores pequenas. Eu o seguia de perto e nosso perseguidor ofegava atrás de nós. Apenas um muro de pouco mais que um metro e meio barrava o nosso caminho, ele deu impulso e pulou. Quando fiz o mesmo, senti a mão do homem atrás de mim agarrar meu tornozelo, mas eu me libertei e consegui saltar o muro. Caí de cara em alguns arbustos, mas logo Holmes me colocou de pé e, juntos, fugimos pela imensidão de Hampstead Heath. Corremos por pouco mais de três quilômetros, acho, antes que Holmes por fim parasse e escutasse atentamente. Estava tudo no mais absoluto silêncio atrás de nós. Tínhamos conseguido despistar nossos perseguidores e estávamos seguros.

Já tínhamos tomado o desjejum e estávamos fumando o cachimbo matinal na manhã depois da notável experiência que acabei de relatar, quando o senhor Lestrade, da Scotland Yard, muito solene e impressionante, adentrou nossa modesta sala de visitas.

– Bom dia, senhor Holmes – disse ele. – Bom dia. Será que está muito ocupado no momento?

– Nunca estou muito ocupado para ouvi-lo.

– Achei que talvez, se não estiver cuidando de nenhum caso específico, você talvez aceitasse nos ajudar em um caso deveras notável, que ocorreu noite passada em Hampstead.

– Minha nossa! – disse Holmes. – E o que aconteceu?

– Um assassinato, um assassinato deveras dramático e surpreendente. Sei que se interessa por essas coisas e gostaria de pedir o grande favor de seguir comigo até Appledore Towers e nos dar o benefício do seu conselho. Não se trata de um crime comum. Já estávamos de olho no senhor Milverton há um tempo e, cá entre nós, ele era meio vilanesco. Sabe-se que guardava documentos que usava para fins de chantagem. Todos os documentos foram queimados pelos assassinos. Nada de valor foi levado e é bem provável que os criminosos sejam homens em boa posição na sociedade, cujo único objetivo era evitar a exposição social.

– Criminosos? – perguntou Holmes. – No plural?

– Sim, havia dois deles. Foram quase pegos em flagrante. Vimos as pegadas, temos a descrição, mas as chances de os capturarmos é de dez para um. O primeiro era um pouco mais rápido, mas o segundo quase foi pego pelo ajudante de jardinagem e só se safou depois de uma luta. Um homem de altura mediana, forte, queixo quadrado, pescoço grosso, bigode e uma máscara cobrindo os olhos.

– É uma descrição bastante vaga – comentou Holmes. – Minha nossa, bem que poderia ser uma descrição de Watson!

– Verdade – disse o inspetor em tom divertido. – Poderia ser uma descrição de Watson.

– Bem, temo não poder ajudá-lo, Lestrade – disse Holmes. – O fato é que eu conhecia Milverton e que eu o considerava o homem mais perigoso de Londres, e acho que existem certos crimes que a lei não pode tocar e, dessa forma, justifica uma vingança pessoal. Não, não adianta insistir. Já tomei minha decisão. Minha afinidade, neste caso, está com os criminosos e não com a vítima, e eu não cuidarei deste caso.

Holmes nada mais disse sobre a tragédia que testemunhamos, mas observei que, durante toda a manhã, estava com ar pensativo, dando-me a impressão, pelo olhar vago e modos abstratos, de um homem que tentava se lembrar de algo. Estávamos no meio do nosso almoço quando ele, de repente, se levantou.

– Minha nossa, Watson, descobri! – exclamou. – Pegue o seu chapéu e venha comigo!

Seguiu apressado pela Baker Street, e então pela Oxford Street, até estarmos quase em Regent Circus. Ali, no lado esquerdo, havia uma vitrine cheia de fotografias de celebridades e beldades da época. Holmes fixou o olhar em uma delas e, acompanhando seu olhar, vi uma foto de uma dama de porte majestoso e régio em um vestido da corte, com uma tiara alta de diamantes da cabeça nobre. Olhei para a delicadeza do nariz curvado, para as sobrancelhas marcadas, a boca reta e o queixo forte abaixo. Então, respirei fundo quando li o título honorável do grande nobre e estadista de quem ela fora esposa. Meus olhos se encontraram com os de Holmes, que levou o dedo aos lábios, enquanto nos afastávamos da vitrine.

Capítulo 8

• A AVENTURA DOS SEIS NAPOLEÕES •

TRADUÇÃO: GABRIELA PERES GOMES

Não era muito incomum que o senhor Lestrade, da Scotland Yard, fosse nos visitar nos fins de tarde, e suas aparições agradavam a Sherlock Holmes, pois lhe permitiam ficar a par de tudo o que estava acontecendo no centro de operações da polícia. Em troca das notícias que Lestrade trazia, Holmes estava sempre disposto a ouvir atentamente os detalhes de qualquer caso em que o detetive pudesse estar envolvido, e vez ou outra, sem nenhuma interferência ativa, poderia fornecer alguma dica ou sugestão tirada de seu próprio acervo vasto de conhecimento e experiência.

Nesse fim de tarde em particular, Lestrade discorrera sobre o clima e os jornais. Então mergulhou em silêncio, fumando seu cachimbo pensativamente. Holmes dirigiu-lhe um olhar intenso.

– Está lidando com alguma coisa extraordinária? – perguntou Holmes.

– Ah, não, senhor Holmes. Nada muito interessante.

– Então me conte sobre isso.

Lestrade riu.

– Bem, senhor Holmes, não adianta negar que há algo perturbando a minha mente. E, no entanto, é um caso tão estapafúrdio que não quis incomodá-lo com isso. Por outro lado, embora seja trivial, certamente é dotado de certa esquisitice, e sei que você gosta de tudo que saia do comum. Na minha opinião, porém, é algo que pertence mais ao âmbito do doutor Watson do que ao nosso.

– Doença? – perguntei.

– Loucura, de todo modo. E uma loucura esquisita, a bem da verdade. Você não imaginaria que poderia existir alguém que, ainda hoje, nutrisse tanto ódio por Napoleão Bonaparte a ponto de quebrar qualquer busto dele que aparecesse à sua frente.

Holmes afundou-se na poltrona.

– Esse assunto não é de minha alçada – declarou ele.

– Exatamente. Foi o que eu disse. Mas então, quando o homem comete arrombamentos para quebrar bustos que não lhe pertencem, a questão se afasta do âmbito médico e se volta para o policial.

Holmes empertigou-se novamente.

– Arrombamentos! Isso é mais interessante. Deixe-me ouvir os detalhes.

Lestrade pegou sua caderneta oficial e deu uma olhada nas páginas para refrescar a memória.

– O primeiro caso relatado aconteceu quatro dias atrás – disse ele. – Foi na loja de Morse Hudson, que tem uma galeria com quadros e estátuas à venda na Kennington Road. O funcionário havia se ausentado da parte frontal da loja por um instante e então ouviu um estrondo, ao que voltou às pressas e encontrou um busto de gesso de Napoleão, que estava sobre o balcão junto com várias outras obras de arte, estilhaçado em vários pedaços. Ele correu até a rua e, embora vários transeuntes tenham declarado que viram um homem sair da loja correndo, o funcionário não viu ninguém nem encontrou formas de identificar o patife. Parecia ser um daqueles atos de vandalismo sem sentido que acontecem ocasionalmente, e foi relatado ao policial em serviço como tal. O busto de gesso não valia mais do que alguns xelins, e todo o caso parecia demasiado infantil para que qualquer investigação séria fosse empreendida.

"O segundo caso, entretanto, foi mais grave, e também de aspecto mais singular. Aconteceu ontem à noite mesmo.

"Em Kennington Road, e a poucas centenas de metros da loja de Morse Hudson, fica a residência de um médico renomado, o doutor Barnicot, cuja clínica é uma das maiores no lado sul do rio Tâmisa. Tanto sua residência quanto seu consultório principal ficam na Kennington Road, mas ele também tem uma sala de cirurgia e um dispensário em Lower Brixton Road, a três quilômetros de distância. O doutor Barnicot é um admirador entusiasta de Napoleão, e a sua casa é repleta de livros, pinturas e relíquias do imperador francês. Pouco tempo atrás, ele comprou de Morse Hudson duas duplicatas de bustos de gesso da famosa cabeça de Napoleão feitas pelo escultor francês Devine. O médico colocou um deles em seu saguão na casa em Kennington Road, e o outro sobre a cornija da lareira na sala de cirurgia em Lower Brixton. Bem, quando o doutor Barnicot acordou esta manhã, ficou surpreso ao descobrir que sua casa havia sido invadida durante a noite, mas que nada fora roubado, exceto o busto de gesso que ficava no corredor. O objeto fora levado para o lado de fora e atirado violentamente contra a mureta do jardim, sob a qual seus fragmentos estilhaçados foram descobertos."

Holmes esfregou as mãos.

– Isso é certamente inusitado – comentou.

– Imaginei que lhe agradaria. Mas ainda não terminei. O doutor Barnicot tinha uma cirurgia marcada para o meio-dia, e você pode imaginar o espanto do homem quando, ao chegar lá, descobriu que a sala de cirurgia fora invadida durante a noite e que os estilhaços de seu segundo busto estavam espalhados por todo o cômodo. O objeto foi espatifado onde estava. Em nenhum dos casos houve qualquer indício que pudesse nos fornecer uma pista a respeito do criminoso ou lunático responsável pelo dano. Agora, senhor Holmes, você tem todos os fatos.

– Eles são singulares, para não dizer grotescos – disse Holmes. – Se me permite a pergunta, os dois bustos espatifados nos cômodos do doutor Barnicot eram duplicatas exatas daquele que foi destruído na loja de Morse Hudson?

– Eles foram feitos com o mesmo molde.

– Tal fato contradiz a teoria de que o homem que os quebra age sob influência de algum ódio contra Napoleão. Considerando as centenas de estátuas do grande imperador que devem existir em Londres, é exagerado tachar de coincidência o fato de um iconoclasta ter começado a partir de três espécimes do mesmo busto.

– Bem, eu pensei a mesma coisa – disse Lestrade. – Por outro lado, este tal de Morse Hudson é o comerciante de bustos naquela parte de Londres, e esses três eram os únicos que estavam em sua loja por anos. Ainda que, como você mesmo disse, haja muitas centenas de estátuas em Londres, é muito provável que aquelas três fossem as únicas naquela região. Portanto, um fanático local começaria por elas. O que acha disso, doutor Watson?

– Não há limites para as possibilidades da monomania – respondi. – É a condição que os psicólogos franceses modernos chamam de *idée fixe*, que pode ser de caráter trivial e acompanhada de sanidade completa em todos os outros aspectos. Um homem que leu muito sobre Napoleão, ou cuja família possa ter sofrido algum dano hereditário durante a grande guerra, talvez formasse uma *idée fixe* como essa e, sob sua influência, cometeria qualquer ultraje fantástico.

– Essa explicação não basta, meu caro Watson – declarou Holmes, meneando a cabeça –, pois nenhuma *idée fixe*, por mais forte que seja, permitiria ao seu interessante monomaníaco descobrir onde aqueles bustos estavam situados.

– Bem, e como você explica isso?

– Não tento fazê-lo. Eu apenas observaria que há um certo método nos atos excêntricos do cavalheiro. Por exemplo, no saguão do doutor Barnicot, onde um ruído poderia despertar a família, o busto foi levado para o lado de fora antes de ser quebrado, ao passo que na sala de cirurgia, onde havia menos perigo de alarmar alguém, ele foi espatifado onde estava. O caso parece absurdamente trivial, e ainda assim não ouso tachar nada de banal quando penso que alguns de meus casos mais clássicos tiveram um início pouco promissor. Você se lembrará, Watson, de como aquele terrível caso da família Abernetty foi trazido ao meu conhecimento pela profundidade com que a salsa afundara na manteiga em um dia abafado. Não posso, portanto, sorrir diante de seus três bustos quebrados, Lestrade, e ficarei muito grato a você se me relatar qualquer novo desenvolvimento dessa cadeia de eventos tão singular.

O desenvolvimento que meu amigo pedira chegou de uma forma mais rápida e infinitamente mais trágica do que ele poderia ter imaginado. Eu ainda estava me vestindo em meu quarto na manhã seguinte quando, após uma batida na porta, Holmes entrou trazendo um telegrama em mãos. Ele o leu em voz alta:

Venha imediatamente. Pitt Street, 131, Kensington.
– Lestrade.

– De que se trata? – perguntei.

– Não sei; pode ser qualquer coisa. Mas suspeito que seja a continuação da história das estátuas. Nesse caso, nosso amigo, o quebrador de bustos, começou a operar em outra região de Londres. Há café na mesa, Watson, e eu tenho um fiacre à porta.

Meia hora depois havíamos chegado à Pitt Street, um lugarzinho esquecido e tranquilo ao lado de uma das vias mais agitadas da vida londrina. O número 131 ficava entre uma fileira de habitações achatadas, respeitáveis e pouco românticas. Quando chegamos, encontramos uma multidão de curiosos em frente à casa, agrupados ao longo da grade. Holmes assobiou.

– Por Deus! Trata-se de no mínimo tentativa de assassinato. É a única coisa que faria aquele menino ali, um mensageiro de Londres, interromper o expediente. Os ombros caídos e o pescoço esticado daquele sujeito exprimem um ato de violência. O que é isso, Watson? Os degraus de cima estão molhados e os outros secos. De qualquer forma, há pegadas o suficiente! Bem, bem, ali está Lestrade, na janela da frente. Logo descobriremos o que aconteceu.

O oficial nos recebeu com uma expressão muito séria e nos conduziu até uma sala de estar, onde um homem idoso extremamente desleixado e agitado, trajando um roupão de flanela, andava de um lado para o outro. Ele foi apresentado a nós como o dono da casa, o senhor Horace Harker, do Central Press Syndicate.

– É o caso do busto de Napoleão novamente – disse Lestrade. – Como você pareceu interessado ontem à noite, senhor Holmes, pensei que talvez ficasse satisfeito em estar presente agora que a história tomou um rumo muito mais grave.

– E que rumo foi esse?

– Assassinato. Senhor Harker, pode contar a estes dois cavalheiros exatamente o que aconteceu?

O homem de roupão virou-se para nós com um semblante muito melancólico.

– É uma coisa extraordinária – disse ele – o fato de eu ter passado toda a minha vida coletando notícias sobre outras pessoas, e agora, quando uma notícia de verdade bate à minha porta, fique tão confuso e perturbado que não consiga dizer coisa com coisa. Se eu estivesse aqui como jornalista, teria feito uma entrevista comigo mesmo e publicado duas colunas em todos os jornais vespertinos. Mas eis eu aqui, desperdiçando uma reportagem valiosa ao contar a minha história várias vezes para uma porção de pessoas diferentes, sem que eu mesmo possa tirar proveito dela. De todo modo, eu ouvi seu nome, senhor Sherlock Holmes, e se o senhor ao menos puder me explicar este negócio esquisito, sentirei que fui recompensado pelo meu trabalho de lhe contar a história.

Holmes sentou-se e ouviu.

– Tudo parece girar em torno daquele busto de Napoleão que comprei para este cômodo cerca de quatro meses atrás. Comprei-o por uma bagatela na Harding Brothers, a duas portas da High Street Station. Grande parte do meu trabalho jornalístico acontece à noite, e muitas vezes escrevo até as primeiras horas da manhã. Foi o que aconteceu hoje. Eu estava sentado em meu escritório, que fica na parte de trás da casa, no andar superior, quando tive a impressão de escutar alguns sons no andar de baixo. Parei para ouvir, mas não se repetiram, e concluí que tinham vindo de fora. Então, de súbito, cerca de cinco minutos depois, ouviu-se um grito terrível, o som mais horrível que já ouvi, senhor Holmes. Ele vai ressoar em meus ouvidos pelo resto de minha vida. Fiquei paralisado de horror por um ou dois minutos. Então, apanhei o atiçador e desci. Ao entrar neste cômodo, encontrei a janela escancarada e logo notei que o busto havia sumido da cornija da lareira. Por que raios um ladrão pegaria uma coisa dessas está acima de minha compreensão, pois era apenas uma escultura de gesso sem nenhum valor.

"O senhor pode ver por si mesmo que qualquer pessoa que saísse por aquela janela aberta poderia chegar à soleira da porta da frente com um único passo largo. Como era óbvio que o ladrão tinha feito isso, dei a volta e abri a porta. Ao sair rumo à escuridão do lado de fora, quase caí sobre um homem morto que estava estirado ali. Corri de volta para pegar uma luminária e lá estava o pobre sujeito, com um grande corte na garganta e com tudo ensanguentado ao seu redor. Ele estava deitado de costas, os joelhos dobrados e a boca terrivelmente escancarada. Eu o verei nos meus pesadelos. Só tive tempo de soprar meu apito de polícia e devo ter desmaiado, pois não me lembro de mais nada até encontrar o policial parado diante de mim no saguão."

– Bem, e quem era o homem assassinado? – perguntou Holmes.

– Não havia como identificá-lo – declarou Lestrade. – Você verá o corpo no necrotério, mas não descobrimos nada a respeito dele até o momento. Ele é um homem alto, queimado de sol, muito forte, e não devia ter mais de trinta anos. Está malvestido, mas não parece ser um trabalhador braçal. Um canivete com cabo de chifre estava caído em uma poça de sangue ao lado dele. Se essa foi a arma do crime ou se pertencia ao morto, não sei dizer. Não havia nenhum nome em suas roupas e nada nos bolsos, exceto uma maçã, um pedaço de barbante, um mapa de Londres de um xelim e uma fotografia. Aqui está ela.

Era evidentemente uma fotografia instantânea tirada com uma câmera pequena. Mostrava um homem alerta, de feições grosseiras e simiescas, sobrancelhas grossas e uma projeção muito peculiar na parte inferior do rosto, como o focinho de um babuíno.

– E o que aconteceu com o busto? – perguntou Holmes, após examinar o retrato atentamente.

– Tivemos notícias dele pouco antes de vocês chegarem. Ele foi encontrado no jardim da frente de uma casa vazia em Campden House Road. Estava estilhaçado. Vou até lá agora para dar uma olhada. Você se juntará a mim?

– Certamente. Mas primeiro preciso dar uma olhada por aqui. – Ele examinou o tapete e a janela. – Ou o sujeito tinha pernas muito compridas ou era um homem bastante ágil – disse ele. – Com aquele pátio ali embaixo, não deve ter sido fácil alcançar o parapeito da janela e abri-la. Voltar deve ter sido relativamente simples. Você virá conosco para ver o que sobrou do seu busto, senhor Harker?

O jornalista desconsolado sentara-se a uma escrivaninha.

– Devo tentar escrever algo a esse respeito – declarou ele –, embora não tenha dúvidas de que as primeiras edições dos jornais vespertinos já saíram com todos os detalhes. É bem típico da minha falta de sorte! Vocês se lembram de quando a arquibancada caiu em Doncaster? Bem, eu era o único jornalista presente na arquibancada, e o meu jornal foi o único que não relatou o ocorrido, pois eu estava abalado demais para escrevê-lo. E agora chegarei tarde demais para noticiar um assassinato cometido na soleira da minha própria casa.

Quando saímos do cômodo, ouvimos uma pena deslizando de forma estridente sobre o papel.

O local onde os fragmentos do busto tinham sido encontrados ficava a apenas algumas centenas de metros de distância. Pela primeira vez, nossos olhos recaíram sobre a estatueta do grande imperador, que parecia suscitar um ódio frenético e destrutivo na mente do desconhecido. Ela estava espalhada pela grama, em estilhaços. Holmes pegou vários dos cacos e os examinou atentamente. Eu estava convencido, por seu semblante concentrado e seu jeito decidido, que ele enfim tinha encontrado uma pista.

– E então? – perguntou Lestrade.

Holmes encolheu os ombros.

– Ainda temos um longo caminho pela frente – respondeu ele. – E ainda assim... e ainda assim... bem, temos alguns fatos sugestivos para nos servir de guia. Estar em posse daquele busto insignificante valia mais, aos olhos desse estranho criminoso, do que uma vida humana. Esse é um ponto. Além disso, há o fato notável de que ele não quebrou o objeto na casa, ou imediatamente em frente a ela, se quebrá-lo fosse seu único objetivo.

– Ele deve ter ficado abalado e agitado ao encontrar esse outro sujeito. Mal sabia o que estava fazendo.

– Bem, isso é bastante provável. Mas gostaria de chamar sua atenção, de maneira muito particular, para a posição desta casa, em cujo jardim o busto foi destruído.

Lestrade observou os arredores.

– Era uma casa vazia, então ele sabia que não seria perturbado no jardim.

– De fato, mas há outra casa vazia mais adiante na rua, pela qual ele deve ter passado antes de chegar a esta. Por que ele não quebrou o busto lá, já que é evidente que, a cada metro que ele a carregava, corria mais risco de ser visto por alguém?

– Eu desisto – declarou Lestrade.

Holmes apontou para o poste acima de nossas cabeças.

– Aqui ele conseguia ver o que estava fazendo, mas lá, não. Este foi o motivo.

– Por Deus! É verdade! – exclamou o detetive. – Agora que penso nisso, lembrei-me de que o busto do doutor Barnicot foi quebrado não muito longe de sua lâmpada vermelha. Bem, senhor Holmes, o que devemos fazer com esse fato?

– Lembrar dele; mantê-lo em mente. Poderemos encontrar alguma coisa mais tarde que tenha relação com isso. Quais são seus próximos passos, Lestrade?

– O jeito mais prático de prosseguir agora, na minha opinião, é identificar o morto. Isso não será tão difícil. Quando descobrirmos quem ele é e mais coisas a seu respeito, teremos uma boa chance de saber o que ele estava fazendo na Pitt Street ontem à noite, e quem foi que o encontrou e o matou na soleira da casa do senhor Horace Harker. Concordam comigo?

– Sem dúvida. E ainda assim, não é exatamente dessa maneira que eu abordaria o caso.

– O que você faria, então?

– Oh, você não deve me deixar influenciá-lo de forma alguma. Eu sugiro que você siga o seu rastro, e eu seguirei o meu. Poderemos comparar as anotações depois, e elas complementarão uma a outra.

– Pois bem – disse Lestrade.

– Se você estiver voltando para a Pitt Street, pode ser que encontre o senhor Horace Harker. Diga-lhe que já cheguei a uma conclusão e que é certo que um lunático homicida perigoso, com delírios napoleônicos, esteve na casa dele ontem à noite. Isso será útil para a reportagem que ele está escrevendo.

Lestrade o encarou fixamente.

– Você não acredita mesmo nisso, não é?

Holmes sorriu.

– Será que não? Bem, talvez não acredite. Mas tenho certeza de que isso interessará ao senhor Horace Harker e aos assinantes do Central Press Syndicate. Agora, Watson, acho que descobriremos que temos um longo e árduo dia de trabalho pela frente. Eu ficaria satisfeito, Lestrade, se você pudesse nos encontrar em Baker Street mais tarde, às seis horas. Até lá, eu gostaria de ficar com a fotografia que foi encontrada no bolso do morto. É possível que eu tenha de pedir sua companhia e ajuda em uma pequena expedição que deverá ser realizada esta noite, se minha linha de raciocínio se mostrar correta. Até lá, adeus e boa sorte!

Sherlock Holmes e eu caminhamos juntos até a High Street e, uma vez lá, paramos na loja Harding Brothers, onde o busto fora adquirido. Um funcionário jovem nos informou que o senhor Harding estaria ausente até a tarde, e que ele próprio, sendo um novato, não poderia nos fornecer nenhuma informação. O semblante de Holmes denotou sua decepção e aborrecimento.

– Bem, bem, não podemos esperar que tudo aconteça do nosso jeito, Watson – disse ele por fim. – Voltaremos à tarde, já que o senhor Harding só estará aqui nesse horário. Estou tentando, como você sem dúvida inferiu, descobrir a origem daqueles bustos a fim de identificar se não há algo peculiar que possa explicar o destino notável que tiveram. Vamos até o senhor Morse Hudson, de Kennington Road, e ver se ele pode nos esclarecer algum ponto desse problema.

Após um trajeto de uma hora, chegamos ao estabelecimento do comerciante de pinturas. Ele era um homem baixo e corpulento, com rosto vermelho e trejeitos inflamados.

– Sim, senhor. No meu próprio balcão, senhor – disse ele. – Não sei por que pagamos taxas e impostos, se qualquer meliante pode entrar e quebrar nossas mercadorias. Sim, senhor, fui eu quem vendi as duas estátuas ao doutor Barnicot. É vergonhoso, senhor! Uma trama niilista, é assim que enxergo o ocorrido. Apenas um anarquista sairia por aí quebrando estátuas. Republicanos vermelhos, é como eu os chamo. Onde foi que eu adquiri as estátuas? Ora, não vejo o que isso tem a ver com o assunto. Bem, se você realmente quer saber, eu as consegui na Gelder & Co., na Church Street, em Stepney. Eles são um estabelecimento bem conhecido nesse ramo há mais de vinte anos. Quantas eu tinha? Três. Dois mais um são três. Duas do doutor Barnicot e uma que foi espatifada em plena luz do dia em meu próprio balcão. Se eu reconheço essa fotografia? Não, nunca a vi. Todavia, eu conheço, sim. Ora, é o Beppo. Ele era uma espécie de trabalhador italiano temporário, que foi bastante útil na loja. Sabia esculpir um pouco, dourar e emoldurar e fazer alguns outros serviços. O sujeito foi embora na semana passada e não ouvi mais nada sobre ele desde então. Não, não sei de onde ele veio nem para onde foi. Eu não tinha nada contra ele enquanto trabalhava aqui. Foi embora dois dias antes de o busto ser espatifado.

– Bem, isso é tudo que poderíamos esperar de Morse Hudson – declarou Holmes quando saímos da loja. – Temos esse tal de Beppo como um fator comum, tanto em Kennington quanto em Kensington, então o trajeto de dezesseis quilômetros valeu a pena. Agora, Watson, vamos para a Gelder & Co., em Stepney, a fonte e a origem dos bustos. Ficarei surpreso se não conseguirmos alguma ajuda lá.

Em rápida sucessão, passamos pela orladura da Londres elegante, pela Londres dos hotéis, a Londres teatral, a Londres literária, a Londres comercial e, por fim, pela Londres marítima, até chegarmos a uma cidade ribeirinha de uns cem mil habitantes, onde os párias da Europa residem em conjuntos habitacionais sufocantes e malcheirosos. Ali, em uma via pública ampla, que outrora fora residência dos ricos mercadores da cidade, encontramos o estabelecimento de esculturas que procurávamos. Do lado de fora havia um pátio grandioso apinhado de monumentos de cantaria. No interior havia um grande salão no qual cinquenta trabalhadores estavam esculpindo ou moldando. O gerente, um alemão alto e louro, recebeu-nos de forma civilizada e deu uma resposta clara a todas as perguntas de Holmes. Uma consulta a seus livros mostrou que centenas de bustos haviam sido feitos a partir de uma cópia de mármore da cabeça de Napoleão esculpida por Devine, mas que os três enviados para Morse Hudson mais ou menos um ano antes eram a metade de um lote de seis, e os outros três haviam sido enviados para Harding Brothers, em Kensington. Não havia nenhuma razão para que aqueles seis bustos fossem diferentes de qualquer um dos outros. Ele não pôde sugerir nenhum motivo possível que levasse alguém a querer destruí-los; na verdade, chegou a rir da ideia. O preço no atacado era de seis xelins, mas o varejista poderia cobrar doze ou mais. A estátua era feita a partir de dois moldes, um de cada lado do rosto, e então esses dois perfis de gesso de Paris eram unidos para criar o busto completo. O trabalho costumava ser feito por italianos, naquele mesmo salão em que estávamos. Depois de prontos, os bustos eram colocados sobre uma mesa para secar, e então armazenados. Isso foi tudo que ele pôde nos dizer.

A visão da fotografia, no entanto, causou uma reação notável no gerente. Seu rosto ficou vermelho de raiva e as sobrancelhas ficaram franzidas sobre os seus olhos azuis teutônicos.

– Ah, o patife! – exclamou ele. – Sim, de fato eu o conheço muito bem. Este sempre foi um estabelecimento respeitável, e a única vez em que a polícia esteve aqui foi por causa desse sujeito. Aconteceu há mais de um ano. Ele esfaqueou outro italiano na rua, então veio para a fábrica com a polícia em seus calcanhares e foi preso aqui. O nome dele era Beppo, mas nunca soube o sobrenome. Bem feito para mim, por ter contratado um homem com uma cara dessas. Mas ele era um bom trabalhador, um dos melhores.

– Qual foi a sentença dele?

– O homem sobreviveu e ele escapou depois de um ano. Não duvido nada que esteja solto agora, mas não se atreveu a dar as caras por aqui. Um primo dele trabalha aqui conosco, e arrisco dizer que ele poderia lhe contar sobre o paradeiro do sujeito.

– Não, não! – exclamou Holmes. – Não diga nada ao primo. Nem uma palavra, eu lhe imploro. O assunto é muito importante e, quanto mais me aprofundo nele, mais importante parece ficar. Quando você consultou em seu livro-razão a venda daquelas estátuas, observei que a data foi 3 de junho do ano passado. Você saberia me dizer quando Beppo foi preso?

– Posso ter uma noção aproximada pela folha de pagamento – respondeu o gerente. – Sim – continuou ele, depois de folhear algumas páginas –, o último pagamento que lhe fizemos foi em 20 de maio.

– Obrigado – disse Holmes. – Creio que já basta de intromissão no seu tempo e na sua paciência.

Com uma última palavra de advertência para que ele nada dissesse sobre nossas investigações, seguimos na direção oeste mais uma vez.

A tarde já estava avançada quando conseguimos comer algo às pressas em um restaurante. Um folhetim de jornal pregado na entrada anunciava: "Escândalo em Kensington. Homem louco comete assassinato", e o conteúdo do artigo mostrava que o senhor Horace Harker enfim conseguira publicar seu próprio relato. Duas colunas eram ocupadas por uma narrativa extremamente floreada e sensacionalista de todo o incidente. Holmes apoiou o folhetim na galheta e leu enquanto almoçava. Soltou uma risada em uma ou duas ocasiões.

– Isso está ótimo, Watson – disse ele. – Escute só: "É satisfatório saber que não pode haver divergências quanto a este caso, uma vez que o senhor Lestrade, um dos membros mais experientes da força policial, e o senhor Sherlock Holmes, o conhecido especialista consultor, chegaram à mesma conclusão de que a grotesca série de incidentes, que terminou de uma forma tão trágica, decorre mais da loucura do que da intenção criminosa deliberada. Nenhuma explicação, salvo a aberração mental, pode explicar os fatos." A imprensa, Watson, é uma instituição muito valiosa, desde que você saiba como utilizá-la. E agora, se você tiver terminado, vamos voltar a Kensington e ver o que o gerente da Harding Brothers tem a dizer sobre a questão.

O fundador daquele grande empório se mostrou um homenzinho vigoroso, muito elegante e sagaz, com uma mente clara e uma língua solta.

– Sim, senhor, já li as notícias nos jornais vespertinos. O senhor Horace Harker é nosso cliente. Vendemos o busto a ele há alguns meses. Encomendamos três bustos daquele tipo na Gelder & Co., em Stepney. Todos já foram vendidos. A quem? Oh, creio que, depois de consultar o nosso livro de vendas, poderia lhe dizer facilmente. Sim, temos tudo registrado aqui. Um vendido para o senhor Harker, veja só, e um para o senhor Josiah Brown, no Chalé Laburnum, em Laburnum Vale, em Chiswick, e um para o senhor Sandeford, de Lower Grove Road, em Reading. Não, nunca vi esse rosto que você me mostra na fotografia. Seria difícil esquecer algo assim, senhor, porque nunca vi um tão feio. Se temos algum italiano trabalhando aqui? Sim, senhor, temos vários entre nossos funcionários e faxineiros. Creio que eles poderiam, sim, dar uma espiada naquele livro de vendas, se quisessem. Não há nenhuma razão particular para manter vigilância sob o livro. Bem, bem, é um negócio muito estranho, e espero que você me avise se sua investigação chegar a algum lugar.

Holmes havia feito várias anotações durante o depoimento do senhor Harding, e pude ver que ele estava totalmente satisfeito com a direção que as coisas estavam tomando. Ele não fez nenhum comentário, porém, exceto que, a menos que nos apressássemos, chegaríamos atrasados ao nosso encontro com Lestrade. E, realmente, quando chegamos à Baker Street, o detetive já estava lá, e nós o encontramos andando de um lado para o outro em uma impaciência febril. Seu ar de altivez mostrava que seu dia de trabalho não fora em vão.

– E então? – quis saber ele. – Você teve alguma sorte, senhor Holmes?

– Tivemos um dia bastante atarefado, e não inteiramente perdido – explicou meu amigo. – Vimos os dois varejistas e também os fabricantes atacadistas. Agora posso traçar a história dos bustos desde a origem.

– Os bustos! – exclamou Lestrade. – Bem, bem, você tem seus próprios métodos, senhor Sherlock Holmes, e não cabe a mim fazer oposição a eles, mas acho que tive um dia mais produtivo que o seu. Eu consegui identificar o morto.

– Ora, é mesmo?

– E descobri a motivação para o crime.

– Esplêndido!

– Temos um inspetor especializado em Saffron Hill e no Bairro Italiano. E, bem, o morto tinha uma espécie de emblema católico pendurado no pescoço, e isso, juntamente com sua cor, me fez pensar que ele era do Sul. O inspetor Hill o reconheceu assim que o viu. Chamava-se Pietro Venucci, de Nápoles, e era um dos maiores degoladores de Londres. Ele estava ligado à máfia, que, como o senhor sabe, é uma sociedade política secreta que impõe seus decretos por meio de assassinato. Agora o senhor vê, então, que o caso começa a ficar mais claro. O outro sujeito provavelmente também é italiano e membro da máfia. Deve ter violado as regras de alguma forma. Pietro estava no encalço dele. A fotografia que encontramos no seu bolso provavelmente é a do próprio homem, para que ele não esfaqueasse a pessoa errada. Deve ter perseguido o sujeito, viu-o entrar em uma casa, esperou por ele do lado de fora e, durante a briga, é ele quem sai mortalmente ferido. O que acha disso, senhor Sherlock Holmes?

Holmes bateu palmas em aprovação.

– Excelente, Lestrade, excelente! – exclamou ele. – Mas não acompanhei muito bem a sua explicação sobre por que os bustos foram destruídos.

– Os bustos! Esses bustos nunca saem da sua cabeça. Afinal de contas, isso não é nada; furto insignificante, pena de seis meses no máximo. É o assassinato que precisamos investigar de fato, e digo a você que estou juntando todos os fios em minhas mãos.

– E o próximo passo?

– É muito simples. Acompanharei Hill até o Bairro Italiano, encontrarei o homem retratado na fotografia que achamos, e o prenderei sob acusação de assassinato. Você se juntará a nós?

– Creio que não. Imagino que possamos atingir o nosso objetivo de uma forma muito mais simples. Não posso ter certeza, pois tudo depende... bem, tudo depende de um fator que está completamente fora de nosso controle. Mas tenho grandes esperanças... na verdade, as chances são exatamente de dois para um... de que, se você vier conosco esta noite, eu poderei ajudá-lo a algemar o culpado.

– No Bairro Italiano?

– Não, creio que seja mais provável encontrá-lo em Chiswick. Se você me acompanhar até lá esta noite, Lestrade, prometo ir ao Bairro Italiano com você amanhã, e um atraso de um dia não mudará muita coisa. Agora, porém, creio que algumas horas de sono fariam bem a todos nós, pois não quero partir antes das onze e é pouco provável que estejamos de volta antes de o dia raiar. Você jantará conosco, Lestrade, e depois pode repousar em nosso sofá até a hora de partirmos. Nesse ínterim, Watson, eu ficaria satisfeito se você pudesse chamar um mensageiro expresso, pois tenho que enviar uma carta e é importante que ela seja despachada o quanto antes.

Holmes passou a tarde remexendo em arquivos velhos de jornais diários com os quais um dos nossos quartos de despejo estava apinhado. Quando finalmente desceu, trazia uma expressão triunfante nos olhos, mas nada disse a nenhum de nós sobre o resultado de suas buscas. De minha parte, eu havia seguido passo a passo os métodos com os quais ele havia traçado os vários meandros desse caso complexo, e, embora ainda não fosse capaz de distinguir o objetivo que pretendíamos alcançar, compreendia claramente que Holmes esperava que aquele criminoso grotesco fosse atrás dos dois bustos remanescentes, um dos quais, eu me lembrava, estava em Chiswick. Sem dúvida o objetivo de nossa jornada era pegá-lo no flagra, e só me restava admirar a forma astuciosa com que meu amigo inserira uma pista falsa no jornal vespertino, para dar ao sujeito a ideia de que poderia dar seguimento ao seu esquema e permanecer impune. Não fiquei surpreso quando Holmes sugeriu que eu deveria levar meu revólver comigo. Ele mesmo pegara sua arma favorita, que era o chicote de caça carregado.

Às onze horas o veículo estava à nossa porta e nele seguimos até um ponto do outro lado da Ponte Hammersmith. Ali o cocheiro foi instruído a esperar. Uma curta caminhada nos conduziu a uma rua afastada e ladeada por casas agradáveis, cada uma em seu próprio terreno. À luz de um poste, lemos "Vila Laburnum" no pilar do portão de uma delas. Os moradores evidentemente haviam se retirado para dormir, pois tudo estava escuro, exceto pela bandeira que encimava a porta da frente, pela qual um único círculo difuso de luz incidia sobre o caminho do jardim. A cerca de madeira que separava o terreno da rua projetava uma densa sombra negra na parte interna, e foi ali que nos agachamos.

– Receio que teremos uma longa espera pela frente – sussurrou Holmes. – Devemos agradecer aos céus por não estar chovendo. Acho que não podemos nem nos aventurar a fumar para passar o tempo. Há, todavia, uma chance de dois para um de que receberemos algo para nos recompensar por nosso esforço.

Revelou-se, entretanto, que nossa vigília não duraria tanto quanto Holmes nos levara a temer, pois terminou de forma muito repentina e singular. De súbito, sem o menor ruído para nos alertar de sua chegada, o portão do jardim se abriu e uma figura ágil e escura, rápida e ativa como um macaco, apressou-se pelo caminho do jardim. Nós o vimos passar velozmente pela luz que incidia por sobre a porta e então desaparecer em meio à sombra escura da casa. Houve uma longa pausa, durante a qual prendemos a respiração, e então um rangido muito suave chegou aos nossos ouvidos. O barulho cessou e novamente fez-se um longo silêncio. Vimos o repentino clarão de uma lanterna no interior do cômodo. O que ele procurava certamente não estava lá, pois mais uma vez vimos o clarão através de outra cortina e depois de mais outra.

– Vamos para a janela aberta. Poderemos apanhá-lo assim que ele sair – sussurrou Lestrade.

Mas antes que pudéssemos nos mexer, o homem tornou a aparecer. Quando chegou ao facho de luz difuso, vimos que carregava algo branco debaixo do braço. Lançou um olhar furtivo para todos os lados. O silêncio da rua deserta o tranquilizou. Virando-se de costas para nós, pôs seu fardo no chão e, no instante seguinte, ouviu-se o som de uma batida forte, seguida por um estampido e um estrondo. O homem estava tão concentrado no que fazia que nem ouviu nossos passos enquanto atravessávamos o gramado. Como um tigre dando o bote, Holmes saltou sobre ele e, no instante seguinte, Lestrade e eu o segurávamos pelos pulsos e as algemas haviam sido fechadas. Quando o viramos, vi um rosto horrível e descorado, com as feições contorcidas e furiosas, lançando-nos um olhar furioso, e tive certeza de que havíamos capturado o homem da fotografia.

Mas não era ao nosso prisioneiro que Holmes estava dando atenção. Agachado na soleira da porta, ele examinava minuciosamente o que o homem pegara na casa. Era um busto de Napoleão, como aquele que tínhamos visto pela manhã e fora espatifado em fragmentos semelhantes. Cuidadosamente, Holmes segurou caco por caco contra a luz, mas nenhum deles diferia dos outros pedaços de gesso quebrado. Ele mal terminara sua análise quando as luzes do saguão se acenderam, a porta se abriu e o dono da casa, uma figura jovial e rotunda, vestindo camisa e calça, surgiu ali.

– Senhor Josiah Brown, imagino? – perguntou Holmes.

– Sim, senhor; e você, sem dúvida, é o senhor Sherlock Holmes, certo? Recebi o bilhete que o senhor enviou pelo mensageiro expresso e fiz exatamente o que me pediu. Trancamos todas as portas por dentro e aguardamos o desenrolar das coisas. Bem, estou muito satisfeito em ver que vocês apanharam o patife. Espero, cavalheiros, que entrem para tomar algum refresco.

Lestrade, no entanto, estava ansioso para levar o homem para um local seguro, então em instantes nosso veículo foi chamado e nós quatro estávamos a caminho de Londres. Nosso prisioneiro não disse uma palavra sequer, mas fitava-nos com fúria por entre a sombra de seu cabelo emaranhado, e uma vez, quando minha mão parecia estar ao seu alcance, tentou abocanhá-la como um lobo faminto. Ficamos na delegacia o tempo suficiente para descobrir que uma busca em suas roupas não revelou nada, exceto por alguns xelins e uma faca comprida, cujo cabo estava repleto de vestígios de sangue recente.

– Está tudo bem – declarou Lestrade ao nos despedirmos. – Hill conhece bem essa gentalha e saberá qual é o nome dele. Então vocês verão que a minha teoria da máfia se encaixará direitinho. Mas sem dúvida sinto-me extremamente grato a você, senhor Holmes, pela forma habilidosa com que pôs as mãos nele. Ainda não a compreendo muito bem.

– Temo que esteja muito tarde para explicações – disse Holmes. – Ademais, há um ou dois detalhes que ainda não foram totalmente esclarecidos, e é um daqueles casos em que vale a pena sondar até o fim. Se você comparecer aos meus aposentos mais uma vez amanhã às seis da tarde, creio que poderei lhe mostrar que ainda agora você não compreendeu todo o significado deste caso, que apresenta algumas características que o dotam de um aspecto absolutamente original na história do crime. Se algum dia eu permitir que você volte a narrar meus pequenos casos, Watson, prevejo que você vivificará suas páginas com um relato dessa singular aventura dos bustos napoleônicos.

Quando nos encontramos novamente na tarde seguinte, Lestrade estava repleto de informações sobre o nosso prisioneiro. O nome dele, ao que parecia, era Beppo, e o sobrenome era desconhecido. Era um vagabundo bastante conhecido entre a colônia italiana. Outrora havia sido um escultor habilidoso e ganhara a vida de forma honesta, mas tinha se desviado para o mau caminho e já fora preso duas vezes, uma vez por um pequeno furto, e outra, como já sabíamos, por esfaquear um conterrâneo. Falava inglês perfeitamente bem. Suas motivações para destruir os bustos ainda eram desconhecidas, e se recusou a responder a quaisquer perguntas a respeito do assunto, mas a polícia havia descoberto que esses mesmos bustos poderiam ter sido feitos pelas mãos dele, uma vez que que ele realizava este tipo de trabalho no estabelecimento de Gelder & Co. Holmes ouviu todas essas informações, muitas das quais já sabíamos, de forma educada e atenta, mas eu, que o conhecia tão bem, pude ver claramente que seus pensamentos estavam distantes dali, e detectei uma mistura de inquietação e expectativa sob a máscara que ele frequentemente assumia. Por fim, ele se sobressaltou na poltrona e seus olhos cintilaram. A campainha havia tocado. No minuto seguinte, ouvimos passos na escada, e um homem idoso de rosto corado e costeletas grisalhas apareceu na sala. Em sua mão direita, ele carregava uma maleta antiquada, que colocou sobre a mesa.

– O senhor Sherlock Holmes está aqui?

Meu amigo fez uma reverência e sorriu.

– Senhor Sandeford, de Reading, eu suponho? – perguntou Holmes.

– Sim, senhor. Receio estar um pouco atrasado, mas os trens me causaram problemas. Você me escreveu a respeito de um busto que está em minha posse.

– Exatamente.

– Estou com a sua carta aqui. O senhor disse: "Tenho interesse em possuir uma cópia do Napoleão de Devine e estou disposto a pagar dez libras pela que pertence a você." Isso é verdade?

– Certamente.

– Fiquei muito surpreso com a sua carta, pois não consegui imaginar como você poderia saber que eu estava em posse de tal coisa.

– Claro que você deve ter ficado surpreso, mas a explicação é muito simples. O senhor Harding, da Harding Brothers, contou-me que havia lhe vendido a última cópia e me passou seu endereço.

– Oh, foi isso, então? Ele disse a você quanto paguei pelo busto?

– Não, não disse.

– Ora, eu sou um homem honesto, embora não seja muito rico. Paguei apenas quinze xelins pelo busto e acho que você deveria saber disso antes que eu aceite as dez libras que me ofereceu.

– Certamente esse escrúpulo o torna honrado, senhor Sandeford. Mas foi esse o preço que ofereci, então pretendo mantê-lo.

– Bem, é muito gentil de sua parte, senhor Holmes. Eu trouxe o busto comigo, conforme você me pediu. Aqui está ele!

O homem abriu a maleta e, por fim, vislumbramos, disposto sobre a nossa mesa, um exemplar intacto daquele busto que já tínhamos visto mais de uma vez reduzido a estilhaços.

Holmes tirou um papel do bolso e colocou uma nota de dez libras sobre a mesa.

Você me faria a gentileza de assinar este papel, senhor Sandeford, na presença dessas testemunhas? Apenas para atestar que o senhor transfere para mim todos os direitos que um dia já teve sobre o busto. Sou um homem metódico, entende, e nunca há como saber o rumo que os eventos podem tomar posteriormente. Muito obrigado, senhor Sandeford. Aqui está o seu dinheiro. Espero que tenha uma boa noite.

Quando nosso visitante foi embora, toda a nossa atenção foi desviada para os movimentos de Sherlock Holmes. Primeiramente, ele pegou um pano branco e limpo em uma gaveta e o estendeu sobre a mesa. Em seguida, posicionou seu busto recém-adquirido no centro do pano. Por fim, pegou seu chicote de caça e desferiu um golpe forte contra o topo da cabeça de Napoleão. A estatueta se estilhaçou e Holmes se curvou ansiosamente sobre os cacos. No instante seguinte, com um alto grito de triunfo, ergueu um dos estilhaços, no qual um objeto redondo e escuro estava preso como uma ameixa em um pudim.

– Senhores! – exclamou ele. – Permitam-me apresentar a vocês a famosa pérola negra dos Bórgias!

Lestrade e eu ficamos sentados em silêncio por um momento e então, com um impulso espontâneo, nós dois irrompemos em aplausos, como no clímax de uma peça de teatro. Um rubor se espalhou pelas bochechas pálidas de Holmes, e ele se curvou para nós como um mestre dramaturgo ao receber a homenagem de seu público. Era em momentos como esse que, por um instante, ele deixava de ser uma máquina de raciocínio e revelava sua estima humana pela admiração e pelos aplausos. A mesma natureza singularmente orgulhosa e reservada que se afastava com desdém da notoriedade popular era capaz de ficar extremamente comovida pelo arrebatamento e o elogio de um amigo.

– Sim, cavalheiros – disse ele –, esta é a pérola mais famosa do mundo atualmente, e tive a grande sorte, por uma linha interligada de raciocínio intuitivo, de rastreá-la desde o quarto do príncipe de Colonna no Dacre Hotel, onde foi perdida, até o interior disto aqui, o último dos seis bustos de Napoleão fabricados pela Gelder & Co., em Stepney. Você há de se lembrar, Lestrade, da comoção suscitada pelo desaparecimento desta joia valiosa e dos esforços infrutíferos da polícia de Londres em recuperá-la. Eu mesmo fui consultado sobre o caso, mas não fui capaz de esclarecer nenhum ponto dele. A suspeita recaiu sobre a criada da princesa, que era italiana, e ficou provado que ela tinha um irmão em Londres, mas não conseguimos estabelecer qualquer ligação entre eles. O nome da criada era Lucretia Venucci, e não tenho dúvidas de que o tal Pietro assassinado duas noites atrás era o próprio irmão dela. Tenho procurado as datas nos arquivos dos jornais antigos, e descobri que a pérola desapareceu exatamente dois dias antes de Beppo ter sido preso por algum crime violento, um fato que ocorreu na fábrica Gelder & Co. no exato instante em que os bustos estavam sendo confeccionados. Agora você pode ver claramente a sequência de eventos, embora os veja, é claro, na ordem inversa da forma como eles se apresentaram a mim. Beppo estava em posse da pérola. Pode tê-la roubado de Pietro, ou pode ter sido cúmplice de Pietro, ou ainda o intermediário de Pietro e sua irmã. Para nós não faz muita diferença qual é a alternativa correta.

"O fato principal é que ele estava com a pérola e, naquele momento, enquanto a carregava consigo, foi perseguido pela polícia. Foi até a fábrica em que trabalhava, sabendo que tinha apenas alguns minutos para esconder aquele prêmio de valor inestimável, ou ele seria encontrado quando fosse revistado. Seis bustos de gesso de Napoleão estavam secando no interior da fábrica. Um deles ainda estava mole. Em um instante, Beppo, um trabalhador habilidoso, fez um furinho no gesso úmido, colocou a pérola ali e, com alguns toques, cobriu a abertura mais uma vez. Era um esconderijo admirável. Ninguém a encontraria ali. Porém, Beppo foi condenado a um ano de prisão e nesse ínterim os seis bustos foram espalhados por toda a Londres. Ele não sabia em qual deles estava o tesouro. Só descobriria se os quebrasse. Chacoalhar o busto não serviria de nada, pois, como o gesso estava molhado, era provável que a pérola tivesse aderido a ele, como de fato aconteceu. Beppo não se desesperou e conduziu uma investigação com considerável engenhosidade e perseverança. Por meio de um primo que trabalhava na Gelder, ele descobriu as firmas de varejo que haviam comprado os bustos. Conseguiu arranjar um emprego com Morse Hudson, e desse modo rastreou três deles. A pérola não estava lá. Então, com a ajuda de um funcionário italiano, conseguiu descobrir o paradeiro dos três bustos remanescentes. O primeiro estava na casa de Harker. O homem foi seguido até lá por seu cúmplice, que o culpava pelo desaparecimento da pérola, e Beppo o esfaqueou na briga que se seguiu."

– Se o homem era cúmplice de Beppo, por que este carregava a fotografia dele? –perguntei.

– Como uma forma de localizá-lo, caso precisasse perguntar sobre ele a alguma pessoa. Essa era a razão óbvia. Bem, imaginei que, depois do assassinato, Beppo provavelmente apressaria seus movimentos em vez de atrasá-los. Ficaria receoso de que a polícia descobrisse seu segredo, e por isso passou a agir às pressas antes que o pegassem. É claro que eu não poderia ter certeza de que ele não tinha encontrado a pérola no busto de Harker. Na verdade, eu nem mesmo tinha definido que se tratava mesmo da pérola, mas era evidente para mim que ele estava à procura de alguma coisa, pois passou por várias casas enquanto carregava o busto para quebrá-lo no jardim sobre o qual o poste da rua incidia. Como o busto de Harker era o primeiro de três, as chances eram exatamente as que eu disse a vocês, dois para um de que a pérola não estivesse dentro dele. Restavam dois bustos, e era óbvio que ele seguiria primeiro para o que estava em Londres. Alertei os moradores da casa, a fim de evitar uma segunda tragédia, e nós fomos até lá, onde obtivemos resultados satisfatórios. Àquela altura, é claro, eu tinha certeza de que era a pérola dos Bórgias que estávamos procurando. O nome do homem assassinado ligava um evento ao outro. Restava apenas um busto, o de Reading, e a pérola tinha de estar nele. Os senhores estavam presentes quando eu o comprei do antigo proprietário, e aí está ele.

Ficamos em silêncio por um momento.

– Bem – disse Lestrade. – Eu já o vi lidar com uma porção de casos, senhor Holmes, mas não me lembro de já tê-lo visto desvendar algum deles de forma mais engenhosa do que este. Não temos inveja de você na Scotland Yard. Não mesmo, senhor. Temos é orgulho, e se o senhor aparecer por lá amanhã, não haverá um homem, desde o mais velho dos inspetores até o mais jovem policial, que não ficará satisfeito em cumprimentá-lo.

– Muito obrigado! – agradeceu Holmes. – Obrigado! – E, quando se virou, tive a impressão de que ele estava comovido pelas suaves emoções humanas de um modo que eu nunca vira antes. No instante seguinte, voltara a ser o pensador frio e prático. – Guarde a pérola no cofre, Watson – instruiu ele –, e pegue os papéis do caso da falsificação de Conk-Singleton. Adeus, Lestrade. Se algum probleminha surgir em seu caminho, ficarei feliz em lhe dar, se puder, uma ou duas dicas sobre a solução.

Capítulo 9

• A AVENTURA DOS TRÊS ESTUDANTES •

TRADUÇÃO: GABRIELA PERES GOMES

Foi no ano de 1895 que uma sequência de eventos, os quais não preciso especificar, fez com que o senhor Sherlock Holmes e eu passássemos algumas semanas em uma de nossas grandiosas cidades universitárias, e foi nessa época que a pequena, ainda que instrutiva, aventura que estou prestes a relatar se abateu sobre nós. Ficará evidente que revelar quaisquer detalhes que pudessem ajudar o leitor a identificar a faculdade ou o criminoso seria imprudente e ofensivo. Um escândalo tão penoso quanto este deveria muito bem ser esquecido. Com a devida discrição, no entanto, é possível que o incidente em si seja relatado, visto que serve para ilustrar algumas daquelas qualidades pelas quais meu amigo é notável. Em meu relato, me esforçarei para deixar de fora termos que poderiam limitar os eventos a qualquer lugar específico, ou fornecer uma pista quanto às pessoas envolvidas.

Na época, estávamos morando em aposentos mobiliados perto de uma biblioteca onde Sherlock Holmes estava empreendendo pesquisas trabalhosas sobre cartas régias inglesas antigas, pesquisas estas que levaram a resultados tão impressionantes que podem vir a ser o tema de uma de minhas futuras narrativas. Foi ali que, certa tarde, recebemos a visita de um conhecido, o senhor Hilton Soames, tutor e professor do College of St. Luke's. O senhor Soames era um homem alto e esguio, de temperamento nervoso e irascível. Eu sempre soubera que ele tinha modos inquietos, porém, nessa ocasião em particular, o homem estava em tal estado de agitação frenética que ficou evidente que algo muito inusitado havia acontecido.

– Eu espero, senhor Holmes, que você possa me reservar algumas horas de seu tempo valioso. Tivemos um incidente muito doloroso em St. Luke's, e de fato, não fosse pelo feliz acaso de você estar na cidade, eu não saberia o que fazer.

– Eu estou muito ocupado agora e não desejo distrações – respondeu meu amigo. – Seria muito melhor para mim se o senhor pedisse a ajuda da polícia.

– Não, não, meu caro senhor. Tal curso é totalmente impossível. Quando a lei é invocada, não pode mais ser dispensada, e este é apenas um daqueles casos em que, visando à reputação da faculdade, evitar o escândalo é fundamental. A sua discrição é tão conhecida quanto seus talentos, e você é a única pessoa no mundo que pode me ajudar. Eu lhe imploro, senhor Holmes, que faça o que puder.

O temperamento de meu amigo não melhorara desde que ele havia sido privado do ambiente agradável em Baker Street. Sem seus livros de recortes, seus produtos químicos e sua desordem doméstica, ele não se sentia confortável. Ele encolheu os ombros em uma aquiescência indelicada, enquanto nosso visitante, com palavras apressadas e gesticulações em excesso, contava sua história.

– Devo explicar-lhe, senhor Holmes, que amanhã é o primeiro dia das provas para a Bolsa Fortescue. Eu sou um dos examinadores. Minha disciplina é o grego, e a primeira das provas consiste na tradução de um grande trecho em grego que os candidatos nunca tenham visto. Esse trecho estará impresso na folha da prova e, naturalmente, seria uma grande vantagem para o candidato se pudesse preparar a tradução com antecedência. Por esse motivo, toma-se muito cuidado para manter o conteúdo do papel em segredo.

"Hoje, por volta das três horas, as provas tipográficas contendo o trecho chegaram da gráfica. O exercício consiste em traduzir meio capítulo de Tucídides. Tive de ler a prova com atenção, pois o texto precisa estar absolutamente correto. Às quatro e meia, ainda não tinha concluído a minha tarefa. Porém, como eu tinha prometido que tomaria chá com um amigo em seus aposentos, deixei a prova sobre a minha mesa. Ausentei-me por mais de uma hora.

"Como sabe, senhor Holmes, as portas de nossa faculdade são duplas; uma de baeta verde por dentro e uma pesada de carvalho por fora. Ao me aproximar de minha porta externa, fiquei assombrado ao ver que havia uma chave nela. Por um instante pensei que pudesse tê-la esquecido ali, porém, ao apalpar meu bolso, percebi que a minha estava lá. A única duplicata que existia, até onde eu sabia, era a que estava em posse de meu criado Bannister, um homem que cuida dos meus aposentos há dez anos e cuja honestidade está acima de absolutamente qualquer suspeita. Descobri que a chave era realmente a dele, que entrara em meus aposentos para saber se eu queria chá e então, muito descuidadamente, esquecera a chave na porta ao se retirar. Sua visita aos meus aposentos deve ter acontecido poucos minutos depois que saí. O fato de ele ter esquecido a chave pouco teria importado em qualquer outra ocasião, mas neste dia desencadeou as mais deploráveis conseqüências.

"Assim que olhei para a minha escrivaninha, percebi que alguém havia remexido em meus papéis. A prova tipográfica consistia em três tiras compridas, e eu havia as deixado juntas. Naquele momento, descobria que uma delas estava caída no chão, uma estava na mesinha perto da janela e a terceira repousava onde eu a havia deixado."

Holmes se mexeu pela primeira vez.

– A primeira página no chão, a segunda na janela e a terceira onde você a deixara – disse ele.

– Exatamente, senhor Holmes. O senhor me impressiona. Como você poderia saber disso?

– Por favor, continue seu relato interessantíssimo.

– Por um instante, cogitei que Bannister tivesse tomado a liberdade imperdoável de examinar meus papéis. Ele negou, no entanto, com a maior sinceridade, e estou certo de que falou a verdade. A alternativa era que alguém que estava de passagem por ali tivesse notado a chave na porta e, sabendo que eu me ausentara, tivesse entrado para olhar os papéis. Uma grande soma de dinheiro está em jogo, pois a bolsa de estudos é muito valiosa, e uma pessoa inescrupulosa poderia muito bem se arriscar a fim de obter uma vantagem sobre os companheiros.

"Bannister ficou muito chateado com o ocorrido. Quase desmaiou quando descobrimos que os papéis sem dúvida haviam sido remexidos. Dei-lhe um pouco de conhaque e o deixei estirado em uma cadeira, enquanto analisava a sala cuidadosamente. Logo percebi que, além dos papéis amassados, o intruso deixara outros vestígios de sua presença. Sobre a mesinha perto da janela havia várias aparas de lápis que fora apontado. Também havia uma ponta quebrada de grafite no mesmo local. Evidentemente, o patife copiara a prova com muita pressa, quebrara a ponta do lápis e se vira obrigado a apontá-lo."

– Excelente! – exclamou Holmes, que recuperava o bom humor à medida que sua atenção era mais desviada para o caso. – A sorte tem estado ao seu lado.

– E não para por aí. Tenho uma escrivaninha nova com um tampo de couro vermelho refinado. Estou disposto a jurar, assim como Bannister, que ele estava liso e impecável. Agora, porém, há nele um corte nítido com cerca de sete centímetros de comprimento; não um simples arranhão, e sim um corte profundo. Não só isso, mas na mesa encontrei uma bolinha de massa ou argila preta, pontilhada com algo que parece serragem, e estou convencido de que esses traços foram deixados pelo homem que vasculhou os papéis. Não havia pegadas nem qualquer outra evidência que pudesse revelar sua identidade. Eu não sabia mais o que fazer e então, de repente, ocorreu-me o pensamento feliz de que o senhor estava na cidade, e logo tratei de vir para deixar o assunto a seu encargo. Ajude-me, senhor Holmes. Você está vendo o meu dilema. Ou eu encontro o homem, ou a prova deverá ser adiada até que os novos exames sejam preparados e, como isso não pode ser feito sem uma explicação, haverá um escândalo horrendo, que fará com que uma nuvem escura paire não apenas sobre a faculdade, como também sobre a universidade. Acima de tudo, desejo resolver a questão de forma silenciosa e discreta.

– Será um prazer investigar o assunto e aconselhá-lo como puder – declarou Holmes, levantando-se e vestindo seu sobretudo. – O caso não é totalmente desprovido de interesse. Alguém o visitou em seus aposentos depois que os papéis chegaram?

– Sim, o jovem Daulat Ras, um estudante indiano que mora no mesmo alojamento, veio me perguntar alguns detalhes relacionados à prova.

– E ele adentrou seus aposentos ao fazer isso?

– Sim.

– E os papéis que estavam na sua mesa?

– Até onde sei, eles estavam enrolados.

– Mas poderiam ter sido reconhecidos como provas tipográficas?

– É possível, sim.

– Mais alguém entrou no cômodo?

– Não.

– Alguém sabia que as provas estavam lá?

– Ninguém, apenas o funcionário da gráfica.

– Esse tal de Bannister sabia?

– Não, certamente não. Ninguém sabia.

– Onde está Bannister agora?

— Ele estava muito mal, coitado! Eu o deixei estirado na cadeira. Eu queria vir ao seu encontro o quanto antes.

— Você deixou a porta aberta?

— Eu tranquei os papéis antes de sair.

— Então, senhor Soames, aconteceu o seguinte: a menos que o estudante indiano tenha reconhecido os papéis enrolados como sendo provas tipográficas, o homem que os revirou topou com eles acidentalmente, sem saber que estavam lá.

— É o que me parece.

Holmes abriu um sorriso enigmático.

— Bem – disse ele –, vamos até lá. Não é um dos seus casos, Watson. É mental, não físico. Pois bem, venha se quiser. Agora, senhor Soames, estou à sua disposição!

A sala de estar de nosso cliente tinha uma janela comprida e baixa de treliça que dava para o velho pátio revestido de líquen da antiga faculdade. Uma porta em arco gótico levava a uma escada de pedra gasta. No andar térreo ficavam os aposentos do tutor. Acima residiam três alunos, um em cada andar. O crepúsculo já despontava quando chegamos à cena de nosso problema. Holmes parou e fitou a janela fixamente. Então, aproximou-se e, na ponta dos pés e com o pescoço esticado, olhou para o interior do cômodo.

— Ele deve ter entrado pela porta. Não há nenhuma abertura, exceto esta vidraça aqui – declarou nosso guia experiente.

— Por Deus! – exclamou Holmes, e sorriu de forma peculiar ao fitar nosso companheiro. – Bem, se não há nada para ser descoberto aqui, é melhor entrarmos.

O professor destrancou a porta externa e nos conduziu para seus aposentos. Ficamos parados na entrada enquanto Holmes analisava o tapete.

— Receio que não haja nenhum sinal aqui – declarou ele. – Dificilmente poderíamos esperar algo do tipo em um dia tão seco. Seu criado parece ter se recuperado totalmente. O senhor o deixou em uma cadeira, pelo que disse. Qual cadeira?

– Aquela ali perto da janela.

– Compreendo. Perto daquela mesinha. Vocês podem entrar agora. Já terminei de analisar o tapete. Vamos dar uma olhada na mesinha agora. Ah, sim, o que aconteceu está muito claro. O homem entrou e pegou os papéis, folha por folha, na mesa do centro. Ele os carregou até a mesinha perto da janela, porque dali poderia ver se o senhor estava cruzando o pátio, de modo a escapar.

– Na verdade, ele não poderia – respondeu Soames –, pois entrei pela porta lateral.

– Ah, isso é bom! Bem, de todo modo, isso estava na mente dele. Deixe-me ver as três tiras. Nenhuma impressão digital, nenhuma mesmo! Bem, ele levou esta aqui primeiro e a copiou. Quanto tempo ele levaria para fazer isso, usando todas as abreviações possíveis? Uns quinze minutos, não menos que isso. Então ele a jogou no chão e apanhou a segunda. Estava no meio dela quando o seu retorno o instou a bater em retirada... uma retirada muito apressada, pois não teve tempo de recolocar os papéis no lugar, o que deixava evidente que ele estivera aqui. O senhor não escutou nenhum barulho de pés apressados na escada quando entrou pela porta externa?

– Não, não posso dizer que escutei.

– Bem, ele escreveu com tanta afobação que quebrou a ponta do lápis e teve, como o senhor observou, de apontá-lo novamente. Isso é interessante, Watson. Não era um lápis comum. Tinha um tamanho maior do que o normal, com ponta macia; a cor externa era azul-escuro, o nome do fabricante estava impresso em letras prateadas e o pedaço que sobrou tinha apenas cerca de quatro centímetros de comprimento. Procure esse lápis, senhor Soares, e encontrará o seu homem. Quando acrescento que ele possui uma faca grande e muito desafiada, o senhor terá uma ajuda adicional.

O senhor Soames ficou um tanto sobrecarregado com essa enxurrada de informações.

— Consigo acompanhar o raciocínio de algumas partes — declarou ele —, mas realmente essa questão do comprimento...

Holmes estendeu uma pequena apara com as letras NN e um espaço de madeira vazio depois delas.

— Está vendo?

— Não, receio que não, mesmo agora...

— Watson, eu sempre lhe fiz uma injustiça. Há outros. O que poderiam ser estes NN? Estão no fim de uma palavra. O senhor está ciente de que Johann Faber é o nome do fabricante mais conhecido. Não fica evidente que sobrou o pedaço do lápis que geralmente vem depois de Johann? — Ele segurou a mesinha de canto e a virou em direção à luz elétrica. — Eu esperava que, se o papel em que ele escreveu fosse fino, algum traço da escrita pudesse aparecer neste tampo polido. Não, não há nada aqui. Não acho que haja mais nada a ver neste ponto. Agora, vamos à mesa do centro. Esta bolinha é, presumo, a massa preta e pastosa que o senhor mencionou. De formato aproximadamente piramidal e oca, posso ver. Como o senhor disse, parece estar pontilhada por partículas de serragem. Por Deus, isso é muito interessante. E o corte, um rasgo profundo, pelo que vejo. Começou com um arranhão fino e terminou em um buraco irregular. Sou muito grato ao senhor por ter direcionado a minha atenção para este caso, senhor Soames. Para onde esta porta leva?

— Para o meu quarto.

— O senhor esteve nele desde a sua aventura?

— Não, fui imediatamente ao seu encontro.

— Eu gostaria de dar uma olhada. Ora, que quarto aconchegante este, decorado à moda antiga! Se puderem esperar um minuto enquanto eu examino o chão... Não, não vejo nada. E essa cortina? O senhor pendura suas roupas atrás dela. Se alguém fosse obrigado a se esconder neste quarto, teria de ficar ali, pois a cama é muito baixa e o guarda-roupa não é muito profundo. Não tem ninguém ali atrás, presumo?

Quando Holmes puxou a cortina, percebi, por uma certa rigidez e alerta em seus modos, que ele estava preparado para uma emergência.

Na verdade, a cortina revelou apenas três ou quatro roupas penduradas em uma fileira de ganchos. Holmes se virou e se abaixou de súbito até o chão.

– Ora, ora! O que é isto? – perguntou.

Era uma pequena pirâmide de massa preta, semelhante a mástique, exatamente como aquela que estava sobre a mesa do outro cômodo. Holmes a estendeu na palma da mão aberta sob o brilho da luz elétrica.

– Seu visitante parece ter deixado vestígios em seu quarto, bem como em sua sala de estar, senhor Soames.

– O que ele poderia querer aqui?

– Creio que é bastante evidente. O senhor voltou por um trajeto inesperado, então ele não teve nenhum aviso até que o viu na porta. O que ele poderia fazer? Pegou tudo o que trairia a sua presença e correu para se esconder no quarto.

– Meu bom Deus! senhor Holmes, está querendo me dizer que, durante todo o tempo em que estive conversando com Bannister na sala, fizemos o homem de prisioneiro, sem que ao menos tivéssemos ciência disso?

– É o que me parece.

– Certamente deve haver outra explicação, senhor Holmes. O senhor chegou a analisar a janela do meu quarto?

– Vidraça em treliça, moldura de chumbo, três janelas separadas, uma que se abre na dobradiça e grande o suficiente para permitir a passagem de um homem.

– Exatamente. E está voltada para um ângulo do pátio, de modo que é parcialmente invisível. O homem pode ter entrado por ela, deixado vestígios ao passar pelo quarto e, finalmente, vendo que a porta estava aberta, escapado por ali.

Holmes meneou a cabeça com impaciência.

– Sejamos práticos – disse ele. – Pelo que pude entender, o senhor disse que há três estudantes que usam essa escada e costumam passar em frente à sua porta, não é?

– Sim, é isso mesmo.

– E eles estão todos inscritos para a prova de bolsa?

– Estão.

– O senhor tem algum motivo para suspeitar mais de algum deles do que dos outros?

Soames hesitou.

– É uma questão muito delicada – declarou ele. – Não gosto de levantar suspeitas sem que haja provas.

– Conte-nos as suspeitas. Eu me encarregarei de encontrar as provas.

– Descreverei, então, em poucas palavras, o caráter dos três homens que residem nesses aposentos. No andar mais baixo mora Gilchrist, um excelente aluno e atleta, que joga no time de rúgbi e no de críquete da faculdade, e recebeu honrarias por seu desempenho em corridas com barreiras e salto a distância. Ele é um sujeito bem-apessoado e viril. Seu pai era o notório Sir Jabez Gilchrist, que se arruinou no turfe. Meu aluno ficou em uma situação de extrema pobreza, mas é trabalhador e esforçado. Ele se sairá bem.

"No segundo andar reside Daulat Ras, o indiano. É um sujeito quieto e inescrutável, como a maioria dos indianos. Ele é competente no que faz, embora grego seja a disciplina em que se sai pior. Ele é firme e metódico.

"O último andar é ocupado por Miles McLaren. É um sujeito brilhante quando decide estudar, uma das mentes mais geniais da universidade. Mas é rebelde, instável e inescrupuloso. Ele quase foi expulso por causa de um escândalo de carteado em seu primeiro ano. Passou o semestre todo entregue ao ócio, e deve estar apavorado com a chegada da prova de bolsa."

– Então é dele que o senhor suspeita?

– Não me atrevo a ir tão longe assim. Porém, entre os três, talvez seja o menos improvável.

– Exatamente. Agora, senhor Soames, vamos dar uma olhada em Bannister, o seu criado.

Ele era um sujeito de cinquenta anos, pálido, com a barba aparada e cabelos grisalhos. Ainda estava abalado com aquela súbita perturbação em sua tranquila rotina diária. O rosto rechonchudo estremecia com seu nervosismo e os dedos não paravam de se mexer.

– Estamos investigando aquele lamentável problema, Bannister – disse-lhe o patrão.

– Sim, senhor.

– Pelo que entendi – disse Holmes –, você deixou a chave na porta?

– Sim, senhor.

– Não foi muito extraordinário que você tenha feito isso exatamente no mesmo dia em que esses papéis estavam aqui dentro?

– Foi muito lamentável, senhor. Mas já cometi esse mesmo deslize em outras ocasiões.

– Quando você entrou nos aposentos?

– Eram cerca de quatro e meia. É o horário que o senhor Soames costuma tomar chá.

– Quanto tempo permaneceu?

– Quando vi que ele não estava, retirei-me imediatamente.

– Você notou os papéis que estavam em cima da mesa?

– Não, senhor, certamente não.

– Como foi que deixou a chave na porta?

– Eu estava segurando a bandeja de chá. Pensei em voltar depois para pegar a chave, mas acabei esquecendo.

– A porta externa tem uma fechadura de mola?

– Não, senhor.

– Então a porta ficou aberta durante todo esse tempo?

– Sim, senhor.

– Qualquer um que pudesse estar nos aposentos teria conseguido sair?

– Sim, senhor.

– Quando o senhor Soames voltou e o chamou, você ficou muito perturbado?

– Sim, senhor. Nunca tinha acontecido algo assim durante todos os anos em que estou aqui. Eu quase desmaiei, senhor.

– Foi o que soube. Onde você estava quando começou a passar mal?

– Onde eu estava, senhor? Ora, aqui mesmo, perto da porta.

– Isso é curioso, visto que você foi se sentar naquela cadeira ali à frente, perto do canto. Por que passou direto por essas outras cadeiras?

– Eu não sei, senhor. Não estava me importando com o local em que me sentaria.

– Eu realmente não acredito que ele estivesse se atentando a isso, senhor Holmes. Ele parecia muito mal, estava com uma aparência pavorosa.

– Você permaneceu aqui quando seu patrão saiu?

– Só por um minuto ou mais. Então tranquei a porta e fui para o meu quarto.

– Você suspeita de quem?

– Oh, eu não ousaria dizer, senhor. Eu não acredito que haja nesta universidade algum cavalheiro disposto a se beneficiar com esse tipo de ação. Não, senhor, não quero acreditar nisso.

– Obrigado, isso basta – disse Holmes. – Ah, mais uma coisa. Você mencionou para algum dos três cavalheiros para quem trabalha que aconteceu alguma coisa?

– Não, senhor. Nem uma palavra.

– Você viu algum deles?

– Não, senhor.

– Muito bem. Agora, senhor Soames, vamos dar um passeio pelo pátio, se o senhor concordar.

Três quadrados amarelos de luz brilhavam acima de nós na escuridão cada vez mais presente.

– Seus três pássaros estão todos em seus ninhos – observou Holmes, olhando para cima. – Ora, ora! O que é aquilo? Um deles parece bastante inquieto.

Era o indiano, cuja silhueta escura apareceu de súbito contra a cortina. Ele estava andando rapidamente de um lado para o outro em seus aposentos.

– Eu gostaria de dar uma olhada em cada um deles – disse Holmes. – É possível?

– Com toda a certeza – respondeu Soames. – Este alojamento é o mais antigo da faculdade e não é incomum que visitantes passem por eles. Venham comigo e eu os conduzirei pessoalmente.

– Não diga nossos nomes, por favor! – pediu Holmes quando batemos à porta de Gilchrist. Um rapaz alto, esbelto e de cabelos louros abriu a porta e nos deixou entrar quando entendeu qual era a nossa intenção. Havia alguns entalhes realmente curiosos da arquitetura doméstica medieval no interior da habitação. Holmes ficou tão encantado com um deles que insistiu em desenhá-lo em seu bloco e, depois de quebrar a ponta do lápis, teve de pedir um emprestado ao nosso anfitrião, e por fim pediu uma faca para apontar o seu próprio.

O mesmo acidente curioso lhe ocorreu nos aposentos do indiano, um sujeito silencioso, baixinho e com nariz adunco, que nos fitou de soslaio e pareceu muito contente quando os estudos arquitetônicos de Holmes chegaram ao fim. Não consegui perceber se em qualquer um dos casos Holmes havia encontrado a pista que procurava. Apenas nossa terceira visita foi frustrada. A porta externa não se abriu à nossa batida, e nada mais substancial do que uma torrente de palavrões veio de trás dela.

– Não me interessa saber quem está aí. Que vão para o inferno! – esbravejou a voz irada. – Amanhã é a prova e ninguém vai me tirar daqui!

– Um sujeito indelicado – disse nosso guia, ficando vermelho de raiva enquanto descíamos as escadas. – Ele não percebeu, é claro, que era eu quem estava à porta, mas mesmo assim a sua conduta foi muito grosseira, e de fato, nas atuais circunstâncias, bastante suspeita.

A resposta de Holmes foi curiosa:

– Você saberia me dizer a altura exata dele? – perguntou.

— Ora, senhor Holmes, eu realmente não saberia dizer ao certo. Ele é mais alto que o indiano, mas não tão alto quanto Gilchrist. Suponho que tenha mais ou menos um metro e setenta.

— Isso é muito importante — declarou Holmes. — E agora, senhor Soames, desejo-lhe uma boa noite.

Nosso guia soltou uma exclamação alta de espanto e consternação.

— Por Deus, senhor Holmes! Não me diga que vai embora assim, tão abruptamente! Você não parece ter compreendido a gravidade da situação. A prova de bolsa é amanhã. Preciso tomar alguma atitude definitiva esta noite. Não posso permitir que a prova seja realizada se um dos papéis foi copiado. Devo enfrentar a situação.

— O senhor deve deixar as coisas como estão. Voltarei para cá amanhã bem cedo e conversaremos sobre o assunto. É possível que até lá eu esteja em condições de lhe sugerir alguma linha de ação. Enquanto isso, não faça nada... absolutamente nada.

— Tudo bem, senhor Holmes.

— Pode tranquilizar a sua mente. Com certeza encontraremos uma saída para os seus problemas. Vou levar a argila preta comigo, e também as aparas de lápis. Até logo.

Quando estávamos na escuridão do pátio, olhamos novamente para as janelas. O indiano ainda andava de um lado para o outro em seus aposentos. Os outros não estavam à vista.

— Bem, Watson, quais são suas opiniões sobre tudo isso? — perguntou Holmes ao sairmos para a rua principal. — Quase um joguinho de salão, uma espécie de truque de três cartas, não acha? Ali estão os nossos três homens. Tem de ser um deles. Faça a sua escolha. Qual é o seu?

— O sujeito sem educação do último andar. Ele é quem tem o pior histórico. Ainda assim, aquele indiano também pareceu um sujeito matreiro. Por que ele ficaria andando de um lado para o outro em seus aposentos o tempo todo?

— Não há nada demais nisso. É o que muitas pessoas fazem quando estão tentando aprender alguma coisa de cor.

– Ele nos olhou de um jeito estranho.

– Você faria o mesmo se um bando de estranhos fosse até a sua casa quando estivesse se preparando para uma prova no dia seguinte e cada minuto fosse valioso. Não, não vejo nada de estranho nisso. Lápis e facas também, tudo foi satisfatório. Mas aquele sujeito realmente me deixa intrigado.

– Quem?

– Ora, Bannister, o criado. Qual é a jogada dele?

– Ele me pareceu um homem perfeitamente honesto.

– A mim também. Essa é a parte que me intriga. Por que um sujeito perfeitamente honesto... bem, bem, aqui está uma grande papelaria. Devemos começar as nossas investigações por aqui.

Havia apenas quatro papelarias dignas de nota na cidade, e em cada uma delas Holmes mostrou suas aparas de lápis e ofereceu uma boa quantia por um exemplar igual àquele. Todos disseram que seria possível encomendar um, mas que aquele não era o tamanho usual do lápis e que raramente o tinham em estoque. Meu amigo não pareceu abalado por seu fracasso, mas encolheu os ombros em uma resignação quase cômica.

– As coisas não estão nada boas, meu caro Watson. Esta, que era a melhor pista, e a única conclusiva, não deu em nada. Porém, na verdade, estou quase certo de que conseguiremos pensar em uma solução suficiente mesmo sem ela. Por Deus! Meu caro amigo, são quase nove horas e a senhoria balbuciou algo sobre ervilhas verdes às sete e meia. Com seu fumo eterno, Watson, e sua irregularidade às refeições, sinto que a qualquer momento você será despejado e eu compartilharei de sua ruína. Não antes, no entanto, que tenhamos resolvido o problema do professor nervoso, do criado descuidado e dos três estudantes aplicados.

Holmes não fez mais nenhuma alusão ao caso naquele dia, embora tenha passado um longo período absorto em pensamentos depois de nosso jantar tardio. Às oito da manhã, ele entrou no meu quarto assim que eu havia terminado de me assear.

— Bem, Watson — disse ele. — Está na hora de irmos até o St. Luke's. Você consegue pular o café da manhã?

— Certamente.

— Soames ficará em uma inquietação terrível até que possamos lhe dizer algo de positivo.

— E você tem algo de positivo para dizer a ele?

— Creio que sim.

— Você chegou a alguma conclusão?

— Sim, meu caro Watson. Eu resolvi o mistério.

— Mas com base em que evidências?

— Ah! Não foi à toa que saí da cama prematuramente às seis da manhã. Eu trabalhei arduamente por duas horas e percorri pelo menos oito quilômetros, mas rendeu frutos. Veja isto aqui!

Ele estendeu a mão e, em sua palma, havia três pequenas pirâmides de argila preta e pastosa.

— Ora, Holmes, só havia duas ontem.

— E mais uma esta manhã. Seria certamente lógico argumentar que, independentemente de onde tenha vindo a número 3, é de lá que as de número 1 e 2 também vieram. Não acha, Watson? Bem, venha comigo para tirarmos nosso amigo Soames de sua aflição.

O infeliz professor certamente estava em um estado lamentável de agitação quando o encontramos em seus aposentos. A prova de bolsa começaria dali a algumas horas, e ele ainda enfrentava um dilema; não sabia se deveria levar os fatos ao conhecimento do público ou permitir que o culpado competisse pela valiosa bolsa de estudos. Ele mal conseguia ficar parado, tamanha era a sua agitação mental, e correu em direção a Holmes com as duas mãos estendidas de forma sequiosa.

— Graças a Deus que o senhor está aqui! Temi que tivesse desistido do caso. O que eu devo fazer? A prova deve ser realizada?

— Sim, deixe que continue normalmente, com certeza.

— Mas e quanto ao patife?

— Ele não participará.

— Você descobriu quem é?

— Creio que sim. Para que este assunto não seja levado ao conhecimento do público, devemos nos conceder certos poderes, e resolver a questão por nós mesmos em uma pequena corte marcial particular. Posicione-se ali, por favor, Soames! Watson, venha cá! Eu ficarei com a poltrona do meio. Acho que agora estamos imponentes o bastante para incutir o terror em um coração culpado. Toque a sineta, por favor!

Bannister entrou e se encolheu, evidentemente surpreso e aterrorizado diante do tribunal que havíamos formado.

— Faça a gentileza de fechar a porta — disse Holmes. — Agora, Bannister, pode por favor nos contar a verdade sobre o incidente de ontem?

O homem ficou pálido até a raiz dos cabelos.

— Eu lhe contei tudo, senhor.

— Não tem nada a acrescentar?

— Absolutamente nada, senhor.

— Bem, sendo assim, eu devo lhe fornecer algumas sugestões. Quando você se sentou naquela cadeira ontem, fez isso para esconder algum objeto que revelaria a identidade de quem estivera no cômodo?

O semblante de Bannister ficou lívido.

— Não, senhor, certamente que não.

— Foi apenas uma sugestão — disse Holmes, suavemente. — Serei franco em admitir que não tenho como provar isso. Mas parece bastante provável, visto que, no momento em que o senhor Soames lhe virou as costas, você libertou o homem que estava escondido naquele quarto.

Bannister umedeceu os lábios secos.

— Não havia homem nenhum, senhor.

— Ah, que pena, Bannister. Até agora você poderia estar dizendo a verdade, mas agora eu sei que está mentindo.

O semblante do homem se contraiu em uma expressão de desafio taciturno.

– Não havia homem nenhum, senhor.

– Ora, deixe disso, Bannister!

– Não, senhor, não havia ninguém.

– Nesse caso, você não pode nos dar mais informações. Poderia, por gentileza, permanecer neste cômodo? Fique ali perto da porta do quarto. Agora, Soames, vou lhe pedir que faça a gentileza de subir até o quarto do jovem Gilchrist e pedir-lhe que venha para cá.

O professor voltou um instante depois, trazendo o estudante consigo. Ele era um belo espécime de homem, alto, ágil e esbelto, com um andar maleável e um semblante agradável e franco. Seus preocupados olhos azuis fitaram cada um de nós e enfim recaíram, com uma expressão totalmente espantada, sobre Bannister, que estava no canto mais distante.

– Feche a porta – pediu Holmes. – Agora, senhor Gilchrist, estamos sozinhos aqui, e ninguém precisará saber uma palavra do que acontecer entre nós. Podemos ser perfeitamente francos um com o outro. Queremos saber, senhor Gilchrist, como você, um homem honrado, foi capaz de cometer uma ação como aquela de ontem?

O jovem infeliz cambaleou para trás e lançou um olhar carregado de horror e censura para Bannister.

– Não, não, senhor Gilchrist. Eu não disse uma palavra, senhor. Nenhuma palavra sequer! – gritou o criado.

– De fato, mas agora disse – declarou Holmes. – Agora, o senhor deve ter percebido que, depois das palavras de Bannister, encontra-se em uma situação irremediável e que sua única chance é fazer uma confissão franca.

Por um momento, Gilchrist, com a mão erguida, tentou controlar suas feições contorcidas. Então, no instante seguinte, ele se ajoelhou ao lado da mesa e enterrou o rosto nas mãos, irrompendo em uma profusão de soluços desesperados.

– Vamos lá, vamos lá – disse Holmes com gentileza. – Errar é humano, e pelo menos ninguém pode acusá-lo de ser um criminoso insensível.

Talvez fosse mais fácil para você que eu mesmo contasse ao senhor Soames o que aconteceu, e você poderá me corrigir quando eu estiver errado. Pode ser assim? Bem, bem, não precisa responder. Apenas escute e veja se lhe faço alguma injustiça.

"A partir do momento, senhor Soames, em que me disse que ninguém, nem mesmo Bannister, poderia ter sabido que os papéis estavam neste cômodo, o caso começou a tomar uma forma definida em minha mente. O funcionário da gráfica poderia, é claro, ser descartado. Ele poderia examinar os papéis em seu próprio escritório. O indiano também não me causou nenhuma suspeita. Se as provas tipográficas estivessem enroladas, ele não teria como saber o que eram. Por outro lado, parecia uma coincidência impensável que um homem se atrevesse a entrar neste cômodo justamente no dia em que os papéis estavam sobre a mesa. Então, descartei essa possibilidade. O homem que entrou sabia que os papéis estavam ali. Mas como ficara sabendo?

"Quando me aproximei deste cômodo, examinei a sua janela. O senhor me divertiu ao supor que eu estava contemplando a possibilidade de alguém ter entrado por ali, em plena luz do dia e sob os olhares de todos os alojamentos à frente. Tal ideia seria absurda. Eu estava medindo a altura que um homem precisaria ter para que, ao passar, visse quais papéis estavam sobre a mesa do centro. Eu tenho um metro e oitenta e dois de altura e consegui fazer isso com algum esforço. Ninguém mais baixo do que eu poderia fazer o mesmo. Como o senhor pode ver, eu já tinha motivos para crer que, se um de seus três estudantes tivesse uma altura incomum, seria ele a quem deveria destinar a minha atenção.

"Adentrei o cômodo e falei com o senhor sobre as sugestões da mesinha lateral. Sobre a mesa do centro, nada pude inferir, até que, ao descrever Gilchrist, o senhor mencionou que ele praticava salto a distância. Então, a coisa toda me sobreveio em um instante, e eu só precisava de algumas provas corroborativas, que obtive rapidamente.

"O que aconteceu foi o seguinte: este jovem ali havia passado a tarde no campo de atletismo, onde praticava os saltos. Voltou carregando seus calçados de salto, que são guarnecidos, como o senhor sabe, com vários cravos afiados. Ao passar por essa janela, ele viu, graças à sua altura, as provas tipográficas sobre a mesa e suspeitou do que se tratava. Nenhum mal teria sido feito se, ao passar por sua porta, ele não tivesse notado a chave que fora esquecida ali pelo descuido de seu criado. Foi invadido por um súbito impulso de entrar e descobrir se eram mesmo as provas tipográficas. Não era uma façanha perigosa, pois ele sempre poderia fingir que havia entrado simplesmente para lhe perguntar alguma coisa.

"Bem, quando ele viu que de fato eram as provas tipográficas, cedeu à tentação. Colocou os sapatos sobre a mesa. O que foi que você colocou naquela cadeira perto da janela?"

– Luvas – respondeu o jovem.

Holmes lançou um olhar triunfal para Bannister.

– Ele colocou as luvas na cadeira e pegou as provas tipográficas, folha por folha, para copiá-las. Imaginava que poderia ver o professor quando este retornasse pelo portão principal. Como sabemos, o senhor Soames retornou pelo portão lateral. De repente, o jovem ouviu-o já à porta. Não havia como escapar. Ele esqueceu as luvas, mas pegou os calçados e correu para o quarto. Como podem notar, o corte no tampo da mesa é leve de um lado, mas se aprofunda à medida que se aproxima da porta do quarto. Isso por si só já é o suficiente para nos mostrar que o calçado foi puxado naquela direção e que o culpado se escondeu ali. A terra ao redor dos cravos ficou sobre a mesa, e uma segunda amostra se desprendeu e caiu no chão do quarto. Devo acrescentar que fui até o campo de atletismo esta manhã, e vi que uma argila preta é usada na área da pista de salto. Peguei um pouco dela, junto com a casca fina ou serragem que é espalhada sobre a pista para evitar que o atleta escorregue. Eu disse a verdade, senhor Gilchrist?

O aluno se empertigara.

— Sim, senhor, é a verdade – declarou ele.

— Meu bom Deus! Você não tem nada a acrescentar?! – exclamou Soames.

— Sim, senhor, eu tenho. Porém, o choque desta exposição vergonhosa me deixou desnorteado. Trouxe comigo uma carta, senhor Soames, que lhe escrevi esta manhã, depois de uma noite agitada. Foi antes de eu saber que meu pecado havia sido descoberto. Aqui está, senhor. Você verá que eu escrevi: "Decidi não participar da prova. Recebi uma oferta para um cargo na polícia rodesiana e estou partindo para a África do Sul imediatamente".

— Eu fico realmente satisfeito em saber que você não pretendia tirar proveito de sua vantagem injusta – disse Soames. – Mas por que você mudou de ideia?

Gilchrist apontou para Bannister.

— Foi aquele homem quem me colocou no caminho certo – declarou.

— Vamos lá, Bannister – disse Holmes. – Deve ter ficado claro para você, pelo que eu disse, que apenas você poderia ter deixado este jovem sair, já que permaneceu neste cômodo e deve ter trancado a porta ao sair. A sugestão de ele ter escapado por aquela janela parecia inconcebível. Você poderia esclarecer o último ponto deste mistério e nos contar as razões que o motivaram a agir?

— O senhor veria que eram bastante simples, senhor, se soubesse. Porém, nem com toda a sua inteligência seria possível saber. Houve uma época, senhor, em que fui mordomo do velho Sir Jabez Gilchrist, o pai deste jovem cavalheiro. Quando ele caiu em ruína, vim para a faculdade como criado, mas nunca esqueci meu antigo patrão, pois ele estava passando por maus bocados. Eu cuidei do filho dele como pude pelos velhos tempos. Bem, senhor, quando entrei neste cômodo ontem, depois que o alarme foi soado, a primeira coisa que vi foram as luvas amarronzadas do senhor Gilchrist naquela cadeira. Eu conhecia muito bem aquelas luvas e compreendi o que significavam. Se o senhor Soames as visse, o jogo acabaria. Então desabei naquela cadeira e não arredei o pé até que o senhor Soames saiu atrás do senhor. Foi nesse momento que meu pobre ex-patrão, a quem eu tinha carregado nos joelhos, me confessou tudo. Não seria natural, senhor, que eu o salvasse, e não seria natural também que eu tentasse falar com ele da forma que seu falecido pai teria feito, de modo a fazê-lo entender que não poderia tirar proveito daquele ato? O senhor poderia me culpar por isso?

– Não poderia! Não mesmo – respondeu Holmes de forma efusiva, pondo-se de pé. – Bem, Soames, acho que resolvemos seu probleminha e nosso café da manhã nos aguarda. Vamos, Watson! Quanto a você, senhor, espero que encontre um futuro brilhante na Rodésia. Despencou muito feio uma vez. Veremos, no futuro, a que altura conseguirá se alçar.

Capítulo 10

• A AVENTURA DO PINCENÊ DE OURO •

TRADUÇÃO: GABRIELA PERES GOMES

Quando contemplo os três grandiosos volumes de manuscritos que contêm nosso trabalho do ano de 1894, confesso que sinto grande dificuldade em selecionar, em meio à tamanha riqueza de material, os casos que são mais interessantes em si mesmos e, ao mesmo tempo, mais propícios a uma exibição daquelas habilidades peculiares pelas quais meu amigo era famoso. Ao folhear as páginas, vejo minhas anotações sobre a repulsiva história da sanguessuga vermelha e a terrível morte de Crosby, o banqueiro. Encontro aqui também um relato da tragédia de Addleton e o conteúdo singular do antigo túmulo britânico. O famoso caso da sucessão Smith-Mortimer também ocorreu nesse período, assim como a perseguição e captura de Huret, o assassino do Boulevard, uma façanha que rendeu a Holmes uma carta autografada de agradecimento vinda do presidente francês e da Ordem de Legião e Honra. Cada um desses casos forneceria uma boa narrativa, porém, no fim das contas, sou da opinião de que nenhum deles reúne tantos pontos interessantes e singulares quanto o episódio de Yoxley Old Place, que inclui não apenas a lamentável morte do jovem Willoughby Smith, mas também aquela série de desenvolvimentos subsequentes que tão curiosamente elucidaram as causas do crime.

Era uma noite revoltosa e tempestuosa, perto do fim de novembro. Holmes e eu ficamos sentados em silêncio durante toda a noite, ele engajado em decifrar, munido de uma lupa poderosa, os restos da inscrição original em um palimpsesto, e eu me ocupando com a leitura de um tratado recente sobre cirurgia. Do lado de fora, o vento sibilava pela Baker Street, enquanto a chuva fustigava as janelas. Era estranho sentir ali, nas profundezas da cidade, com dezesseis quilômetros de construções humanas nos cercando por todos os lados, a força poderosa da natureza, e estar consciente de que, para os poderosos elementos, toda a Londres não passava de montinhos de toupeira espalhados pelos campos. Fui até a janela e fitei a rua deserta. As lâmpadas esparsas brilhavam ao longo da estrada lamacenta e da calçada reluzente. Um único cabriolé se aproximava, espirrando água pelo caminho, vindo da direção da Oxford Street.

– Bem, Watson, que bom que não precisamos sair esta noite – disse Holmes, colocando de lado a sua lupa e enrolando o palimpsesto. – Já fiz o suficiente por hoje. É um trabalho que deixa a vista cansada. Até onde consegui decifrar, não se trata de nada mais empolgante do que os relatos de uma abadia datando da segunda metade do século XV. Ora, ora! O que temos aqui?

Em meio ao sibilar do vento, ouvimos o bater dos cascos de um cavalo e o longo rangido de uma roda raspando o meio-fio. O cabriolé que eu tinha visto parou em frente à nossa porta.

– O que ele pode querer? – perguntei quando um homem saltou do veículo.

– Querer? É a nós que ele quer. E nós, meu pobre Watson, queremos sobretudos, cachecóis e galochas, além de todos os aparatos que o homem já inventou para combater o clima. Mas espere um pouco! Lá está o cabriolé seguindo pela rua! Ainda há esperança. Ele o teria feito aguardar se quisesse nossa companhia. Corra, meu caro, e abra a porta, pois todas as pessoas virtuosas já estão na cama há muito tempo.

Quando a luz do saguão incidiu sobre nosso visitante da meia-noite, não tive dificuldade em reconhecê-lo. Era o jovem Stanley Hopkins, um detetive promissor, por cuja carreira Holmes já havia demonstrado um interesse prático mais de uma vez.

– Ele está aí? – perguntou o detetive, ansioso.

– Suba, meu caro senhor – disse a voz de Holmes lá de cima. – Espero que você não tenha planos para nós em uma noite como esta.

O detetive subiu a escada e a nossa lâmpada brilhou sobre sua capa de chuva luzidia. Eu o ajudei a tirá-la enquanto Holmes atiçava as chamas na lareira.

– Agora, meu caro Hopkins, acomode-se e aqueça os dedos – disse Holmes. – Aqui está um charuto, e o médico tem uma receita que leva água quente e limão que é um bom remédio em uma noite como esta. Deve ser algo importante para tê-lo feito sair em tamanho vendaval.

– De fato é, senhor Holmes. Eu tive uma tarde agitada, posso lhe garantir. Você viu alguma coisa sobre o caso Yoxley nas últimas notícias?

– Hoje eu não vi nada posterior ao século XV.

– Bem, era apenas um parágrafo, e saiu todo errado, então o senhor não perdeu nada. Eu não perdi tempo. Fica lá em Kent, a onze quilômetros de Chatham e a cinco da linha ferroviária. Recebi um telegrama às três e quinze, cheguei a Yoxley Old Place às cinco, empreendi minhas investigações, voltei à Charing Cross no último trem e peguei um cabriolé para vir diretamente ao seu encontro.

– O que significa, suponho, que você não está vendo muita clareza nesse caso?

– Significa que não consigo entender patavinas de nada. Até onde descobri, é o negócio mais complicado com que já lidei, mas no início parecia tão simples que nada poderia dar errado. Não há motivação, senhor Holmes. É isso o que me incomoda. Eu não consigo definir qual é a motivação. Há um homem morto, isso não há como negar, porém, até onde posso ver, ninguém neste mundo teria algum motivo para desejar-lhe qualquer mal.

Holmes acendeu o charuto e recostou-se na poltrona.

– Conte-nos os detalhes – pediu ele.

– Estabeleci os fatos e eles são bem claros – declarou Stanley Hopkins. – Agora eu quero entender o que tais fatos significam. A história, até onde sei, é a seguinte. Alguns anos atrás, essa casa de campo, Yoxley Old Place, foi alugada por um homem idoso, que disse se chamar professor Coram. Ele é um inválido, que passa metade do tempo na cama e, na outra metade, manca pela casa com uma bengala ou sendo empurrado pelo jardineiro em uma cadeira de Bath. É muito querido pelos poucos vizinhos que o visitam, e tem a reputação de ser um homem bastante culto. Com ele residem uma governanta idosa, a senhora Marker, e uma criada, Susan Tarlton. Ambas estão com ele desde a sua chegada e parecem ser mulheres de caráter excelente. O professor está escrevendo um livro erudito e julgou necessário, há cerca de um ano, contratar um secretário. Os dois primeiros que ele empregou não foram satisfatórios, mas o terceiro, o senhor Willoughby Smith, um rapaz muito jovem, recém-saído da universidade, parece ter sido exatamente o que seu empregador desejava. Seu trabalho consistia em passar a manhã anotando as coisas que o professor lhe ditava, e ele geralmente usava a tarde para buscar referências e passagens que tinham relação com o trabalho do dia seguinte. Não há nada contra esse tal de Willoughby Smith, nem em sua infância em Uppingham, nem em sua juventude em Cambridge. Eu vi suas cartas de recomendação, e ele parece ter sido sempre um sujeito íntegro, calado, trabalhador, sem nenhuma falha de caráter. E, no entanto, este é o rapaz que encontrou a morte esta manhã no escritório do professor, em tais circunstâncias que só podem indicar um assassinato.

O vento sibilava e uivava nas janelas. Holmes e eu nos aproximamos da lareira, enquanto o jovem inspetor desenvolvia lentamente, e detalhe por detalhe, a sua narrativa singular.

– Se procurássemos por toda a Inglaterra – disse ele –, não creio que encontraríamos outras pessoas mais independentes ou mais livres de influências externas. Semanas inteiras se passavam sem que nenhum deles fosse além do portão do jardim. O professor vivia enterrado em seu trabalho e não fazia mais nada. O jovem Smith não conhecia ninguém nos arredores e vivia praticamente como o patrão. As duas mulheres não tinham motivos para sair da casa. Mortimer, o jardineiro, responsável por empurrar a cadeira de Bath, é um soldado aposentado; um veterano de Crimeia de excelente caráter. Ele não mora na casa, e sim em uma cabana de três cômodos na extremidade oposta do jardim. Essas são as únicas pessoas que você encontraria no terreno de Yoxley Old Place. Ao mesmo tempo, o portão do jardim fica a cem metros da estrada principal de Londres a Chatham. Ele abre com um trinco e não há nada que impeça a entrada de alguém.

"Agora, contarei a vocês o depoimento de Susan Tarlton, que é a única pessoa que pode dizer algo concreto sobre o assunto. Aconteceu de manhã, entre onze e meio-dia. Nesse momento, ela estava ocupada pendurando algumas cortinas no cômodo da frente no andar de cima. O professor Coram ainda estava na cama, pois quando o clima está ruim, ele raramente se levanta antes do meio-dia. A governanta estava ocupada com algum trabalho nos fundos da casa. Willoughby Smith estivera em seu quarto, que ele usava como sala de estar, mas nesse momento a criada o ouviu passar pelo corredor e descer para o escritório imediatamente abaixo de onde ela estava. A mulher não o viu, mas disse que não há como confundir seus passos apressados e firmes. Ela não ouviu a porta do escritório se fechar, mas cerca de um minuto depois ouviu-se um grito terrível no cômodo de baixo. Foi um berro selvagem e rouco, tão estranho e anômalo que poderia ter vindo de um homem ou de uma mulher. No mesmo instante, houve um baque pesado, que sacudiu a velha casa, e então tudo ficou em silêncio. A criada ficou petrificada por um instante e então, recobrando a coragem, desceu as escadas às pressas. A porta do escritório estava fechada e ela a abriu. Lá dentro, o jovem senhor Willoughby Smith estava estirado no chão. A princípio, ela não viu nenhum ferimento, mas, quando tentou levantá-lo, percebeu que havia sangue escorrendo da parte de baixo do pescoço dele. Ele fora perfurado por um ferimento diminuto, mas muito profundo, que dividira a artéria carótida. O instrumento com o qual o ferimento fora infligido jazia no tapete ao lado do jovem. Era uma daquelas faquinhas de romper lacres de cera, sempre presentes em escrivaninhas antigas, com cabo de marfim e lâmina dura. Integrava os acessórios da própria escrivaninha do professor.

"A princípio a criada pensou que o jovem Smith já estava morto, porém, quando derramou um pouco de água sobre sua testa, ele abriu os olhos por um instante. 'O professor...', murmurou o rapaz. 'Foi ela.' A criada está disposta a jurar que essas foram as palavras exatas. Ele tentou desesperadamente dizer outra coisa e ficou com a mão direita erguida no ar. Então ele caiu para trás, morto.

"Nesse ínterim, a governanta também havia entrado em cena, mas chegou tarde demais e não pôde ouvir as últimas palavras do jovem. Deixando Susan com o corpo, ela correu até o quarto do professor. Ele estava sentado na cama, terrivelmente agitado, pois tinha ouvido o bastante para convencê-lo de que algo horrível acontecera. A senhora Marker está disposta a jurar que o professor ainda trajava suas roupas de dormir e, de fato, ele era incapaz de se vestir sem a ajuda de Mortimer, que tinha ordens de ir até o quarto ao meio-dia. O professor alega que ouviu o grito distante, mas que não sabe de mais nada. Ele não consegue fornecer nenhuma explicação para as últimas palavras do jovem, 'O professor... foi ela', mas crê que foram resultado de um delírio. Ele acredita que Willoughby Smith não tinha nenhum inimigo e não pôde encontrar nenhuma motivação para o crime. A primeira coisa que fez foi mandar Mortimer, o jardineiro, chamar a polícia local. Algum tempo depois, o chefe da polícia mandou me chamar. Não haviam mexido em nada antes de eu chegar, e ordens estritas foram dadas para que ninguém percorresse os caminhos que levavam à casa. Foi uma oportunidade esplêndida de pôr suas teorias em prática, senhor Sherlock Holmes. De fato não faltava nada."

– Exceto o senhor Sherlock Holmes! – disse meu companheiro, com um sorriso um tanto amargo. – Bem, conte-nos mais sobre isso. O que você fez diante dessa situação?

– Primeiro devo lhe pedir, senhor Holmes, que dê uma olhada nesta planta grosseira, que lhe dará uma ideia geral da posição do escritório do professor e dos vários locais do caso. Isso o ajudará a acompanhar a minha investigação.

Então, desdobrou a planta tosca e a colocou sobre os joelhos de Holmes. Levantei-me e, parando atrás de Holmes, examinei-a por cima de seu ombro.

– É muito grosseira, é claro, e representa apenas os locais que me pareceram essenciais. Você verá todo o resto por si mesmo mais tarde. Agora, em primeiro lugar, presumindo que o assassino entrou na casa, por onde ele entrou? Sem dúvida pelo caminho do jardim e pela porta dos fundos, que dá acesso direto ao escritório. Qualquer outra forma teria sido extremamente complicada. A fuga também deve ter sido feita do mesmo modo, pois das duas outras saídas da sala, uma foi bloqueada por Susan ao descer as escadas às pressas e a outra conduz diretamente ao quarto do professor. Portanto, direcionei a minha atenção para o caminho do jardim, que estava encharcado com a chuva recente e com certeza deixaria quaisquer pegadas à mostra.

"Minhas investigações revelaram-me que eu estava lidando com um criminoso cauteloso e experiente. Não encontrei nenhuma pegada no caminho. Não poderia haver dúvidas, no entanto, de que alguém havia passado pela grama que ladeia o caminho, que ele o fizera para evitar deixar rastros. Não consegui encontrar nada de caráter distinto, mas a grama fora pisada, e alguém certamente passara por ali. Só pode ter sido o assassino, visto que nem o jardineiro nem mais ninguém estivera ali naquela manhã, e a chuva só começara durante a noite."

– Um momento – pediu Holmes. – Para onde esse caminho leva?

– Para a estrada.

– Qual é o comprimento dele?

– Cem metros ou mais.

– No ponto em que o caminho atravessa o portão, você certamente encontrou as pegadas, não?

– Infelizmente, o caminho é pavimentado naquele ponto.

– Bem, e quanto à própria estrada?

– Não, a lama estava toda pisoteada.

– Oras! Bem, e quanto a essas pegadas no gramado... elas estavam indo ou vindo?

– Era impossível dizer. As pegadas não tinham contornos claros.

– Era um pé grande ou pequeno?

– Não dava para distinguir.

Holmes soltou uma exclamação de impaciência.

– Desde então, tem chovido aos montes e há um vendaval em curso – disse ele. – Vai ser mais difícil decifrar aquilo agora do que o palimpsesto. Bem, bem, não há o que fazer. O que você fez, Hopkins, depois de se certificar de que não podia se certificar de nada?

– Acredito que consegui me certificar de muitas coisas, senhor Holmes. Eu sabia que alguém havia entrado na casa com cautela, vindo de fora. Então, examinei o corredor. Ele é forrado com esteiras de coco e não releva indícios de qualquer tipo. Isso me levou ao próprio escritório. É um cômodo parcamente mobiliado. O móvel principal é uma grande escrivaninha fixa. Esta escrivaninha é guarnecida de uma coluna dupla de gavetas, com um pequeno armário central entre elas. As gavetas estavam abertas e o armário, trancado. Ao que parece, as gavetas estavam sempre abertas, e nada de valor era guardado nelas. Havia alguns papéis relevantes no armário, mas não havia indícios de que alguém tivesse mexido neles, e o professor me garantiu que não havia nada faltando. É certo que nenhum roubo foi cometido.

"Agora falarei sobre o corpo do jovem rapaz. Ele foi encontrado perto da escrivaninha, bem à esquerda dela, conforme assinalado naquela planta. A punhalada foi desferida no lado direito do pescoço e de trás para frente, de modo que é quase impossível que pudesse ter sido autoinfligida."

– A menos que ele tenha caído em cima da faca – observou Holmes.

– Exatamente. Essa ideia me ocorreu, mas é impossível, pois encontramos a faca a alguns metros do corpo. Então, é claro, há as últimas palavras do homem. E, por fim, há uma prova muito importante que foi encontrada na mão direita fechada do morto.

Stanley Hopkins pegou um pacotinho de papel no bolso. Ele o abriu e revelou um pincenê de ouro, com dois pedaços de um cordão de seda preta que pendiam de cada ponta dele.

– Willoughby Smith tinha uma vista perfeita – acrescentou. – Não resta dúvidas de que isso foi arrancado do rosto ou da pessoa do assassino.

Sherlock Holmes pegou os óculos nas mãos e os examinou com a maior atenção e interesse. Ele os pendurou no nariz, esforçou-se para ler com eles, foi até a janela e fitou a rua, estudou-os mais minuciosamente à luz da lâmpada e, por fim, com um risinho, sentou-se à mesa e escreveu algumas linhas em uma folha de papel, que jogou para Stanley Hopkins.

– Isso é o melhor que posso fazer por você – declarou ele. – Talvez se mostre de alguma utilidade.

O detetive atônito leu a nota em voz alta. Dizia o seguinte:

Procura-se uma mulher refinada, vestida como uma dama. Ela tem um nariz notavelmente grosso, e olhos que o ladeiam bem de perto. A testa é franzida, com uma expressão perscrutadora e ombros possivelmente caídos. Há indícios de que recorreu ao oculista pelo menos duas vezes nos últimos meses. Como seus óculos são notavelmente resistentes e os oculistas não são muito numerosos, não deverá ser muito difícil encontrá-la.

Holmes sorriu diante do espanto de Hopkins, o que deveria estar refletido em meu semblante.

– Certamente minhas deduções são extremamente simples – declarou ele. – Seria difícil nomear qualquer artigo que ofereça um campo para inferências mais amplo do que um par de óculos, especialmente um par tão notável quanto este. Que eles pertencem a uma mulher, deduzi pela delicadeza e também, é claro, pelas últimas palavras do moribundo. Quanto a ela ser uma pessoa refinada e bem-vestida, eles são, como vocês podem notar, belamente montados em ouro maciço, e é inconcebível que uma pessoa que usasse tais óculos pudesse ser desleixada em outros aspectos. Vocês notarão que os prendedores são demasiado largos para os seus narizes, mostrando que o da dama era muito largo na base. Esse tipo de nariz costuma ser curto e grosso, mas há uma quantidade suficiente de exceções para me impedir de ser dogmático ou de insistir neste ponto em minha descrição. Ainda que meu próprio rosto seja estreito, não consigo colocar meus olhos no centro, nem perto do centro, desses óculos. Portanto, os olhos da dama são muito próximos às laterais do nariz. Você perceberá, Watson, que os óculos são côncavos e com grau bastante forte. Uma dama cuja visão sempre foi tão limitada durante toda a vida certamente traz no semblante as características físicas dessa limitação, que são vistas na testa, nas pálpebras e nos ombros.

– Sim – respondi –, consigo acompanhar todas as suas linhas de raciocínio. Confesso, no entanto, que não consegui entender como você chegou à dupla visita ao oculista.

Holmes pegou os óculos.

– Você verá – disse ele – que os prendedores são forrados com pequenas faixas de cortiça para suavizar a pressão sobre o nariz. Uma delas está descorada e ligeiramente gasta, mas a outra está nova. Evidentemente, uma delas caiu e foi substituída. Arrisco dizer que a mais velha não deve estar aí por mais de alguns meses. Elas são idênticas, então concluí que a dama voltou ao mesmo estabelecimento para repor a segunda.

– Por Deus! É maravilhoso! – exclamou Hopkins, em um arroubo de admiração. – E pensar que eu tinha todas essas evidências nas mãos e nem sabia! Eu tinha a intenção, no entanto, de ir atrás de todos os oculistas de Londres.

– Tenho certeza de que você teria feito isso. Por ora, tem mais alguma coisa a nos contar sobre o caso?

– Nada, senhor Holmes. Creio que agora o senhor sabe tanto quanto eu, provavelmente mais. Ordenamos para que indagações sejam feitas sobre qualquer estranho que tenha sido visto nas estradas rurais ou na estação ferroviária. Não ficamos sabendo de nada. O que me surpreende é a total ausência de motivação para o crime. Ninguém consegue sugerir nem a sombra de um motivo.

– Ah! Quanto a isso, não tenho como ajudá-lo. Mas suponho que você gostaria que fôssemos para lá amanhã, certo?

– Se não for pedir muito, senhor Holmes. Há um trem de Charing Cross para Chatham às seis da manhã, e devemos chegar em Yoxley Old Place entre as oito e as nove.

– Então nós iremos nele. Seu caso certamente apresenta algumas características de grande interesse e terei o maior prazer em examiná-lo. Bem, é quase uma da manhã e é melhor dormirmos por algumas horas. Creio que você conseguirá se virar bem no sofá em frente à lareira. Vou acender a minha lamparina e lhe darei uma xícara de café antes de partirmos.

No dia seguinte, o vendaval havia se dissipado, mas o frio da manhã estava cortante quando saímos em nossa jornada. Vimos o frio sol invernal nascer por sobre os brejos lúgubres do rio Tâmisa e entre as longas e sombrias extensões do rio, que sempre associarei à nossa perseguição ao ilhéu de Andaman nos primeiros dias de nossa carreira. Após uma viagem longa e cansativa, desembarcamos em uma pequena estação a alguns quilômetros de Chatham. Enquanto o cavalo estava sendo atrelado a uma charrete na pousada local, tomamos um desjejum apressado e então estávamos prontos para o trabalho quando enfim chegamos a Yoxley Old Place. Um policial foi ao nosso encontro no portão do jardim.

– Bem, Wilson, alguma novidade?

– Não, senhor. Nenhuma.

– Nenhum relato de que algum estranho foi visto?

– Não, senhor. Na estação, eles têm certeza de que nenhum estranho chegou ou partiu ontem.

– Você deu ordens para que indagassem nas pousadas e hospedarias?

– Sim, senhor. Não há ninguém estranho ali.

– Bem, não é uma caminhada muito longa daqui a Chatham. Qualquer um poderia ter ficado lá ou pegado um trem sem ser observado. Este é o caminho do jardim do qual falei, senhor Holmes. Dou minha palavra de que não havia nenhuma marca nele ontem.

– De que lado estavam as marcas na grama?

– Do lado de cá, senhor. Nesta estreita margem de grama entre o caminho e o canteiro de flores. Não consigo ver os rastros agora, mas eles estavam claros para mim naquele momento.

– Sim, sim. Alguém passou por aqui – disse Holmes, inclinando-se sobre a margem da grama. – Nossa dama deve ter dado seus passos cuidadosamente, já que de um lado ela deixaria pegadas no caminho e, do outro, rastros ainda mais distintos na terra fofa, não é?

– Sim, senhor, ela deve ter agido com frieza.

Vi uma expressão concentrada passar pelo semblante de Holmes.

– Você disse que ela deve ter voltado por este caminho?

– Sim, senhor. Não há outro.

– Por esta faixa de grama?

– Certamente, senhor Holmes.

– Hum! Foi um desempenho bastante notável... muito notável mesmo. Bem, acho que já vimos o que tínhamos de ver aqui. Vamos adiante. Esse portão do jardim costuma ficar aberto, suponho? Então a visitante só precisou entrar. A ideia de assassinato não estava em sua mente, ou ela estaria munida de algum tipo de arma, em vez de ter que recorrer à faca da escrivaninha. Ela percorreu este longo corredor, sem deixar rastros na esteira de coco. Depois se viu no interior do escritório. Quanto tempo passou lá? Não temos como inferir.

– Não mais do que alguns minutos, senhor. Esqueci de lhe contar que a senhora Marker, a governanta, estivera lá arrumando o cômodo não muito tempo antes... cerca de uns quinze minutos, de acordo com ela.

– Bem, isso nos dá um limite. Nossa dama entra neste cômodo, e o que ela faz? Vai até a escrivaninha. Para quê? Não para apanhar alguma coisa nas gavetas. Se houvesse alguma coisa que valesse a pena levar, certamente estaria trancada. Não, ela estava atrás de alguma coisa naquele armário de madeira. Ora, ora! É um arranhão que vejo na porta dele? Acenda um fósforo, Watson. Por que você não mencionou isso, Hopkins?

A marca que ele examinava começava sobre o entalhe de latão no lado direito da fechadura e se estendia por cerca de dez centímetros, arranhando o verniz da superfície.

– Eu notei isso, senhor Holmes, mas sempre há arranhões em volta de uma fechadura.

– Mas este é recente... muito recente. Veja como o latão reluz onde foi cortado. Um arranhão antigo teria a mesma cor da superfície. Olhe-o com minha lupa. Ademais, tem o verniz, como terra em cada lado de um sulco. A senhora Marker está aí?

Uma senhora idosa, de semblante triste, adentrou o cômodo.

– A senhora tirou a poeira deste armário ontem de manhã?

– Sim, senhor.

– Notou este arranhão?

– Não, senhor, não notei.

– Tenho certeza de que não, pois um espanador teria removido esses resquícios de verniz. Quem tem a chave deste armário?

– O professor a guarda na corrente do relógio.

– É uma chave simples?

– Não, senhor. É uma chave de Chubb.

– Muito bem, senhora Marker. Pode ir. Agora estamos fazendo um pequeno progresso. Nossa dama entra na sala, avança até o armário da escrivaninha e o abre ou tenta abrir. Enquanto se ocupa com isso, o jovem Willoughby entra no cômodo. Na pressa de retirar a chave, ela arranha a porta. Ele a agarra, e ela, pegando o objeto mais próximo, que por acaso é esta faca, ataca-o para que ele a solte. O golpe é fatal. Ele cai e ela foge, com ou sem o objeto pelo qual veio. Susan, a criada, está aí? Alguém poderia ter escapado por aquela porta depois que você ouviu o grito, Susan?

– Não, senhor. Seria impossível. Antes de descer a escada, eu teria visto alguém no corredor. Além disso, a porta não foi aberta, ou eu certamente teria escutado.

– Isso decide a questão da saída. Então, não há dúvidas de que a dama saiu por onde entrou. Pelo que entendi, este outro corredor leva apenas ao quarto do professor. Não há nenhuma saída nessa direção?

– Não, senhor.

– Vamos seguir por ele e conhecer o professor. Ora, Hopkins! Isso é muito importante, muito importante mesmo. O corredor do professor também é forrado com esteiras de coco.

– Bem, senhor, e o que tem?

– Você não vê nenhuma relação com o caso? Bem, bem. Não vou insistir nisso. Sem dúvida estou enganado. E, no entanto, parece-me sugestivo. Venha comigo e me apresente.

Seguimos pelo corredor, que tinha a mesma extensão do que aquele que conduzia ao jardim. No fim havia um pequeno lance de escadas terminando em uma porta. Nosso guia bateu e em seguida nos conduziu ao quarto do professor.

Era um cômodo muito amplo, forrado de inúmeros livros, que haviam transbordado das prateleiras e se amontoavam pelos cantos, ou se empilhavam ao redor das estantes. A cama ficava no centro do quarto, e nela, recostado em travesseiros, estava o dono da casa. Raramente vi uma pessoa de aparência mais notável. Tinha um rosto descarnado e aquilino, que nos fitava com olhos escuros e penetrantes, escondidos em cavidades profundas sob as sobrancelhas espessas e salientes. Seu cabelo e barba eram brancos, mas esta última estava curiosamente manchada de amarelo ao redor da boca. Um cigarro brilhava em meio ao emaranhado de fios brancos, e o ar do cômodo fedia a fumaça do tabaco. Quando ele estendeu a mão na direção de Holmes, percebi que ela também tinha manchas amarelas de nicotina.

– Você fuma, senhor Holmes? – perguntou ele em um inglês primoroso, com um sotaque leve e curioso. – Por favor, aceite um cigarro. E o senhor? Posso recomendá-los, pois foram preparados especialmente para mim por Ionides, de Alexandria. Ele me envia mil deles por vez, e lamento dizer que tenho de providenciar um novo suprimento a cada quinze dias. Ruim, senhor, muito ruim, mas um homem velho tem poucos prazeres. O tabaco e o meu trabalho: isso é tudo o que me resta.

Holmes acendera um cigarro e lançava olhares furtivos por todo o aposento.

– O tabaco e o meu trabalho, mas agora só o tabaco! – exclamou o velho. – Ai de mim! Que interrupção fatal! Quem poderia ter previsto uma catástrofe tão horrenda? Um jovem tão estimável! Eu lhes garanto que, após alguns meses de treinamento, ele era um assistente admirável. O que pensa sobre o assunto, senhor Holmes?

– Eu ainda não me decidi.

– Eu ficarei em dívida para com o senhor se puder elucidar esse caso que nos parece tão misterioso. Para um pobre rato de biblioteca e inválido como eu, tal golpe é paralisante. Parece que perdi minhas faculdades mentais. Mas o senhor é um homem de ação... é um homem decidido. Faz parte da rotina diária de sua vida. O senhor consegue manter o equilíbrio até mesmo em emergências. Temos sorte, de fato, em tê-lo ao nosso lado.

Holmes estava andando de um lado para o outro do quarto enquanto o velho professor falava. Observei que ele fumava com extraordinária rapidez. Era evidente que compartilhava do gosto de nosso anfitrião pelos cigarros frescos de Alexandria.

– De fato, senhor, foi um golpe esmagador – disse o velho. – Aquele ali é meu *magnum opus*... aquela pilha de papéis sobre a mesinha de canto. É a minha análise dos documentos encontrados nos mosteiros coptas da Síria e do Egito, uma obra com desdobramentos profundos nos próprios fundamentos da religião revelada. Com minha saúde debilitada, não sei se algum dia terei condições de completá-la, agora que meu assistente foi tirado de mim. Por Deus, senhor Holmes! O senhor fuma ainda mais rápido do que eu.

Holmes sorriu.

– Sou um apreciador – disse ele, tirando outro cigarro da caixa, o quarto, e acendendo-o com a bituca do que acabara de terminar. – Não vou incomodá-lo com nenhum interrogatório demorado, professor Coram, visto que sei que o senhor estava na cama na hora do crime e nada poderia saber a respeito. Só lhe perguntarei o seguinte: o que o senhor acha que aquele pobre rapaz quis dizer com suas últimas palavras: "O professor... foi ela"?

O professor meneou a cabeça.

– Susan é uma moça do interior – respondeu ele –, e o senhor conhece a incrível estupidez dessa gente. Eu imagino que o pobre rapaz murmurou algumas palavras delirantes e incoerentes, e ela as distorceu nesta mensagem sem sentido.

– Compreendo. O senhor não tem nenhuma explicação para tamanha tragédia?

– Talvez um acidente, ou, quem sabe... só sugiro isto entre nós... um suicídio. Os jovens têm seus problemas escondidos... alguma questão sentimental, talvez, de que nunca ficamos sabendo. É uma suposição mais provável do que assassinato.

– Mas e os óculos?

– Ah! Eu sou apenas um estudioso... um sonhador. Não consigo explicar as coisas práticas da vida. Ainda assim, estamos cientes, meu amigo, de que os regalos do amor podem assumir formas estranhas. Por gentileza, pegue outro cigarro. É um prazer ver alguém apreciá-los tanto. Um leque, uma luva, um par de óculos... quem sabe que objeto pode ser carregado como um símbolo ou um tesouro quando um homem põe fim à própria vida? Esse cavalheiro fala de pegadas na grama, mas, no fim das contas, é fácil se enganar quanto a isso. Quanto à faca, poderia muito bem ter sido jogada longe pelo infeliz quando caiu. É possível que eu fale como uma criança, porém, a meu ver, Willoughby Smith encontrou a morte por suas próprias mãos.

Holmes pareceu impressionado com a teoria proposta, e continuou a andar de um lado para o outro por um tempo, absorto em pensamentos e fumando um cigarro atrás do outro.

– Diga-me, professor Coram – disse Holmes, por fim –, o que há naquele armário na escrivaninha?

– Nada que pudesse interessar a um ladrão. Documentos de família, cartas de minha pobre esposa, diplomas de universidades que me honraram. Aqui está a chave. O senhor pode ver por si mesmo.

Holmes pegou a chave, fitou-a por um instante e depois a devolveu.

– Não, acho que isso dificilmente me ajudaria – declarou ele. – Eu preferiria percorrer seu jardim enquanto reflito sobre o caso. Há algo a ser dito sobre a teoria de suicídio que o senhor propôs. Devemos nos desculpar por invadir a sua privacidade, professor Coram, e prometo que não o perturbaremos novamente até depois do almoço. Voltaremos às duas horas e lhe relataremos tudo o que tiver ocorrido nesse ínterim.

Holmes estava curiosamente distraído e trilhamos o caminho do jardim em silêncio por algum tempo.

– Você tem alguma pista? – perguntei, por fim.

– Depende daqueles cigarros que fumei – respondeu-me ele. – É possível que eu esteja redondamente enganado. Os cigarros me mostrarão.

– Meu caro Holmes! – exclamei. – Mas como diabos...

– Bem, bem, você verá por si mesmo. Se não, nenhum dano terá sido causado. É claro, sempre poderemos recorrer à pista do oculista, mas prefiro pegar um atalho quando há algum disponível. Ah, aqui está a boa senhora Marker! Vamos desfrutar de cinco minutos de conversa instrutiva com ela.

Talvez eu já tenha mencionado antes que Holmes, quando queria, tinha modos particularmente insinuantes com as mulheres e conseguia estabelecer relações de confiança muito rapidamente com elas. Na metade do tempo que mencionara, já tinha conquistado a boa vontade da governanta e conversava com ela como se a conhecesse havia anos.

– Sim, senhor Holmes, é exatamente como o senhor diz. Ele fuma com uma frequência assustadora. O dia inteiro e às vezes a noite toda, senhor. Já vi aquele quarto de manhã, senhor... e, bem, você pensaria que estava envolto na névoa londrina. Pobre senhor Smith! O rapaz também fumava, mas não tanto quanto o professor. A saúde dele... bem, não sei se é melhor ou pior por conta do fumo.

– Ah! – disse Holmes. – Mas fumar tira o apetite.

– Bem, eu não sei nada quanto a isso, senhor.

– O professor não deve comer quase nada, suponho?

– Bem, varia muito. Isso eu posso dizer.

– Aposto que ele não tomou café da manhã hoje e que não vai almoçar... não depois de todos os cigarros que o vi fumando.

– Bem, o senhor está enganado nesse ponto, pois na verdade ele teve um desjejum notável esta manhã. Não me lembro de tê-lo visto comendo mais do que hoje, e pediu que um bom prato de costeletas fosse preparado para o almoço. Fiquei surpresa com isso, pois desde que entrei naquele escritório ontem e vi o jovem senhor Smith estirado no chão, não suporto ver comida na frente. Bem, existe de tudo no mundo, e o professor certamente não permitiu que isso lhe tirasse o apetite.

Passamos a manhã inteira vagando pelo jardim. Stanley Hopkins fora até o vilarejo para investigar alguns rumores sobre uma mulher estranha que tinha sido vista por algumas crianças na Chatham Road na manhã anterior. Quanto ao meu amigo, toda a sua energia habitual parecia tê-lo abandonado. Eu nunca o tinha visto lidar com um caso de forma tão indiferente. Mesmo as notícias trazidas por Hopkins de que havia encontrado as crianças, e que elas sem dúvida haviam visto uma mulher que correspondia exatamente à descrição feita por Holmes, e usando óculos ou pincenê, não conseguiram despertar qualquer sinal de interesse nele. Pareceu mais interessado quando Susan, que nos serviu o almoço, contou-nos voluntariamente que acreditava que o senhor Smith saíra para uma caminha na manhã do dia anterior e que retornara apenas meia hora antes de a tragédia acontecer. Eu mesmo não era capaz de ver as implicações desse ocorrido, mas percebi que Holmes claramente o estava tecendo junto ao esquema geral que havia formulado em seu cérebro. De súbito, levantou-se da cadeira com um salto e olhou para o relógio.

– Já são duas horas, cavalheiros – disse. – Precisamos ir discutir o assunto com o nosso amigo, o professor.

O velho acabara de almoçar e o prato vazio certamente corroborava o apetite voraz que a governanta lhe atribuíra. Parecia, de fato, uma figura estranha ao virar sua juba branca e os olhos cintilantes na nossa direção. O eterno cigarro fumegava em sua boca. Ele tinha se vestido e estava sentado em uma poltrona perto da lareira.

– Bem, senhor Holmes, já resolveu este mistério? – Ele empurrou para o meu companheiro a grande lata de cigarros que estava sobre a mesa ao seu lado. Holmes estendeu a mão no mesmo instante e, em um encontrão, eles derrubaram a caixa pela beirada da mesa. Por um ou dois minutos, ficamos todos ajoelhados recolhendo os cigarros caídos em lugares impossíveis. Quando nos levantamos, observei que os olhos de Holmes estavam reluzindo e suas faces estavam coradas. Apenas em uma crise eu já o vira exibir esses sinais de batalha.

– Sim – respondeu ele. – Eu o resolvi.

Stanley Hopkins e eu ficamos estarrecidos. Algo semelhante a um sorriso de escárnio crispou as feições descarnadas do velho professor.

– É mesmo? No jardim?

– Não, aqui.

– Aqui! Quando?

– Agora mesmo.

– O senhor só pode estar brincando, senhor Sherlock Holmes. Sou obrigado a dizer que este é um assunto demasiado sério para ser tratado dessa forma.

– Eu forjei e testei todos os elos de minha corrente, professor Coram, e tenho certeza de que ela é firme. Quais foram as suas motivações, ou qual foi o papel que o senhor desempenhou neste estranho caso, ainda não sou capaz de dizer. Dentro de alguns minutos, provavelmente os ouvirei de seus próprios lábios. Nesse ínterim, vou reconstituir o que aconteceu em seu benefício, de modo que fique ciente das informações de que ainda necessito.

"Uma senhora entrou ontem em seu escritório. Ela veio com a intenção de se apropriar de alguns documentos que estavam guardados em sua escrivaninha. Ela tinha uma chave. Tive a oportunidade de examinar a do senhor, e não avistei a ligeira mancha que aquele arranhão feito no verniz teria deixado. Portanto, o senhor não era cúmplice, e ela veio, até onde posso inferir, sem o seu conhecimento, para roubá-lo."

O professor soltou uma nuvem de fumaça.

– Isso é muito interessante e instrutivo – disse ele. – Não tem mais nada a acrescentar? Certamente, tendo seguido o rastro desta dama até esse ponto, também poderá me dizer o que aconteceu com ela.

– É o que vou me esforçar para fazer. Primeiramente, ela foi agarrada por seu secretário e o apunhalou para escapar. Estou inclinado a considerar esta tragédia como um infeliz acidente, pois estou certo de que a dama não tinha a intenção de infligir um ferimento tão grave. Um assassino não anda desarmado. Horrorizada com o que tinha feito, ela saiu correndo da cena da tragédia. Infelizmente para ela, perdera os óculos na briga e, como era extremamente míope, ficava desamparada sem eles. Correu por um corredor, que ela imaginou ser o mesmo por onde viera, já que ambos estavam forrados com esteiras de coco, e só percebeu tarde demais que havia tomado o caminho errado e que a saída estava impedida atrás dela. O que ela deveria fazer? Não podia voltar atrás. Precisava seguir em frente. E foi o que fez. Subiu uma escada, empurrou uma porta e se viu no seu quarto.

O velho estava sentado de boca aberta, fuzilando Holmes com os olhos. O espanto e o medo estampavam seus traços expressivos. Então, com esforço, ele encolheu os ombros e soltou uma gargalhada forçada.

– Tudo excelente, senhor Holmes – declarou. – Mas há uma pequena falha em sua esplêndida teoria. Eu mesmo estava no quarto e não saí dele nem por um minuto durante o dia.

– Eu sei disso, professor Coram.

– Então quer dizer que eu poderia estar deitado naquela cama e não notar que uma mulher acabara de entrar no meu quarto?

– Eu não disse isso. O senhor a notou. Falou com ela. O senhor a reconheceu e a ajudou a escapar.

Mais uma vez, o professor soltou uma gargalhada aguda. Ele havia se levantado e seus olhos chamuscavam feito brasas.

– Você é louco! – gritou. – Está falando insanidades. Eu a ajudei a escapar? E onde ela está agora?

– Ela está ali – disse Holmes, e apontou para uma estante alta no canto do cômodo.

Vi o velho jogar os braços para cima. Uma terrível convulsão percorreu seu semblante sombrio e ele caiu para trás na cadeira. No mesmo momento, a estante para a qual Holmes apontara girou sobre uma dobradiça e uma mulher adentrou o quarto.

– O senhor está certo! – exclamou ela com uma voz esquisita e com sotaque estrangeiro. – O senhor está certo! Eu estou aqui.

Ela estava marrom de poeira e coberta pelas teias de aranha que haviam caído das paredes de seu esconderijo. Seu rosto também estava manchado de fuligem e, na melhor das hipóteses, não haveria como considerá-la bonita, pois tinha exatamente as características físicas que Holmes tinha adivinhado, além de um queixo pontudo e obstinado. Por conta de sua miopia natural, e graças à mudança súbita de escuridão para a luz, ficou atordoada, piscando para tentar descobrir onde estávamos e quem éramos. E, no entanto, apesar de todas essas desvantagens, havia uma certa nobreza na forma como a mulher se portava; uma valentia no queixo desafiador e na cabeça erguida, que inspirava certo respeito e admiração.

Stanley Hopkins havia pousado a mão sobre seu braço e a reivindicara como sua prisioneira, mas ela o afastou gentilmente, embora com uma dignidade irresistível que impunha obediência. O velho recostou-se na poltrona, com o rosto contraído, e fitou a mulher de forma melancólica.

– Sim, senhor, eu sou sua prisioneira – disse ela. – De onde estava, pude ouvir tudo e sei que o senhor descobriu a verdade. Eu confesso tudo. Fui eu quem matou o jovem. Mas o senhor está certo, você, que disse ter se tratado de um acidente. Eu nem me dei conta de que era uma faca que empunhava, pois em meu desespero agarrei a primeira coisa que encontrei na mesa e o golpeei para que me soltasse. Estou dizendo a verdade.

– Madame – começou Holmes –, eu tenho certeza de que esta é a verdade. Temo que a senhora não esteja se sentindo muito bem.

Seu semblante adquirira uma cor horrorosa, ainda mais terrível sob as manchas escuras de poeira em seu rosto. Ela se sentou na beirada da cama, e então retomou a narrativa.

— Não tenho muito tempo aqui — declarou ela —, mas gostaria que soubessem toda a verdade. Eu sou a esposa deste homem. Ele não é inglês. É russo, e não lhes direi seu nome.

Pela primeira vez, o velho se mexeu.

— Deus a abençoe, Anna! — exclamou ele. — Deus a abençoe!

Ela lhe lançou um olhar carregado de desdém.

— Por que se apega tanto a essa sua vida miserável, Sergius? — perguntou ela. — Ela fez mal a muitos e nenhum bem a ninguém, nem mesmo a você. Não cabe a mim, no entanto, fazer com que o fio frágil seja rompido antes da vontade de Deus. Já carrego um fardo pesado o bastante em minha consciência desde o instante em que pus os pés nesta casa amaldiçoada. Mas preciso falar, ou será tarde demais.

"Eu lhes disse, cavalheiros, que sou a esposa deste homem. Ele tinha cinquenta anos e eu era uma garota tola de vinte quando nos casamos. Foi em uma cidade na Rússia, uma universidade, cujo nome não citarei."

— Deus a abençoe, Anna! — murmurou o velho novamente.

— Éramos reformadores... revolucionários... niilistas, os senhores entendem. Ele, eu e muitos outros. Então chegou uma época tumultuosa, um policial foi morto, muitos foram presos, procuravam-se provas, e, para salvar a própria vida e ganhar uma grande recompensa, meu marido traiu a própria esposa e seus companheiros. Sim, todos nós fomos presos depois da confissão dele. Alguns de nós foram parar na forca, e outros foram mandados para a Sibéria. Eu estava entre esses últimos, mas minha prisão não era perpétua. Meu marido veio para a Inglaterra com seus ganhos ilícitos e vive recluso desde então, sabendo muito bem que, se a Irmandade soubesse onde estava, não se passaria uma semana antes que a justiça fosse feita.

O velho estendeu uma mão trêmula e apanhou um cigarro.

— Estou em suas mãos, Anna — disse ele. — Você sempre foi boa para mim.

— Eu ainda não lhes contei o cúmulo de sua vilania — declarou ela. — Entre os nossos camaradas da Ordem, havia um que era meu grande amigo. Era nobre, altruísta, amoroso... tudo o que meu marido não era. Ele odiava violência. Todos nós éramos culpados, se aquilo era culpa, mas ele não. Sempre nos escrevia tentando nos dissuadir daquele caminho. Essas cartas o teriam salvado. O mesmo aconteceria com o meu diário, no qual, dia após dia, eu havia registrado tanto os meus sentimentos por ele quanto a posição que cada um de nós ocupava. Meu marido os encontrou e guardou tanto o diário quanto as cartas. Ele os escondeu e fez tudo ao seu alcance para acabar com a vida do jovem. Nisso ele fracassou, mas Alex foi condenado e mandado para a Sibéria, onde agora, neste momento, trabalha em uma mina de sal. Pense nisso, seu canalha! Pense nisso! Agora, agora mesmo, neste exato momento, Alexis, um homem cujo nome você não é digno nem de pronunciar, trabalha e vive como um escravo, enquanto eu tenho a sua vida em minhas mãos e deixo você escapar.

— Você sempre foi uma mulher nobre, Anna — disse o velho, soltando baforadas do cigarro.

Ela havia se levantado, mas caiu para trás novamente com um gemido de dor.

— Tenho de terminar — declarou ela. — Quando cumpri minha pena, decidi reaver o diário e as cartas que, se enviadas ao governo russo, garantiriam a liberdade de meu amigo. Eu sabia que meu marido viera para a Inglaterra. Depois de meses procurando, descobri onde ele estava. Eu sabia que o diário ainda estava em posse dele, pois quando eu estava na Sibéria, certa vez recebi uma carta dele, censurando-me e citando alguns trechos de suas páginas. Eu tinha certeza, no entanto, de que, por sua natureza vingativa, ele jamais o entregaria por sua própria vontade. Eu teria de consegui-lo por conta própria. Com esse objetivo em mente, contratei um agente de uma firma de detetives particulares, que ingressou na casa do meu marido como secretário; foi o seu segundo secretário,

Sergius, aquele que foi embora de forma tão precipitada. Ele descobriu que os papéis estavam guardados no armário e fez uma cópia da chave. Não quis fazer mais do que isso. Forneceu-me uma planta da casa e me disse que o escritório sempre ficava vazio pela manhã, pois o secretário ficava ocupado aqui. Desse modo, finalmente reuni a minha coragem e vim até aqui para pegar os papéis. Consegui, mas a que custo!

"Eu acabara de pegar os papéis e estava fechando o armário, quando o jovem me agarrou. Eu já o tinha visto naquela manhã. Tínhamos nos encontrado na estrada e eu lhe perguntara onde ficava a casa do professor Coram, sem saber que ele era seu empregado."

– Exatamente! Exatamente! – exclamou Holmes. – O secretário voltou e contou ao patrão sobre a mulher que havia encontrado. Então, em seu último suspiro, ele tentou passar a mensagem de que havia sido ela... a mulher com quem conversara pouco antes.

– O senhor precisa me deixar falar – disse a mulher, em um tom imperativo, e seu rosto se contraiu como se estivesse com dor. – Quando ele caiu, eu saí correndo do cômodo, escolhi a porta errada e vim parar aqui, no quarto do meu marido. Ele disse que me entregaria, mas eu mostrei a ele que, se o fizesse, sua vida estaria em minhas mãos. Se ele me entregasse à justiça, eu poderia entregá-lo à Irmandade. Não é que eu tivesse muito apego à vida, mas desejava cumprir meu propósito. Ele sabia que eu cumpriria com a minha palavra... que o seu próprio destino estava atrelado ao meu. E foi por essa razão, e por nenhuma outra, que ele me protegeu. Empurrou-me para aquele esconderijo escuro, uma relíquia dos velhos tempos, conhecido apenas por ele. Fazia suas refeições aqui no quarto, e desse modo pôde dividir a comida comigo. Ficou combinado que, assim que a polícia fosse embora, eu deveria me esgueirar pela noite e nunca mais voltar. Mas de alguma forma o senhor descobriu nossos planos.

Ela tirou um embrulhinho do decote do vestido.

– Estas são as minhas últimas palavras – declarou. – Aqui está o embrulho que salvará Alexis. Confio-o à sua honra e ao seu amor pela justiça. Pegue-o! O senhor deve entregá-lo na Embaixada da Rússia. Agora, cumpri o meu dever e...

– Impeçam-na! – gritou Holmes. Ele saltara do outro lado do cômodo e arrancara um frasquinho da mão da mulher.

– Tarde demais! – disse ela, afundando-se na cama. – Tarde demais! Tomei o veneno antes de sair do esconderijo. Minha cabeça está girando! Estou partindo! Eu lhe imploro, senhor, para que não se esqueça do embrulho.

– Um caso simples, mas, de certa forma, bastante instrutivo – observou Holmes enquanto voltávamos para Londres. – Desde o princípio girou em torno do pincenê. Se não fosse pelo feliz acaso de o moribundo tê-lo arrancado, não sei se teríamos chegado a alguma solução. Ficou claro para mim, pelo grau elevado das lentes, que a pessoa que o usava devia ficar muito cega e desamparada quando estivesse sem ele. Quando você me pediu para acreditar que ela caminhava por uma estreita faixa de grama sem dar um passo em falso, observei, como você deve se lembrar, que se tratava de um desempenho notável. Em minha mente, considerei-o como um desempenho impossível, exceto no caso improvável de ela ter um segundo par de óculos. Fui forçado, portanto, a contemplar seriamente a hipótese de que ela tivesse permanecido no interior da casa. Quando notei a semelhança entre os dois corredores, ficou claro que ela poderia muito facilmente tê-los confundido, e, nesse caso, era evidente que teria entrado no quarto do professor. Eu estava extremamente alerta, portanto, para qualquer coisa que pudesse confirmar a minha suspeita, e examinei o cômodo minuciosamente em busca de um possível esconderijo. O tapete parecia contínuo e firmemente pregado, então descartei a possibilidade de um alçapão. Era possível que houvesse uma reentrância atrás dos livros. Como você sabe, esses dispositivos são comuns em bibliotecas antigas. Observei que alguns livros estavam empilhados no chão em todos os outros pontos, mas aquela estante estava vazia. Essa, portanto, deveria ser a porta. Não consegui encontrar marcas que me guiassem, mas o carpete era pardo, o que se presta muito bem a uma análise. Por isso, fumei um grande número daqueles excelentes cigarros e espalhei as cinzas por todo o piso em frente à estante suspeita. Foi um truque simples, mas bastante eficaz. Então desci as escadas e verifiquei na sua presença, Watson, sem que você percebesse, o rumo de minhas observações, que o consumo de comida do professor Coram havia aumentado, como seria de esperar se ele estivesse alimentando uma segunda pessoa. Em seguida, subimos novamente para o quarto e, derrubando a lata de cigarros, obtive uma excelente oportunidade de examinar o chão, e pude ver com bastante clareza, pelos rastros nas cinzas de cigarro, que a prisioneira saíra de seu esconderijo durante a nossa ausência. Bem, Hopkins, cá estamos em Charing Cross, e eu o parabenizo por ter levado o caso a uma conclusão bem-sucedida. Está indo para a delegacia, sem dúvida. Creio, Watson, que eu e você iremos juntos para a Embaixada da Rússia.

Capítulo 11

• A AVENTURA DO JOGADOR DESAPARECIDO •

Tradução: Michele Gerhardt MacCulloch

Estamos muito acostumados a receber telegramas estranhos em Baker Street, mas tenho uma lembrança em particular de um que chegou até nós em uma manhã cinzenta de fevereiro, uns sete ou oito anos atrás, e que deixou o senhor Sherlock Holmes confuso por quinze minutos. Estava endereçado a ele e dizia assim:

Por favor, espere por mim. Desgraça terrível. Ala direito desaparecido, indispensável amanhã. Overton.

– Carimbo postal e enviado às dez horas e trinta e seis minutos – disse Holmes, ao ler o telegrama. – Está evidente que o senhor Overton estava consideravelmente excitado quando o enviou, ficando, assim, incoerente. Bem, bem, ouso dizer que ele estará aqui quando eu terminar de ler o *Times* e, então, saberemos o que aconteceu. Mesmo o mais insignificante dos problemas seria bem-vindo nesses dias ociosos.

As coisas realmente estavam lentas, e eu passei a temer esses períodos de inércia, pois sabia, por experiência própria, que o cérebro do meu amigo tinha uma atividade tão anormal que era perigoso deixá-lo sem material no qual trabalhar. Durante anos, de forma gradual, consegui desmamá-lo da mania de remédios que chegara a ameaçar sua notável carreira. Agora, eu sabia que, sob circunstâncias normais, ele não ansiava mais por esse estímulo artificial, mas eu tinha plena consciência de que o demônio não estava morto, apenas adormecido. E também sabia que o sono era leve e que o despertar estava próximo quando, em períodos de ócio, eu via o olhar esgotado no rosto ascético de Holmes e a inquietação em seus inescrutáveis olhos fundos. Portanto, abençoei senhor Overton, quem quer que ele fosse, por ter enviado a mensagem enigmática para interromper a perigosa calmaria que trazia mais risco para o meu amigo do que todas as tempestades de sua vida turbulenta.

Como esperávamos, logo depois da chegada do telegrama, seu remetente também chegou, e o cartão do senhor Cyril Overton, Trinity College, Cambridge, anunciou a chegada de um homem jovem e enorme, cem quilos de músculos e ossos sólidos, que ocupava toda a porta com seus ombros largos, e olhava para nós, de um para o outro, com um rosto agradável que estava abatido por tanta ansiedade.

– Senhor Sherlock Holmes?

Meu amigo assentiu.

– Eu fui a Scotland Yard, senhor Holmes. Falei com o Inspetor Stanley Hopkins, e ele me aconselhou a procurá-lo. Disse que o caso, na opinião dele, seguia mais a sua linha do que a da polícia regular.

– Por favor, sente-se e me diga qual é o problema.

– É terrível, senhor Holmes, tão terrível que não sei como meu cabelo não ficou branco. Godfrey Staunton, já ouviu falar dele, claro? Ele é simplesmente a figura central do nosso time, aquele com quem todos contam. Prefiro poupar dois jogadores e ter Godfrey na linha de três quartos. Quer esteja passando, atacando ou driblando, ninguém se compara a ele, que é o nosso líder, consegue nos manter unidos. O que devo fazer? É isso que lhe pergunto, senhor Holmes. Tem o Moorhouse, primeiro reserva, mas ele treina como zagueiro, e acaba sempre fazendo o jogo reiniciar em vez de ficar longe da linha lateral. Ele é um bom *place-kick*, é verdade, mas não tem bom senso e não consegue sair disparado quando precisa. Ora, Morton ou Johnson, zagueiros do time de Oxford, conseguiriam impedi-lo. Stevenson é bem rápido, mas não consegue lançar da linha de vinte e cinco jardas e um ala que se preze tem que conseguir jogar a bola e chutar em seguida. Não, senhor Holmes, estamos acabados, a não ser que possa me ajudar a encontrar Godfrey Staunton.

Meu amigo escutou, surpreso, o longo discurso, que foi feito com extraordinário vigor e seriedade, cada ponto sendo destacado por um tapa da mão morena no joelho daquele que falava. Quando nosso visitante ficou em silêncio, Holmes estendeu a mão, pegou seu bloco de notas e procurou na letra "S". Por um tempo, cavou em vão naquela mina de informações variadas.

– Aqui, tem Arthur H. Staunton, o jovem falsário – disse ele –, e tem Henry Staunton, que eu ajudei a enforcar, mas Godfrey Staunton é um nome novo para mim.

Foi a vez de o visitante parecer surpreso.

– Ora, senhor Holmes, achei que soubesse das coisas – comentou ele. – Suponho, então, que, se nunca ouviu falar de Godfrey Staunton, também não conhece Cyril Overton?

Holmes balançou a cabeça bem-humorado.

– Santo Deus! – exclamou o atleta. – Ora, eu fui o primeiro reserva da Inglaterra contra Gales e sou treinador do time da universidade este ano. Mas isso não é nada! Achei que não houvesse uma alma na Inglaterra que não conhecesse Godfrey Staunton, o craque da linha de três quartos de Cambridge, de Blackheath e de cinco Internacionais. Meu Deus! Sherlock Holmes, em que mundo você vive?

Holmes riu da ingenuidade do jovem gigante.

– O seu mundo é diferente do meu, senhor Overton, mais doce e mais saudável. As minhas ramificações se estendem em muitas áreas da sociedade, mas nunca, devo dizer, cheguei ao esporte amador, que é a melhor coisa da Inglaterra. Entretanto, sua inesperada visita esta amanhã me mostrou que, mesmo no mundo do ar fresco e dos esportes, pode haver trabalho para mim. Então, agora, meu bom cavalheiro, peço que se sente e, devagar e com calma, me conte exatamente o que aconteceu e como deseja que eu lhe ajude.

O rosto do jovem Overton assumiu a expressão chateada de um homem que está mais acostumado a usar os músculos do que o cérebro, mas em estágios, com muitas repetições e obscuridades que devo omitir desta narrativa, ele contou sua estranha história para nós.

– Bem, senhor Holmes. Como eu disse, sou o treinador do time de rúgbi da Universidade de Cambridge, e Godfrey Staunton é meu melhor jogador. Amanhã, vamos jogar contra o time de Oxford. Ontem, todos nós nos encontramos e nos hospedamos em um hotel em Bentley. Às dez horas, fiz uma ronda e vi que todos tinham ido para seus quartos, já que acredito em treino pesado e muito sono para manter um time em forma. Troquei algumas palavras com Godfrey antes de ele se deitar. Ele me pareceu pálido e aborrecido. Perguntei qual era o problema. Ele disse que estava tudo bem, só com um pouco de dor de cabeça. Desejei boa noite e o deixei. Meia hora depois, o porteiro me disse que um homem barbudo de aparência rude apareceu com um bilhete para Godfrey.

Overton continuou:

– Ele não estava dormindo e levaram o bilhete até o quarto dele. Godfrey leu e caiu sentado em uma cadeira como se tivesse sido atingido por um machado. O porteiro ficou tão assustado que ia me chamar, mas Godfrey o impediu, tomou um copo de água e se recompôs. Então, desceu, trocou algumas palavras com o homem que esperava no saguão e os dois saíram juntos. A última coisa que o porteiro viu foi os dois correndo pela rua na direção da Strand. Esta manhã, o quarto de Godfrey estava vazio, a cama arrumada e as coisas dele estavam exatamente como eu vira ontem à noite. Ele saiu com esse estranho e não tivemos notícias dele desde então. Eu acho que ele não vai voltar. Ele era um atleta, era

Godfrey, até a raiz dos cabelos, e não teria abandonado seu treinamento e decepcionado seu treinador se não fosse por uma boa causa, que fosse realmente forte para ele. Não, eu sinto que ele foi embora para sempre e nunca mais vamos vê-lo de novo.

Sherlock Holmes escutou com a maior atenção a essa narrativa singular, então perguntou:

– O que você fez?

– Mandei um telegrama para Cambridge para saber se alguém tinha alguma notícia dele por lá. A resposta foi que ninguém o havia visto.

– Ele poderia ter voltado para Cambridge?

– Sim, tem um trem às onze e quinze.

– Mas, pelo que você sabe, ele não pegou o trem?

Não, ninguém o viu.

– O que fez depois?

– Mandei um telegrama para o lorde Mount-James.

– Por que lorde Mount-James?

– Godfrey é órfão, e lorde Mount-James é o parente mais próximo, tio, se não me engano.

– De fato, isso joga uma nova luz sobre a questão. Lorde Mount-James é um dos homens mais ricos da Inglaterra.

– Foi o que Godfrey disse.

– E seu amigo era próximo do tio?

– Sim, ele era herdeiro, e o velho já está com quase oitenta anos e tem gota. Dizem que os dedos já estão todos deformados. Godfrey nunca ganhou um xelim sequer do tio, por isso está na miséria, mas logo tudo será dele.

– Recebeu resposta do lorde Mount-James?

– Não.

– Qual motivo seu amigo teria para procurar lorde Mount-James?

– Bem, alguma coisa o estava preocupando ontem à noite, e se tivesse a ver com dinheiro, é possível que procurasse o parente mais próximo, que tem tanto dinheiro. Embora, pelo que eu sei, ele não teria muita chance de conseguir. Godfrey não gostava muito do velho. Só o procuraria se não pudesse evitar.

– Bem, logo conseguiremos determinar isso. Se o seu amigo procurou o parente, lorde Mount-James, ainda falta explicar a visita do sujeito de aparência rude tarde da noite e a agitação causada por ele.

Cyril Overton pressionou a mão na cabeça.

Não sei nada sobre isso – disse ele.

– Bem, não tenho compromissos hoje e ficarei feliz em investigar o assunto – afirmou Holmes. – Eu recomendo que vá se preparar para seu jogo sem contar com o jovem cavalheiro. Como você mesmo disse, uma necessidade avassaladora deve tê-lo feito ir embora daquela maneira, e a mesma necessidade provavelmente está segurando-o. Vamos voltar juntos para o hotel e ver se o porteiro pode nos dar mais alguma informação.

Sherlock Holmes era um mestre na arte de deixar uma simples testemunha à vontade, e logo, na privacidade do quarto abandonado de Godfrey Staunton, ele extraiu tudo que o porteiro tinha a dizer. O visitante da noite anterior não era um cavalheiro, nem um trabalhador. Era apenas o que o porteiro descreveu como "sujeito de aparência mediana", com uns cinquenta anos, barba grisalha, rosto pálido, vestido de forma simples. Ele próprio parecia estar agitado. O porteiro percebera sua mão tremendo quando entregou o bilhete. Godfrey Staunton enfiara o bilhete no bolso e não apertara a mão do homem no saguão. Os dois trocaram algumas frases, das quais o porteiro só conseguiu escutar uma única palavra: "tempo". Então, eles saíram correndo. O relógio da parede marcava dez e meia.

– Deixe-me entender – disse Holmes, sentado na cama de Staunton. – Você é o porteiro diurno, não é?

– Sim, senhor, eu trabalho até as onze horas.

– Suponho que o porteiro noturno não viu nada?

– Não, senhor, um grupo de teatro chegou tarde. Ninguém mais.
– Você estava de plantão ontem o dia todo?
– Sim, senhor.
– Recebeu alguma mensagem para o senhor Staunton?
– Sim, um telegrama.
– Ah! Isso é interessante. Que horas foi isso?
– Por volta das seis.
– Onde o senhor Staunton estava quando recebeu o telegrama?
– No quarto dele.
– Você estava presente quando ele o abriu?
– Sim, senhor, esperei para ver se teria uma resposta.
– E teve?
– Teve sim, senhor, ele escreveu uma resposta.
– Você levou?
– Não, ele mesmo levou.
– Mas ele escreveu na sua presença.
– Sim, senhor. Eu estava esperando na porta e ele, de costas virado para a mesa. Quando acabou de escrever, disse: "Está tudo certo, eu mesmo levo".
– O que ele usou para escrever?
– Uma caneta, senhor.
– O formulário para o telegrama era um desses em cima da mesa?
– Sim, senhor, era o de cima.

Holmes se levantou. Pegando os formulários, levou-os para a janela e, cuidadosamente, examinou o que estava por cima.

– Uma pena ele não ter escrito a lápis – comentou ele, largando-os em cima da mesa, decepcionado. – Como você já observou frequentemente, Watson, a impressão costuma passar de uma folha para a outra... um fato que já acabou com muitos casamentos. Contudo, não consigo ver traços aqui. Mas me alegro ao perceber que ele escreveu com uma caneta de pena de ponta grossa, e não tenho dúvidas de que encontraremos marcas sobre esse mata-borrão. Ah, sim, certamente está aqui!

Ele rasgou um pedaço do mata-borrão e virou para nós os seguintes símbolos:

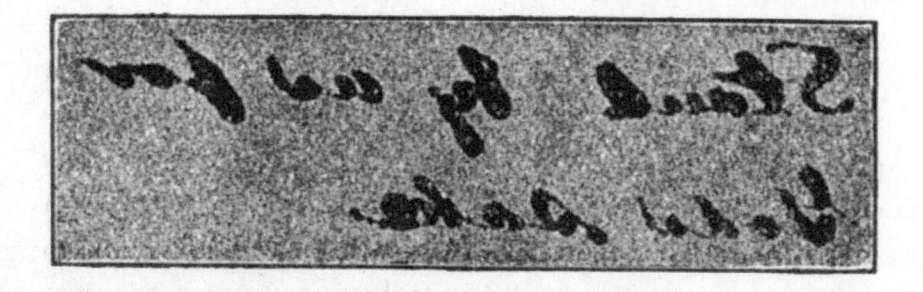

Cyril Overton ficou muito animado.

– Segure contra o vidro! – exclamou ele.

– Não é necessário – disse Holmes. – O papel é fino, conseguimos ler pelo outro lado. Aqui está.

Ele virou a folha e todos nós lemos:

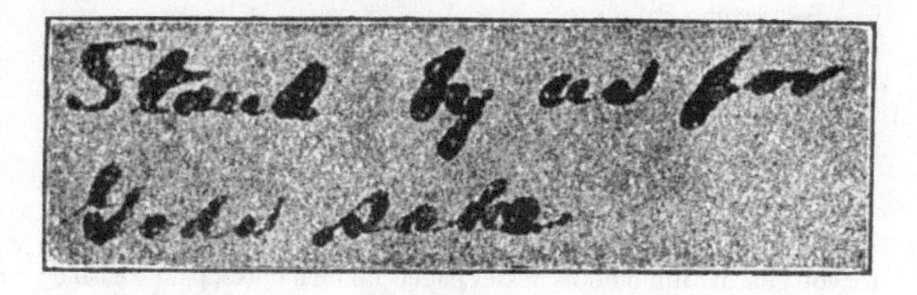

– Então, esse é o final do telegrama que Godfrey Staunton enviou poucas horas antes do seu desaparecimento. Pelo menos, seis palavras da mensagem não estão aqui; mas o que restou, "Fique conosco, pelo amor de Deus!", prova que este jovem via um perigo extraordinário se aproximando, e do qual alguém poderia protegê-lo. Percebam "conosco"! Tem outra pessoa envolvida. Quem mais poderia ser, se não o homem pálido e barbudo que também parecia nervoso? Então, qual é a conexão entre Godfrey Staunton e o homem barbado? E qual é a terceira fonte para a qual os dois recorreram em busca de ajuda contra o perigo iminente? A nossa investigação já se afunilou para isso.

— Precisamos apenas descobrir para quem esse telegrama estava endereçado — sugeri.

— Exato, caro Watson. Sua reflexão, embora significativa, já passou pela minha cabeça. Mas acredito que os senhores já tenham notado que podemos enfrentar relutância por parte das autoridades para conseguirmos o canhoto da mensagem do outro homem. Esses assuntos costumam ser confidenciais. Entretanto, não tenho dúvidas de que, com um pouco de delicadeza e simpatia, conseguiremos chegar ao nosso fim. Enquanto isso, na sua presença, senhor Overton, eu gostaria de examinar esses outros papéis que foram deixados em cima da mesa.

Havia algumas cartas, contas e cadernetas, que Holmes examinou com dedos rápidos e nervosos e olhos ligeiros e penetrantes.

— Nada aqui — concluiu ele, finalmente. — A propósito, suponho que seu amigo seja um rapaz saudável. Nada de errado com ele?

— Forte como um touro.

— Já o viu doente?

— Nem um único dia. Uma vez, ele foi poupado por causa de um corte e, outra vez, ele deslocou a patela. Mas não foi nada.

— Talvez ele não fosse tão forte quanto o senhor supunha. Tendo a pensar que ele tinha algum problema secreto. Com o seu consentimento, vou guardar um ou dois desses papéis no meu bolso, para o caso de serem necessários em nossa investigação futura.

— Um momento, um momento! — chamou uma voz lamurienta, e nós olhamos na direção da porta e encontramos um pequeno senhor idoso e esquisito, retorcendo-se parado ali. Ele estava vestido com roupas pretas e gastas, com um chapéu de abas largas e gravata branca solta, o efeito era de um pároco rústico ou de um coveiro mudo. Ainda assim, apesar de sua aparência pobre e até absurda, sua voz era aguda e seu jeito, de uma intensidade que chamava atenção. Ele perguntou: — Quem é você e com que direito está tocando nos papéis deste cavalheiro?

– Sou um detetive particular e estou tentando explicar o desaparecimento dele.

– Ah, você é um detetive. E quem o contratou?

– Este cavalheiro, amigo do senhor Staunton. A Scotland Yard o encaminhou para mim.

– Quem é você?

– Sou Cyril Overton.

– Então foi você que me enviou o telegrama. Meu nome é lorde Mount-James. Eu vim o mais rápido que o ônibus de Bayswater conseguiu me trazer. Então você contratou o detetive?

– Sim, senhor.

– E está preparado para arcar com as despesas?

– Não tenho dúvidas de que meu amigo Godfrey, quando o encontrarmos, estará preparado para isso.

– Mas e se ele nunca for encontrado, hein? Responda essa!

– Nesse caso, sem dúvidas, a família dele...

– Nada disso! – gritou o homenzinho. – Não me peça um centavo, um centavo sequer! Entendeu, senhor Detetive? Eu sou a única família que esse jovem possui e estou dizendo que não sou responsável por ele. Se ele tem alguma expectativa, é devido ao fato de que eu nunca desperdicei dinheiro, e não pretendo começar agora. Quanto aos papéis que estavam pegando, já vou avisando que, se houver alguma coisa de valor, vocês terão que prestar as contas do que fizeram.

– Muito bem, senhor – disse Sherlock Holmes. – Enquanto isso, posso lhe perguntar se tem alguma teoria para explicar o desaparecimento desse jovem?

– Não tenho, não. Ele já é grandinho e tem idade suficiente para se cuidar sozinho, e se ele é tão idiota a ponto de se perder, eu me recuso a aceitar a responsabilidade de ir atrás dele.

– Entendo sua posição – disse Holmes, com um brilho travesso no olhar –, mas talvez você não entenda a minha. Godfrey Staunton parece ser um homem pobre. Se ele foi sequestrado, não pode ter sido por nada que ele possua. A fama da sua riqueza já se espalhou até para fora do país, lorde Mount-James, e é inteiramente possível que uma gangue de ladrões tenha pego o seu sobrinho para conseguir alguma informação sobre a sua casa, seus hábitos, seu tesouro.

O rosto do nosso desagradável visitante ficou tão branco quanto sua gravata.

– Céus, que ideia! Nunca pensei em tamanha maldade! Que delinquentes desumanos existem no mundo! Mas Godfrey é um bom rapaz, forte. Nada o levaria a entregar seu velho tio. Vou levar toda a prataria para o banco hoje à noite mesmo. Enquanto isso, não meça esforços, senhor Detetive! Imploro que não deixe pedra sobre pedra para trazê-lo para casa em segurança. Quanto ao dinheiro, bem, até cinco ou dez libras, pode contar comigo.

Mesmo com sua mente disciplinada, o nobre avarento não conseguiu nos dar nenhuma informação que ajudasse, já que sabia pouco da vida pessoal do sobrinho. A nossa única pista estava no telegrama truncado e, com uma cópia nas mãos, Holmes partiu para encontrar o segundo elo de sua corrente. Nós nos despedimos do lorde Mount-James, e Overton foi se encontrar com os outros companheiros para falar sobre a desgraça que se abatera sobre o time.

Havia um telégrafo perto do hotel. Paramos do lado de fora.

– Vale a pena tentar, Watson – disse Holmes. – Claro, com um mandado, nós conseguiríamos ver os canhotos, mas ainda não chegamos a esse estágio. Acredito que eles nem lembrem dos rostos em um lugar tão movimentado. Vamos tentar.

– Com licença, sinto muito por incomodá-la – ele começou, da forma mais simpática que conseguia, para a jovem sentada atrás da grade –, cometi um pequeno erro em um telegrama que enviei ontem. Não recebi resposta, e acredito que tenha esquecido de colocar meu nome no final. A senhorita poderia me informar se isso realmente aconteceu?

A jovem mexeu em um maço de canhotos.

– Que horas foi? – perguntou ela.

– Um pouco depois das seis.

– Para quem foi?

Holmes colocou o dedo sobre os lábios e olhou para mim.

– As últimas palavras foram "pelo amor de Deus" – respondeu ele, calmamente. – Estou muito ansioso por não ter recebido uma resposta.

A jovem separou um dos formulários.

– Aqui está. Sem nome – disse ela, alisando o papel em cima do balcão.

– Claro, então foi por isso que eu não recebi resposta – comentou Holmes. – Que burro eu fui! Bom dia, senhorita, e muito obrigada por me deixar aliviado. – Ele riu e esfregou as mãos quando chegamos à rua de novo.

– Bem? – perguntei.

– Progredimos, caro Watson, progredimos. Eu tinha sete planos diferentes para conseguir dar uma olhada no telegrama, nem tinha esperanças de conseguir na primeira tentativa.

– E o que descobriu?

– Um ponto de partida para a nossa investigação. – Ele chamou um táxi. – Estação King's Cross – instruiu ele.

– Faremos uma viagem, então?

– Sim, acho que precisamos ir juntos para Cambridge. Todas as indicações levam para essa direção.

– Diga-me – pedi, enquanto passávamos pela Gray's Inn Road –, você já tem alguma suspeita sobre a causa do desaparecimento? Dentre os nossos casos, não me lembro de nenhum em que o motivo fosse tão obscuro. Certamente, não acredita que ele pode ter sido sequestrado para dar informações sobre o tio rico?

– Confesso, caro Watson, que essa explicação não me parece muito provável. Mas percebi, porém, que era a que tinha mais chances de interessar aquele senhor tão desagradável.

– Certamente conseguiu. Mas quais são as suas alternativas?

– Posso mencionar várias. Você deve admitir que é curioso e sugestivo que este incidente ocorra na véspera de um jogo importante, e que envolva o único homem cuja presença pareça essencial para o sucesso do seu time. Isso pode, claro, ser uma coincidência, mas é interessante. Não há apostas no esporte amador, mas apostas extraoficiais acontecem entre o público, e é possível que possa valer a pena para alguém pegar um jogador da mesma forma que os rufiões do turfe fazem com um cavalo de corrida. Existe outra explicação. Um motivo bem óbvio é o fato de este jovem ser herdeiro de uma grande fortuna, por mais modesto que seja atualmente, não é impossível que tenham armado para pegá-lo e pedir um resgate.

– Essas teorias não levam o telegrama em consideração.

– Verdade, Watson. O telegrama continua sendo a única coisa sólida com a qual temos que lidar, e não podemos desviar nossa atenção. Estamos a caminho de Cambridge para esclarecer o propósito desse telegrama. O curso da nossa investigação no momento é obscuro, mas ficarei muito surpreso se antes de escurecer não tivermos esclarecido isso, ou avançado consideravelmente nessa direção.

Já estava quase escuro quando chegamos à antiga cidade universitária. Holmes pegou um táxi na estação e mandou o motorista levá-lo à casa do doutor Leslie Armstrong. Poucos minutos depois, paramos na frente de uma mansão na rua mais movimentada. Fomos recebidos e, após uma longa espera, pudemos entrar no consultório, onde encontramos o médico sentado atrás de sua mesa.

Fico impressionado com a forma como perdi contato com a minha profissão a ponto de o nome Leslie Armstrong ser desconhecido para mim. Agora, eu sei que ele não é apenas um dos responsáveis pela faculdade de medicina da universidade, mas também um pensador da reputação europeia em mais de um ramo das ciências. Mesmo sem saber o histórico brilhante dele, qualquer pessoa ficaria impressionada só de olhar para o homem: o rosto forte e quadrado, os olhos taciturnos sob sobrancelhas claras e a inflexível mandíbula que parecia feita de granito. Um homem de personalidade forte, mente alerta, sombrio, ascético, de poucas palavras, formidável. Assim eu interpretei o doutor Leslie Armstrong. Ele segurava o cartão do meu amigo e o fitou com uma expressão nem um pouco satisfeita.

– Já ouvi falar seu nome, senhor Sherlock Holmes, e tenho ciência da sua profissão que, de forma alguma, aprovo.

– Nisso, o senhor concorda com todos os criminosos do país – disse meu amigo, calmamente.

– Então, contanto que seus esforços sejam direcionados à supressão do crime, todos os membros sensatos da comunidade deveriam apoiá-lo, embora eu não duvide que a máquina pública seja amplamente suficiente para esse propósito. A sua vocação fica mais aberta a críticas quando o senhor se intromete nos segredos da vida privada dos indivíduos, quando desperta assuntos de família que ficam melhores escondidos, e quando, incidentalmente, desperdiça o tempo de homens que estão ocupados. No momento, por exemplo, eu deveria estar escrevendo um tratado em vez de conversando com o senhor.

– Sem dúvida, doutor, ainda assim, nossa conversa se provará mais importante do que o tratado. Incidentalmente, eu lhe digo que estamos fazendo o contrário do que acabou de me acusar, e que estamos nos empenhando para evitar qualquer coisa parecida com exposição pública de assuntos pessoais, o que necessariamente aconteceria se o caso estivesse nas mãos da polícia. O senhor deve me ver apenas como um pioneiro excêntrico, que vai na frente das forças regulares do país. Eu vim lhe perguntar sobre o senhor Godfrey Staunton.

– O que tem ele?

– O senhor o conhece, não conhece?

– Ele é meu amigo íntimo.

– O senhor tomou conhecimento do desaparecimento dele?

– Ah, com certeza! – A expressão no rosto do médico não mudou.

– Ele saiu do hotel ontem à noite e não se teve mais notícias dele.

– Sem dúvidas, ele vai voltar.

– Amanhã é o jogo de futebol das universidades.

– Não tenho a menor simpatia por esses jogos infantis. O paradeiro do jovem me interessa, pois o conheço e gosto dele. Mas o jogo de futebol nem sequer entra no meu horizonte.

– Peço sua simpatia, então, com a minha investigação sobre o paradeiro do senhor Staunton. O senhor sabe onde ele está?

– Certamente não.

– O senhor não o viu desde ontem?

– Não, eu não o vi.

– O senhor Staunton era um homem saudável?

– Muito.

– O senhor já o viu doente?

– Nunca.

Holmes mostrou uma folha de papel para o médico.

– Então, talvez, o senhor possa explicar esse recibo de treze guinéus, pago por Godfrey Staunton no mês passado para o doutor Leslie Armstrong, de Cambridge. Eu peguei o recibo entre os papéis que estavam na mesa dele.

O médico ficou vermelho de raiva.

– Eu não vejo nenhum motivo para que eu lhe dê uma explicação, senhor Holmes.

Holmes guardou o recibo de volta em sua caderneta.

– Se o senhor preferir uma explicação pública, vai chegar mais cedo ou mais tarde – avisou ele. – Eu já lhe disse que posso manter isso em segredo enquanto outros vão publicar. Então seria mais sábio confiar em mim.

– Eu não sei de nada a respeito disso.

– O senhor recebeu alguma notícia do senhor Staunton em Londres?

– Com certeza não.

– Ora, ora, o telégrafo de novo! – Holmes suspirou, exausto. – Um telegrama muito urgente foi enviado para o senhor de Londres por Godfrey Staunton às seis e quinze de ontem. Um telegrama que, sem a menor dúvida, está associado ao desaparecimento dele. Ainda assim, o senhor não o recebeu. Isso é negligência. Irei ao telégrafo daqui registrar a minha reclamação.

Doutor Leslie Armstrong saiu de trás da mesa, e seu rosto estava roxo de raiva.

– Vou pedir que saia da minha casa, senhor – vociferou ele. – Pode dizer ao homem que o contratou, lorde Mount-James, que eu não quero me envolver nem com ele nem com os agentes dele. Não, senhor... nem mais uma palavra! – Ele tocou a campainha, furiosamente. – John, leve esses cavalheiros até a porta!

Um mordomo pomposo nos guiou até a porta e, quando vimos, estávamos na rua. Holmes caiu na gargalhada.

– Doutor Leslie Armstrong certamente é um homem enérgico e de personalidade – comentou ele. – Ainda não vi um homem que, usando seus talentos daquela forma, fosse mais perfeito para assumir o lugar deixado pelo ilustre Moriarty. E agora, meu pobre Watson, aqui estamos nós, presos e sem amigos nesta cidade inóspita, a qual não podemos deixar sem abandonar nosso caso. Essa pequena hospedaria em frente à casa de Armstrong atende perfeitamente às nossas necessidades. Será que você podia reservar quartos da frente e comprar o que precisamos para passar a noite, enquanto eu faço algumas investigações?

Essas investigações, porém, se mostraram mais longas do que Holmes imaginara, considerando que só chegou na hospedaria quase nove da noite. Ele estava pálido e decepcionado, sujo de poeira, exausto e faminto. Um jantar frio o esperava em cima da mesa, e quando suas necessidades foram satisfeitas e seu cachimbo, aceso, estava pronto para assumir aquela visão meio cômica e totalmente filosófica que lhe era natural quando seus casos estavam indo mal. O som de rodas fez com que ele se levantasse e olhasse pela janela. Uma carruagem de quatro rodas puxada por dois cavalos cinza, sob a luz do lampião, estava parada em frente à casa do médico.

– Ela está fora há três horas – afirmou Holmes, – saiu às seis e meia, e agora está de volta. Isso dá um raio entre quinze e vinte quilômetros, e ele faz isso uma ou duas vezes ao dia.

– Nada fora do comum para um médico atendendo pacientes.

– Mas Armstrong não é o tipo de médico que atende pacientes. Ele é palestrante e consultor, não se importa muito com a prática de uma maneira geral, pois acredita que o distrai do trabalho literário. Por que, então, ele faz essas longas viagens, que devem ser um tanto cansativas para ele, e quem ele visita?

– O cocheiro dele...

– Meu caro Watson, você duvida que ele tenha sido a primeira pessoa a quem recorri? Não sei se por crueldade própria ou induzido pelo patrão, mas ele foi rude ao ponto de colocar um cachorro atrás de mim. Nem o cachorro nem o dono gostaram da minha bengala, e a tentativa fracassou. As relações ficaram tensas depois disso, tornando impossível prosseguir com a investigação. Tudo que descobri foi com um morador local muito amigável no quintal da nossa hospedaria. Foi ele que me contou sobre os hábitos do médico e de sua longa jornada diária. Naquele instante, para dar crédito a ele, a carruagem saiu pelo portão.

– Não foi possível segui-la?

– Excelente, Watson! Você está brilhante esta noite. A ideia passou pela minha cabeça. Como deve ter observado, tem uma loja de bicicletas ao lado da nossa hospedaria. Corri até lá, aluguei uma bicicleta, e consegui sair atrás antes de perder a carruagem de vista. Rapidamente, a alcancei e, então, mantendo uma distância discreta de uns cem metros, segui suas luzes até sairmos da cidade. Estávamos já em uma estrada rural quando algo angustiante aconteceu. A carruagem parou, o médico desceu, caminhou rapidamente até onde eu havia parado e me falou de uma forma um tanto sarcástica que a estrada era muito estreita e que esperava que a carruagem dele não impedisse a passagem da minha bicicleta. Nada poderia ser mais admirável do que a forma como ele conduziu a situação.

Holmes continuou:

– Na mesma hora, passei a carruagem e, me mantendo na estrada principal, pedalei por mais alguns quilômetros, então parei em um local conveniente para ver se a carruagem já havia passado. Nem sinal dela, porém, então ficou evidente que virara em alguma das muitas estradinhas pelas quais passei. Pedalei de volta, mas não vi mais a carruagem, e agora, como pode ver, ela chegou depois de mim. Claro, no início, eu não tinha nenhuma razão para conectar essas viagens com o desaparecimento de Godfrey Staunton, e só pretendia investigá-las de uma maneira geral, pois tudo que diz respeito ao dotuor Armstrong, no momento, nos interessa. Mas, agora que descobri que ele vigia com tanta atenção qualquer pessoa que possa estar seguindo-o nessas excursões, o assunto me parece mais importante, e não me darei por satisfeito até esclarecer a questão.

– Podemos segui-lo amanhã.

– Podemos? Não é tão fácil quanto pensa. Você não conhece o cenário do condado de Cambridge, conhece? Não ajuda uma pessoa a se esconder. Todo o campo pelo qual passei esta noite é aberto e plano como a palma da sua mão, e o homem que estávamos seguindo não é bobo, como deixou bem claro mais cedo. Enviei um telegrama para Overton para que mande notícias de qualquer novidade em Londres para este endereço e, enquanto isso, vamos concentrar nossa atenção no doutor Armstrong, cujo nome a jovem do telégrafo permitiu que eu lesse no canhoto da mensagem urgente de Staunton. Ele sabe onde o jovem está, disso eu tenho certeza, e se ele sabe, será um fracasso nosso não conseguir descobrir. No momento, precisamos admitir que ele está com o trunfo e, como você bem sabe, Watson, eu não costumo sair do jogo nessa condição.

Ainda assim, o dia seguinte não nos ajudou a chegar mais perto da solução do mistério. Holmes recebeu um bilhete após o café da manhã, que me entregou com um sorriso.

Sir, posso lhe garantir que está perdendo o seu tempo vigiando meus movimentos. Como descobriu ontem à noite, existe uma janela na traseira da minha carruagem, e se deseja uma viagem de trinta e cinco quilômetros que o levará de volta ao ponto em que começou, só precisa me seguir. Enquanto isso, posso lhe informar que me espionar não vai ajudar o senhor Godfrey Staunton, e estou convencido de que o melhor que o senhor pode fazer para aquele cavalheiro é voltar imediatamente para Londres e dizer para quem o contratou que não conseguiu encontrá-lo. Seu tempo em Cambridge será certamente desperdiçado.

Atenciosamente,
Leslie Armstrong

– O médico é um antagonista honesto e direto – comentou Holmes. – Bem, ele incita a minha curiosidade, e eu realmente preciso conhecê-lo melhor antes de ir embora.

– A carruagem dele está na porta agora – informei. – Ele está entrando nela. Eu o vi olhando para a nossa janela enquanto subia. Acho que vou tentar a sorte com a bicicleta hoje.

– Não, não, caro Watson! Com todo respeito à sua perspicácia natural, não acredito que você seja um oponente à altura desse valoroso médico. Acho que talvez eu consiga chegar ao nosso objetivo fazendo algumas explorações independentes. Infelizmente, terei de deixá-lo sozinho, pois *dois* estranhos aparecerem fazendo perguntas nessa tranquila cidade rural pode gerar mais fofocas do que eu gostaria. Não tenho dúvidas de que você vai encontrar o que fazer nessa respeitável cidade. E espero voltar com notícias mais favoráveis antes de escurecer.

Mais uma vez, porém, meu amigo só encontrou decepção. Voltou à noite cansado e fracassado.

– Meu dia foi desperdiçado, Watson. Sabendo a direção que o médico segue, passei o dia visitando as aldeias naquele lado de Cambridge, e comparando anotações com os publicanos e outras agências de notícias locais. Consegui explorar algumas localidades: Chesterton, Histon, Waterbeach e Oakington, e nenhuma teve o resultado esperado. A chegada de uma carruagem grande com dois cavalos cinza não passaria despercebida em nenhum desses lugares adormecidos. O médico marcou mais um ponto. Algum telegrama para mim?

– Sim, eu abri. Aqui está:

Pergunte por Pompey de Jeremy Dixon, em Trinity College.

– Não entendi.

– Ah, está bem claro. É do nosso amigo Overton, e é uma resposta para uma pergunta minha. Vou mandar uma mensagem agora mesmo para o senhor Jeremy Dixon, e sem dúvidas nossa sorte vai mudar. A propósito, alguma notícia do jogo?

– Sim. A edição noturna do jornal local fez uma excelente cobertura. Oxford venceu por um gol e dois *tries*. As últimas frases da matéria foram: "A derrota dos Light Blues pode ser inteiramente atribuída à ausência do craque Godfrey Staunton, cuja falta foi sentida em cada minuto do jogo. A falta de combinação na linha de três quartos e a fraqueza deles em atacar e defender mais do que neutralizou os esforços do time".

Então, o pressentimento do nosso amigo Overton era justificado – concluiu Holmes. – Pessoalmente, concordo com o doutor Armstrong, futebol não entra no meu horizonte. Vamos para cama cedo hoje, Watson, estou prevendo que amanhã será um dia cheio.

Fiquei horrorizado ao ver Holmes na manhã seguinte, sentado em frente à lareira segurando sua minúscula seringa hipodérmica. Eu associava aquele instrumento à única fraqueza da natureza dele, e temi o pior quando a vi brilhando em sua mão. Ele riu da minha expressão de angústia e a colocou sobre a mesa.

– Não, não, meu caro amigo, não precisa ficar alarmado. Nesta ocasião, esse instrumento não é para o mal, muito pelo contrário, ele pode ser a chave para o nosso mistério. Estou colocando todas as minhas esperanças nessa seringa. Acabei de voltar de uma pequena expedição de reconhecimento. Tome um bom café da manhã, Watson. Minha proposta é seguir o doutor Armstrong hoje, e quando começar, não vou parar para comer nem para descansar até que encontre a toca dele.

– Nessa caso – opinei –, é melhor levarmos nosso café da manhã, pois ele resolveu começar cedo hoje. A carruagem já está na porta.

– Esqueça. Deixe-o ir. Ele será esperto se conseguir ir a algum lugar que eu não consiga segui-lo. Quando você terminar, vamos descer e eu vou lhe apresentar a um detetive que é especialista no tipo de trabalho que temos em mãos.

Quando descemos, segui Holmes até os estábulos, onde ele abriu a porta de uma baia e deixou sair um cachorro atarracado, de orelhas caídas, branco e marrom, algo entre um *beagle* e um *foxhound*.

– Deixe-me apresentá-lo ao Pompey – disse ele. – Pompey é o orgulho dos cães de caça locais, não corre muito, como a estrutura dele mostra, mas tem o faro apuradíssimo. Bem, Pompey, você pode não ser rápido, mas temo que seja rápido demais para dois cavalheiros de meia-idade de Londres, então, vou tomar a liberdade de prender uma guia de couro na sua coleira. Agora, garoto, vamos e nos mostre o que você sabe fazer.

Ele o levou até a porta da casa do médico. O cachorro farejou por um instante e, então, com um latido animado, seguiu pela rua, puxando a guia em uma tentativa de ir mais rápido. Em meia hora, saímos da cidade e entramos na estrada rural.

– O que você fez, Holmes? – perguntei.

– Uma artimanha antiga e respeitável, mas útil para essa ocasião. Fui até o quintal do médico hoje de manhã e injetei uma seringa cheia de anis na roda da carruagem. Um cão de caça seguiria o anis daqui até a Escócia, e o nosso amigo, Armstrong, teria que atravessar o rio Cam antes de conseguir despistar Pompey. Ah, esse patife astuto! Foi assim que ele me despistou na outra noite.

De repente, o cachorro saiu da estrada principal e entrou em uma alameda com a grama já alta. Quase um quilômetro à frente, ela se abriu em outra estrada larga, e a trilha virava para a direita, na direção da cidade da qual tínhamos acabado de sair. A estrada se estendia pelo sul da cidade e continuava na direção oposta de onde havíamos começado.

– Esse passeio, então, foi apenas para nos despistar? – questionou Holmes. – Não é de admirar que a minha investigação com todos os aldeões não tenha levado a nada. O médico certamente nos pregou uma peça e eu gostaria de saber o porquê de uma elaboração tão grande para nos enganar. À nossa direita, deve ficar a aldeia de Trumpington. E, meu Deus! Lá está a carruagem. Rápido, Watson, rápido ou estamos perdidos!

Ele atravessou correndo um portão que se abria para um campo, arrastando um relutante Pompey atrás dele. Mal tínhamos nos escondido embaixo de um abrigo quando o carruagem passou. Consegui ver o doutor Armstrong lá dentro, os ombros arqueados, a cabeça mergulhada nas mãos, a imagem do desespero. Pela expressão grave do meu amigo, percebi que ele também tinha visto.

– Temo que nossa busca terá um fim sombrio – anunciou ele. – Não pode demorar muito até descobrirmos. Vamos, Pompey! Olhe, tem um chalé no campo!

Não havia dúvidas de que tínhamos chegado ao final da nossa jornada. Pompey saiu correndo e latindo, ansioso, do lado de fora do portão, onde as marcas das rodas da carruagem ainda podiam ser vistas. Uma trilha levava até o chalé solitário. Holmes amarrou o cachorro à cerca e nós seguimos a trilha. Meu amigo bateu na pequena porta rústica, e bateu de novo, sem resposta. Mas o chalé não estava deserto, pois um som baixo chegava aos nossos ouvidos, como um zumbido de tristeza e desespero que era incrivelmente melancólico. Holmes parou, indeciso, e então olhou para trás, para o caminho que tínhamos acabado de atravessar. Uma carruagem estava vindo, inconfundível com aqueles dois cavalos cinza.

– Meu Deus, o médico está voltando! – exclamou Holmes. – Isso resolve o problema. Vamos descobrir o significado disso antes que ele chegue.

Ele abriu a porta e entrou no vestíbulo. O zumbido ficou mais alto em nossos ouvidos até que se tornasse um longo e intenso choro de tristeza. Vinha do andar de cima. Holmes subiu e eu o segui. Ele empurrou uma porta entreaberta, e nós dois ficamos horrorizados com o que vimos.

Uma mulher jovem e bonita estava deitada na cama, morta. O rosto pálido e calmo, com olhos azuis arregalados, encarava o teto entre a confusão do cabelo dourado. Aos pés da cama, meio sentado, meio ajoelhado, com o rosto enterrado nas roupas, estava um jovem, cujo corpo tremia com os soluços. Ele estava tão absorto em sua tristeza que não levantou o olhar até que Holmes colocasse a mão em seu ombro.

– Você é Godfrey Staunton?

– Sou sim... mas o senhor chegou tarde demais. Ela está morta.

O homem estava tão atordoado que não conseguiria entender que não éramos médicos enviados para ajudá-lo. Holmes estava se esforçando para dizer algumas palavras de consolo e para explicar a preocupação que seus amigos ficaram por causa de seu desaparecimento, quando ouviram alguém subindo as escadas e encontraram o rosto questionador e austero do doutor Armstrong parado à porta.

– Então, cavalheiros – disse ele –, conseguiram cumprir seu objetivo e certamente escolheram um momento particularmente delicado para a intrusão. Não vou entrar em uma briga na presença da morte, mas posso garantir que, se eu fosse mais jovem, a conduta monstruosa dos senhores não ficaria impune.

– Desculpe-me, doutor Armstrong, acho que temos os mesmos propósitos – falou meu amigo, com dignidade. – Se o senhor puder descer comigo, ambos poderemos fazer alguns esclarecimentos sobre o assunto infeliz.

Um minuto depois, o soturno médico e nós estávamos na sala de estar no andar de baixo.

– Bem, senhor? – questionou ele.

– Em primeiro lugar, gostaria que o senhor soubesse que não fui contratado pelo lorde Mount-James, e que não tenho a menor simpatia por aquele nobre senhor. Quando um homem está desaparecido, é meu dever averiguar seu paradeiro e, ao descobri-lo, o assunto se encerra para mim. E quando nenhum crime foi cometido, prefiro guardar os escândalos particulares em vez de dar publicidade a eles. Se, como eu imagino, a lei não foi desrespeitada nesse caso, o senhor pode contar totalmente com a minha discrição e cooperação em manter os fatos longe dos jornais.

Doutor Armstrong deu um passo à frente e pegou a mão de Holmes.

– O senhor é um bom homem – afirmou ele. – Eu o julguei errado. Graças a Deus, o meu remorso por deixar o pobre Staunton sozinho nessa situação difícil fez com que desse meia-volta na minha carruagem e, assim, o encontrado. Sabendo o que o senhor já sabe, a situação é de fácil explicação.

O médico se pôs a explicar:

– Um ano atrás, Godfrey Staunton se hospedou em Londres por um tempo e se apaixonou pela filha de sua senhoria, com quem ele se casou. Ela era tão boa quanto linda e tão inteligente quanto boa. Nenhum homem precisava se envergonhar de ter uma esposa assim. Mas Godfrey era herdeiro daquele detestável nobre, e tinha quase certeza de que a notícia de seu casamento teria acabado com sua herança. Eu conhecia bem o rapaz e o amava por suas muitas qualidades. Fiz tudo que podia para ajudá-lo a manter as coisas no caminho certo. Fizemos o possível para esconder o casamento de todos, pois, quando a fofoca se espalha, não demora muito até que todos saibam. Graças a esse chalé isolado e à sua própria discrição, Godfrey estava sendo bem-sucedido até agora. Apenas duas pessoas sabiam do segredo deles: eu e uma excelente criada que foi a Trumpington em busca de ajuda.

Ele continuou:

– Mas, finalmente, veio o terrível golpe quando sua esposa pegou uma doença perigosa. Um vírus do pior tipo. O pobre rapaz quase enlouqueceu de tristeza, mas precisava ir ao jogo em Londres, já que não conseguiria não ir sem uma explicação, que exporia seu segredo. Eu tentei animá-lo com o telegrama, e ele me enviou outro em resposta, implorando que eu fizesse todo o possível. Esse foi o telegrama que o senhor parece, de forma inexplicável, ter visto. Eu não contei a ele como a doença era perigosa, pois sabia que não adiantaria ele estar aqui, mas enviei a verdade para o pai da moça, e ele, de forma muito imprudente, comunicou a Godfrey. O resultado foi que ele veio direto para cá em um estado quase enlouquecido e continuou nesse mesmo estado, ajoelhado ao pé da cama, até que a morte desta manhã colocou um fim ao sofrimento dela. É isso, senhor Holmes, e tenho certeza de que posso contar com a sua discrição e a do seu amigo.

Holmes pegou a mão do médico.

– Venha, Watson – disse ele, e saímos daquela casa carregada de sofrimento para a fraca luz do sol de inverno.

Capítulo 12

• A AVENTURA DA GRANJA DA ABADIA •

Tradução: Michele Gerhardt MacCulloch

Foi em uma manhã cruelmente fria e congelante, já no final do inverno de 1897, que acordei como um puxão no meu ombro. Era Holmes. O brilho da vela que segurava realçava o rosto ansioso debruçado em cima de mim, e me disse que algo não estava certo.

– Venha comigo, Watson! – gritou ele. – O jogo está em curso. Nem uma palavra! Vista-se e venha!

Dez minutos depois, ambos estávamos em um táxi, sacolejando pelas ruas a caminho da Estação de Charing Cross. Os primeiros raios do alvorecer de inverno estavam começando a aparecer, e mal conseguimos distinguir o contorno de um trabalhador madrugador quando ele passou por nós, embaçado e indistinto no fedor opalino de Londres. Holmes estava encolhido, em silêncio, no seu casaco pesado, e eu estava feliz por fazer o mesmo, já que o ar estava quase cruel, e nenhum de nós havia tomado o desjejum.

Só quando tomamos chá quente na estação e nos acomodamos nos nossos lugares no trem para Kentish que nos sentimos derretidos o suficiente para que ele falasse e eu escutasse. Holmes tirou um bilhete do bolso e leu em voz alta:

Granja da Abadia, Marsham, Kent, 3h30 da manhã.
Meu caro Holmes,
 Ficaria muito feliz em contar com a sua ajuda imediata em um caso que pode se tornar notável. É algo bem na sua linha de trabalho. Exceto por soltar a dama, tudo está exatamente como encontrei, mas imploro que não perca nem um instante, pois é difícil deixar Sir Eustace lá.

Atenciosamente,
Stanley Hopkins.

– Hopkins entrou em contato comigo sete vezes, e em cada uma dessas ocasiões, seus chamados foram totalmente justificados – explicou Holmes. – Aposto que todos os casos dele entraram para a sua coleção e, devo admitir, Watson, que você tem talento para selecionar os casos, o que compensa pelo tanto que deploro nas suas narrativas. Seu costume fatal de observar tudo pelo ponto de vista de uma história no lugar de um exercício científico arruinou o que poderia ter sido uma série de demonstrações instrutivas e até clássicas. Você se apressa ao falar de detalhes da maior delicadeza e requinte, para se demorar em detalhes que podem excitar, mas certamente não instruem o leitor.

– Então, por que você mesmo não escreve? – questionei, com um pouco de amargura.

– Eu escreverei, caro Watson, escreverei. No momento, como você bem sabe, estou ocupado, mas proponho dedicar meus anos de velhice a composição de um livro, que concentrará toda a arte da descoberta em um volume. Nossa investigação atual parece ser um caso de assassinato.

— Então, você acha que esse Sir Eustace está morto?

— Eu diria que sim. A escrita de Hopkins mostra uma agitação considerável, e ele não é um homem emotivo. Sim, suponho que houve violência e que o corpo foi deixado para que possamos investigar. Um mero suicídio não teria feito que ele me procurasse. Quanto a liberar a dama, me parece que ela estava presa durante a tragédia. Estamos nos envolvendo com a alta sociedade, papel quebradiço, monograma "E.B.", brasão de família, endereço pitoresco. Acredito que meu amigo Hopkins fará jus à própria reputação e que teremos uma manhã interessante. O crime foi cometido antes da meia-noite de ontem.

— Como o senhor pode saber?

— Inspecionando o horário dos trens e avaliando o tempo. O polícia local precisou ser chamada, eles tinham que comunicar a Scotland Yard, Hopkins teve que sair e, por sua vez, mandar um bilhete para mim. Isso tudo mostra que foi uma noite de muito trabalho. Bem, aqui estamos na estação de Chiselhurst, e logo poderemos solucionar nossas dúvidas.

Uma percurso de três quilômetros por veredas estreitas que cortavam campos nos levou até o portão de um parque, que foi aberto para nós por um zelador idoso, cujo rosto extenuado transparecia o reflexo se uma grande tragédia. A avenida cruzava um nobre parque, entre filas de ulmeiros antigos, e terminava em uma casa baixa, ampla, com pilares na sua frente, à moda palladiana. A parte central era evidentemente antiga e estava coberta de hera, mas as grandes janelas mostravam que a casa estava sendo modernizada e uma ala parecia inteiramente nova. O Inspetor Stanley Hopkins, com sua estrutura jovem e alerta e rosto curioso, nos encontrou na porta aberta.

— Fico feliz que tenham vindo, senhor Holmes e doutor Watson. Mas, na verdade, se eu pudesse voltar no tempo, não os teria incomodado, pois, uma vez que sua senhoria voltou a si, ela nos deu uma explicação clara do que aconteceu, não nos restando muito o que fazer. Vocês se lembram dos ladrões da gangue Lewisham?

– O quê, os três Randalls?

– Exatamente, o pai com os dois filhos. É trabalho deles. Não tenho dúvidas. Eles fizeram um trabalho em Sydenham quinze dias atrás, foram vistos e descritos. Bem conveniente fazerem outro logo em seguida e tão perto, mas foram eles, sem a menor dúvida. É caso de forca desta vez.

– Sir Eustace está morto, então?

– Sim, ele foi atingido na cabeça pelo próprio atiçador de fogo.

– Sir Eustace Brackenstall, o cocheiro me falou.

– Exatamente, um dos homens mais ricos de Kent. Lady Brackenstall está na sala de café da manhã. Pobre dama, viveu uma experiência pavorosa. Ela parecia meio morta quando a encontrei. Acho melhor que fale com ela e escute sua descrição dos fatos. Depois, examinaremos a sala de jantar juntos.

Lady Brackenstall não era uma pessoa comum. Poucas vezes eu vira uma pessoa tão graciosa, uma presença tão feminina, um rosto tão bonito. Ela era loura, com cabelos dourados e olhos azuis, e a pele perfeita sem dúvida combinava perfeitamente com essa coloração, se a experiência recente não a tivesse deixado extenuada e abatida. Seu sofrimento era tanto físico quanto mental, já que um dos olhos de destacava inchado e arroxeado, o qual sua criada, uma mulher austera e alta, estava banhando diligentemente com água e vinagre. A dama estava deitada, exausta, no sofá, mas o olhar rápido e observador dela ao entrarmos na sala, e a expressão alerta de seus bonitos traços, mostravam que sua sagacidade e sua coragem não tinham sido abaladas pela terrível experiência. Ela estava vestida com um penhoar largo, azul e prateado, mas um vestido de noite preto de paetês se estendia ao lado no sofá.

– Eu já lhe disse tudo que aconteceu, senhor Hopkins – disse ela, cansada. –Poderia me poupar de repetir? Bem, se o senhor acha necessário, contarei a esses cavalheiros o que ocorreu. Eles já estiveram na sala de jantar?

– Achei melhor que escutassem a história de vossa senhoria primeiro.

– Ficarei grata se o senhor puder cuidar de tudo. É terrível para mim pensar nele ainda deitado lá. – Ela estremeceu e enterrou o rosto nas mãos. Ao fazer isso, o penhoar largo escorregou pelo seu braço. Holmes soltou uma exclamação.

– A senhora tem outros ferimentos! O que é isso? – Duas manchas vermelhas vívidas se destacavam nos braços brancos. Ela se apressou em cobri-los.

– Não é nada. Não tem nenhuma conexão com o situação horrenda desta noite. Se o senhor e seu amigo se sentarem, contarei tudo.

– Sou esposa do Sir Eustace Brackenstall. Estávamos casados há um ano. Suponho que não adiante tentar esconder que nosso casamento não era feliz. Infelizmente, acredito que todos os nossos vizinhos diriam isso, mesmo se eu tentasse negar. Talvez, parte da culpa seja minha. Eu fui criada na atmosfera mais livre e menos convencional do sul da Austrália, e esta vida inglesa, com suas propriedades e pompa, não me é agradável. Mas a principal razão está no fato único e notório de que Sir Eustace era um bêbado convicto. Passar uma hora ao lado de tal homem já era desagradável. Imagine o que significa para uma mulher sensível e animada estar presa a ele dia e noite? É um sacrilégio, um crime, uma vilania defender o vínculo de tal casamento. Costumo dizer que essa leis monstruosas desse país vão trazer maldição para essa terra: Deus não permitirá que tal perversidade continue.

Por um instante, ela se sentou, as bochechas coradas e os olhos brilhando por baixo da terrível marca em sua sobrancelha. Então, a mão forte e reconfortante da criada austera empurrou a cabeça dela para a almofada, e a rebeldia furiosa acabou em um soluço apaixonado. Finalmente, ela continuou:

– Vou lhes contar sobre ontem à noite. Talvez os senhores tenham ciência de que nesta casa os criados dormem na ala moderna. Este bloco central é formado pelos cômodos principais, com a cozinha atrás e nosso quarto sobre ela. Minha criada, Theresa, dorme em cima do meu quarto.

Não tem mais ninguém, e nenhum som alertou aqueles que estavam na ala mais afastada. Os ladrões deviam conhecer esse fato, do contrário, não teriam agido da forma como agiram.

– Sir Eustace se recolheu aos seus aposentos às dez e meia. Os empregados já haviam ido para seus quartos. Apenas minha criada estava acordada, e ela ficou em seu quarto, no topo da casa até a hora em que precisei de seus serviços. Fiquei aqui nesta sala até depois das onze, envolvida com a leitura de um livro. Então, andei pela casa para ver se tudo estava certo antes de subir. Eu tinha o costume de fazer isso, pois, como já expliquei, nem sempre podia confiar em Sir Eustace. Fui à cozinha, à despensa, à sala de armas, à sala de bilhar, à sala de estar e, finalmente, à sala de jantar. Ao me aproximar da janela, que fica coberta por cortinas grossas, de repente senti um vento em meu rosto e percebi que estava aberta. Puxei a cortina para o lado e me vi encarando um homem velho, com ombros largos, que acabara de entrar. É uma longa janela francesa, que forma uma porta que leva ao gramado. Eu estava com a lamparina do meu quarto na mão e, pela sua luz, eu vi, atrás do primeiro homem, outros dois, que estavam entrando.

– Dei um passo atrás, mas o sujeito me pegou em um instante. Ele me agarrou pelo pulso e, depois, pela garganta. Abri a boca para gritar, mas ele me atingiu com um forte soco no olho e me derrubou no chão. Devo ter ficado inconsciente por alguns minutos, pois quando voltei a mim, descobri que eles haviam arrancado a corda do sino e me amarrado a uma cadeira de carvalho que fica à cabeceira da mesa. Eu estava tão firmemente presa que não conseguia nem me mexer, e um lenço amarrado em volta da minha boca impedia que eu emitisse qualquer som. Foi neste momento que o infeliz do meu marido entrou na sala. Ele, evidentemente, escutara sons suspeitos e veio preparado para a cena que encontrou. Estava de camisola e calça, segurando seu bastão de abrunheiro favorito. Ele correu atrás dos ladrões, mas um outro, desta vez um homem mais velho, se abaixou, pegou o atiçador na grelha e lhe deu um terrível golpe enquanto ele passava. Ele caiu com um gemido e não se mexeu mais. Eu desmaiei mais uma vez e, de novo, fiquei inconsciente por alguns minutos. Quando abri os olhos, descobri que eles tinham tirado a prataria do aparador e pegado uma garrafa de vinho que ficava lá. Cada um deles tinha uma taça na mão. Acho que já lhe falei, não, um deles era mais velho, com uma barba, e os outros eram rapazes jovens sem barba. Provavelmente, era o pai com os dois filhos. Eles cochichavam para falar. Então, aproximaram-se e certificaram-se de que eu estava bem amarrada. Finalmente, foram embora, fechando a janela ao saírem.

– Levei uns quinze minutos para conseguir liberar a minha boca. Ao fazer isso, meus gritos fizeram minha criada vir me ajudar. Os outros criados logo foram avisados e mandamos chamar a polícia local que, na mesma hora, entrou em contato com Londres. Isso é realmente tudo que tenho para lhes contar, senhores. E, tenho certeza de que não será necessário que eu conte essa história tão dolorosa de novo.

– Alguma pergunta, senhor Holmes? – perguntou Hopkins.

– Não quero mais incomodar Lady Brackenstall, gastando seu tempo e paciência – respondeu Holmes. – Antes que eu vá para a sala de jantar, gostaria de escutar a sua experiência. – Ele olhou para a criada.

– Eu vi os homens antes mesmo que entrassem na casa – contou ela. – Eu estava sentada à janela do meu quarto quando vi três homens iluminados pela luz da lua perto do portão, mas não pensei em nada na hora. Mais de uma hora depois, escutei os gritos da minha patroa e desci correndo para encontrá-la, coitadinha, e o marido no chão, com sangue e miolos espalhados pela sala. Isso era suficiente para fazer uma mulher perder a cabeça, amarrada ali, com o vestido manchado, mas nunca lhe faltou coragem. Seja como senhorita Mary Fraser de Adelaide ou Lady Brackenstall da Granja da Abadia. Os senhores já interrogaram o suficiente. Agora ela vai para o quarto dela, apenas com a velha Theresa, para tirar o descanso de que tanto precisa.

Com um carinho materno, a mulher esquelética passou o braço em volta da patroa e a tirou da sala.

— Ela tem acompanhado sua senhoria por toda sua vida — explicou Hopkins. — Cuidou dela quando bebê. E veio com ela para a Inglaterra quando saíram da Austrália, dezoito meses atrás. Theresa Wright é o seu nome. O tipo de criada que não se encontra mais nos dias de hoje. Por aqui, senhor Holmes!

O interesse aguçado não estava mais no rosto expressivo de Holmes, e eu sabia que, junto com o mistério, todo o charme do caso se fora. Ainda havia uma prisão a ser feita, mas o que eram esses delinquentes vulgares para que ele sujasse as mãos com eles? Um médico especialista culto e abstruso que acredita ter sido chamado para um caso de sarampo experimentaria a irritação que eu via nos olhos do meu amigo. Ainda assim, a cena na sala de jantar da Granja da Abadia era estranha o suficiente para atrair a atenção dele e recobrar seu minguado interesse.

Era uma sala muito grande e alta, com teto de carvalho esculpido; nas paredes, havia painéis de carvalho, uma bonita coleção de cabeças de veado e armas antigas. Na extremidade oposta à porta, ficava a alta janela francesa da qual escutaram. Três janelas menores à direita enchiam o ambiente com o sol frio de inverno. À esquerda, havia uma grande e profunda lareira, com uma cornija pesada de carvalho. Ao lado da lareira, estava uma pesada cadeira de carvalho com braços e barras transversais na parte de baixo. Através da marcenaria aberta, uma corda carmesim estava amarrada a cada uma das barras laterais inferiores. Ao soltarem a dama, puxaram a corda, mas os nós permaneciam ali. Esses detalhes só chamaram a nossa atenção depois, pois nossos pensamentos ficaram inteiramente absortos no terrível objeto que se estendia em cima do tapete de pele de tigre em frente à lareira.

Era o corpo de um homem alto e forte, de uns quarenta anos. Ele estava deitado de costas, o rosto virado para cima, com os dentes brancos aparecendo através da curta barba preta. As duas mãos fechadas em punhos estavam levantadas em cima da cabeça, e um pesado bastão de abrunheiro estava caído sobre eles. Os traços morenos, bonitos e aquilinos estavam deformados em um espasmo de ódio vingativo, que deixava seu rosto morto com uma expressão terrivelmente diabólica. Era evidente que ele estava na cama quando fora alarmado, pois usava uma camisola tola bordada, e seus pés estavam descalços. O ferimento na cabeça era horrível, e toda a sala era testemunha da ferocidade selvagem do golpe que o derrubara. Ao lado dele, estava o pesado atiçador, curvado pela concussão. Holmes examinou tanto a arma quanto o indescritível ferimento que ela causou.

– Esse velho Randall deve ser um homem forte – comentou ele.

– Sim – respondeu Hopkins. – Tenho algumas recordações do sujeito, e ele é um brutamontes.

– Vocês não terão dificuldade em pegá-lo.

– Nenhuma. Estamos atrás dele, e chegamos a pensar que ele havia fugido para a América. Agora que sabemos que a gangue está aqui, não vejo como poderão escapar. Já notificamos todos os portos e, hoje ainda, vamos oferecer uma recompensa. O que mais me impressiona é como eles fizeram uma loucura como essa, sabendo que sua senhoria poderia descrevê-los e que nós os reconheceríamos.

– Exatamente. Era de se esperar que eles também silenciassem a Lady Brackenstall.

– Talvez eles não tenham percebido – sugeri – que ela havia se recuperado do desmaio.

– É bem provável. Se ela estivesse inconsciente, eles não tirariam a vida dela. E esse pobre homem, Hopkins? Já escutei algumas histórias estranhas sobre ele.

– Ele era um bom homem quando estava sóbrio, mas um verdadeiro demônio quando estava bêbado, ou melhor, quando ele estava meio bêbado, pois raramente chegava até o fim. Ele parecia estar possuído pelo demônio nessas ocasiões, era capaz de qualquer coisa. Pelo que sei, apesar de toda a riqueza e do título, ele quase foi preso uma ou duas vezes. Houve um escândalo sobre ele ter jogado petróleo em um cachorro e ateado fogo, para piorar, era o cachorro da esposa, o que só serviu para abafar o caso. Outra vez, ele jogou um *decanter* em cima daquela criada, Theresa Wright. Dessa vez, teve problema. De forma geral, aqui entre nós, a casa ficará melhor sem ele. O que você está examinando?

Holmes estava ajoelhado, examinando com muita atenção os nós da corda vermelha com a qual sua senhoria fora amarrada. Então, ele analisou com cuidado a ponta esgarçada onde a corda tinha sido arrebentada quando o ladrão puxou.

– Quando essa corda foi arrebentada, o sino da cozinha deve ter tocado alto – destacou ele.

– Ninguém escutou. A cozinha fica nos fundos da casa.

– Como o ladrão sabia que ninguém escutaria? Como ele teve a audácia de puxar a corda de um sino de forma tão negligente?

– Exatamente, senhor Holmes, exatamente. Eu mesmo me fiz essa pergunta diversas vezes. Não há dúvidas de que o sujeito devia conhecer a casa e seus costumes. Ele devia saber que todos os empregados estariam na cama àquela hora, e que ninguém conseguiria escutar o sino da cozinha tocando. Portanto, ele devia estar em contato com algum dos criados. Isso é evidente. Mas são oito empregados, e todos têm bom caráter.

– Seguindo esse raciocínio – constatou Holmes –, as suspeitas recaem naquela em quem o patrão jogou um *decanter*. E, assim, isso significaria que ela traiu a patroa, a quem parece tão dedicada. Bem, isso não importa, e quando o senhor encontrar Randall, não terá dificuldades em descobrir o cúmplice dele. Mesmo se a história de sua senhoria precisasse de confirmação, ela foi confirmada por todos os detalhes que podemos ver à nossa frente. – Ele foi até a janela francesa e a abriu. – Nenhum sinal aqui, mas o piso é duro, então não era mesmo de se esperar. Vejo que essas velas na cornija foram acesas.

– Sim, foi pela luz delas e da lamparina do quarto de sua senhoria, que os ladrões se guiaram.

– O que eles levaram?

– Bem, eles não levaram muita coisa: apenas alguns objetos de prata do aparador. Lady Brackenstall acha que eles ficaram tão perturbados com a morte de Sir Eustace que não saquearam a casa, como teriam feito normalmente.

– Sem dúvidas, isso é verdade. Ainda assim, eles tomaram vinho.

– Para se acalmarem.

– Exatamente. Suponho que ninguém tocou nessas três taças em cima do aparador?

– Não, as taças e a garrafa estão exatamente como eles as deixaram.

– Vamos examiná-las. Ora, ora! O que é isso?

As três taças estavam uma perto da outra, todas sujas de vinho e, em uma delas, havia resíduos no fundo. A garrafa estava ao lado, dois terços cheia, e perto havia uma rolha bem manchada. Sua aparência e o pó em cima da garrafa mostravam que não era de uma safra comum que os ladrões apreciassem.

A postura de Holmes mudara. Sua expressão não estava mais indiferente e, mais uma vez, vi o brilho do interesse nos olhos fundos e vivos. Ele pegou a rolha e a examinou minuciosamente.

– Como eles a tiraram? – perguntou ele.

Hopkins apontou para uma gaveta semiaberta, onde havia algumas toalhas de mesa e um grande saca-rolhas.

– Lady Brackenstall disse que aquele saca-rolha foi usado?

– Não, ela estava inconsciente no momento em que eles abriram a garrafa, lembra?

– Verdade. De fato, o saca-rolhas *não* foi usado. Essa garrafa foi aberta usando um saca-rolhas de bolso, provavelmente daqueles que têm um canivete anexo, e não devia ter mais de quatro centímetros. Se examinar o topo da rolha, você vai perceber que o saca-rolhas foi girado três vezes antes de a rolha ser extraída. Ela não foi atravessada. Esse saca-rolhas grande teria atravessado a rolha e a extraído com um único puxão. Quando pegar esse sujeito, descobrirá que ele tem uma desses canivetes multifuncionais.

— Excelente! — exclamou Hopkins.

— Mas confesso que essas taças me deixam confuso. Lady Brackenstall realmente *viu* os três homens bebendo, não viu?

Sim, ela foi bem clara a esse respeito.

— Então, é o fim da história. O que mais posso dizer? Ainda assim, o senhor deve admitir, Hopkins, que as três taças são significativas. O quê? Não vê nada significativo? Bem, bem, esqueça. Talvez quando um homem tem conhecimentos específicos e poderes especiais como eu, ele fique motivado a procurar uma explicação mais complexa quando existe uma mais simples na sua frente. Claro, deve ser apenas um simples acaso sobre as taças. Bem, bom dia, Hopkins. Não vejo como eu poderia ser útil ainda. Seu caso parece bem esclarecido. Avise-me quando Randall for preso e quaisquer desdobramentos que possam acontecer. Acredito que logo terei que parabenizá-lo pelo sua conclusão bem-sucedida. Venha, Watson, acho que seremos mais úteis em casa.

Durante nossa viagem de volta, pude perceber pelo rosto de Holmes que ele estava cismado com alguma coisa que havia observado. De vez em quando, fazendo um esforço, ele falava como se o caso fosse claro, mas, então, suas dúvidas tomavam conta dele de novo, e seu cenho franzido e seu olhar perdido mostravam que seus pensamentos estavam de volta à grande sala de jantar da Granja da Abadia, onde essa tragédia noturna se dera. Finalmente, em um impulso repentino, quando nosso trem estava saindo de uma estação suburbana, ele saltou para a plataforma e me puxou com ele.

— Desculpe, meu caro amigo — disse ele, enquanto víamos os vagões do nosso trem desaparecerem ao fazer a curva. — Sinto muito por torná-lo a vítima do que pode ser um mero capricho mas, na minha vida, Watson, eu simplesmente *não* posso deixar um caso nessas condições. Todos os meus instintos gritam para que eu não faça isso. É errado...

está tudo errado... juro que está tudo errado. Eu sei que a história de sua senhoria está completa, a confirmação da criada foi suficiente, os detalhes foram bem exatos. O que eu tenho contra isso? Três taças, só isso. Mas e se eu não tivesse considerado o caso resolvido, se eu tivesse examinado tudo com o cuidado que eu teria tido se tivéssemos abordado o caso sem nenhuma explicação pronta para desvirtuar a minha mente, eu não teria descoberto algo mais definitivo em que me basear? Claro que sim. Sente-se aqui neste banco, Watson, para esperar o trem para Chiselhurst, e permita-me apresentar-lhe a evidência, implorando-lhe para tirar da sua mente a ideia de que tudo que a criada e a patroa falaram era verdade. Não podemos deixar que a personalidade encantadora de sua senhoria desvirtue nosso julgamento.

– Certamente, existem detalhes na história dela que, se examinarmos com o sangue-frio, vão levantar nossas suspeitas. Esses ladrões fizeram um assalto considerável quinze dias atrás em Sydenham. A história e a descrição deles estavam em todos os jornais, então é natural que eles apareçam em uma história inventada com ladrões imaginários. De fato, a regra é que ladrões que foram bem-sucedidos em um golpe só querem aproveitar em paz o lucro, sem embarcar em outra empreitada perigosa. Mais uma vez, não é comum ladrões agirem àquela hora, não é comum ladrões amarrarem uma dama para que ela não grite, já que é de imaginar que isso certamente a faria gritar, não é comum que cometam um assassinato quando estão em maior número, não é comum se darem por satisfeitos com uma pilhagem limitada quando há tanta coisa ao alcance deles e, finalmente, devo acrescentar, que não é comum homens como eles deixarem uma garrafa meio cheia. O que você acha de todas essas coisas poucas comuns, Watson?

– O efeito cumulativo de todas é certamente considerável, enquanto cada uma delas isoladamente é possível. O que me parece menos comum é o fato de sua senhoria ter sido amarrada a uma cadeira.

– Bem, não estou convencido disso ainda, Watson, já que é evidente que eles precisavam matá-la ou prendê-la, de forma que não avisasse imediatamente sobre a fuga deles. Mas, de qualquer forma, mostrei que existe um certo elemento de improbabilidade da história de sua senhoria, não mostrei? Acima de tudo, tem o incidente das taças de vinho.

– O que tem as taças de vinho?

– Você consegue vê-las na sua mente?

– Eu as vejo claramente.

– Fomos informados que três homens beberam nelas. Isso lhe parece provável?

– Por que não? Havia vinho em todas as taças.

– Exatamente, mas só havia resíduos em uma. Você deve ter notado esse fato. O que isso lhe sugere?

– É mais provável que a última taça servida tivesse os resíduos.

– De forma alguma. A garrafa estava cheia de resíduos, e é inconcebível que as duas primeiras estivessem limpas e a terceira com muitos. Existem duas explicações possíveis, apenas duas. Uma é que, depois que a segunda taça foi servida, a garrafa tenha sido sacudida e, por isso, a terceira taça recebeu o resíduo, Isso não parece provável. Não, não, tenho certeza de que estou certo.

– Então, qual é a sua suposição?

– Que só duas taças foram usadas e que os resíduos de ambas foram despejados na terceira, para dar a impressão de que três pessoas haviam estado ali. Dessa forma, todos os resíduos estariam na última taça, não é? Sim, estou convencido disso. Mas se cheguei à verdadeira explicação desse pequeno fenômeno, então, em um instante, o caso deixa de ser comum para se tornar notável, pois isso significaria que Lady Brackenstall e sua criada mentiram deliberadamente para nós, que não podemos acreditar em nenhuma palavra da história delas, que elas têm uma razão muito forte para encobrir o verdadeiro criminoso, e que devemos construir o nosso caso sem a ajuda delas. Essa é a missão que se coloca à nossa frente. Watson, lá vem o trem para Sydenham.

Todos na Granja da Abadia ficaram muito surpresos com a nossa volta, mas Sherlock Holmes, ao ver que Stanley Hopkins havia saído para reportar o caso, apossou-se da sala de jantar, trancou a porta por dentro e dedicou duas horas para uma daquelas investigações minuciosas e laboriosas que formam uma base sólida na qual suas brilhantes deduções eram fundamentadas. Sentado em um canto como um aluno interessado que observa uma demonstração do seu professor, segui cada passo daquela investigação notável. A janela, as cortinas, o tapete, a corda – cada um deles foi minuciosamente examinado e devidamente considerado. O corpo do infeliz baronete havia sido removido, mas todo o resto permanecia como tínhamos visto pela manhã. Finalmente, para minha surpresa, Holmes subiu na sólida cornija. Bem acima da cabeça dele, pendiam alguns centímetros da corda vermelha que ainda estava amarrada ao fio. Por muito tempo, ele ficou fitando, então, em uma tentativa de chegar mais perto, ele apoiou o joelho em um suporte na parede. Isso deixou a mão dele a poucos centímetros da ponta arrebentada da corda, mas não foi isso e sim o suporte em si que chamou a atenção dele. Finalmente, ele desceu muito satifeito.

– Muito bem, Watson – disse ele. – Temos o nosso caso. Eu diria que um dos mais extraordinários da nossa coleção. Mas, meu caro, como me faltou perspicácia e como quase cometi o a maior gafe da minha vida! Agora, acredito que, com alguns poucos elos que estão faltando, minha corrente está quase completa.

– Encontrou os seus homens?

– Homem, Watson, homem. Apenas um, mas formidável. Forte como um leão, haja vista o golpe que deu com aquele atiçador! Um metro e noventa de altura, rápido como um esquilo, com destreza nos dedos e, finalmente, muito perspicaz, já que toda essa engenhosa história foi criação dele. Sim, Watson, nos deparamos com o trabalho de um indivíduo formidável. Ainda assim, ele nos deixou uma pista na corda do sino, que não deveria ter deixado nenhuma dúvida.

– Qual pista?

– Bem, se você fosse puxar a corda de um sino, Watson, onde você esperaria que ela arrebentasse? Certamente no ponto em que está presa ao fio. Por que arrebentaria a cinco centímetros desse ponto, como aconteceu aqui?

— Porque está desgastada ali?

— Exatamente. Esta extremidade, como podemos examinar, está desgastada. Ele foi engenhoso o suficiente para cortar com uma faca. Mas a outra extremidade não está desgastada. Não é possível observar isso daqui, mas se subisse na cornija, você veria que foi cortada sem deixar nenhuma marca de desgaste. Você pode reconstruir o que aconteceu. O homem precisava da corda. Não podia simplesmente puxá-la por medo de dar o alarme ao tocar o sino. O que ele fez? Subiu na cornija, não conseguiu alcançar, apoiou o joelho no suporte, é possível ver a marca na poeira, então pegou a faca para cortar a corda. Eu não consegui alcançar, faltavam uns cinco centímetros, de onde inferimos que ele é, pelo menos, cinco centímetros mais alto do que eu. Olhe aquela marca sobre a cadeira de carvalho! O que é?

— Sangue.

— Sem dúvidas, é sangue. Esse fato sozinho já põe a história de sua senhoria em xeque. Se ela estava sentada na cadeira quando o crime foi cometido, como pode aquela marca? Não, não, ela foi amarrada à cadeira *depois* da morte do marido. Posso apostar que tem uma mancha correspondente naquele vestido preto. Ainda não encontramos nossa Waterloo, Watson, mas essa é nossa Marengo, pois começa com derrota e acaba com vitória. Agora, eu gostaria de trocar algumas palavras com a criada, Theresa. Precisamos ser cautelosos por enquanto, para conseguirmos a informação que queremos.

Ela era uma pessoa interessante, essa rígida criada australiana: taciturna, desconfiada, indelicada. O modo agradável de Holmes e a forma sincera com que aceitava tudo que ela dizia quebraram o gelo dela e a tornaram mais amável. Ela não tentou esconder o ódio pelo antigo patrão.

— Sim, senhor, é verdade que ele jogou o *decanter* em mim. Eu o escutei xingar a minha patroa, e eu disse que ele não ousaria falar com ela daquela maneira se o irmão dela estivesse aqui. Foi quando ele jogou em mim. Ele poderia ter jogado uma dúzia em cima de mim, se deixasse o meu passarinho em paz. Ele sempre a tratava mal, e ela era orgulhosa demais para reclamar. Nem me contava tudo que ele fazia. Ela não me contou sobre aquelas marcas que o senhor viu no braço dela hoje de manhã, mas sei muito bem que foram causadas por um alfinete de chapéu. O demônio... Deus que me perdoe por falar dele dessa forma agora está morto! Mas se já houve um demônio na terra, era ele. Quando o conhecemos, ele era um doce, apenas dezoito meses atrás, mas que para nos pareceram dezoito anos. Tínhamos acabado de chegar em Londres.

Ela continuava respondendo às perguntas de Holmes.

– Sim, era a primeira viagem dela, ela nunca tinha saído de seu país. Ele a conquistou com seu título, seu dinheiro e seus falsos modos londrinos. Se ela cometeu um erro, já pagou por ele, mais do que qualquer outra mulher. Em que mês nós o conhecemos? Bem, eu diria que foi logo depois que chegamos. Nós chegamos em junho, então foi em julho. Eles se casaram em janeiro do ano passado. Sim, ela está na sala de café da manhã de novo, e não tenho dúvidas de que receberá o senhor, mas não faça muitas perguntas, pois ela já passou por muitos infortúnios.

Lady Brackenstall estava deitada no mesmo sofá, mas parecia mais vívida do que antes. A criada entrou conosco e começou, mais uma vez, a cuidar do machucado na sobrancelha da patroa.

– Espero – disse sua senhoria –, que os senhores não tenham vindo me interrogar de novo.

– Não – respondeu Holmes com seu tom de voz mais gentil –, não vou lhe causar nenhuma perturbação desnecessária, Lady Brackenstall, e o meu único desejo é facilitar as coisas para vossa senhoria, pois estou convencido de que é uma mulher sofrida. Se me tratar como um amigo e confiar em mim, perceberá que estarei à altura da sua confiança.

– O que o senhor quer que eu faça?

– Que me conte a verdade.

– Senhor Holmes!

– Não, não, Lady Brackenstall, não adianta. Vossa senhoria deve ter escutado pouco sobre minha reputação. E eu aposto a minha reputação de que a sua história é uma invenção.

Patroa e criada estavam encarando Holmes, com rostos pálidos e olhos assustados.

– O senhor é um sujeito imprudente! – exclamou Theresa. – Está dizendo que a minha patroa mentiu?

Holmes levantou-se da cadeira.

– Vossa senhoria não tem nada a me dizer?

– Eu já lhe disse tudo.

– Pense mais um pouco, Lady Brackenstall. Não seria melhor ser franca?

Por um instante, houve hesitação no lindo rosto dela. Então, algum pensamento fez com que vestisse a máscara de novo.

– Eu já lhe disse tudo que sabia.

Holmes pegou o chapéu e deu de ombros.

– Sinto muito – disse ele e, sem mais nenhuma palavra, saímos da sala e da casa. Havia um lago no parque, e meu amigo se encaminhou para lá, estava com a superfície congelada, exceto por um único buraco ocupado por um cisne solitário. Holmes fitou-o, e então passou pelo portão. Ali, ele escreveu um breve bilhete para Stanley Hopkins e deixou com o zelador.

– Pode dar certo, pode dar errado, mas precisamos fazer alguma coisa pelo meu amigo Hopkins, apenas para justificar esta segunda visita – explicou ele. – Ainda não irei revelar nada a ele. Acho que nosso próximo passo deve ser o escritório da empresa marítima responsável pela linha Adelaide-Southampton, que fica no final de Pall Mall, se me lembro bem. Tem uma outra linha de navios a vapor que conecta o sul da Austrália com a Inglaterra, mas vamos procurar a maior primeiro.

O cartão de Holmes que foi levado ao gerente garantiu que recebêssemos atenção imediata, e não demorou até que ele conseguisse todas as informações de que precisava. Em junho de 1895, apenas uma linha deles chegou ao porto. Foi o *Rock of Gibraltar*, o maior e melhor navio deles. Uma busca na lista de passageiros mostrou que a senhorita Fraser, de Adelaide, e sua criada fizeram a viagem. O navio estava agora em algum lugar ao sul do canal de Suez, a caminho da Austrália. Os oficiais eram os mesmos de 1895, com uma exceção. O primeiro oficial, senhor Jack Crocker, fora o capitão e agora era responsável por um novo barco, *Bass Rock*, que sairia dali a dois dias de Southampton. Ele morava em Sydenham, mas chegaria naquela manhã para as instruções, se não nos importássemos em esperar por ele.

Não, senhor Holmes não tinha nenhuma vontade de vê-lo, mas ficaria feliz em saber um pouco mais sobre seu histórico e caráter.

O histórico dele era magnífico. Nenhum oficial da frota chegava aos seus pés. Quanto ao caráter, no trabalho, ele era confiável, mas um sujeito irascível longe do deque de seu navio, cabeça quente e nervoso, mas leal, honesto e com bom coração. Foi com essas informações que Holmes saiu do escritório da companhia Adelaide-Southampton. Então, seguimos para a Scotland Yard, mas, em vez de entrar, ele ficou sentado no coche de aluguel com o cenho franzido, perdido em pensamentos. Finalmente, foi ao telégrafo em Charing Cross, enviou um telegrama e, finalmente, voltamos para Baker Street.

– Não, eu não poderia ter feito isso, Watson – explicou ele ao entrar em nossa sala. – Uma vez que o mandado fosse emitido, nada poderia salvá-lo. Uma ou duas vezes na minha carreira, eu senti que causei um mal maior com a minha descoberta do que o criminoso causara ao cometer seu crime. Aprendi a ter cautela, e prefiro brincar com a lei inglesa do que com a minha consciência. Vamos descobrir mais um pouco antes de agirmos.

Ainda não era noite quando recebemos uma visita do Inspetor Stanley Hopkins. As coisas não estavam indo muito bem para ele.

– Acho que você é um mago, Holmes. Realmente, às vezes acredito que tem poderes sobre-humanos. Agora, como poderia saber que a prataria estava no fundo do lago?

– Eu não sabia.

– Mas me mandou procurar lá.

– Você encontrou, então?

– Encontrei sim.

– Fico feliz por ter ajudado.

– Mas não me ajudou, deixou o caso mais difícil. Que tipo de ladrão rouba prataria e joga no lago mais próximo?

– Certamente, é um comportamento excêntrico. Eu apenas pensei que se os ladrões não quisessem a prataria e tivessem pegado apenas como forma de despistar, então, naturalmente, estariam ansiosos para se livrar dela.

– Mas por que uma ideia dessas passou pela sua cabeça?

– Bem, eu achei que era possível. Quando eles saíram pela janela francesa, havia um poço com um buraco no gelo, bem embaixo dos narizes deles. Poderia haver um esconderijo melhor?

– Ah, um esconderijo... assim é melhor! – exclamou Stanley Hopkins. – Sim, sim, agora eu entendo! Já era cedo, haveria pessoas nas estradas e eles ficaram com medo de serem vistos com a prataria, então, a mergulharam no lago, com a intenção de voltar quando tudo estivesse mais calmo. Excelente, Holmes, essa teoria é melhor do que outra.

– Pode ser, agora o senhor tem uma teoria admirável. Não tenho dúvidas de que as minhas ideias eram um pouco descabidas, mas você deve admitir que elas levaram à descoberta da prataria.

– Sim... sim. Foi tudo um feito seu. Mas tive um sério percalço.

– Percalço?

– Sim, Holmes. A gangue de Randall foi presa em Nova Iorque hoje de manhã.

— Meu Deus, Hopkins! Isso certamente vai contra a sua teoria de que eles cometeram um assassinato em Kent ontem à noite.

— É fatal, Holmes, absolutamente fatal. Claro, ainda existem outras gangues formadas por três além dos Randalls, ou pode ser alguma gangue nova da qual a polícia nunca ouviu falar.

— Sim, é perfeitamente possível. Você já vai?

— Vou sim, senhor Holmes, não posso descansar até que solucione este caso. Suponho que não tenha nenhuma pista para me dar?

— Eu já dei.

— Qual?

— Bem, sugeri que o roubo foi para despistar.

— Mas, por que, Holmes, por quê?

— Ah, essa é a questão, claro. Mas recomendo que pense na ideia. É possível que descubra alguma coisa. Não vai parar nem para jantar? Bem, adeus, e nos avise dos seus progressos.

Já havíamos jantado e a mesa já estava limpa quando Holmes tocou no assunto de novo. Ele havia acendido seu cachimbo e esticado o pé com pantufas na direção do fogo. De repente, olhou para o relógio.

— Estou aguardando desdobramentos, Watson.

— Quando?

— Agora, dentro de poucos minutos. Aposto que você acha que agi mal com Stanley Hopkins.

— Confio no seu julgamento.

— Uma resposta muito razoável. Veja desta forma: o que eu sei é extraoficial, o que ele sabe é oficial. Eu tenho o direito ao meu próprio julgamento, mas ele não tem. Ele precisa revelar tudo ou estará traindo o próprio trabalho. Em um caso duvidoso, eu não o colocaria em uma posição tão dolorosa, então guardei a informação para mim até que minha mente esteja em paz com o assunto.

— Mas quando isso vai acontecer?

— A hora chegou. Você agora assistirá à última cena desse notável drama.

Escutamos barulho nas escadas e nossa porta se abriu, para entrar um espécime masculino que jamais passara por ela. Ele era um jovem muito alto, com bigode castanho-claro, olhos azuis, pele bronzeada pelo sol dos trópicos e movimentos flexíveis, que mostravam que o corpo enorme era tão ativo quanto forte. Ele fechou a porta ao entrar, então ficou parado com as mãos cerradas e peito arfando, engolindo alguma forte emoção.

– Sente-se, capitão Crocker. Recebeu meu telegrama?

Nosso visitante afundou na poltrona e olhou para nós com olhos questionadores.

– Recebi sim e vim na hora que marcou. Soube que o senhor esteve no escritório. Não há como fugir. Vou me preparar para o pior. O que o senhor vai fazer comigo? Mandar me prender? Fale, homem! Não pode ficar aí parado, brincando comigo de gato e rato.

– Dê um charuto para ele – disse Holmes. – Fume um pouco, capitão Crocker, e não deixe seus nervos tomarem conta. Eu não me sentaria aqui para fumar com você se achasse que é um criminoso comum, esteja certo disso. Seja franco comigo e vamos ficar bem. Brinque comigo, e eu acabo com você.

– O que o senhor quer que eu faça?

– Quero que me conte o que realmente aconteceu ontem à noite na Granja da Abadia. Preste atenção, a *verdadeira* história, nada mais, nada menos. Eu já sei tanto que se você desviar um pouco da verdade, vou acionar a polícia e limpar as minhas mãos.

O marinheiro pensou um pouco. Então, bateu na perna com sua grande mão bronzeada.

– Vou tentar – disse ele. – Acredito que o senhor seja um homem de palavra, e um homem branco, por isso vou lhe contar toda a história. Mas, primeiro, vou lhe dizer uma coisa. No meu ponto de vista, não me arrependo de nada e não temo nada, eu faria tudo de novo e me orgulharia do que fiz. Maldito homem, se ele tivesse tantas vidas quanto um gato, eu acabaria com todas! Mas é ela, Mary Fraser... nunca vou chamá-la por aquele nome maldito. Só de pensar nela tento problemas, minha alma derrete. Eu daria a minha vida só para fazê-la sorrir. Ainda assim, o que eu poderia ter feito? Vou contar-lhe a minha história e, então, o senhor vai me dizer o que eu poderia ter feito.

– Preciso voltar um pouco. O senhor parece saber de tudo, então acredito que saiba que eu a conheci quando ela era uma passageira e eu, oficial do *Rock of Gibraltar*. Desde o primeiro dia que eu a conheci, ela se tornou a única mulher para mim. A cada dia daquela viagem, eu a amava mais, muitas vezes me ajoelhei na escuridão da noite e beijei o deque daquele navio, porque sabia que o pés dela haviam caminhado por ali. Ela não se comprometeu comigo, me tratava bem, como toda mulher trata um homem. Não tenho reclamações a fazer. Por um lado, eu a amava, e pelo lado dela, havia amizade e companheirismo. Quando nos despedimos, ela era uma mulher livre, mas eu nunca voltaria a ser um homem livre.

– Quando voltei da minha viagem seguinte, fiquei sabendo do casamento dela. Bem, por que ela não deveria se casar com alguém de quem gostasse? Título, dinheiro... quem poderia aproveitar isso melhor do que ela? Mary nasceu para ter tudo que é belo e elegante. Não fiquei triste pelo casamento. Eu não era tão egoísta assim. Só estava feliz por a boa sorte tê-la encontrado e por ela não ter se jogado para um marinheiro sem um centavo. É assim que eu amava Mary Fraser.

– Bem, achei que nunca mais a veria, mas quando voltei da minha última viagem, fui promovido e o novo barco ainda não havia sido lançado, então eu teria que esperar dois meses com a minha família em Sydenham. Um dia, eu estava passeando e encontrei Theresa Wright, a velha criada dela, que me contou tudo sobre ela, sobre ele, sobre tudo. Eu lhe digo, senhor, aquilo quase me enlouqueceu. Aquele bêbado desgraçado, como ousava levantar a mão para ela, cujas botas ele não merecia nem lamber! Encontrei-me com Theresa de novo. Então, encontrei a própria Mary, e a encontrei de novo. Depois, ela não me encontraria mais. Mas no dia seguinte, recebi um aviso de que minha viagem começaria em uma semana, e determinei que a veria mais uma vez antes de partir. Theresa sempre foi minha amiga, pois amava Mary e odiava aquele vilão quase tanto quanto eu. Ela me deu todas as instruções sobre a casa. Mary costumava ficar lendo em seu quarto no andar de baixo. Fui até lá ontem à noite e bati na janela. Primeiro, ela não quis abrir para mim, mas agora eu sei que, no fundo do coração, ela me ama e que não me deixaria naquela noite congelante. Ela sussurrou para que eu desse a volta para entrar pela janela grande da frente, que encontrei aberta, me permitindo entrar para a sala de jantar. Mais uma vez, escutei dos próprios lábios dela coisas que fizeram meu sangue ferver, e mais uma vez amaldiçoei aquele brutamontes que tratava mal a mulher que eu amava. Bem, cavalheiros, eu estava com ela, perto da janela, com toda inocência, Deus é minha testemunha, quando ele entrou como um louco na sala, a chamou pelos piores nomes que um homem poderia usar com uma mulher, e bateu no rosto dela com um bastão que tinha na mão. Peguei o atiçador e lutamos. Veja aqui no meu braço, onde o primeiro golpe dele me atingiu. Então, foi a minha vez, e parti para cima dele como se ele fosse uma abóbora estragada. O senhor acha que me arrependo? Não! Era a vida dele ou a minha, mas muito mais do que isso, era a vida dele ou a dela. Como eu poderia deixá-la vivendo com um homem louco? Foi assim que o matei. Eu estava errado? Bem, então, o que os senhores teriam feito, se estivessem no meu lugar?

– Ela gritou quando ele acertou o rosto dela, e isso fez Theresa descer. Havia uma garrafa de vinho no aparador, que abri e despejei um pouco pelos lábios de Mary, pois ela estava em estado de choque. Então, também tomei um pouco. Theresa se manteve fria como gelo, e o plano foi tanto dela quanto meu. Tínhamos que fazer parecer que ladrões haviam feito aquilo. Theresa ficava repetindo a história para a patroa, enquanto eu subi e cortei a corda do sino. Então, a coloquei na cadeira e desgastei a ponta da corda para parecer natural, para que não se perguntassem como um ladrão tinha subido lá para cortar. Peguei alguns pratos e travessas de prata, para manter a ideia do assalto. Então, eu as deixei lá, com ordens para que dessem o alarme quinze minutos depois da minha saída. Afundei a prataria no lago e parti para Sydenham, sentindo que pela primeira vez na vida eu tivera uma noite de trabalho que valeu a pena. E essa é a verdade, toda a verdade, senhor Holmes, mesmo que custe o meu pescoço.

Holmes fumou por um tempo em silêncio. Então, atravessou a sala e apertou a mão de nosso visitante.

– Isto é o que eu acho – disse ele. – Eu sei que cada palavra que disse é verdade, mas não disse nada que eu não soubesse. Ninguém além de um acrobata ou um marinheiro conseguiria alcançar aquela corda, e ninguém que não fosse um marinheiro conseguiria fazer aqueles nós para amarrar a corda na cadeira. Sua senhoria só teve contato com marinheiros uma vez, e foi na viagem dela para cá, e era alguém da idade dela, pois estava tentando protegê-lo, demonstrando que o amava. Viu como foi fácil para mim chegar até o senhor uma vez que me coloquei no caminho certo?

– Eu achei que a polícia nunca conseguiria descobrir o nosso plano.

– E a polícia não descobriu, e creio que não vai descobrir. Agora, preste atenção, capitão Crocker, esse é um assunto muito sério, embora eu esteja disposto a admitir que o senhor agiu sob a mais extrema provocação que um homem é capaz de suportar. Não tenho certeza se legítima defesa vai tornar o seu ato legal. Entretanto, isso cabe a um júri britânico decidir. Enquanto isso, tenho tanta simpatia pelo senhor que, se desaparecer nas próximas vinte e quatro horas, prometo que ninguém vai impedi-lo.

– E então tudo vai vir à tona?

– Certamente sim.

O marinheiro corou de raiva.

– Que tipo de proposta é esta que o senhor faz a um homem? Entendo de lei o suficiente para saber que Mary seria considerada cúmplice. O senhor acha que eu a deixaria sozinha para encarar o problema enquanto eu fujo? Não, senhor, deixe que façam o pior comigo, mas, pelo amor de Deus, senhor Holmes, encontre um jeito de deixar a pobre Mary bem longe dos tribunais.

Pela segunda vez, Holmes estendeu a mão para o marinheiro.

– Eu estava apenas lhe testando e você foi aprovado de novo. Bem, é uma grande responsabilidade que tomo para mim, mas dei a Hopkins uma excelente pista e se ele não consegue aproveitá-la, não posso fazer nada. Veja, capitão Crocker, faremos isso de acordo com a lei. O senhor é o prisioneiro. Watson, você é o júri britânico, e eu não conheço nenhum homem mais adequado para representar esse papel. Eu sou o juiz. Agora, cavalheiros, vocês escutaram as evidências, Acham que o prisioneiro é culpado ou inocente?

– Inocente, meritíssimo – respondi.

– *Vox populi, vox Dei*. O senhor foi absolvido, capitão Crocker. Contanto que a lei não encontre outra vítima sua, o senhor está livre. Volte para sua dama daqui a um ano, e que o futuro de vocês juntos justifique o julgamento que fizemos esta noite!

Capítulo 13

• A AVENTURA DA SEGUNDA MANCHA •

TRADUÇÃO: GABRIELA PERES GOMES

Eu havia pretendido que "A granja da abadia" fosse a última daquelas façanhas de meu amigo, o senhor Sherlock Holmes, que eu comunicaria ao público. Essa minha resolução não se devia a nenhuma falta de material, visto que tenho anotações de muitas centenas de casos aos quais nunca aludi, nem foi causada por qualquer diminuição no interesse por parte de meus leitores pela personalidade singular e pelos métodos únicos desse homem extraordinário. A verdadeira razão diz respeito à relutância que o senhor Sherlock Holmes manifestou em permitir que eu continuasse publicando suas experiências. Enquanto Holmes continuava exercendo a profissão, os relatos de seus sucessos detinham algum valor prático para ele, mas desde que se mudara de Londres e passara a se dedicar ao estudo e à criação de abelhas em Sussex Downs, a notoriedade tornou-se odiosa a seu ver, e ele exigiu peremptoriamente que seus desejos nesse assunto fossem estritamente atendidos. Foi só quando lhe garanti que "A segunda mancha" seria publicada no momento certo, e lhe indiquei que seria apenas apropriado que esta longa série de episódios culminasse no caso internacional mais importante que ele já foi chamado a investigar, que enfim consegui obter seu consentimento para que um relato cuidadoso do incidente fosse finalmente levado ao público. Se ao contar a história eu parecer um tanto vago em certos detalhes, o público compreenderá de imediato que há um excelente motivo para a minha reticência.

    Foi, portanto, em um ano, e mesmo em uma década, que não especificarei, que em certa manhã de terça-feira, no outono, recebemos dois visitantes de fama europeia entre as paredes de nossos humildes aposentos em Baker Street. Um deles, austero, orgulhoso, autoritário e com olhos aquilinos, não era ninguém menos que o ilustre Lorde Bellinger, duas vezes primeiro-ministro da Grã-Bretanha. O outro, moreno, elegante e com feições bem definidas, que mal tinha chegado à meia-idade e era dotado de todas as qualidades do corpo e da mente, era o Muito Honorável Trelawney Hope, secretário para Assuntos Europeus e o estadista de maior ascensão no país. Sentaram-se lado a lado em nosso sofá, que estava apinhado de papéis, e era fácil ver por seus semblantes cansados e ansiosos que haviam sido trazidos por um assunto urgente da maior importância. As mãos magras e polvilhadas de veias azuis do primeiro-ministro seguravam com força o cabo de marfim de seu guarda-chuva, e seu rosto macilento e austero se alternava entre lançar olhares melancólicos de Holmes para mim. O secretário puxava nervosamente o bigode e remexia nos penduricalhos da corrente de seu relógio.

    – Quando descobri minha perda, senhor Holmes, o que aconteceu às oito horas desta manhã, informei o primeiro-ministro imediatamente. Foi por sugestão dele que viemos até o senhor.

    – Informaram a polícia?

    – Não, senhor – respondeu o primeiro-ministro com o jeito rápido e decisivo pelo qual era famoso. – Não o fizemos, e tampouco é possível que o façamos. Informar a polícia implica, no fim das contas, informar o público. E é isso o que desejamos particularmente evitar.

— E por quê, senhor?

— Porque o documento em questão é de tamanha importância que a sua publicação poderia muito facilmente, diria até que provavelmente, acarretar complicações de extrema gravidade na Europa. Não é exagero dizer que a paz ou a guerra podem depender dessa questão. A menos que possa ser recuperado com o máximo sigilo, tanto faz se o encontrarmos ou não, pois a única pretensão daqueles que o levaram é que seu conteúdo seja do conhecimento de todos.

— Compreendo. Agora, senhor Trelawney Hope, eu ficaria muito grato se você me contasse exatamente as circunstâncias em que este documento desapareceu.

— Isso pode ser feito em poucas palavras, senhor Holmes. A carta, pois era uma carta enviada por um potentado estrangeiro, foi recebida seis dias atrás. Era de tamanha importância que nem a deixei no meu cofre; levava-a todas as noites para a minha casa em Whitehall Terrace e a guardava no meu quarto em uma caixa de documentos trancada. Estava lá ontem à noite. Disso tenho certeza. Nesta manhã, porém, tinha desaparecido. A caixa havia ficado ao lado do espelho em minha penteadeira durante toda a noite. Tenho sono leve, assim como a minha esposa. Ambos podemos jurar que ninguém poderia ter entrado no quarto durante a noite. E, no entanto, repito que o documento desapareceu.

— A que horas o senhor costuma jantar?

— Às sete e meia.

— Quanto tempo demorou antes que o senhor fosse se deitar?

— Minha esposa tinha ido ao teatro. Fiquei esperando por ela. Eram mais de onze e meia quando fomos para o nosso quarto.

— Então a caixa permaneceu sem vigilância por quatro horas?

— Ninguém tem permissão para entrar naquele quarto, a não ser a empregada pela manhã, e meu criado pessoal e a criada de minha esposa durante o resto do dia. Ambos são empregados de confiança que estão conosco há algum tempo. Além disso, nenhum deles poderia saber que havia algo mais valioso do que os papéis departamentais comuns em minha caixa.

– Quem sabia da existência dessa carta?

– Ninguém da casa.

– Certamente a sua esposa sabia, não?

– Não, senhor. Eu não havia contado nada para a minha esposa até perceber que o papel desaparecera esta manhã.

O primeiro-ministro assentiu com a cabeça, concordando.

– Já conheço há muito tempo, senhor, o seu elevado senso de dever público – disse. – Estou certo de que, no caso de um segredo de tamanha magnitude, ele se sobreporia mesmo aos laços domésticos mais íntimos.

O secretário fez uma reverência.

– Está me fazendo justiça, senhor. Até esta manhã, eu não havia dito uma palavra sequer à minha esposa sobre esse assunto.

– Ela poderia ter adivinhado?

– Não, senhor Holmes, ela não poderia ter adivinhado... ninguém poderia.

– Você já perdeu algum documento antes?

– Não, senhor.

– Quem mais na Inglaterra sabia da existência dessa carta?

– Todos os membros do Gabinete foram informados sobre ela ontem, mas o juramento de sigilo presente em todas as reuniões do Gabinete foi reforçado pela advertência solene feita pelo primeiro-ministro. Céus, pensar que dali a algumas horas eu mesmo a teria perdido! – Seu belo rosto foi distorcido por um espasmo de desespero e suas mãos puxaram o cabelo. Por um momento, vislumbramos o homem natural: impulsivo, fervoroso, extremamente sensível. No instante seguinte, a máscara aristocrática foi recolocada e a sua voz suave retornou. – Além dos membros do Gabinete, há dois, ou talvez três, funcionários dos departamentos que sabem da carta. Ninguém mais na Inglaterra, senhor Holmes, eu lhe garanto.

– Mas e no exterior?

– Creio que ninguém no exterior a viu, exceto o homem que a escreveu. Estou bastante certo de que seus ministros... de que os canais oficiais costumeiros não foram empregados.

Holmes ponderou por alguns instantes.

– Agora, senhor, devo lhe perguntar mais especificamente sobre a natureza desse documento, e por que seu sumiço acarretaria consequências tão importantes?

Os dois estadistas trocaram um olhar rápido e as sobrancelhas fartas do primeiro-ministro se franziram.

– Senhor Holmes, trata-se de um envelope comprido e fino, azul-claro. Há um lacre de cera vermelha estampado com um leão curvado. Está endereçado em uma letra grande e escura, para...

– Temo, senhor – começou Holmes –, que por mais interessantes e até essenciais que sejam esses detalhes, minhas indagações devem se dirigir mais à raiz das coisas. Qual era a natureza da carta?

– Isso é um segredo de Estado da maior importância, e receio que não posso lhes contar, nem sinto que seja necessário fazê-lo. Se, com a ajuda dos poderes que dizem que o senhor detém, puder encontrar o envelope que descrevi, juntamente com seu conteúdo, você terá prestado um grande serviço ao seus país e receberá qualquer recompensa que estiver em nosso poder lhe conceder.

Sherlock Holmes levantou-se com um sorriso.

– Vocês dois são os homens mais ocupados do país – disse ele –, e, à minha maneira, também sou bastante requisitado. Lamento profundamente não poder ajudá-los nesse assunto, e qualquer continuação desse colóquio seria uma perda de tempo.

O primeiro-ministro se pôs de pé de súbito, com aquele lampejo rápido e feroz de seus olhos fundos perante o qual o Gabinete se encolhia.

– Não estou acostumado, senhor... – começou a dizer, mas controlou sua raiva e tornou a se sentar.

Por um minuto ou mais, permanecemos todos sentados em silêncio. Então o velho estadista encolheu os ombros.

– Devemos aceitar seus termos, senhor Holmes. Sem dúvida o senhor está certo, e não é razoável de nossa parte esperar que aja, a menos que goze de toda a nossa confiança.

– Eu concordo com o senhor – disse o estadista mais jovem.

– Então, vou lhes contar, confiando inteiramente em sua honra e na de seu colega, doutor Watson. Posso apelar para o seu patriotismo também, pois não consigo imaginar maior infortúnio para o país do que o vazamento desse caso.

– Você pode depositar toda a sua confiança em nós.

– Pois bem. A carta foi enviada por um certo potentado estrangeiro que se incomodou com alguns desenvolvimentos coloniais recentes deste país. Foi escrita às pressas e inteiramente sob sua responsabilidade. Investigações revelaram que seus ministros nada sabem sobre o assunto. Ao mesmo tempo, ela foi formulada de maneira tão infeliz, e certas frases têm um caráter tão provocativo, que sua publicação sem dúvida acarretaria um estado emocional muito perigoso neste país. Haveria tanta comoção, senhor, que não hesito em dizer que, uma semana depois de essa carta ser publicada, o país se veria envolvido em uma grande guerra.

Holmes escreveu um nome em um pedaço de papel e o entregou ao primeiro-ministro.

– Exatamente. Foi ele mesmo. E é essa carta, uma carta que pode muito bem significar o gasto de um bilhão e a vida de centenas de milhares de homens, que se perdeu dessa forma inexplicável.

– O senhor informou o remetente?

– Sim, senhor, lhe enviamos um telegrama cifrado.

– Talvez ele deseje que a carta seja publicada.

– Não, senhor, temos fortes razões para acreditar que ele já entendeu que agiu de forma insensata e impetuosa. Seria um golpe ainda maior para ele e para o seu país se essa carta fosse publicada.

– Se for o caso, a quem interessa que essa carta venha a público? Por que alguém desejaria roubá-la ou publicá-la?

– Dessa forma, senhor Holmes, você me leva a regiões de alta política internacional. Mas se o senhor considerar a situação europeia, não terá nenhuma dificuldade em perceber o motivo. Toda a Europa é um campo armado. Há uma aliança dupla que garante um equilíbrio justo do poder militar. A Grã-Bretanha está no meio. Se ela fosse levada à guerra contra uma das confederações, isso asseguraria a supremacia da outra, quer eles entrassem em guerra ou não. Compreende?

– Muito claramente. Então é do interesse dos inimigos desse potentado tomar posse dessa carta, de modo a causar uma ruptura entre o seu país e o nosso?

– Isso mesmo, senhor.

– E para quem esse documento seria enviado se caísse nas mãos de um inimigo?

– Para qualquer uma das grandes chancelarias da Europa. Provavelmente está a caminho de lá agora mesmo, tão veloz quanto um vapor pode levá-la.

O senhor Trelawney Hope apoiou o queixo no peito e soltou uma lamúria. O primeiro-ministro pousou a mão com delicadeza sobre seu ombro.

– Foi uma grande falta de sorte que você teve, meu caro amigo. Ninguém pode culpá-lo. Você não negligenciou nenhuma precaução. Agora, senhor Holmes, você está em posse de todos os fatos. Que curso de ação recomenda?

Holmes meneou a cabeça pesarosamente.

– O senhor acredita que, a menos que essa carta seja recuperada, haverá guerra?

– Creio que é muito provável.

– Nesse caso, senhor, prepare-se para a guerra.

– Essa é uma afirmação muito séria, senhor Holmes.

— Considere os fatos, senhor. É inconcebível que tenha sido levada depois das onze e meia da noite, pois sei que o senhor Hope e a esposa estavam ambos no quarto entre esse momento até a hora em que ele deu por falta da carta. Ela foi levada, portanto, ontem à noite, entre sete e meia e onze e meia, provavelmente mais perto desse primeiro horário, pois quem quer que a tenha apanhado certamente sabia que ela estava lá e, naturalmente, tentaria se apossar dela o mais rápido possível. Ora, senhor, se um documento de tal importância foi levado naquele horário, onde pode estar agora? Ninguém tem nenhum motivo para retê-lo. Foi rapidamente transmitido para aqueles que precisam dele. Que chance temos agora de recuperá-lo ou até mesmo rastreá-lo? Está além de nosso alcance.

O primeiro-ministro levantou-se do sofá.

— O que diz é perfeitamente lógico, senhor Holmes. Receio que o assunto está mesmo fora de nosso alcance.

— Vamos presumir, para fins de argumentação, que o documento foi levado pela criada ou pelo criado pessoal...

— Ambos são empregados antigos e de confiança.

— Pelo que entendi, o senhor disse que seu quarto fica no segundo andar, que não há como entrar pelo lado de fora, e que de dentro ninguém poderia subir sem ser visto. Portanto, deve ter sido alguém de dentro da casa que a roubou. Para quem o ladrão a entregaria? Para um dos inúmeros espiões e agentes secretos internacionais, cujos nomes me são razoavelmente familiares. Pode-se dizer que três deles são os de maior destaque em sua profissão. Começarei minha investigação saindo por aí e verificando se cada um deles está em seu respectivo posto. Se algum não estiver lá, especialmente se estiver desaparecido desde ontem à noite, teremos algum indício quanto ao paradeiro do documento.

— Por que ele não estaria lá? — perguntou o secretário de Assuntos Europeus. — Ele poderia simplesmente levar a carta a uma embaixada em Londres.

– Creio que não. Esse tipo de agente trabalha de forma independente e suas relações com as embaixadas costumam ser tensas.

O primeiro-ministro assentiu com a cabeça.

– Acho que você tem razão, senhor Holmes. Ele levaria um prêmio extremamente valioso para a sede com suas próprias mãos. A meu ver, o seu curso de ação é excelente. Nesse ínterim, Hope, não podemos negligenciar todos os nossos outros deveres por conta desse único infortúnio. Se houver novos desdobramentos durante o dia, entraremos em contato com o senhor, e sem dúvida o senhor nos informará os resultados de suas próprias investigações.

Os dois estadistas fizeram uma vênia e saíram da sala com austeridade.

Depois que nossos ilustres visitantes haviam partido, Holmes acendeu seu cachimbo em silêncio e passou algum tempo absorto em seus pensamentos mais profundos. Eu tinha aberto o jornal matutino e estava imerso em um crime assombroso que acontecera em Londres na noite anterior, quando meu amigo soltou uma exclamação, pôs-se de pé e pousou o cachimbo sobre a cornija da lareira.

– Sim – disse ele. – Não há um jeito melhor de abordá-lo. A situação é desesperadora, mas não irremediável. Mesmo agora, se pudéssemos saber ao certo qual deles a pegou, é possível que ela ainda não tenha saído de suas mãos. Afinal, é uma questão de dinheiro com esses camaradas, e eu tenho o Tesouro Britânico a me apoiar. Se a carta estiver no mercado, vou comprá-la, mesmo que isso signifique um *penny* a mais no imposto de renda. É possível que o sujeito a retenha para ver que ofertas vêm do lado de cá antes de tentar a sorte do outro lado. Só há aqueles três capazes de um jogo tão ousado: Oberstein, La Rothiere e Eduardo Lucas. Vou atrás de cada um deles.

Dei uma olhada no meu jornal matutino.

– Está falando do Eduardo Lucas da Godolphin Street?

– Esse mesmo.

– Você não o encontrará.

– Por que não?

– Ele foi assassinado em sua própria casa ontem à noite.

Meu amigo me surpreendeu tantas vezes no decorrer de nossas aventuras que fiquei exultante ao perceber que eu o havia deixado completamente estupefato. Fitou-me em um estado de total assombro e arrancou o jornal das minhas mãos. Este era o parágrafo que eu estivera lendo quando ele se levantou da cadeira:

ASSASSINATO EM WESTMINSTER

Um crime de caráter misterioso foi cometido ontem à noite na Godolphin Street, número 16, em uma das casas das filas de residências isoladas e de estilo antigo que remontam do século XVIII, localizadas entre o rio e a Abadia, quase à sombra da grande torre das Casas do Parlamento. Essa pequena mas seleta mansão era habitada havia alguns anos pelo senhor Eduardo Lucas, bastante conhecido nos círculos sociais tanto por sua personalidade encantadora quanto por ter a merecida reputação de ser um dos melhores tenores amadores do país. O senhor Lucas era um homem solteiro, de 34 anos, e sua criadagem consistia na senhora Pringle, uma governanta idosa, e Mitton, seu criado pessoal. A governanta se recolhe cedo e dorme no andar superior da residência. O mordomo saiu na noite passada para visitar um amigo em Hammersmith. Das dez horas em diante, o senhor Lucas ficou sozinho em casa. O que aconteceu durante esse tempo, ainda não se sabe, mas faltando quinze minutos para a meia-noite, o policial Barret, que estava de passagem pela Godolphin Street, percebeu que a porta do número 16 estava entreaberta. Bateu, mas não obteve resposta. Ao perceber que havia uma luz acesa no cômodo da frente, avançou pelo corredor e tornou a bater, mas não recebeu nenhuma resposta. Então, ele empurrou a porta e entrou. O cômodo estava em um estado de absoluta desordem: a mobília fora toda virada para um dos lados e havia uma cadeira tombada no centro. Ao lado dessa cadeira, e ainda agarrando uma de suas pernas, jazia o infeliz inquilino da casa. Ele fora apunhalado no coração e deve ter morrido instantaneamente. A faca com que o crime foi cometido é uma adaga indiana curva, arrancada de um conjunto de armas orientais que adornava uma das paredes. O motivo do crime não parece ter sido roubo, pois não houve nenhuma tentativa de afanar os itens valiosos da sala. O senhor Eduardo Lucas era tão conhecido e popular que seu destino violento e cruel despertará o interesse doloroso e as intensas condolências de um amplo círculo de amigos.

– Bem, Watson, o que você acha disso? – perguntou Holmes, após uma longa pausa.

– É uma coincidência espantosa.

– Uma coincidência! Aqui está um dos três homens que havíamos apontado como possíveis atores nesta trama, e ele sofre uma morte violenta justamente durante o horário em que sabemos que essa trama estava sendo encenada. As probabilidades de que isso seja uma coincidência são ínfimas. Nenhum número conseguiria expressá-las. Não, meu caro Watson, os dois fatos estão relacionados... têm que estar relacionados. Cabe a nós encontrar a relação.

– Mas agora a polícia já deve estar a par de tudo.

– De forma alguma. Eles estão a par de tudo que viram na Godolphin Street. Não estão a par, e nem estarão, de nada que aconteceu em Whitehall Terrace. Apenas nós sabemos de ambos os eventos e podemos traçar a relação entre os dois. Há um ponto óbvio que, de todo modo, teria me feito desconfiar de Lucas. A Godolphin Street, em Westminster, fica a apenas alguns minutos a pé de Whitehall Terrace. Os outros agentes secretos que mencionei moram na outra extremidade de West End. Teria sido mais fácil para Lucas do que para os outros, portanto, estabelecer uma ligação ou receber uma mensagem de um dos criados do secretário de Assuntos Europeus; um detalhe, mas quando os acontecimentos se comprimem em um intervalo de poucas horas, pode-se provar essencial. Ora, o que temos aqui?

A senhora Hudson aparecera com um cartão de uma dama em sua bandeja. Holmes fitou o papel, arqueou as sobrancelhas e o passou para mim.

– Pergunte a Lady Hilda Trelawney Hope se ela fará a gentileza de subir – disse ele.

Um momento depois, nosso modesto apartamento, já tão ilustre naquela manhã, tornou-se ainda mais ilustre com a chegada da mulher mais linda de Londres. Eu já ouvira falar muitas vezes da beleza da filha caçula do duque de Belminster, mas nenhuma descrição dela e nenhuma contemplação de suas fotografias sem cor haviam me preparado para o encanto sutil e delicado e as belas cores daquele semblante primoroso. E, apesar disso, tal como a vimos naquela manhã de outono, sua beleza não seria a primeira coisa a impressionar o observador. As faces eram lindas, mas estavam pálidas de emoção; os olhos eram brilhantes, mas era um brilho febril; a boca sensível estava tensa e contraída em um esforço de autocontrole. O terror, e não a beleza, foi o que nos saltou aos olhos assim que a nossa bela visitante ficou parada ali por um momento, emoldurada pela porta aberta.

– O meu marido esteve aqui, senhor Holmes?

– Sim, madame, esteve.

– Senhor Holmes, eu lhe imploro que não diga a ele que vim.

Holmes curvou-se friamente e indicou uma cadeira à dama.

– Vossa Senhoria me coloca em uma situação muito delicada. Rogo-lhe para que se sente e me diga o que deseja, mas receio não poder fazer nenhuma promessa incondicional.

Ela atravessou a sala e sentou-se de costas para a janela. Era uma presença majestosa: alta, elegante e intensamente feminina.

– Senhor Holmes – começou ela, e suas mãos enluvadas se juntavam e se soltavam enquanto discorria –, vou falar de forma franca com o senhor, na esperança de que isso possa induzi-lo a falar francamente comigo também. Há total confiança entre mim e meu marido a respeito de todos os assuntos, exceto um: a política. Nesse ponto, sua boca é um túmulo. Ele não me diz nada. Ora, estou ciente de que houve um acontecimento muito deplorável em nossa casa ontem à noite. Sei que um papel desapareceu. Porém, como é um assunto político, meu marido se recusa a depositar toda a sua confiança em mim. Mas é essencial... essencial, repito, que eu entenda tudo o que aconteceu. O senhor é a única pessoa, com exceção desses políticos, que está a par dos fatos. Por isso lhe imploro, senhor Holmes, que me conte exatamente o que aconteceu e o que isso acarretará. Conte-me tudo, senhor Holmes. Não deixe que a consideração pelos interesses de seu cliente o mantenha em silêncio, pois eu lhe asseguro que os interesses dele, se ao menos pudesse enxergar isso, seriam mais bem atendidos se ele depositasse toda a sua confiança em mim. Que papel era esse que foi roubado?

– Madame, o que me pede é realmente impossível.

Ela soltou uma lamúria e afundou o rosto nas mãos.

– Precisa compreender a situação, madame. Se o seu marido acha que é mais adequado mantê-la na ignorância sobre esse assunto, caberia a mim, que só fiquei a par dos fatos sob o juramento de sigilo profissional, contar a você o que ele ocultou? Não é justo me pedir isso. É a ele quem você deve pedir.

– Eu já pedi. Vim atrás do senhor como último recurso. Mas sem me dizer nada muito claro, senhor Holmes, pode me prestar um grande serviço se me esclarecer a respeito de um único ponto.

– Qual, madame?

– A carreira política do meu marido corre risco de ser afetada por esse incidente?

– Bem, madame, a menos que o incidente seja resolvido, certamente poderá acarretar um efeito muito infeliz.

– Ah!

Ela respirou fundo, como alguém cujas dúvidas foram sanadas.

– Mais uma coisa, senhor Holmes. A partir de uma expressão que meu marido soltou sob o primeiro choque desse desastre, entendi que a perda desse documento poderia gerar consequências públicas terríveis.

– Se ele disse isso, certamente não posso negar.

– De que natureza são essas consequências?

– Não, madame, agora está novamente me perguntando mais do que posso revelar.

– Então não tomarei mais o seu tempo. Não posso culpá-lo, senhor Holmes, por ter se recusado a falar mais abertamente, e de sua parte, tenho certeza, que o senhor não pensará o pior de mim por desejar, mesmo contra a vontade do meu marido, partilhar as ansiedades dele. Mais uma vez, imploro que não diga nada sobre a minha vista.

Ela nos lançou um olhar da porta, e tive um último vislumbre daquele rosto belo e assustado, os olhos arregalados e a boca retesada. Então ela foi embora.

– O que me diz, Watson? O belo sexo é o seu departamento – disse Holmes, com um sorriso, quando a porta da frente se fechou e pôs fim ao farfalhar de saias. – Qual era o jogo daquela bela dama? O que ela queria de fato?

– Certamente suas palavras me pareceram muito claras e sua ansiedade é perfeitamente natural.

– Hum! Pense na aparência dela, Watson, seus modos, sua agitação contida, sua inquietação, sua tenacidade em fazer perguntas. Lembre-se de que ela vem de uma classe que não demonstra emoções levianamente.

– Ela certamente estava muito abalada.

– Lembre-se também da curiosa seriedade com que ela nos garantiu que seria melhor para o marido se ela soubesse de tudo. O que ela quis dizer com isso? E você deve ter observado, Watson, como ela se posicionou para que a luz ficasse às suas costas. Não queria que lêssemos sua expressão.

– Sim, ela escolheu a única cadeira da sala.

– E, no entanto, as motivações das mulheres são tão inescrutáveis... Você se lembra daquela mulher em Margate de quem desconfiei pela mesma razão? Não passara pó no nariz, essa se mostrou a solução correta. Como é possível construir alguma coisa tendo esse tipo de areia movediça como base? A ação mais trivial dela pode significar inúmeras coisas, ou sua conduta mais extraordinária pode depender de um grampo ou de um ferro de ondular o cabelo. Bom dia, Watson.

– Você vai sair?

– Sim, vou passar a manhã na Godolphin Street com nossos amigos das forças regulares. A solução de nosso problema está com Eduardo Lucas, embora eu deva admitir que não tenho a menor ideia da forma que pode assumir. É um erro crasso teorizar antes de conhecer os fatos. Fique a postos, meu bom Watson, e receba quaisquer novos visitantes. Virei me juntar a você para o almoço, se puder.

Durante todo aquele dia e no dia seguinte e no outro, Holmes esteve em um estado de espírito que seus amigos chamariam de taciturno, e outros de rabugento. Ele saía às pressas e então voltava, fumava sem parar, tocava fragmentos em seu violino, mergulhava em devaneios, devorava sanduíches em horários irregulares e mal respondia às perguntas ocasionais que eu lhe fazia. Estava evidente para mim que as coisas não estavam indo bem com ele ou com sua busca. Holmes não dizia nada sobre o caso, e foi pelos jornais que fiquei sabendo dos detalhes da investigação e da prisão e subsequente libertação de John Mitton, o criado do falecido. O inquérito revelou o óbvio – "Homicídio doloso" –, mas os envolvidos permaneceram tão desconhecidos como sempre. Nenhum motivo foi sugerido. O cômodo estava cheio de itens valiosos, mas nenhum fora levado. Os papéis do morto não haviam sido remexidos. Foram cuidadosamente examinados e revelaram que ele era um estudante dedicado de política internacional, um bisbilhoteiro infatigável, um linguista notável e um escritor de cartas incansável. Mantivera relações estreitas com os principais políticos de vários países, mas nada de sensacional foi descoberto entre os documentos que enchiam suas gavetas. Quanto às suas relações com as mulheres, pareciam ter sido promíscuas, ainda que superficiais. Conhecera muitas delas, mas tivera poucas amigas e não amara nenhuma. Seus hábitos eram regulares, sua conduta inofensiva. Sua morte era um mistério absoluto e provavelmente permaneceria assim.

Quanto à prisão de John Mitton, o criado, foi uma medida desesperada como alternativa à inércia absoluta. Mas nenhum caso contra ele podia ser sustentado. Ele visitara amigos em Hammersmith naquela noite. O álibi era completo. É verdade que ele saiu da casa dos amigos em um horário que lhe teria permitido chegar a Westminster antes do momento em que o crime foi descoberto, mas sua própria explicação, de que trilhara parte do caminho a pé, parecia bastante provável tendo em vista como aquela noite estava bela. Ele chegara de fato à meia-noite e parecera desolado pela tragédia inesperada. Sempre tivera boas relações com o patrão. Vários dos pertences do morto – como um pequeno estojo de navalhas de barbear – haviam sido encontrados entre as coisas do criado, mas ele explicou que haviam sido presentes do falecido e a governanta pôde corroborar a história. Mitton trabalhava para Lucas havia três anos. Constatou-se que Lucas não levava Mitton consigo quando viajava para o continente. Às vezes, passava três meses seguidos em Paris, mas o criado ficava para trás, encarregado de tomar conta da casa em Godolphin Street. Quanto à governanta, não ouvira nada na noite do crime. Se o patrão tivesse recebido uma visita, ele mesmo teria se encarregado de recebê-la.

Assim, por três manhãs o mistério permaneceu, pelo que pude acompanhar nos jornais. Se Holmes sabia mais, guardava para si, porém, como ele me disse que o inspetor Lestrade estava lhe confiando o caso, eu sabia que meu amigo estava a par de todos os desdobramentos. No quarto dia, apareceu um telegrama de Paris que parecia resolver toda a questão.

Acaba de ser feita uma descoberta pela polícia parisiense (dizia o Daily Telegraph*) que levanta o véu que recobria o trágico destino de Eduardo Lucas, que foi violentamente assassinado na noite de segunda-feira em Godolphin Street, em Westminster. Nossos leitores se lembrarão de que o cavalheiro falecido foi encontrado esfaqueado em sua sala, e que certa suspeita foi atribuída a seu criado pessoal, mas que a acusação foi desfeita mediante um álibi. Ontem uma dama, conhecida como senhora Henri Fournaye, moradora de uma casinha em Rue Austerlitz, foi denunciada às autoridades por seus empregados como louca. Um exame mostrou que ela de fato desenvolvera um tipo de insanidade perigosa e permanente. Durante a investigação, a polícia descobriu que a senhora Henri Fournaye voltara de uma viagem a Londres na última terça-feira, e há indícios que a ligam ao crime cometido em Westminster. Uma comparação de fotografias provou conclusivamente que o senhor Henri Fournaye e Eduardo Lucas são na verdade a mesma pessoa e que o falecido, por algum motivo, levava uma vida dupla em Londres e Paris. A senhora Fournaye, que é de origem hispano-americana, tem um temperamento extremamente irascível e no passado já sofreu ataques de ciúme que beiravam o frenesi. Conjecturou-se que foi em um desses ataques que ela cometeu o terrível crime que causou tamanha comoção em Londres. Suas ações na noite de segunda-feira ainda não foram reconstituídas, mas não há dúvidas de que uma mulher que corresponde à sua descrição atraiu grande atenção na Charing Cross Station na manhã de terça-feira pela selvageria de sua aparência e a violência de seus gestos. É provável, portanto, que o crime tenha sido cometido quando ela estava em um estado de insanidade ou que ele tenha tido o efeito imediato de fazer a pobre mulher perder a razão. No momento, ela está incapaz de fornecer qualquer explicação coerente sobre suas ações, e os médicos não têm nenhuma esperança de que ela recobre a razão. Há indícios* *de que uma mulher que poderia ter sido a senhora Fournaye foi vista durante algumas horas na noite de segunda-feira a observar a casa em Godolphin Street.*

– O que acha disso, Holmes? – Eu havia lido a reportagem em voz alta enquanto ele terminava seu desjejum.

– Meu caro Watson – disse ele, levantando-se da mesa e andando de um lado para o outro no cômodo. – Você tem sido muito paciente, mas se eu não lhe disse nada nos últimos três dias, é porque não há nada a dizer. Mesmo agora, esse relato de Paris não nos ajuda muito.

– Mas certamente é decisivo no que diz respeito à morte do homem.

– A morte do homem foi um mero incidente, um episódio trivial, em comparação com a nossa verdadeira tarefa, que é encontrar esse documento e salvar a Europa de uma catástrofe. Só aconteceu uma coisa importante nos últimos três dias: o fato de que nada aconteceu. Recebo relatórios do governo quase de hora em hora, e é certo que não há nenhum sinal de problema em qualquer lugar da Europa. Ora, se o conteúdo dessa carta tiver vazado... não, não pode ter vazado... mas se não tiver vazado, então onde ela pode estar agora? Quem está com ela? Por que está sendo retida? Essa é a pergunta que martela meu cérebro. Teria sido de fato uma coincidência que Lucas tenha sido morto na mesma noite em que a carta desapareceu? A carta chegou a ele? Nesse caso, por que não está entre seus papéis? Será que a esposa maluca a levou consigo? Nesse caso, a carta estaria na casa dela em Paris? Como eu poderia procurá-la sem despertar as suspeitas da polícia francesa? Esse é um caso, meu caro Watson, em que a Justiça é tão perigosa para nós quanto os criminosos. Todos os homens estão contra nós, mas os interesses em jogo são colossais. Se eu for bem-sucedido nesse caso, certamente representará o ápice da minha carreira. Ah, aqui está a notícia mais recente da linha de frente! – Passou os olhos pelo bilhete que havia sido entregue. – Veja só! Lestrade parece ter descoberto algo interessante. Coloque seu chapéu, Watson, e vamos caminhar juntos até Westminster.

Foi minha primeira visita à cena do crime. Era uma casa alta, sombria, estreita, pretensiosa, formal e sólida como o século que a produziu. As feições de buldogue de Lestrade nos fitaram da janela da frente, e ele nos cumprimentou calorosamente quando um grande policial abriu a porta e nos deixou entrar. O cômodo para o qual fomos conduzidos era aquele em que o crime fora cometido, mas não restava nenhum vestígio dele, exceto uma mancha feia e irregular no tapete. Era um pequeno tapete quadrado de droguete no centro da sala, rodeado por uma vasta extensão de um belo e antiquado assoalho de tacos de madeira quadriculado, bastante polido. Sobre a lareira havia um magnífico conjunto de armas, uma das quais havia sido usada naquela noite trágica. Junto à janela havia uma escrivaninha suntuosa, e todos os detalhes do cômodo, os quadros, os tapetes e as cortinas, tudo indicava um gosto luxuoso que beirava a efeminação.

– Viram as notícias de Paris? – perguntou Lestrade.

Holmes assentiu com a cabeça.

– Nossos amigos franceses parecem ter acertado na mosca dessa vez. Não há dúvida de que aconteceu como eles dizem. Ela bateu à porta, visita surpresa, creio eu, porque ele mantinha sua vida em dois compartimentos vedados, e ele a deixou entrar, pois não podia deixá-la na rua. Ela lhe contou como o localizara, repreendeu-o. Uma coisa levou a outra, e então, com aquela adaga tão à mão, o fim não tardou a chegar. Mas não foi tudo feito em um único instante, pois estas cadeiras foram todas arrastadas para aquele canto ali, e o homem se agarrava a uma delas, como se tentasse manter a mulher afastada com ela. As coisas ficaram tão nítidas como se as tivéssemos visto.

Holmes arqueou as sobrancelhas.

– E ainda assim você mandou me chamar?

– Ah, sim, há um outro problema. Uma ninharia, mas o tipo de coisa que desperta o seu interesse... esquisito, sabe, e o que o senhor poderia considerar muito curioso. Não tem ligação com o fato principal, não pode ter, a julgar pelas aparências.

– E o que é?

– Bem, o senhor sabe, depois de um crime desse tipo, tomamos muito cuidado para manter as coisas onde estão. Nada foi tirado do lugar. Um policial ficou aqui de guarda dia e noite. Esta manhã, quando o homem estava enterrado e a investigação encerrada, ao menos no que diz respeito a esse cômodo, pensamos que podíamos arrumar um pouco. Esse tapete. Veja, não está preso ao chão, foi apenas estendido ali. Pudemos levantá-lo. E encontramos...

– Sim? Vocês encontraram...

O semblante de Holmes ficou tenso de ansiedade.

– Bem, tenho certeza de que o senhor não adivinharia nem em cem anos o que encontramos. Está vendo aquela mancha no tapete? Bem, uma grande parte deveria ter vazado, não é?

– Sem dúvida deveria.

– Bem, o senhor ficará surpreso ao saber que não há nenhuma mancha correspondente no assoalho de madeira branco.

– Nenhuma mancha! Mas deveria...

– Sim, era o esperado. Mas o fato é que não há.

Lestrade segurou a ponta do tapete e a levantou, mostrando que era realmente como havia dito.

– Mas a parte de baixo está tão manchada quanto a de cima. Deve ter deixado uma marca.

Lestrade soltou uma risadinha alegre por ter intrigado o famoso especialista.

– Agora vou lhe mostrar a explicação. Há, sim, uma segunda mancha, mas ela não corresponde à primeira. Veja por si mesmo. – Enquanto falava, virou outra parte do tapete e, sem dúvida, havia sob ela uma grande nódoa carmesim nos tacos brancos e quadrados do antigo assoalho. – O que acha disso, senhor Holmes?

– Ora, é muito simples. As duas manchas eram correspondentes, mas o tapete foi girado. Como ele é quadrado e não estava preso ao chão, foi fácil fazer isso.

– A polícia não precisa que você, senhor Holmes, lhe diga que o tapete deve ter sido girado. Isso está bastante óbvio, pois as manchas se sobrepõem se o estendermos desse jeito. Mas o que eu quero saber é quem mudou a posição do tapete e por quê.

Pude ver pelas feições rígidas de Holmes que, em seu íntimo, ele vibrava com agitação.

– Olhe aqui, Lestrade – disse ele –, foi aquele policial que está no corredor quem ficou de guarda aqui o tempo todo?

– Sim, foi ele.

– Bem, siga o meu conselho. Interrogue-o cuidadosamente. Não faça isso na nossa frente. Vamos esperar aqui. Leve-o ao cômodo dos fundos. É mais provável que consiga uma confissão se estiver sozinho. Pergunte-lhe como se atreveu a permitir a entrada de pessoas e deixá-las sozinhas nesta sala. Não lhe pergunte se ele fez isso. Tome isso como certo. Diga-lhe que você sabe que alguém esteve aqui. Pressione-o. Diga-lhe que uma confissão completa é sua única chance de perdão. Faça exatamente o que eu disse!

– Por Deus, se ele souber de alguma coisa, arrancarei tudo dele! – exclamou Lestrade. Então, disparou rumo ao corredor e, alguns instantes depois, sua voz intimidante soava no cômodo dos fundos.

– Agora, Watson, agora! – exclamou Holmes com uma agitação frenética. Toda a força demoníaca do homem, mascarada sob aqueles modos apáticos, irrompeu em um paroxismo de energia.

Ele arrancou o tapete de droguete do chão e, em seguida, se pôs de joelhos, remexendo em cada um dos quadrados de madeira debaixo dele. Um deles se virou quando ele cravou as unhas em sua borda. Pendeu para trás como a tampa de uma caixa. Uma pequena cavidade negra se revelou debaixo dele. Holmes enfiou sua mão sequiosa ali e então a puxou de volta com um grunhido amargo de raiva e decepção. Estava vazio.

– Rápido, Watson, rápido! Ponha-o de volta! – A tampa de madeira foi recolocada e o tapete mal acabara de ser estendido quando a voz de Lestrade ressoou pelo corredor. Ele encontrou Holmes encostado languidamente na cornija da lareira, resignado e paciente, esforçando-se para conter seus bocejos irreprimíveis.

– Desculpe-me por fazê-lo esperar, senhor Holmes. Posso ver que o senhor está morrendo de tédio com todo esse assunto. Bem, ele confessou mesmo. Venha cá, MacPherson. Deixe que estes cavalheiros saibam de sua conduta absolutamente imperdoável.

O policial grandalhão, muito apreensivo e penitente, entrou de mansinho na sala.

– Não tive a intenção de fazer nada errado, senhor, eu juro. A moça que bateu à porta ontem à noite confundiu a casa, foi só isso. E então começamos a conversar. É solitário passar o dia inteiro em serviço.

– Bem, e o que aconteceu depois?

– Ela queria ver onde o crime foi cometido. Tinha lido sobre ele nos jornais, foi o que disse. Era uma jovem muito respeitável e eloquente, senhor, e não vi mal nenhum em deixá-la espiar. Quando viu a marca no tapete, ela caiu no chão e ficou prostrada como se estivesse morta. Corri para os fundos e peguei um pouco de água, mas não consegui reanimá-la. Então fui até o Ivy Plant, que fica logo ali, para pegar um pouco de conhaque, mas quando o trouxe de volta a jovem já tinha se recuperado e fora embora... ouso dizer que estava envergonhada e não tinha coragem de me encarar.

– E quanto a mudar o tapete de lugar?

– Bem, senhor, ele realmente estava um pouco amarrotado quando voltei. Sabe, senhor, ela caiu em cima dele, e está estendido em um assoalho polido, sem nada para mantê-lo no lugar. Eu o endireitei depois.

– Que sirva de lição para você aprender que não pode me enganar, policial MacPherson – disse Lestrade com dignidade. – Sem dúvida pensou que sua violação do dever nunca seria descoberta, mas um simples olhar no tapete bastou pare me convencer de que alguém recebera permissão de entrar na sala. Para sua sorte, meu caro, não está faltando nada, ou você se veria na rua da amargura. Sinto muito por tê-lo chamado por conta de um assunto tão insignificante, senhor Holmes, mas pensei que o fato de a segunda mancha não corresponder com a primeira interessaria ao senhor.

– Certamente foi muito interessante. Aquela mulher só esteve aqui uma vez, policial?

– Sim, senhor, só uma vez.

– Quem era ela?

– Não sei o nome dela, senhor. Estava respondendo a um anúncio sobre datilografia e veio ao número errado. Era uma jovem muito agradável e refinada, senhor.

– Alta? Bonita?

– Sim, senhor. Era uma jovem alta. Suponho que poderia dizer que era bonita. Talvez alguns diriam até que era muito bonita. "Oh, policial, deixe-me dar uma espiada!", foi o que ela disse. Tinha modos encantadores e persuasivos, como se poderia dizer, e achei que não havia mal nenhum em simplesmente deixá-la enfiar a cabeça pela porta para espiar.

– Como ela estava vestida?

– De forma reservada, senhor. Um manto comprido que ia até os pés.

– A que horas foi isso?

– Estava começando a anoitecer. Estavam acendendo os lampiões quando voltei com o conhaque.

– Muito bem – disse Holmes. – Vamos, Watson. Creio que temos um trabalho mais importante em outro lugar.

Quando saímos da casa, Lestrade permaneceu na sala da frente, enquanto o policial arrependido abria a porta para nos deixar sair. No degrau, Holmes se virou e mostrou algo que segurava. O policial fitou atentamente.

— Por Deus, senhor! — exclamou ele, com o semblante espantado. Holmes pôs os dedos nos lábios, recolocou a mão no bolso da camisa e desatou a rir quando chegamos à rua.

— Excelente! — disse Holmes. — Venha, Watson, meu camarada. A cortina se abre para o último ato. Você ficará aliviado ao saber que não haverá guerra, que o Muito Honorável Trelawney Hope não sofrerá nenhum revés em sua carreira brilhante, que o soberano indiscreto não receberá nenhuma punição por sua indiscrição, que o primeiro-ministro não terá que lidar com nenhuma complicação europeia, e que, com um pouco de tato e manejo de nossa parte, ninguém gastará um *penny* que seja pelo que poderia ter sido um incidente muito grave.

Minha mente se encheu de admiração por esse homem extraordinário.

— Você resolveu o caso! — exclamei.

— Não chega a tanto, Watson. Alguns pontos permanecem tão obscuros quanto antes. Mas já estamos a par de tantas coisas que será nossa culpa se não conseguirmos descobrir o resto. Vamos direto para Whitehall Terrace para tirar essa história a limpo.

Quando chegamos à casa do secretário de Assuntos Europeus, foi por Lady Hilda Trelawney Hope que Sherlock Holmes perguntou. Fomos conduzidos à sala matinal.

— Senhor Holmes! — exclamou a dama, e seu rosto estava rosado de indignação. — Isso é certamente muito injusto e mesquinho de sua parte. Eu desejava, como lhe expliquei, manter minha visita ao senhor em segredo, para que meu marido não achasse que eu estava me intrometendo nos negócios dele. E ainda assim o senhor me compromete ao vir até aqui, mostrando, desse modo, que há relações de negócios entre nós.

— Infelizmente, madame, não tive outra alternativa. Fui incumbido de reaver esse papel de imensa importância. Portanto, devo lhe pedir, madame, que tenha a gentileza de colocá-lo em minhas mãos.

A dama se levantou de súbito e em um instante seu belo rosto ficou descorado. Seus olhos ficaram vidrados, cambaleou e pensei que ela fosse desmaiar. Então, com grande esforço, ela se recobrou do choque, e todas as outras expressões sumiram de seu rosto para dar lugar a um estado supremo de surpresa e indignação.

– Você... você me insulta, senhor Holmes.

– Vamos lá, madame, isso é inútil. Entregue-me a carta.

Ela correu até a campainha.

– O mordomo o acompanhará até a saída.

– Não toque, Lady Hilda. Se o fizer, todos os meus esforços diligentes para evitar um escândalo serão frustrados. Entregue-me a carta e tudo ficará bem. Se você trabalhar contra mim, terei de desmascará-la.

Ela ficou parada em uma postura desafiadora, uma figura majestosa, os olhos fixos nos dele como se estivesse lendo sua alma. A mão estava pousada sobre a campainha, mas ela se absteve de tocá-la.

– O senhor está tentando me assustar. Não é muito nobre de sua parte, senhor Holmes, vir até aqui amedrontar uma mulher. Você diz que sabe de algo. O que é que o senhor sabe?

– Sente-se, por favor, madame. Você vai se machucar se cair. Não direi nada até que se sente. Obrigado.

– Eu lhe dou cinco minutos, senhor Holmes.

– Um já é o suficiente, Lady Hilda. Sei de sua visita a Eduardo Lucas, e que lhe entregou esse documento. Sei de seu engenhoso regresso àquela casa ontem à noite e da forma como tirou a carta do esconderijo debaixo do tapete.

Ela o fitou com o semblante lívido e engoliu em seco duas vezes antes de conseguir falar.

– Você está louco, senhor Holmes. Está louco! – exclamou ela por fim.

Holmes pegou um pedacinho de papel no bolso. Era o rosto de uma mulher recortado de um retrato.

– Eu carreguei isso, pois achei que poderia ser útil – disse ele. – O policial o reconheceu.

A mulher arfou e sua cabeça caiu para trás na cadeira.

– Vamos, Lady Hilda. A carta está em sua posse. O assunto ainda pode ser resolvido. Não tenho nenhum desejo de lhe causar problemas. Meu dever terminará assim que eu devolver a carta perdida ao seu marido. Siga o meu conselho e seja franca comigo. É a sua única chance.

A coragem dela era admirável. Mesmo naquele momento, não admitia sua derrota.

– Pois torno a lhe dizer, senhor Holmes, que está redondamente enganado.

Holmes se pôs de pé.

– Sinto muito por você, Lady Hilda. Fiz o melhor que podia para ajudá-la. Agora vejo que foi tudo em vão.

Ele tocou a campainha. O mordomo entrou.

– O senhor Trelawney Hope está em casa?

– Ele chegará às quinze para uma.

Holmes conferiu o próprio relógio.

– Ainda faltam quinze minutos – disse ele. – Muito bem, vou esperar.

O mordomo mal havia fechado a porta atrás de si quando Lady Hilda se ajoelhou aos pés de Holmes, com as mãos estendidas, o belo rosto voltado para cima e coberto de lágrimas.

– Oh, tenha piedade de mim, senhor Holmes! Tenha piedade! – implorou a mulher, em um frenesi de súplica. – Pelo amor de Deus, não conte a ele! Eu o amo tanto! Não seria capaz de lançar uma sombra sobre a vida dele, e sei que isso partiria seu nobre coração.

Holmes levantou a dama.

– Fico satisfeito, madame, por ver que você recobrou a razão, mesmo neste último momento! Não há um instante a perder. Onde está a carta?

Ela seguiu apressada até uma escrivaninha, destrancou-a e pegou um comprido envelope azul.

– Aqui está, senhor Holmes. Queria muito nunca a ter visto!

– Como podemos devolvê-la? – murmurou Holmes. – Rápido, rápido, temos que pensar em alguma maneira! Onde está a caixa de documentos?

– Continua no quarto dele.

– Que golpe de sorte! Rápido, madame, traga-a para cá!

Pouco tempo depois, ela apareceu com uma caixa vermelha e achatada na mão.

– Como você a abriu antes? Tem uma cópia da chave? Sim, é claro que tem. Abra!

Lady Hilda tirou uma chavezinha do decote. A caixa foi aberta; estava cheia de papéis. Holmes enfiou o envelope azul bem no fundo, entre as folhas de um outro documento. A caixa foi fechada, trancada e devolvida ao quarto.

– Agora estamos prontos para ele – declarou Holmes. – Ainda temos dez minutos. Esforcei-me para acobertá-la, Lady Hilda. Em troca, a senhora passará esse tempo me contando com franqueza o verdadeiro significado desse caso extraordinário.

– Senhor Holmes, vou lhe contar tudo! – exclamou a dama. – Oh, senhor Holmes, eu preferiria cortar a minha mão direita em vez de causar um instante de tristeza ao meu marido! Não há uma única mulher em toda a Londres que ame seu marido como eu, mas se ele descobrisse como agi... como fui compelida a agir... ele nunca me perdoaria. Pois sua própria honra é tão elevada que não poderia esquecer ou perdoar um lapso em outrem. Ajude-me, senhor Holmes! Minha felicidade, a felicidade dele, nossas próprias vidas estão em jogo!

– Rápido, madame, o tempo está acabando!

– Foi uma carta minha, senhor Holmes, uma carta imprudente escrita antes do meu casamento. Uma carta tola, uma carta de uma garota impulsiva e amorosa. Não tive nenhuma intenção maldosa com ela, mas seria criminosa aos olhos dele. Se ele tivesse lido aquela carta, sua confiança em mim teria sido arruinada para sempre. Faz anos que a escrevi. Achei que todo esse assunto tinha ficado no passado. Então, por fim ouvi daquele homem, Lucas, que a carta parara em suas mãos e que ele a mostraria ao meu marido. Implorei sua misericórdia. Ele disse que a devolveria se eu lhe levasse um certo documento que estava na caixa de documentos de meu marido. Ele tinha algum tipo de espião no gabinete que lhe contara da existência daquele papel. Garantiu-me que nenhum mal seria feito ao meu marido. Coloque-se no meu lugar, senhor Holmes! O que eu deveria fazer?

– Confessar tudo ao seu marido.

– Eu não podia fazer isso, senhor Holmes! Não podia! De um lado parecia estar a ruína certa; do outro, por mais terrível que parecesse afanar um documento do meu marido, eu não conseguia entender as consequências no âmbito político, ao passo que no âmbito do amor e da confiança elas eram muito claras para mim. Então fiz isso, senhor Holmes! Tirei um molde da chave dele. O tal de Lucas me forneceu uma cópia. Abri a caixa, peguei o papel e o levei para a Godolphin Street.

– E o que aconteceu lá, madame?

– Bati à porta conforme o combinado. Lucas a abriu. Segui-o até a sala, deixando a porta do saguão de entrada entreaberta atrás de mim, pois temia ficar a sós com aquele homem. Lembro-me de que havia uma mulher do lado de fora quando entrei. Nosso negócio logo foi encerrado. Minha carta estava sobre a escrivaninha. Entreguei-lhe o documento e ele me deu a carta. Nesse instante, houve um barulho à porta. Ouvimos passos no corredor. Lucas afastou o tapete rapidamente, enfiou o documento em um esconderijo ali e o cobriu.

"O que aconteceu depois parece um pesadelo. Tive um vislumbre de um rosto moreno e frenético, da voz de uma mulher que gritava em francês: 'Minha espera não foi em vão. Finalmente, finalmente eu o peguei com ela!' Houve uma luta intensa. Eu o vi com uma cadeira na mão, e uma faca brilhava na dela. Afastei-me às pressas daquela cena horrível, saí correndo da casa e foi só na manhã seguinte, pelo jornal, que soube do desfecho medonho. Naquela noite eu estava feliz, pois tinha a minha carta e ainda não sabia o que o futuro traria.

"Foi na manhã seguinte que me dei conta de que havia apenas trocado um problema por outro. A angústia de meu marido com a perda do documento partiu meu coração. Tive que me esforçar muito para não me ajoelhar a seus pés ali mesmo e lhe contar o que eu havia feito. Mas isso também implicaria uma confissão do passado. Fui atrás do senhor naquela manhã para compreender a gravidade do meu ato. Assim que a compreendi, não tive outro pensamento senão o de recuperar o documento do meu marido. Ainda deveria estar onde Lucas o colocara, pois fora escondido antes de aquela mulher medonha entrar na sala. Se não fosse pela entrada dela, eu não saberia onde ficava o esconderijo dele. Como eu poderia entrar naquela sala? Passei dois dias vigiando o local, mas a porta nunca era deixada aberta. Ontem à noite fiz uma última tentativa. O que fiz e o que obtive, o senhor já sabe. Trouxe o papel comigo e cogitei destruí-lo, já que não via nenhuma forma de devolvê-lo sem confessar minha culpa ao meu marido. Céus, estou ouvindo os passos dele na escada!"

O secretário de Assuntos Europeus irrompeu na sala, em um estado de ânimo exaltado.

– Alguma novidade, senhor Holmes? Alguma novidade? – perguntou ele.

– Eu tenho algumas esperanças.

– Ah, graças a Deus! – Seu rosto ficou radiante. – O primeiro-ministro vai almoçar comigo. Ele pode partilhar de suas esperanças? O homem tem nervos de aço, mas sei que mal tem dormido desde esse terrível incidente. Jacobs, pode pedir ao primeiro-ministro para subir? Quanto a você, minha querida, receio que esse seja um assunto político. Nós nos juntaremos a você em breve na sala de jantar.

Os modos do primeiro-ministro eram contidos, mas pude ver pelo brilho de seus olhos e pelas contrações de suas mãos ossudas que ele partilhava do estado exaltado de seu jovem colega.

– Pelo que entendi o senhor tem algo a relatar, senhor Holmes?

– Nada de positivo por enquanto – respondeu meu amigo. – Investiguei todos os locais onde ela poderia estar e tenho certeza de que não há nada a temer.

– Mas isso não é o bastante, senhor Holmes. Não podemos viver para sempre sob a iminência de uma erupção. Precisamos ter algo definitivo.

– E eu tenho a esperança de consegui-lo. É por isso que estou aqui. Quanto mais penso no assunto, mais me convenço de que a carta nunca saiu desta casa.

– Senhor Holmes!

– Se fosse o caso, certamente já seria de conhecimento público a essa altura.

– Mas por que alguém a apanharia só para mantê-la dentro desta casa?

– Não estou convencido de que alguém a tenha apanhado.

– Então, como poderia ter saído da caixa de documentos?

– Não estou convencido de que tenha chegado a sair da caixa de documentos.

– Senhor Holmes, o momento não é propício para brincadeiras. Eu lhe garanti que a carta saiu da caixa.

– Você deu uma olhada na caixa desde terça-feira de manhã?

– Não, não era necessário.

– É possível que não a tenha notado.

– É impossível.

– Mas não estou convencido disso. Já vi coisas semelhantes acontecerem. Presumo que haja outros documentos lá. Bem, ela pode ter se misturado com eles.

– Ela estava bem no topo.

– Alguém pode ter sacudido a caixa e a mudado de lugar.

— Não, não. Eu tirei tudo de lá.

— Certamente é fácil averiguar isso, Hope — disse o primeiro-ministro. — Peça que tragam a caixa para cá.

O secretário tocou a campainha.

— Jacobs, traga minha caixa de documentos. Isso é uma perda de tempo absurda, mas se nada mais os deixará satisfeitos, que seja. Obrigado, Jacobs, coloque-a aqui. Sempre deixei a chave na corrente do relógio. Aqui estão os papéis, viram? Carta de Lorde Merrow, relatório de Sir Charles Hardy, memorando de Belgrado, nota sobre os impostos russo-alemães sobre grãos, carta de Madri, bilhete de Lorde Flowers... Por Deus! O que é isto? Lorde Bellinger! Lorde Bellinger!

O primeiro-ministro arrancou o envelope azul da mão dele.

— Sim, é isso mesmo! E a carta está intacta. Hope, eu o felicito.

— Obrigado! Muito obrigado! Que alívio sinto no meu coração. Mas isso é inconcebível... impossível. É um mago, um feiticeiro, senhor Holmes! Como sabia que estava aqui?

— Porque eu sabia que não estava em nenhum outro lugar.

— Mal posso acreditar no que vejo! — Ele correu esbaforido até a porta. — Onde está minha esposa? Preciso dizer a ela que está tudo bem. Hilda! Hilda! — Podíamos ouvir a voz dele vindo da escada.

O primeiro-ministro observou Holmes com olhos inquisidores.

— Ora, senhor — disse. — Há mais nisso do que parece. Como a carta voltou para a caixa?

Holmes afastou-se, sorrindo, do escrutínio penetrante daqueles olhos surpresos.

— Nós também temos os nossos segredos diplomáticos — declarou ele e, pegando o chapéu, seguiu rumo à porta.